Serie Bianca Feltrinelli

LOREDANA LIPPERINI

ANCORA DALLA PARTE DELLE BAMBINE

Prefazione di Elena Gianini Belotti

Prima edizione in "Serie Bianca" ottobre 2007

ISBN 978-88-07-17139-0

A Lotta e Oliviero,
perché diventino le belle persone che sono già

Questo libro ha un folto gruppo di fratelli e sorelle che lo hanno accudito in vari modi. I ringraziamenti vanno dunque a tutti coloro che hanno contribuito con scritti, mail, telefonate, commenti, idee. E l'elenco è lungo: Wu Ming 1, con cui ho scambiato le primissime considerazioni sul progetto; Chiara Palazzolo, che ha letto, meditato e suggerito preziose deviazioni; Babsi Jones, che ha messo a disposizione un brano del suo blog e il suo affetto; Paolo Fabbri, cui sono debitrice di una lunghissima e illuminante telefonata di inizio anno; Annamaria Testa, per l'intervista e per la complicità; Laura Minestroni, che ha fornito informazioni, dati, percorsi; Helena Janeczek, per le riflessioni e la testimonianza sulle madri; Giovanna Cosenza, per le incursioni sul trans-age; Alessandra C., per le informazioni sulle *gamers*; Girolamo De Michele, per la lettura del capitolo sulla scuola (e per avermi presentato Giovanna).

Ancora: Roberto Maragliano, per avermi aiutato a mantenere un equilibrio difficilissimo fra i soliti apocalittici e gli inevitabili integrati; Laura Vasselli, per la consulenza giuridica e l'amicizia; Isabella, per i suoi timori.

Inoltre, grazie a blogger e navigatori di ogni sorta. In particolare, ai commentatori di *Lipperatura*, che mi hanno fornito centinaia di spunti.

Infine, e soprattutto: grazie a Elena Gianini Belotti. Che in una sera di luglio, a Bari, davanti a un aperitivo analcolico, mi ha offerto un testimone che probabilmente non merito, ma che sono stata felice di raccogliere. Il suo *Dalla parte delle bambine* ha avuto un ruolo determinante nella mia vita: spero oggi di poterle restituire almeno in parte quello che lei mi ha dato.

Passaggio di testimone

di Elena Gianini Belotti

L'accurata indagine di Loredana Lipperini sulla persistenza e addirittura sul rafforzamento dei condizionamenti culturali al ruolo di genere delle bambine ha il merito di analizzare puntualmente i multiformi aspetti del vivere sociale che contribuiscono a perpetuarli. Agli strumenti concreti in uso trent'anni fa per modellare la mente delle bambine, tutti sopravvissuti – letteratura per l'infanzia, libri scolastici, giornali, fumetti, pubblicità, televisione –, l'autrice aggiunge l'analisi minuziosa della rete Internet, a quel tempo non ancora apparsa all'orizzonte, ma oggi diventata di uso comune fin dall'infanzia: i blog, i forum, le chat, i siti, i diari on line, i videogiochi, i personaggi virtuali. I quali tutti, senza eccezioni, spingono le bambine e le preadolescenti a concentrare la loro attenzione in maniera ossessiva unicamente sul proprio aspetto fisico, sulla bellezza, sul corpo. Si ritorna con la massima disinvoltura, come se non fosse mai stato detto niente in proposito, a ridurre l'individuo di sesso femminile a un assemblaggio di pezzi di carne privo di umanità, intelligenza, razionalità, dignità, volontà, consentendogli l'unico obiettivo di piacere all'uomo e di conquistarsi con ogni mezzo il principe azzurro, ribadendo una dipendenza psicologica e affettiva dal maschile che cancella ogni altro progetto di vita e conduce a un insensato sperpero di se stesse. Un principe azzurro che però non è più romantico, gentile e protettivo come un tempo veniva poeticamente inventato e descritto, ma affamato di sesso, che pretende e ottiene con maniere spicce per non dire brutali. La cronaca è piena di storie di bambine di dodici anni preda e talvolta complici di giovanissime belve senza scrupoli, sempre più spesso munite di videofonini con cui le ritraggono in pose erotiche che subito trasmettono ai compagni del branco.

Concordo con Loredana Lipperini: non è sbagliato il sistema dei media in se stesso, compresa la rete Internet, perché non inventa niente, e i suoi contenuti non fanno che riflettere il mondo reale, i simboli, le idee, i discorsi, i luoghi comuni, i pregiudizi e gli stereotipi ben installati nella vita quotidiana delle persone. Se mai contribuisce efficacemente a rinforzarli.

Come si sa, la differenziazione dei ruoli, indotta dal processo educativo, dall'imitazione e dall'identificazione negli adulti dello stesso sesso, ha inizio ben prima che i bambini abbiano accesso a questi mezzi: in tenerissima età hanno già interiorizzato le fondamenta del loro ruolo di maschi e femmine e i precetti che li regolano, hanno già appreso qual è il loro posto nel mondo e sanno esattamente che cosa ci si aspetta da loro. Non c'è da meravigliarsi, perché i bambini, anche molto piccoli, possiedono la formidabile capacità di afferrare l'essenza delle cose.

Più di trent'anni fa, nel corso delle mie silenziose sedute di osservazione nei nidi per scrivere *Dalla parte delle bambine*, mi è capitato di assistere a una scenetta che mi ha spalancato scenari stupefacenti. Due bambini e due bambine di poco più di due anni s'erano infilati in una casetta di legno del loro asilo nido, e attribuendosi la qualifica di mamma, papà e figli, giocavano alla famiglia e cucinavano un finto pranzo trafficando con pentolini, padelline, piatti e posate. D'un tratto i due maschietti avevano abbandonato le bambine alle loro faccende domestiche, erano usciti dalla casetta e s'erano buttati a correre in tondo per la stanza a cavalcioni di una scopa e di uno spazzolone. Due cavalieri lanciati al galoppo nell'avventura, consapevoli però del loro diritto di tornare a casa per essere doverosamente ristorati dalle loro donne. Perché quando erano ripassati davanti alla porta spalancata della casetta, uno dei due aveva gridato alle bambine con quanto fiato aveva in gola: "Chiamateci quando è pronto!".

Questa richiesta perentoria rivelava i privilegi interiorizzati precocemente dai maschi a partire dall'osservazione ripetuta delle abitudini quotidiane familiari: il marito la sera torna a casa dal lavoro e ha il pieno diritto di sedersi in poltrona a leggere il giornale o a guardare la televisione, mentre la moglie, reduce anche lei da una faticosa giornata fuori casa, ha invece il dovere di preparare la cena e servirla in tavola. L'organizzazione del lavoro è tuttora concepita su misura di uomini la cui moglie si fa carico di tutti i loro bisogni e necessità, più quelli dei figli, per consentire loro di uscire ogni mattina accuditi, puliti e nutriti come si deve e darsi da fare a produrre. Se la moglie smettesse di farlo, la crisi sarebbe catastrofica, fabbriche e uffici chiuderebbero dopo una settimana.

È solo colpa delle donne che accettano di fare le serve, non si ribellano e non propongono soluzioni diverse? È solo colpa degli uomini che non cedono un millimetro dei loro sfacciati privilegi? Mentre negli ultimi decenni si è assistito alla omologazione femminile al modello maschile – la cosiddetta parità, che invece di assicurare pari diritti garantisce alle donne il doppio lavoro – non è nemmeno iniziata l'assunzione da parte dell'uomo dei compiti e delle qualità femminili, quelle che rendono il mondo meno feroce e meno competitivo, compresa la scelta da parte maschile di professioni finora ritenute "da donne". Che queste qualità non siano innate ma frutto di condizionamenti storico-culturali non toglie loro valore, tanto più se si paragonano a caratteri maschili molto diffusi, altrettanto indotti, ma fonte di turbolenze e conflitti nell'intera collettività. Si continua a recriminare la scarsa presenza di donne in attività e carriere tradizionalmente maschili, come quelle tecniche e scientifiche, ma il contrario non viene mai preso in considerazione.

Purtroppo l'identità maschile prevede la totale espulsione del femminile da sé, con una perdita drammatica di "virtù sociali" che dovrebbero essere semplicemente umane: l'attenzione e la sensibilità verso il prossimo, l'empatia e la capacità di identificarsi nell'altro, saper ascoltare, consolare, accudire, curare. Non a caso il 70% del volontariato è svolto da donne.

Sono le madri in primo luogo, da brave suddite, a far propri i codici di costruzione dell'identità maschile, allevando sultani, adorandoli e prostrandosi ai loro piedi, despoti che saranno incapaci di badare a se stessi – e figuriamoci agli altri – cui non viene richiesto nemmeno di rifarsi il letto o di prepararsi la cartella per la scuola. L'identità maschile è un congegno così fragile da paventare che vada in pezzi al minimo cambiamento? Il quale viene vissuto come un attentato alla virilità, che sottintende il temutissimo rischio dell'omosessualità? Basta osservare con quanto spavento ancora si interviene quando un maschietto sceglie un gioco o un giocattolo considerato "da bambine", o con quanta irritazione gli si impone di non fare la femminuccia quando piange.

Per la verità nelle coppie giovani più evolute le cose hanno cominciato a cambiare e fin dalla nascita anche il padre accudisce il neonato, lo pulisce, lo cambia, lo nutre, lo culla, lo addormenta. È un regalo che fa a se stesso, in primo luogo, perché l'esperienza del contatto fisico con un corpo fragile e indifeso che dipende in tutto e per tutto dalle nostre cure restituisce emozioni da sempre bandite dalla vita maschile, ammorbidisce i gesti, modifica il carattere, cancella gli impacci e la paura, addolcisce l'erotismo.

Gli uomini, un tempo certi della loro superiorità, basata sulla nullità e sulla sottomissione femminile, oggi sono disorientati e spesso a disagio per l'emergere della inattesa e fastidiosa soggettività delle donne. Basta poco perché reagiscano aggressivamente, dato che le roccaforti del potere politico ed economico restano tuttora saldamente nelle loro mani: basta che le ragazze siano più brave a scuola, studino meglio e più a lungo di loro, provvedano in proprio alla loro sopravvivenza, vadano in giro sole la notte, viaggino ovunque. Basta che rivendichino la propria indipendenza, pretendano di assumere decisioni, prendano l'iniziativa di separarsi da un marito, un fidanzato, un amante, un compagno con cui non vanno più d'accordo. L'autrice riporta alcuni casi di omicidi efferati di donne accaduti di recente nel nostro paese proprio a causa delle loro pretese di autonomia, che si scontrano con il patologico bisogno di possesso maschile, e riferisce che le donne ammazzate dagli uomini sono più di cento ogni anno. Per non parlare degli stupri che si succedono quotidianamente. Un massacro che continua nell'indifferenza generale: se accadesse il contrario, cioè se cento uomini venissero uccisi ogni anno dalle donne, ci sarebbero furibonde interrogazioni parlamentari e misure di sicurezza eccezionali, compreso il coprifuoco.

Qualcuno si è mai posto la questione di quanto sia più alto il costo sociale degli uomini rispetto a quello delle donne, a causa dei loro comportamenti? I crimini di ogni genere commessi dagli uomini sono il 95%, quelli femminili il 5%, e in queste proporzioni è suddivisa la popolazione carceraria, e si sa che un detenuto costa più che se fosse alloggiato in un albergo di lusso. Le risse, i regolamenti dei conti fra bande, le nefande imprese del branco sono maschili. Basta considerare quello che succede a ogni partita di calcio, non solo nelle grandi città, ma ormai anche nei piccoli centri. Mobilitazione gigantesca delle forze di polizia dentro, fuori e intorno agli stadi per prevenire e contenere l'aggressività dei tifosi delle curve, distruzione sistematica di tutto ciò che queste orde trovano sulla loro strada, comprese le stazioni ferroviarie, i treni assaltati e fatti a pezzi, passeggeri indifesi assediati e morti di paura, un esercito di spazzini per raccogliere cataste di rifiuti. Un costo altissimo, tolto dalle tasche dei contribuenti, comprese le donne, estranee a simili violenze.

Ma c'è dell'altro. La maggioranza degli incidenti stradali è causata da maschi in età dai 18 ai 25 anni che ammazzano se stessi e il prossimo per eccesso o gare di velocità o per guida spericolata che non rispetta le regole, e se non uccidono provocano mutilazioni e invalidità permanenti. E gli atti vandalici, le auto e i cassonetti incendiati, i muri imbrattati di scritte e dei cosiddetti graffiti che vengono periodicamente ripuliti a spese nostre e riappaiono di lì a poco, i monumenti e le statue mutilati o danneggiati, le migliaia di ettari di boschi incendiati? Qual è il prezzo in sofferenza e in denaro di simili misfatti per l'intera collettività? Questa ennesima discriminazione, che scarica anche sulle donne gli alti costi sociali dovuti ai patologici comportamenti maschili, non viene nemmeno lontanamente presa in considerazione.

Quanto ai delitti, si obietterà, l'infanticidio di neonati o bambini più grandi è però praticato in maggioranza dalle madri: è l'unico caso in cui la disparità di forza fisica gioca a loro vantaggio, perciò la violenza si scatena sui piccoli. Non ho dati in proposito, ma temo che gli infanticidi praticati dai padri siano altrettanto numerosi, e attuati per vendetta e non per la depressione, la disperazione e l'impotenza che attanagliano le madri, sole, segregate e bombardate dagli inflessibili precetti su come debba essere una buona madre e dal conseguente crollo della stima di sé nell'impossibilità di corrispondervi. Perché va sottolineato, come sostiene Loredana Lipperini, che la maternità, dal concepimento in poi, è inflessibilmente regolata dalle ingiunzioni di medici, psicologi, psichiatri e uomini di chiesa, nessuno dei quali partorisce e alleva, ma si impegna al massimo per far sentire le donne inadeguate. E quelle che non fanno figli, o ne fanno pochi, vengono ogni giorno colpevolizzate da politici, economisti, opinionisti (e vescovi), tutti maschi, i quali le accusano di provocare il futuro collasso del sistema pensionistico perché non ci saranno abbastanza giovani a versare i necessari contributi, o di permettere ai prolifici stranieri, soprattutto musulmani, di costituire la prossima futura maggioranza della popolazione e così di annientare la nostra superiore civiltà cristiana.

Fra i cambiamenti in atto, visto che si fanno pochi figli, c'è da considerare come vengano accolti a braccia aperte anche quelli che una volta si chiamavano "illegittimi", e le ragazze madri, che un tempo venivano cacciate di casa, additate alla pubblica ignominia e ne avevano l'esistenza per sempre rovinata, ora siano trattate con indulgenza. È anche sparito il mito della verginità, causa di massacri di donne nel passato anche recente: è il frutto della conquistata libertà sessuale femminile, o della vittoriosa pretesa maschile di un uso più facile del corpo delle donne?

D'accordo, la solidarietà tra le donne spesso è scarsa, ma quella tra gli uomini è una pura leggenda, basta osservare i potenti, i politici in primo luogo, che sotto gli occhi di tutti si insultano, litigano in continuazione e appena possono si fanno le scarpe l'uno con l'altro. A parte gli inevitabili difetti umani, la società in cui viviamo fomenta sempre di più un individualismo, una rivalità e una competizione che non lasciano scampo.

Diciamo che, fra tanti ostacoli, difficoltà, impedimenti e soffitti di cristallo, e da noi con una lentezza esasperante, le donne vanno affermandosi professionalmente in molti campi, occupando posti di responsabilità, competenza e potere, nonostante coloro che già lo possiedono mettano loro i bastoni tra le ruote. Ci sono in giro fior di donne intelligenti, lucide, volitive e coraggiose, che a dispetto del persistente condizionamento a un ruolo subordinato e di mille altri ostacoli sono riuscite nell'impresa di conquistare qualcosa solo per se stesse e di farlo fruttare.

Ma l'intelligenza, la lucidità, la volontà e il coraggio delle donne incutono ancora paura, e uno dei sistemi più diffusi per svilirle è ignorare o svalutare queste qualità per divergere l'attenzione sull'aspetto fisico: le gambe, la scollatura, l'acconciatura, l'abbigliamento. Il corpo, come sempre. Abbiamo una quantità di politici di una mediocrità sconcertante, di suprema banalità e di dubbia onestà, cui non porta soccorso nemmeno l'aspetto fisico, che però l'hanno vinta su donne ricche di doti e competenze infinitamente superiori alle loro.

Se penso, tanto per fare un esempio, che fino agli anni sessanta le donne non erano ammesse alla magistratura perché ritenute incapaci di giudizi obiettivi a causa del loro utero – mentre in seguito molte hanno condotto in porto processi giganteschi di enorme complessità con una fermezza e un rigore esemplari – mi viene da concludere che nella nostra società i meriti femminili tuttora si fanno strada con grande fatica a causa di una diffusa cultura misogina di vecchissima data, in apparenza definitivamente sconfitta e invece sempre pronta a risorgere intatta dalle sue ceneri.

Prima

La parte più bella, più eccitante, più divertente di *Google Earth* è l'inizio della ricerca. Per l'esattezza quando, una volta digitato il nome della nazione, della località e dell'indirizzo che si desidera visualizzare con le riprese satellitari, il programma conduce il navigatore *in avanti*, lanciandolo dall'icona iniziale del globo terrestre in un tuffo mozzafiato, in volo fino alla strada che attraversa un paese di cento anime, di cui solo poche decine di persone sanno riconoscere i colori delle case, i profili delle montagne che lo circondano, il fiume che lo attraversa.

Questo libro nasce con un'intenzione molto simile: partire da un'immagine d'insieme e arrivare ai dettagli che la compongono. Naturalmente è più difficile: perché, in questo caso, la visione di partenza non è chiara, al punto da venir percepita in modi apparentemente inconciliabili. Proprio in questi ultimi mesi, infatti, la cosiddetta questione femminile è riemersa nelle cronache, nei libri, nelle discussioni intellettuali: in alcuni casi per una sbigottita denuncia del tramonto delle differenze; in altri, per l'altrettanto angosciosa consapevolezza di una nuova e violentissima ondata di misoginia. Che debba tornare ad assestarsi nel ruolo centrale di moglie e di madre, o che debba continuare a rivendicare di essere prima di tutto *persona*, la donna di cui si sta parlando sfugge comunque alla visione. L'immagine totale è fuori fuoco. Proprio per questo, occorre forse saltare verso il basso e osservare da vicino quel che dall'alto non si vede.

In trent'anni, i discorsi sulla cosiddetta emancipazione femminile sono divenuti molto più sofisticati e complessi rispetto all'urgenza con cui agirono i movimenti di liberazione. E, allo stato attuale, fanno sorgere un sospetto a chi non frequenta con la stessa generosa e ammirevole assiduità il dibattito sul genere. Il dubbio è semplice, e doloroso: non sarà che quelle donne che sarebbero divenute pari agli uomini in tutto – e in primo luogo in un'affermazione professionale in nome della quale avrebbero svenduto la propria anima e il proprio tempo come il dottor Faust – sono, in realtà, molto poche? Non sarà che l'infinito dibattere sulla differenza e sul suo prezzo è, in fondo, un lusso riservato a una cerchia ristretta di pensatrici e osservatrici che hanno realmente ottenuto riconoscimenti lavorativi ed economici (certo, a fronte di esistenze magari difficili e convulse: ma comunque con un privilegio che un tempo si sarebbe detto "di classe" rispetto alla stragrande maggioranza)? Non sarà che, mentre si discute di quel che l'umanità ha perduto quando le signore hanno lasciato il ragù per i consigli di amministrazione, nel vituperato mondo delle masse stia invece accadendo tutt'altro?

Questo libro racconta, dunque, i risultati di una lunga immersione nel mondo dell'immaginario popolare: quello che, d'abitudine, si considera non rilevante ai fini dell'interpretazione culturale. Eppure, a formare una cultura è proprio quello stesso immaginario che si veicola nei prodotti a larga diffusione: prodotti destinati all'infanzia, soprattutto. Perché, per capire cosa sta succedendo oggi alle donne, occorre sapere cosa è successo, da qualche lustro a questa parte, alle bambine.

Non casualmente, quel che viene intuito oggi dai saggisti era già noto, da oltre dieci anni, nel marketing che riguarda i giovanissimi. La *re-genderization*, il ritorno ai generi, è già in atto, dalla metà degli anni novanta, nella produzione e diffusione di giocattoli, programmi televisivi, libri, film, cartoni. Laddove la parola *ritorno* non sancisce semplicemente una differenza, ma determina, ancora una volta e a dispetto delle apparenze, la premessa di una subordinazione.

Questo libro racconta quello che le bambine guardano, comprano, leggono, vengono indotte a sognare. Non è un racconto ottimista. Ciononostante persegue un secondo obiettivo: cercare di dimostrare quanto sia illusoria la minaccia tecnologica agitata dai numerosissimi difensori dell'infanzia. Banalmente, mezzo e messaggio continuano a essere sinonimi: e uno dei risultati dell'antico fraintendimento è la messa in ombra di quelli che sono forse gli stereotipi più inquietanti, ma che vengono da un supporto ritenuto benefico. La carta.

Questo libro, ancora, non intende trasformare i lettori adulti in *vigilantes*: almeno, non nel senso che diamo oggi al termine. Non è censurando, allontanando o ritentando l'esperienza fallimentare del *politically correct* che si ristabilisce un equilibrio ormai perduto di vista. Semmai, *vigilando*: e dunque, entrando nel mondo dei simboli per osservarli e riconoscerli. Per renderli, forse e finalmente, innocui.

Questo libro, infine, comincia idealmente dalla frase con cui, decenni fa, si concludeva un altro e famosissimo testo, *Il secondo sesso* di Simone de Beauvoir: "La disputa continuerà finché gli uomini e le donne non si riconosceranno come simili". La sensazione è che, a oggi, la disputa continui, e si stia anzi nuovamente acutizzando, perché quel riconoscimento – di similitudine, non di identificazione – non è ancora avvenuto. Nonostante si sostenga, nei luoghi deputati, l'esatto contrario.

1. Falso movimento

È come quando si cerca di mettere a fuoco qualcosa. Come quando si incocca una freccia mirando al cerchio centrale, quello giallo, quello con il punteggio più alto; e si è davvero convinti che lo sguardo sia indirizzato correttamente, e che dunque la freccia sia destinata a fermarsi nel punto che l'occhio crede di vedere. Ma una volta che le dita hanno rilasciato la corda, e che quella ha sfregato dolorosamente il braccio – giacché si è degli arcieri dilettanti – e che la freccia è volata via, si scopre che la nostra era un'illusione ottica, e che quello che stavamo fissando non era il bersaglio giallo, quello che conta davvero. Perché è sul margine più esterno, colorato di blu, che la punta della freccia si è conficcata.

> ***Una illusione ottica è una qualsiasi illusione che inganna l'apparato visivo umano, facendogli percepire qualcosa che non è presente o facendogli percepire in modo scorretto qualcosa che è presente.***
>
> (Wikipedia)

Allo stesso modo. Da almeno dieci anni a questa parte una sola parola accompagna tutto quello che riguarda il mondo dell'infanzia: *allarme*. All'insegna del pericolo è stato caratterizzato ogni mezzo che permettesse a bambine e bambini di condividere saperi (e, anzi, di ribaltare il tavolo dello scibile adulto, e collaudarne uno nuovo), scoprire affinità e far fiorire le proprie giovani comunità, così giustamente diverse da quelle dei genitori. Naturalmente ci sono buone ragioni per seminare panico: i bambini occidentali, per cominciare, sono ormai merce rara e dunque preziosa, da porre sotto massima tutela. Inoltre, da qualche tempo la società sembra accarezzare con frequenza crescente quella che il filosofo Pascal Bruckner definisce la velenosa tentazione dell'innocenza. E le vittime, si sa, godono di ottima stampa.

Non casualmente, nell'ultimo decennio ci è stata dunque offerta con molta generosità l'immagine di una generazione di vittime: indotte al suicidio dai cartoni animati giapponesi, allevate al crimine dai videogiochi, solleticate al narcisismo da Internet e telefoni cellulari. Molta minore attenzione hanno ricevuto coloro che, sul fronte opposto, replicavano che nella terra apparentemente selvaggia delle nuove tecnologie non stavano crescendo mostri fanciulli come quelli raccontati da William Golding ne *Il signore delle mosche*; ma che, anzi, in quei territori – ancora ignoti alla maggior parte degli adulti – stava accadendo qualcosa di dimenticato. Qualcosa che ricordava i tempi remoti in cui gli sconosciuti autori dei *nostoi* greci raccontavano il ritorno degli eroi da Troia, riprendendo, arricchendo e moltiplicando la vicenda narrata nell'*Iliade*. Le presunte vittime dell'anestesia emotiva indotta dai media stavano percorrendo quella stessa strada. Nei blog di preadolescenti dodicenni, nelle fan fiction scritte da ragazzine delle scuole medie, nei video realizzati dagli studenti delle superiori, stava prendendo forma un vastissimo e giovane corpo sociale e narrativo che incalzava le storie ufficiali: creandone di comuni e mettendole a disposizione di chiunque, senza altra ambizione che quella di condividere parole e immagini.

Dunque, il bersaglio è sbagliato: non il sistema dei media, bensì molti dei simboli, dei pensieri, degli stereotipi che circolano al suo interno. Insidiosi quanto, fin qui, inevitabilmente trascurati: perché, in un paese che ama ragionare per logiche contrapposte (arte contro mercato, cultura accademica contro *popular culture*, libro contro televisione, romanzo nobile contro genere letterario), ci si trova spesso costretti a condurre battaglie di retroguardia. E a fronte di chi sostiene che *Candy Candy* favorisce i condoni fiscali grazie alla filosofia del lieto fine (è stato detto davvero), che *Sailor Moon* induce all'omosessualità (è stato detto anche questo) e che il videogioco *Grand Theft Auto* è il fondamento del bullismo (si dice regolarmente), si viene costretti a difendere la *popular culture* in quanto tale, senza operare differenziazioni tra un prodotto e l'altro, o fra i singoli elementi di una stessa storia.

Non si tratta di ripristinare le antiche distinzioni: valori granitici contro fluidità postmoderna, neopuritanesimo contro il sesso moltiplicato ed esposto. Non si tratta di tornare a un passato impositivo che sinistramente torna ad apparire idilliaco. Occorre partire dall'inizio: e cominciare a scavare all'interno dei vari mondi che compongono l'universo di bambini e adolescenti, per poi raccontare quel che si è visto.

Scoprendo, nel caso, che qualcosa che giudicavamo un memento di anni lontani era tutt'altro che acquisito, tutt'altro che consolidato. Che una questione apparentemente risolta in pochi anni come l'educazione al genere, e a un genere subalterno, è ancora apertissima. Che il rilancio, nel mondo adulto, di quella che è stata definita – e forse è – una nuova guerra contro le donne trova riscontri molto meno visibili, ma non meno forti, nell'immaginario che viene proposto all'infanzia. Che, insomma, bisogna tornare a porsi, ancora una volta, dalla parte delle bambine.

> ***Cara Flora... Ho già provato a diventare Fatina del mese, ma purtroppo non ce l'ho ancora fatta. Spero di diventarlo stavolta... Comunque se potessi inventare una pozione magica sarebbe la "Pozione di Desideri"... Gli ingredienti non sono certo tra i più comuni: servono infatti...***
> ***– amore, perché senza l'amore i desideri non potrebbero che essere malvagi;***
> ***– bontà, serve per far esprimere dei desideri giusti e leali;***
> ***– amicizia, è una pozione che può essere preparata solo se si è in compagnia di VERE amiche.***
>
> (Sito ufficiale delle Winx)

Per esempio. Che male potranno mai fare le Winx, le fatine accortamente svestite e con gli stessi labbroni gonfi delle *celebrities* di Mtv, che dalle loro riviste invitano le piccole lettrici a combattere la cellulite e a confidare nell'oroscopo che promette amori d'aprile? Apparentemente, certo, nulla. Ne sono convinte persino le madri: così pronte a schierarsi a difesa, e mai così guardinghe come in questi anni.

Comincio, dunque: e arrivo su un forum che nasce per promuovere l'informazione sull'infertilità e sulla medicina riproduttiva. Leggendo, scopro che viene invece spesso utilizzato come luogo di ritrovo e confronto tra mamme. Capita: in moltissimi casi, la rete non fa che riflettere i discorsi e le inclinazioni del mondo reale, quello dove le madri occhieggiano i figli nei parchi pubblici, e si affollano all'uscita dalle scuole o nei cortili dei

McDonald's quando ci sono le feste di compleanno, parlando delle insegnanti, dei cibi, dei giochi. In questo caso, l'argomento sono, appunto, le Winx.

Ho una figlia in preda a Winx-mania, mannaggia all'asilo e alle amichette. Per fortuna il lato consumistico è moooolto all'acqua di rose, ma la sciacquetta cerca di cantare le varie canzoncine, non sa le parole e vuole che gliele dica io. E io sarò mezza sorda o particolarmente rimbecillita, ma ci sono dei pezzi che proprio non riesco a decifrare anche sentendoli... non è che qualcuna sa i testi e mi dà una mano?

La prima risposta è in tema:

Versione della Winx Musa, bambola cantante con pulsante sulla schiena per l'ascolto che ormai so a memoria: "Siamo noi le Winx/fonte di energia/con la magia/sfideremo le malvagie Trinx/nuove fate siamo Winx".

Suscita tenerezza, certo, il fatto che un gruppo di donne adulte si ritrovi per trascrivere la canzone di un manipolo di fatine pop: così simili alle loro antenate nell'essere non sapienti, ma trascendenti – e dunque fuori dal mondo aguzzo dell'intelligenza maschile –, così contemporanee nel proporsi come seduttive, così arcaicamente femminili nel mettere al primo posto i valori della cura, dell'armonia, della vicinanza con la natura. Ma dai discorsi delle madri, che ormai si stanno divertendo a comporre, rigo dopo rigo, i versi della canzoncina, non traspare alcun tipo di preoccupazione. Del resto, che importanza avranno mai i simboli? Quel che le preoccupa, piuttosto, è che non si ecceda con il "consumismo". Oppure che, dovendo proprio piegarsi all'acquisto, la "marca" si ponga a garanzia del prodotto:

La "mia" di 8 anni ha lo zainetto delle Winx e quest'anno le ho comprato pure l'astuccio. A parte tutto, mi sembrano comunque ben fatti e il prezzo è simile a tutti gli altri di "marca".

O che il cartone non appartenga al temuto, quanto dagli adulti non frequentato, filone degli *anime* giapponesi:

Consolatevi che, se non altro, sono di produzione nostrana, per la precisione il produttore e inventore è un signore marchigiano che ci ha provato e si è fregato pure i giapponesi, le Winx stanno battendo tutti...

O, ancora, che le bambine non guardino la pubblicità che inframmezza il programma: pur usufruendo, però, di tutti i prodotti a esso collegati, compresi i lucidalabbra e gli ombretti glitterati:

Anche Fede non vede i cartoni trasmessi via etere... ha tutti i vari dvd e per quanto riguarda le Winx ha un po' di episodi rigorosamente depurati da pubblicità...

Ma poi, onestamente, 'ste Winx alla fine risolvono un sacco di problemi... "qualunque cosa abbia Winx sopra"... aaah, che liberasiun! Tanto, se le ciabattine per casa hanno le Winx invece di un altro pupazzo, o se dorme nelle lenzuola con le Winx invece che con i fiorellini che cambia?

Non sembra un problema, in effetti. Anzi, durante una decina di anni brillanti, immemori, colorati, tutto appare giusto e divertente. Per Capodanno si vendono tanga rossi per bambine con su scritto "Will you kiss me under the mistletoe?" (vuoi baciarmi sotto il vischio?). Nella posta del cuore delle riviste per preadolescenti si parla di cosa fare dello sperma dopo una fellatio. Nei libri di scuola le mamme continuano a stirare, mentre nelle avventure fantasy le eroine vanno salvate e, potendo, sposate. In televisione ragazze molto bionde esibiscono trionfanti la propria pelle levigata: compiendo, ignare, gli stessi gesti con cui la Nanà di Émile Zola conquistava Parigi, fiera della propria assoluta, abbagliante e perciò irresistibile mancanza di talento. In rete, centinaia di littlepurple, darklight, nuvolanotturna, pinklady pubblicano fotografie di Sienna Miller, Paris Hilton, Kate Moss, abbinandovi l'elenco dei riti quotidiani da compiere per rendere il proprio corpo simile al loro: caffè nero per colazione, una ciotolina di insalata a pranzo, un uovo a cena. Più trenta minuti di bicicletta, quindici di step, trecento rotazioni, dieci flessioni, stretching.

Il culto di Ana, la dea dell'anoressia e del rifiuto del proprio destino, è l'unico elemento che, di quando in quando, traspare in superficie dal territorio delle nuove bambine: e, spesso, con le motivazioni sbagliate. È il brivido freddo alitato da un mondo che sembra altresì del tutto innocuo e che risulta attraente anche per le donne adulte. Così piacevole, in effetti: tinto inesorabilmente in tutte le sfumature pastello, animato da gattini *kawaii,* fatti per ispirare tenerezza e risvegliare nelle bambine quello che è tornato a essere "l'istinto" materno. Come può spaventare questo innocente assembramento di fate, di fiori, di cuccioli, di gnome esperte in creme di bellezza, e di tutto il grazioso corollario per esistenze da coltivare nell'inutilità? Cosa vale, davanti a quello che viene salutato con soddisfazione come il nuovo *women power*? Fatto, peraltro, di conquiste impalpabili: i tacchi a stiletto Manolo Blahnik, il machismo sessuale esibito in qualche serial televisivo (mai disgiunto, peraltro, dalla ricerca dell'affermazione di sé in quanto metà di una coppia), certo rampantismo di risulta disseminato al cinema, nei libri, in altri prodotti dell'immaginario dove sbocciano donne detective, donne anatomopatologhe, donne manager in calze a rete, persino – tanto è per finta – qualche presidentessa della Repubblica. Laddove, nella realtà, il potere politico, economico, intellettuale è ancora appannaggio maschile: e l'unica donna italiana che ha soltanto idealmente sfiorato l'ipotesi del Quirinale è stata Emma Bonino. La quale, come scrisse giustamente Natalia Aspesi, spesso non viene apprezzata dagli osservatori di sesso maschile per le sue capacità, ma perché "incarna perfettamente il potere femminile visto dagli uomini: quello di soccorritrice dei sofferenti, di mamma universale, di superinfermiera mondiale".

"Sa chi è Paris Hilton?"
"No."

(Intervista di Daria Bignardi a Emma Bonino
per *Le invasioni barbariche*)

Nel febbraio 2007 il magazine americano "Newsweek" dedica l'articolo di copertina, *Girls Gone Bad*, al dilagante entusiasmo delle bambine (dai sei anni in su) nei confronti di popstar seminude e svaporate come Paris Hilton, Britney Spears, Lindsay Lohan: "Come mai accaduto prima, i nostri bambini sono bombardati da immagini di celebrità ipersessuate e ipersvestite, che non sembrano poter uscire da una macchina senza mostrare le loro privatissime e depilatissime parti da fotografare". Cosa stiamo facendo, si chiedono le autrici (Kathleen Deveny e Raina Kelley)? Stiamo forse allevando una generazione di baby-prostitute che vestono come lolite e vivono per le borse di Dolce&Gabbana? L'adorazione delle figlie verso sorelle maggiori che diventano famose perché roteano il bacino e si leccano le labbra a favore di telecamera è il segnale di un cambiamento profondo, che svaluta l'amore in favore del solo sesso? Anzi, che rende quest'ultimo un prodotto da collezionare e consumare come le assai disinibite bambole Bratz? Timori che rientrano alla fine dell'articolo: niente paura, le ragazze hanno fatto strada, i loro risultati scolastici sono eccellenti, il numero delle gravidanze fra le minorenni è in diminuzione. E, alla fine, i valori che contano si apprendono in famiglia.

Eppure, la storditezza generale delle divette di Mtv veicola un messaggio determinante. Lo stesso che suggeriscono le fatine dei cartoni. Lo stesso che ossessiona le piccole seguaci di Ana. Bisogna puntare sul corpo: questa è la carta vincente delle donne. Il timore degli adulti va sempre, o spesso, nella direzione sbagliata: come la freccia dell'arciere dilettante.

"Sei bella, sei famosa e ti sbavano dietro... cosa puoi volere di più dalla vita?"

(Paris Hilton)

La community allude, ironia della sorte, al potere femminile. Le utenti sono poco più che bambine. Qualcuna avanza critiche alla star più fotografata, filmata, intervistata nelle loro riviste e nei loro programmi televisivi: Paris Hilton. La comunità insorge in sua difesa. Con questi argomenti:

Prima ragazza: *In ogni vostra risposta colgo un pizzico d'invidia... e poi si dice di non giudicare dall'apparenza... mah!! a me personalmente piace come si veste e il modo in cui riesce a far soldi così facilmente!! di certo non la ammiro per il film porno!!*

Seconda ragazza: *È solo capace di essere se stessa e non se ne vergogna minimamente! Lei è così e basta e la ammiro per questo!*

Terza ragazza: *Un conto è avere i soldi e goderseli... un altro conto è diventare una STAR interplanetaria perché non ci si accontenta di essere un'ereditiera... Io adoro come si veste!! Poi fisicamente è perfetta, in faccia non è bellissima ma neanche un cesso.*

Quarta ragazza: *A me Paris piace molto come persona e non è affatto odiosa o oca come dite voi! È una persona normale ma con un pizzico di fortuna in più di noi...*

Quinta ragazza: *Io l'ammiro molto... mi piace come si veste e come si atteggia! e poi è bella... perché non dovrebbe tirarsela se può??*

Non è il sesso a far leva sulle ammiratrici di Paris. Non ha importanza che il suo successo sia dovuto al fatto che, nel 2003, il video che la mostrava a letto – peraltro assai annoiata – con il suo ragazzo di allora, Rick Salomon, fosse il più cliccato su Internet. Quel che le attira è che grazie a quell'esperienza – poi dimenticata o del tutto sconosciuta per molte delle sue fan – siano arrivati i contratti come testimonial di gioielli e di profumi, i videoclip con Eminem e poi quelli da solista dove – quasi – seduce un bambino, e quindi i videogiochi scaricabili sui cellulari e le pubblicità italiane, volgari il giusto, con Claudio Amendola. È la facilità, insomma, con cui una donna ottiene potere con un altro potere: quello del proprio corpo, ammettendo con candore di non possedere altro.

Sembra semplicissimo, e sembra ovunque. Come scrive la giornalista americana Ariel Levy, autrice di *Sporche femmine scioviniste*:

È così che funziona il Sistema. Questi sono i nostri modelli di riferimento. È così che funzionano l'alta moda e la bassa cultura, l'atletica e la politica, la televisione, la pubblicità, la musica pop e la medicina, e, tenetevi forte, entrarne a far parte ti rende una donna forte, ti dà potere. Siccome abbiamo stabilito che le donne emancipate devono proporsi pubblicamente e dichiaratamente come oggetto di desiderio, e siccome l'unico segno di desiderabilità che siamo in grado di riconoscere è un'esplicita allusione agli spettacoli a luci rosse, abbiamo convertito tutta la nostra cultura alla squallida estetica di un Penthouse, di uno strip-club.

Che male c'è?, sembra chiedersi la stragrande maggioranza di coloro che si turbano davanti alla violenza fumettistica di Quentin Tarantino e del wrestling e giudicano innocuo "Top Girl". Nell'estate del 2002, una sessuologa affrontava il fenomeno del velinismo e delle giovani donne che non esitavano a puntare esclusivamente sull'aspetto fisico: "Queste ragazze sono figlie del femminismo, che hanno reinterpretato. Prima c'era tutto da conquistare. Oggi, utilizzando anche quelle armi che una femminista avrebbe aborrito, hanno dato vita a un modello di donna nuova. Che ha in sé molte contraddizioni, ma è la premessa di una futura evoluzione".

E basta spulciare nelle cronache giornalistiche relative al concorso di Miss Italia per capire che esiste un equivoco di fondo che, lustro dopo lustro, ha continuato a essere ignorato. Anno 1984, dichiarazione di una concorrente: "Non è il concorso che sfrutta la donna, è la donna che sfrutta il concorso. Chiaro, no?". Anno 1985, parere di Miss Selezione Eleganza Veneto: "Il femminismo? Per carità. Ci ha rovinate. Oggi trovare un uomo vero, un uomo come si deve, è diventato un problema. Altro che femminismo. Io nella vita voglio avere il meglio di tutto, puntare in alto, vincere, arrivare per prima. Guardi, io sono di Portogruaro, come la Marta Marzotto: che colpo sarebbe fare come lei. Ma ci riuscirò anch'io, vedrà: prima o poi sposerò un miliardario...".

Che l'obiettivo sia il successo, che sia – come nei secoli passati – il matrimonio, il mezzo per riuscirvi è uno solo: l'avvenenza fisica. Questa è la lezione numero uno appresa dalle bambine: che sono le utenti privilegiate, come vedremo, di programmi e prodotti ufficialmente destinati alle adolescenti. Prima, vale la pena dare almeno uno sguardo alle contromisure che il mondo degli adulti, come auspicava saggiamente "Newsweek", dovrebbe essere in grado di adottare. In primo luogo, su se stesso.

Per chi pensa non sia 8 marzo senza il brivido dello strip-tease e sognando una notte brava, la curiosità sarà servita a El Café Latino, con undici ballerini che si esibiranno in spogliarello, Da Vittorio alla Stazione Marittima per un ricco menu di pesce e due strip-tease maschili, e al Cezanne, dove l'ultimo spogliarello è previsto per l'una del mattino. Al Seven Days (via Schiaffino 32) menu fisso e doppio spettacolo di strip-tease maschile.

("la Repubblica", cronaca da Genova, 7 marzo 2004)

Per giudicare una cultura occorre guardare ai suoi miti, grandi, piccoli o addirittura infimi che siano. Le storie nascoste, quelle che rimangono in ombra in quanto dettagli, raccontano molte più cose della narrazione principale. Parlare – ancora! – di subordinazione femminile sembra un lamento fuori del tempo, il ritorno a vecchie e non guarite ossessioni. Qualcosa di patetico, di disturbante, di pietosamente passato di moda. Ma del resto, già nel 1949, nelle prime pagine del suo *Il secondo sesso*, Simone de Beauvoir scriveva: "Il problema del femminismo ha fatto versare abbastanza inchiostro, ora è pressoché esaurito: non parliamone più". Oggi di femminismo si parla ancora, certo, ma sempre più spesso in sale claustrali e in riviste per poche elette: salvo ondate indotte dalla cronaca, e rapidamente riassorbite da altre esigenze di impaginazione. Ma difficilmente, anche nella discussione più accesa, si tocca un territorio rimasto troppo spesso in ombra.

Perché si diceva, anche trent'anni fa, che ciò su cui occorreva concentrarsi erano gli obiettivi concreti, la parità reale, sulla carta: professione, diritti civili, stipendio. A chi insisteva sul fatto che *insieme* occorreva risolvere la questione dei simboli, delle immagini e delle relazioni fra generi così come venivano rappresentati nella già disprezzata cultura popolare, si obiettava che questi erano, appunto, dettagli. Oppure, si evocava lo spettro di una pratica obiettivamente odiosa come il *politically correct*: eppure, non si trattava di cambiare il finale delle favole e di salvare il lupo di Cappuccetto Rosso. Si trattava di crearne di nuove (come sta cominciando a fare, fortunatamente e autonomamente, almeno una parte delle bambine di oggi) e insieme di educare e educarsi a interpretare le storie che ci circondano. Così, quei dettagli si sono moltiplicati fino a comporre qualcosa di molto più vasto. Fino a occupare, anzi, la maggior parte dello spazio disponibile.

Una mattina d'inverno, durante una telefonata, il semiologo Paolo Fabbri mi fa notare che le voci, nei film, sono cambiate: "Se fai attenzione, ti accorgerai che le donne sono tornate a pigolare, e gli uomini a parlare con il tono di un basso-baritono". Non solo. Basta guardarsi intorno: e improvvisamente le strade, i vagoni delle metropolitane, i negozi appaiono popolati della caricatura *per eccesso* di donne e di uomini. Le vede anche Fabbri: "Femmine seminude e maschi pirateschi. Sono ovunque: prede che s'inarcano e monumenti muscolari che danno loro la caccia. Al cinema, in televisione, nei fumetti, la tensione di genere sembra arrivata al massimo. E mentre la rappresentazione simbolica viene esasperata nell'immagine, nei fatti si ripete una vecchia storia: le donne continuano a fare da spalla, e a ridere, da anni, alla stessa barzelletta raccontata dagli uomini".

Buffo, dopo lustri di discussioni attorno alla fluidità dei generi, alla prevalenza dell'ibrido, al ritorno del mito dell'androgino, trovarsi di nuovo davanti a iperfemmine e supermaschi: apparentemente e allegramente inconsapevoli di un ruolo a cui sembrano voler aderire in permanenza, senza il desiderio di giocarci e di sperimentare come, per un lungo momento, sembrava possibile fare. Possiamo essere uomo e donna, giovani e vecchi, possiamo assumere qualsiasi identità: a volte lo facciamo, su Internet. Molto più spesso, vi riproponiamo quel che siamo fuori.

E, fuori, si finisce per sentirsi accerchiati: "Mantenersi in forma aumentando la propria sensualità. Pare questo il *trend fitness* del momento, che da Roma a Milano ha contagiato palestre esclusive e ballerine nostrane. Sono discipline aerobiche dai nomi conturbanti: lap dance, lap gym, cardio strip, gym tantra, che promettono, oltre ad addominali di ferro, miglioramento delle tecniche seduttive con conseguente impennata dell'autostima". Questo era il "Corriere della Sera", nell'ottobre 2006. Ma se si decide di intraprendere il cammino fra spogliarelliste, vallette, modelle da calendario, si rischia di trovarlo troppo affollato. Spogliarsi sembra diventata una delle parole d'ordine del mondo adulto, quello che, per l'appunto, dovrebbe fornire i *valori reali* alle proprie figlie affascinate in simultanea dall'ombelico di Britney e da quello delle Bratz. Per esempio, può capitare di imbattersi nelle tredici casalinghe, scelte, ci si dice, da oltre duecentomila italiani fra tremilacinquecento candidate (in "un vero e proprio concorso in Internet"), per farsi fotografare nude tra i vigneti delle Grave del Friuli da tal Gianfranco Angelico Benvenuto, estasiato dall'idea di "foto vere, di donne vere, in vigne vere, un reality della fotografia", e immortalato in prima persona nell'immagine di dicembre. Dove, ci informa solerte il portale web della Rai, "in un'antica osteria, ricostruita nel Museo del Vino dei Vigneti Pittaro, le casalinghe spruzzano di spumante il fotografo, riverso su un tavolo, esausto".

Quella che, su un'arguta testata on line molto di sinistra, "Left Wing", viene chiamata con delicatezza la "deregulation della figa" non riguarda dunque soltanto l'America. Dove la già citata Ariel Levy racconta di aver provato improvvisamente la stessa sensazione di spaesamento:

Accendevo la tv e mi trovavo spogliarelliste in mutande che spiegavano alle casalinghe come far arrivare il proprio uomo all'orgasmo a colpi di lap dance. Cambiavo canale e mi imbattevo in bambole strette in uniformi striminzite che ballonzolavano su e giù dal trampolino. Britney Spears stava diventando via via sempre più famosa e via via sempre più ignuda, e il suo corpo flessuoso mi era talmente familiare che avevo l'impressione di uscirci tutti i giorni. [...] Bastava uscire di casa per incrociare decine di ragazze e ragazzine, e ogni tanto qualche cinquantenne sciroccata, con jeans a vita bassa (tanto bassa da sdoganare quello che oggi è noto come solco interchiappa) accostati a magliette così stiracchiate da dare una multipla panoramica su tette rifatte e piercing all'ombelico. A volte, nel caso in cui il messaggio fosse stato troppo sottile, poteva esserci ricamato un coniglietto di "Playboy" se non, direttamente, la scritta PORNOSTAR. *[...] Solo trent'anni fa, cioè quando sono nata io, le nostre mamme davano fuoco al reggiseno e facevano picchetti davanti alla redazione di "Playboy". E invece ora ci facciamo riempire le tette di silicone e mettiamo il logo di "Playboy" in bella vista come simboli di emancipazione. Com'è possibile trasformare la società nel giro di così poco tempo?*

Raunch, ovvero l'osceno, il volgare, significa far diventare comune la versione dozzinale della sessualità femminile. Significa che, se un tempo esistevano "Playmen" e il resto, adesso ci sono i calendari modellati su "Playmen" *dentro* il resto. Significa, insomma, che l'atteggiamento pornografico presiede al modo di concepire televisione, giornali, libri. Leggendo il *Dizionario della pornografia* curato da Philippe Di Folco, si ha la testimonianza di quanto il porno trasmigri nei media generalisti. E se il quotidiano "Libération", nell'agosto 2004, illustra tranquillamente un articolo con la foto di una penetrazione, la pubblicità arriva a citare con frequenza ormai altissima posizioni e varianti del sesso: è il caso di una nota marca di gelati, ma anche di quella linea di abbigliamento giovanile che ha tappezzato le città italiane con l'immagine di una modella – seppur vestita – che simula la masturbazione. Quanto alla televisione, nel dizionario viene individuata senza esitazione come "il mezzo pornografico per eccellenza". Le prove? Sono nell'idea di reclusione e di ripresa in tempo reale degli atti dei prigionieri che è il fondamento dei reality (i quali, peraltro, usufruiscono delle stesse luci "a doccia" del cinema hard-core). Ma anche talk-show e telefilm, sostiene il documentarista Tancréde Ramonet, hanno fatto proprio il dispositivo principe della pornografia, quello che prescinde dallo stesso atto sessuale: "Trivialità della situazione, impudicizia di chi si esibisce e indecenza dello sguardo del voyeur".

A monte del reggiseno a vista e delle labbra gonfie che anche la più intelligente delle ospiti di un dibattito si sente, a differenza dei colleghi maschi, obbligata a esibire, c'è il malinteso concetto per cui un essere umano che ha raggiunto la presunta liberazione dagli stereotipi possa usare i medesimi per divertirsi. Sarebbe bellissimo, se fosse davvero così: era lo stesso principio secondo il quale il femminismo degli anni settanta giocava con le antiche e pericolose simbologie che avevano incatenato le donne alla luna, alla stregoneria, ai cerchi magici (i girotondi) e financo alle marmellate. Ma giocare con i simboli, e con gli stereotipi, presuppone una consapevolezza così potente e così granitica del gioco medesimo che è molto difficile non restarne scottati.

Valga il solo esempio, citato ancora da Levy, delle olimpioniche di Atene 2004 che posano nude per "Playboy" e seminude per "For Him Magazine": "Su 'FHM' si vede la campionessa di salto in alto Amy Acuff sdraiata per terra, con occhi socchiusi, capelli biondi sparsi attorno a sé e cosce all'aria (a poche pagine dal sex-quiz: 'Hai mai partecipato a un'ammucchiata?' e relativa risposta: 'Be', altrimenti per quale motivo i miei genitori avrebbero sborsato più di centomila dollari per mandarmi al college?')". Acuff, probabilmente, ha pensato che in fondo si trattava – appunto – di giocare.

Raunch, inoltre, non significa liberare la pornografia, e tantomeno la sessualità, dalla stretta censoria del femminismo radicale che era arrivato a equiparare la penetrazione maschile allo stupro. Paradossalmente, ha quasi il significato contrario: laddove moltiplica a un punto tale l'atteggiamento (e l'abbigliamento) della pornostar da creare un'ulteriore – e pericolosa – illusione ottica. Far credere alle donne, cioè, che il proprio potere passi per l'esibizione disinvolta del proprio corpo: esattamente allo stesso modo in cui la candidata di Miss Italia 1984 immaginava di poter usare il concorso, e non il contrario. Di più: accentrando la massima visibilità sulla carne femminile, esposta, manipolata, gonfiata – tra il 1994 e il 2004 le richieste annuali di ritocco al seno aumentano del 700% solo negli Stati Uniti –, tagliata quando serve, si lascia in ombra tutto il resto, e ci si dimentica che in realtà la strada fatta è poca. E che, nel pendolo oscillante fra volgarità e neopuritanesimo, sembra essersi persa ogni traccia del concetto di individuo giudicabile per la propria storia e non per la propria appartenenza sessuale. Scrive, giustamente, il filosofo Mario Perniola sul numero 11 di "Agalma":

> *Con la* raunch culture *si assiste alla resa incondizionata del femminismo all'ideologia del consumismo neoliberale e alla mercificazione completa dell'immagine del corpo, secondo i dettami di ciò che i francesi chiamano la* pornoisation *pubblicitaria. Ovviamente il contraltare di tutto ciò è la proposta di punire legalmente come* sexual harassment *ogni manifestazione di galanteria.*

Stretta in una morsa fra un universo femminile che sembra gratificarsi della propria oscenità e un'altra cospicua parte del medesimo che agita lo spettro moralizzatore della censura, la nuova bambina – che in quel mondo è comunque immersa anche se guarda solo dvd della Disney – ha quantomeno la sensazione di una confusione crescente nel mondo degli adulti. Che, a forza di essersi tenuti fuori dai contenuti veicolati dalla tecnologia (per condannarla *in sé*), finiscono per confondere – loro sì – rappresentazione e reale. E in questo senso è vero che certe sperimentazioni sessuali (la masturbazione filmata e spedita via cellulare fra compagni delle medie, la facilità al sesso orale e pubblico esibita da parte delle preadolescenti americane e no) sono più che altro sperimentazioni mediatiche: ma la motivazione prescinde dall'esistenza dei mezzi tecnologici, e si lega molto di più all'idea di usare il corpo come scorciatoia per ottenere un riconoscimento sociale. "Vestirsi da troia", come dichiara una ragazzina quattordicenne alla Levy, significa diventare "la ragazza più desiderata della scuola". Come nelle centinaia di telefilm (e libri) a uso adolescenziale, e del loro equivalente per adulte.

"Ho esaurito gli uomini da scopare. Quindi o mi sposo o mi trasferisco."

"Io sono una che sta cercando l'amore, l'amore vero..."

(*Sex and the City*)

Ma sotto la sventatezza chiassosa di un osceno di plastica si insinua, prevedibilmente, la riscoperta e la nuova celebrazione del ruolo opposto a quello della prostituta: quello della moglie e della madre. Perché nel colpo di coda finale di *Sex and the City* – il serial televisivo divenuto l'icona della *raunch culture* e dell'ossessione femminile per il consumo (di scarpe, di uomini, di sesso) – una delle protagoniste trova infine l'amore, un'altra adotta una neonata, una terza si sposa e va a vivere con marito, figlio, cane e gatto, la quarta sconta i propri peccati con un cancro. Il pendolo, anche qui, oscilla fra il puro e l'impuro, fra l'ipersessuata e colei che attraverso l'amore redime e si redime. Fermarsi nel mezzo sembra impresa impossibile: eppure fino a pochi anni fa sembrava, per la prima volta, quasi a portata di mano.

Quello che emerge, insomma, è che negli ultimi anni si è smesso di parlare di persone e si è ricominciato a parlare di maschi e di femmine. Proprio nel mondo di *Sex and the City* e nei successivi libri dell'ispiratrice della serie, Candace Bushnell, le donne sarebbero potenti *come gli uomini* perché in grado di licenziare un subordinato con lo stesso cinismo, di usare una carta Amex nera e, appunto, di consumare sesso in una maniera considerata maschile. Non si parla di scelte individuali, o indotte da una determinata condizione sociale (essere molto ricche a Manhattan): ma di identificazione in un genere sessuale. Una donna che agisce *come* un uomo.

Avviene al cinema, in televisione, nei libri. Questi ultimi, mai così floridi per quel che riguarda la manualistica rivolta alle donne: *Come farlo impazzire a letto, Guida al sesso occasionale, Come diventare bella ricca e stronza*, ma anche *Guida all'addestramento degli uomini*, ma anche *Come portarlo all'altare*. E se, in America, *La verità è che non gli piaci abbastanza*, il manuale firmato da uno degli autori di *Sex and the City*, è stato accolto dalla star televisiva Oprah Winfrey come "una vera liberazione" che "dovrebbe stare sul comodino di tutte le donne", sui quotidiani italiani questo tipo di pubblicistica viene interpretato come una ventata di allegria da non poche intellettuali. Convinte che firmare un articolo che rievoca la propria prima fellatio sia il segno della conquistata parità. Convinte che sia divertente scrivere che "gli uomini devono fare gli uomini" e scegliere quantomeno il ristorante giusto per poter "avere accesso al dopocena".

Poi certo, sullo stesso sofisticato quotidiano o la medesima patinata rivista, a scrivere di politica e di libri sono, quasi invariabilmente, i colleghi maschi.

In salute e in malattia, finché morte non ci separi, fai di me la tua geisha, fai di me la tua umile serva.

(Carmen Consoli, *Geisha*)

Dopo il 2005, complice la trasposizione cinematografica di *Memorie di una geisha* di Arthur Golden, cominciano a fiorire in rete blog entusiasti. In Giappone una vera *maiko*, Ichimame, apre un visitatissimo diario on line dove racconta delle sue esperienze, della scuola di trucco, dell'importanza del portamento, dei suoi meravigliosi abiti. "La sua più grossa soddisfazione," raccontano i quotidiani italiani, "è venuta da un'adolescente della prefettura centroccidentale di Ishikawa, che dopo essersi entusiasmata alla lettura del blog ha deciso di avviarsi a diventare una geisha con il nome di Ichiteru."

Anche in Italia ragazze giovanissime si inseriscono, sognanti, nel filone: eppure, una delle frasi ripetute alla protagonista del film è "la felicità che nella vita devi inseguire non è la tua". Eppure, come ricorda un uomo, il giornalista Federico Rampini, il simbolismo della geisha è chiarissimo: "Dopo avere incarnato il sogno della liberazione dal puritanesimo vittoriano, la geisha offre l'agognata rivincita contro la donna occidentale, è la fuga ideale verso un Oriente favoloso dove il maschio è servito e adorato. Il maschilismo reale della società giapponese – quello esibito in maniera esilarante da *Stupori e tremori* di Amélie Nothomb, il romanzo autobiografico sulle tribolazioni di una giovane belga alle prese con la vita dell'impiegata d'ufficio a Tokyo – può solleticare l'invidia dei maschi occidentali, che da lontano vagheggiano un mondo in cui le colleghe si affaccino alle riunioni solo per servire il tè. Le immagini delle teenager-lolite giapponesi, con le loro divise da educande trasformate in miniabiti provocanti, si incrociano con le memorie del passato e compongono strani mosaici. L'Occidente sbanda fra le opposte visioni di una donna asiatica obbediente e lasciva, laboriosa e carnale".

Sì, ma le ragazze? In un'intervista rilasciata nel dicembre 2005, il regista Rob Marshall racconta del favore femminile incontrato dal film, delle giornaliste americane che firmavano editoriali carezzevoli verso il ritorno "alla morbida dolcezza di una femminilità finora considerata antica, alla necessità di sfumare l'indipendenza a ogni costo per restituire armonia al rapporto uomo-donna". Ne avremmo avuto esempi anche in Italia.

Di questa antica "armonia" esiste più di un rimpianto anche nel mondo della televisione, e per l'esattezza in quello dei reality (che comunque – vale la pena ricordarlo – non equivalgono affatto al *reale*, dal momento che di programmi rigorosamente scritti e indotti da autori si tratta). Accanto a isolane e fattoresse intente alla più trita delle occupazioni femminili (prendersi per i capelli), rappresentano infatti le donne come trepide aspiranti fidanzate e mogli, e in assoluto come membri di un volgarizzato harem, come docili (e nei confronti delle proprie simili, implacabili) esempi di una femminilità, appunto, antica. È avvenuto, in America, in *Who Wants to Marry a Milionarie?*, in *The Bachelor* (in Italia ne fu realizzata una fallimentare versione con il titolo *L'uomo dei sogni*) o in programmi trasmessi anche da Mtv Italia come *Date My Mom* (dove un ragazzo incontra le madri di tre diverse ragazze, scegliendo con quale uscire sulla base della descrizione materna). Per finire con le più note, ma non meno sconcertanti, produzioni Rai e Mediaset come *Adesso sposami, Uomini e donne, La pupa e il secchione, La sposa perfetta.* Dove il corteggiamento, il fidanzamento, il matrimonio sono l'obiettivo privilegiato, da sottrarre alle altre con tutte le armi a disposizione.

Si dirà che è un'esagerazione, che le due immagini di sposa e prostituta non sono state le uniche rappresentazioni del mondo femminile adulto di questi anni. È vero. Solo che le altre sono state enormemente minoritarie (o caricaturali, come quella dell'isterica donna manager). Salvo una, emersa da un silenzio durato anni e predominante nelle cronache a partire dall'estate 2006: un piccolo sussulto, una di quelle scintille capaci di innescare una reazione a catena nell'informazione, per cui a un caso ne segue un altro simile, e poi un altro ancora, fino ad andare a comporre la parola *emergenza*. Per non più di tre mesi, però.

> ***La prima volta ero troppo sorpresa e sconvolta per reagire e sono rimasta a guardare la macchia di sangue sulla moquette con un senso di straniamento. La prima volta non te lo aspetti, non te lo saresti mai immaginato.***
>
> (Dai commenti al blog di Babsi Jones)

Hina ha vent'anni, è pakistana, vive a Brescia: viene sgozzata dal padre e dai parenti perché i suoi comportamenti sono giudicati riprovevoli (convive con un ragazzo, non intende piegarsi a un matrimonio deciso dalla famiglia, veste in minigonna). I commentatori italiani tracciano l'immediato parallelo tra culture, sottintendendo che quella occidentale è ormai felicemente evoluta per quanto riguarda i diritti delle donne. Qualche ministro, anzi, ricorda che per ottenere la cittadinanza italiana occorre riconoscere la libertà femminile. Qualcuno si spinge a chiedersi dove siano le femministe. Si apre il dibattito sulle culture *altre* e sulla condizione raccapricciante della donna all'interno delle medesime: era già avvenuto, ai tempi della guerra in Afghanistan, di imbattersi in un fiorire solidale di proteste contro le schiave annullate dal burka. Peccato che, in questo modo, le invisibilità femminili di casa nostra, meno evidenti, meno pittoresche, venissero soffocate nel silenzio.

Passano pochi giorni. 12 settembre. Siamo a Parma. Non lontano, in primavera, una ragazza di diciassette anni aveva ricevuto cento coltellate tra i fiori di un giardino: l'omicida era un corteggiatore respinto. A Parma, dunque, c'è questo giovane uomo di ventotto anni, si chiama Aldo, vende polli e uova. E c'è questa giovane donna, sua coetanea, che si chiama Silvia, ha una laurea breve, lavora come stagionale in una fabbrica, la Columbus. Silvia aveva lasciato Aldo e l'aveva denunciato due volte per molestie. In quella notte di fine estate, lui la aspetta fuori dalla fabbrica, la insegue, la sperona con la sua automobile. Lei abbassa il finestrino. Una prima coltellata la colpisce alla mano, come spesso avviene quando si cerca di proteggersi. Una seconda al viso. Viene ritrovata con un braccio sul volante, la testa piegata di lato.

Altri sei giorni. 18 settembre. Provincia di Lecco, Valmadrera. Una famiglia perbene – "gente di chiesa" – abita in una strada dal nome beneaugurante di via della Pace. Marco ha trentaquattro anni, è il primo di quattro figli, famiglia da racconto pedagogico ("Io li ricordo come i bambini più educati del cortile, con il papà operaio e la mamma che per arrotondare un po' il bilancio familiare faceva qualche ora le pulizie," dice l'immancabile vicino). Un uomo buono, "tutto casa e lavoro, che esce alle sei e mezzo e torna con il buio". Che gioca con i bambini, compra loro il gelato, ha "uno sguardo limpido".

Tra le sei e un quarto e le sei e mezzo di quel mattino, l'uomo buono insegue con il coltello in pugno la moglie, Simona, ventotto anni, incinta di pochi mesi. Lei ha fra le braccia il figlio più piccolo, Lorenzo, quattro anni: apre la finestra, chiama la vicina di casa, le urla "Tieni mio figlio" e glielo passa dal balcone. Cerca di fare lo stesso con la primogenita Beatrice, otto anni: non ci riesce. La bambina viene colpita alle braccia e poi al petto da una coltellata, finisce in rianimazione. Simona viene colpita alla schiena, al petto, alla gola, fino alla morte. Fuggevolmente, e non senza stupore, il cronista annota che "tra il 2000 e il 2005 si sono contati in Italia 495 omicidi tra coppie, e quasi nove volte su dieci sono stati gli uomini a uccidere".

Pochi mesi dopo, nel febbraio 2007, vengono pubblicati i risultati dell'indagine Istat sulla violenza contro le donne in Italia: 6.743.000, il 31,9% delle donne fra i 16 e i 70 anni, ha subìto violenza fisica o sessuale nel corso della propria vita. Responsabile di aggressione fisica o stupro è nel 70% dei casi il marito o il compagno.

Controprova. Nel rapporto Eures-Ansa 2005, *L'omicidio volontario in Italia*, i numeri ci dicono che in Italia un omicidio su quattro avviene tra le mura domestiche. Il 70% delle vittime sono donne, soprattutto casalinghe, uccise quasi unicamente per ragioni passionali o in seguito a liti e difficoltà coniugali. Nel dettaglio. Il numero più alto di vittime si registra oltre i 64 anni e nella fascia tra i 35 e i 44 anni. Nell'80% dei casi a uccidere è l'uomo, ha tra i 25 e i 44 anni (40,8%) e lo fa con la pistola (39,5%). Una volta commesso l'omicidio, nel 67,4% dei casi l'assassino si costituisce, nel 24 si uccide, nel 7,5 tenta il suicidio e nell'1,1 fugge.

> ***My name is Luka/I live on the second floor/I live upstairs from you/Yes I think you've seen me before /If you hear something late at night/Some kind of trouble/Some kind of fight/Just don't ask me what it was.***
>
> (Suzanne Vega, *Luka*)

Abbiamo un problema di memoria. Forse è per questo che il rimbalzo rituale delle informazioni (web-giornali-televisione-commento sul web al servizio televisivo e all'articolo del quotidiano) tende a considerare ogni fatto come il primo di una serie che verrà, e non come la conseguenza di qualcosa che è già avvenuto.

Per esempio, in quello stesso 2006, in primavera, si era consumato uno dei delitti più ripugnanti di questa insostenibile guerra: Jenny, veneziana, vent'anni, incinta di quasi nove mesi, viene invitata a uscire dal padre del bambino, Lucio, che ha una moglie e un figlio del tutto ignari di quel nuovo piccolo. Jenny accetta: viene presa a pugni fino a romperle il naso; viene strangolata con un cordino; massacrata di calci sul ventre, bastonata sulla schiena. Infine, viene seppellita viva con suo figlio.

Due anni prima, nel 2004, Natalia Aspesi scriveva:

Ricevo per la rubrica "Questioni di cuore" sempre più lettere di uomini incattiviti, lettere colte o banali, drammatiche o spiritose, singhiozzanti o furibonde, appassionate o gelide. Invece le dotte analisi e statistiche desolate – che continuamente confermano l'inferiorità femminile nell'occupazione, nei salari, nella carriera, nel potere politico e finanziario e nella quotidianità domestica e familiare, macigno sulle spalle della maggior parte delle donne – descrivono un mondo maschile solidale. Un mondo maschile stupefatto, collaborativo, che auspica la degna parità garantita dalla Costituzione: Parlamento zeppo di signore, chissà in futuro una presidente del Consiglio, carriere fulminanti nelle banche e nella grande industria, e naturalmente, per tutte le altre, lavoro sicuro e appagante, paghe paritarie, servizi sociali abbondanti. Grazie, bravo mon-

do maschile, ma gli uomini? Gli individui, quelli non delle statistiche e dei commenti ma della vita, i fidanzati, i mariti, gli amanti, quelli con cui le donne hanno a che fare nel labirinto dei sentimenti e della realtà, gli stessi che auspicano ogni bene all'universo femminile, e poi si ritrovano molto scontenti delle donne. Ecco cosa pensano delle donne, cosa ne scrivono molti uomini al "Venerdì". Il femminismo le ha rovinate. Vogliono solo sesso e soldi. Poi per forza qualcuno le ammazza. Pensano solo alla carriera. Arrivano a casa dal lavoro tardi e troppo stanche per le coccole. Si appassionano alla professione e non sono più disponibili come prima, tanto vale lasciarle. Ma cosa vi siete messe in testa, resterete sempre inferiori. Quando scoprono che la convivenza vuole dire anche letti da rifare e biancheria sporca, se ne vanno. Dicono che da sole non ce la fanno più con il lavoro e i bambini, e le nostre nonne che ce la facevano con cinque e la fabbrica? Oggi le donne vogliono fare i loro comodi e avere sempre ragione. Noi uomini siamo diventati troppo democratici a causa di certe leggi, non ci resta che rimpiangere i bei tempi quando le donne se ne stavano buone buone a lavare i piatti e ad aspettare con ansia il ritorno del marito.

Ancora due anni indietro. Nel 2002 una ricerca dell'Università di Harvard informa che la violenza è la prima causa di morte per le donne tra i 15 e i 44 anni, in tutto il pianeta. Nello stesso anno, a Milano, il Centro soccorso violenza sessuale della clinica Mangiagalli rende noto che in quattro anni sono triplicate le richieste d'aiuto. E che, in 446 casi su 673, l'aggressore o lo stupratore è un familiare o un conoscente.

E indietro. Nel 1995, Anno della Donna per volontà delle Nazioni Unite, la giurista dello Sri Lanka Radhika Coomaraswamy firmava un drammatico rapporto della Commissione dell'Onu per i diritti umani. Vi si legge, fra l'altro, che "in Gran Bretagna e negli Stati Uniti, oggi come ieri, il 50% degli omicidi è compiuto da mariti e fidanzati contro le rispettive compagne". Guido Ceronetti usa la parola *strage* su "La Stampa" ("Gigantesche montagne di Odio vagano sopra l'Oceano umano, e tutto, nell'organizzazione sociale e nel sistema mentale che ha stravinto, è fatto in modo da esporre a questo Odio le donne"). Ma quello è l'anno in cui va di moda, stranamente, parlare del trionfo della donna "cattiva" al cinema e in pubblicità, discutere di Uma Thurman in *Pulp fiction* e dell'elogio delle puttane compilato in un best seller americano di Elizabeth Wurtzel, *Bitch: in praise of difficult woman*. Buffo che le due cose, il timore della perfida ammaliatrice dell'immaginario e la carneficina reale, vadano spesso insieme.

Ancora indietro, fino al 1987, l'anno del *sex scandal* in cui Donna Rice manda all'aria la carriera politica del candidato alle presidenziali Gary Hart. L'anno in cui debuttano in televisione le ragazze Coccodè di Renzo Arbore. E in cui in Italia si registrano due impennate: il numero delle partecipanti ai concorsi di bellezza – che dopo anni di crisi sale fino a 75.000 – e il numero degli stupri: 20.000 secondo il movimento femminista. Cinque casi in un solo lunedì di dicembre, tre in una stessa città, Milano, uno concluso con la morte della ragazza, una diciassettenne ritrovata in un cantiere della Bovisa, seminuda, il cranio sfondato.

L'anno delle sentenze. Quelle con cui vengono assolti gli assassini di una ragazzina pugliese, Palmina Martinelli, bruciata viva dopo un tentativo di stupro collettivo; in cui vengono riconosciute le attenuanti per aver agito spinto "da particolari valori morali e sociali" a Giuseppe Eliseo, di Mazara del Vallo, che aveva ucciso la sorella sedicenne a botte e cinghiate perché usciva senza il suo permesso; in cui viene assolto con formula dubitativa lo stupratore di una quattordicenne, Jolanda Greco, messa in palio dalla madre fra chi mangiava più cannoli.

In quello stesso anno Laura Lilli annota con stupore come in televisione siano tornate "le battutacce da caserma che prima nessun comico avrebbe osato pronunciare perché non erano più popolari e la gente aveva smesso di ridere sulle donne". Il commento è amaro: "Il vento è girato; ed è pieno di suggestioni restauratrici".

Sono passati vent'anni.

Interludio

In vent'anni, fuori dell'Italia, sono successe molte cose. Nella provincia cinese dello Hunan – era il 1995 – c'era un contadino che desiderava un maschio. Ma il regime di pianificazione familiare che imponeva un solo figlio per coppia glielo impediva: aveva già una bambina, di quattro anni. Allora il contadino la prese, la gettò in un pozzo, ci mise sopra una pietra e si sedette ad aspettare che la figlia non desse più segni di vita. Fu condannato, ma solo a cinque anni.

La bambina dello Hunan rappresenta una piccola storia fra milioni. Quelle delle senza nome di cui parla un rapporto Unicef del 2000, ricordando che, ogni anno, fra il 20 e il 50% della popolazione femminile sparisce o muore. Per aborto selettivo (se il feto è femmina), infanticidio (10.000 casi l'anno in India), per questioni di dote (5000 incendi accidentali scoppiano annualmente nelle cucine del mondo, qualora la famiglia della sposa non abbia pagato per le sue nozze).

Le duecento ragazze sfigurate ogni anno con l'acido solforico in Bangladesh non muoiono, in compenso; e nemmeno i due milioni di bambine sottoposte annualmente a infibulazione; né i quattro milioni vendute annualmente per matrimonio, prostituzione o schiavitù domestica, come denunciò nel 2003 la Caritas Internationalis. Quelle cifre includevano il milione di bambine avviate annualmente ai bordelli. A Sway Pak, il villaggio specializzato nel settore che si trova a pochi chilometri da Phnom Penh, i tenutari pagano dai 300 ai 400 dollari per ogni vergine vietnamita che non abbia più di 15-16 anni. Ad Angeles, Filippine, le prostitute sono 100.000, 30.000 delle quali – si mormora – di età inferiore ai 6 anni. L'aspettativa media di vita per ognuna è di circa 25 anni.

Non vengono conteggiati i suicidi. Nella sola regione occidentale dell'Afghanistan, comunque, e nel solo 2005, sono stati registrati 154 casi di "autoimmolazione".

> ***Non raramente la donna oggi è costretta a vivere in un contesto contrario alla sua dignità, di cui porta gravi responsabilità, nonostante le intenzioni, anche l'ideologia femminista.***
>
> (Carlo Caffarra, arcivescovo di Bologna, 8 dicembre 2005)

Quando, ad agosto, si apre ufficialmente la stagione 2006 degli stupri, avviene qualcosa su cui vale la pena riflettere. Prima c'era stata la catena di casi che avrebbe portato alla comune preoccupazione, e spinto gli intellettuali maschi a riunirsi a convegno a Roma per riflettere sulla violenza di genere. Ovvero. La quattordicenne aggredita da un gruppo di coetanei nello spogliatoio di una piscina, a Milano (cui seguono, nel giro di 48 ore e nella stessa città, lo stupro di una donna che andava al lavoro e di due ragazze francesi). Poi, in capo a pochi giorni, la ragazzina americana violentata a Firenze, la diciassettenne di Pistoia (lo stupratore – si scoprirà – è il fidanzato che lei voleva lasciare), la giovane omosessuale versiliese. Una tredicenne ad Ancona. Una dodicenne a Reggio Calabria.

I professionisti del commento sono prontissimi a mettere sotto accusa "le nuove tecnologie", computer e telefonini in testa.

Sabino Acquaviva, sociologo, punta il dito contro la pubblicità in tv. Maria Rita Parsi, presidente della Fondazione Movimento del bambino, accusa: "I ragazzi usano tutti quegli strumenti che la società fornisce loro, dai video alle Playstation", invocando un codice di autoregolamentazione. Ma è vero? Possibile che basti giocare a *Grand Theft Auto* per desiderare di rubare automobili e di violentare una coetanea? O quel che avviene non ha responsabilità più complesse e sottili, legate a un'idea profonda del femminile che si distribuisce secondo modalità apparentemente innocue in centinaia di luoghi e supporti?

Fatto sta che la campagna del terrore alimentata su giornali e televisioni sembra trovare in pochi giorni una conferma. C'è questa ragazza di sedici anni, della provincia emiliana. Il suo ex fidanzatino ha delle foto erotiche che la vedono protagonista: le ha scattate nel bagno di una discoteca. Quando lei lo lascia, lui spedisce il reportage ai suoi compagni, con il videofonino. Lei tenta il suicidio. Il contagio si diffonde ad Ancona, Senigallia e Pesaro. Da Ascoli Piceno arriva il tariffario di una tredicenne: "Tre euro per una foto del seno, quattro per le parti intime, dieci euro per la figura intera". Di colpo, il boomerang ritorna al mittente: sono le stesse ragazzine a filmarsi e a offrire immagini del proprio corpo in cambio di soldi. Come le studentesse giapponesi, quelle con la divisa da marinaretta, che mettono all'asta le proprie mutandine usate per racimolare yen.

E poi c'è la dodicenne di Anzola, provincia di Bologna: "Bella, bellissima," dice la mamma, "ed è la sua sola colpa". Irrompe in casa, urlando, alle cinque e mezzo di un pomeriggio di settembre. Racconta di essere stata trascinata dietro un cespuglio nel parco alle spalle della scuola e costretta a un rapporto sessuale da un ragazzo ventenne, mentre altri quattro amici guardavano e fotografavano la scena con il cellulare. Le hanno rasato il pube, per sfregio, dopo lo stupro. Due ore dopo viene arrestato uno studente marocchino che lavora in una pizzeria. Il giorno seguente la ragazzina ritratta: nel parco c'era, ma a pomiciare con un coetaneo, ed era stata sorpresa dai compagni di scuola. Inventare è stato facile.

I videofonini e le Playstation sembrano avere poco a che spartire con tutto questo. Come è possibile verificare dagli stessi ragazzini. Per esempio, quelli che frequentano un forum di cartoni animati giapponesi. Ma parlano anche di molto altro.

Come with uncle and hear all proper. Hear angel trumpets and devil trombons. You are invited.

(Anthony Burgess, *Arancia meccanica*)

Prima ragazza, 13 anni: *Avete sentito oggi di quella ragazza violentata a Cagliari?? ha soli 12... io la conosco di vista... è stata violentata da uno di 18 anni! voglio dire... sn cose da malati di mente!*

Seconda ragazza, 16 anni: *Io conosco di vista la ragazza violentata qui a Cagliari, ed è tremendo rendersi conto che non sono casi così "isolati" come si può pensare!! In questo caso però, le colpe non sono solo del ragazzo, perché la ragazza c'è andata... Insomma, lui ha 18 anni, lei 12, mi chiedo prima di tutto come possa saltare in mente di uscire con uno così grande, poi dove i genitori hanno la testa.*

Terza ragazza, 13 anni: *Secondo me certe ragazze... se la vanno proprio a cercare dati i loro comportamenti... ad esempio nella mia città ma credo anche in altre certe ragazzine della mia stessa età si atteggiano un po' come dire da tro*e... mezzi cu*i di fuori... vanno lì palpate e altro con ragazzi troppo grandi per la loro portata... e dopo è ovvio che qualcuno se ne approfitti... secondo voi??*

Primo ragazzo, 21 anni: *Secondo me questo è un ragionamento allucinante [...] uno stupro è uno stupro in tutti i casi, e c'è una differenza tra una ragazzina che se la fa con ragazzi più grandi di sua volontà e un ragazzo più grande che costringe una ragazzina a un rapporto con la forza.*

Secondo ragazzo, 21 anni: *Lo stupro rimane stupro, su questo non c'è dubbio, ma c'è stupro e stupro... e soprattutto, il fatto che una ragazzina sia eccessivamente disinibita [per dir così] pur non essendo una grande attenuante per il violentatore è pur sempre un fatto da tenere molto in considerazione... esistono anche i casi in cui la vittima ha quello che si merita per aver giocato a fare la grande e aver mandato a quel paese i genitori.*

Quarta ragazza, 23 anni: *Lui l'ha forzata a farlo, a quanto ho letto nel giornale, e comunque il comportamento di certe ragazzine è veramente incredibile io ogni volta rimango senza parole...*

Quinta ragazza, 15 anni: *Le ragazzine si atteggiano a grandi! Lei non è stupida cerca solo di apparire più grande e ne ha pagato le conseguenze. Il ragazzo l'ha violentata ma è stato provocato io un minimo di attenuante ce la vedo anche se è minima.*

***Sesta ragazza, 13 anni**: Le mie amiche che si credono già chissà chi, vanno in discoteca, ogni sabato in pizzeria, vanno in giro per il paese come delle "oche", se non si vestono con vestiti marcati non sono alla moda, se non venerano Jesse McCartney sono fuori dal mondo, scarpe coi tacchi, sempre truccate con matita, tre chili di fard, ombretto a gogo, mascara, una miriade di lucidalabbra... Ma ci credo che poi vanno a violentarle! Sembrano delle donne da strada!*

Fa impressione, vero? La maggior parte delle ragazze – il vecchio branco femminile – attacca le proprie coetanee perché si vestono e si comportano in modo provocante. Si chiama dunque, in qualche modo, fuori: condannandosi senza saperlo a un destino non dissimile.

Le cose non cambiano quando i loro stessi oggetti d'uso quotidiano, videofonini e YouTube, vengono messi sotto accusa (secondo l'antica prassi molto italiana che prende alla lettera, e insieme disattende, McLuhan, con l'identificazione del mezzo e del messaggio, come se la violenza avvenisse perché esistono i telefoni cellulari, e Internet, e non perché preesiste a essi).

***Prima ragazza, 20 anni**: Secondo me si sente pure furba... con qualche scatto si arrotonda la paghetta.*

***Seconda ragazza, 13 anni**: Era successo pure a scuola da me... le foto di 'sta tizia ormai ce le avevano tutti, e un giorno qualcuno le aveva pure stampate e attaccate in tutti i bagni della scuola...*

***Terza ragazza, 15 anni:** A parte gli skerzi... giù da me è succ ke una ragazzina di poco più di 14 anni... è stata ripresa col cel mentre faceva sesso orale...!!! Gira gira... questo video è andato a finire in mano al padre... e ora la famiglia si è trasferita non so dove...!!!*

***Quarta ragazza, 16 anni**: Ne conoscevo una di ragazza così, alle medie, qualche anno fa. Credo abbia perso la verginità a 11 anni. Il che è inquietante.*

***Quinta ragazza, 13 anni**: Che schifo... scusatemi. ma io nn la riconoscerei più come mia figlia... voglio dire... ormai sei una TROIA!! (scusate il termine). Hai fatto questo? bekkati le conseguenze è inutile che mi cerchi "aiuto" "mamma ti prego!" nn cercarmi più... assolutamente... sarebbe da spararsi avendo una figlia così.*

D'accordo, una conversazione sbirciata su un forum non fa testo. Teoricamente, nemmeno un'intercettazione telefonica: come quella dei viaggiatori diretti a Fortaleza, Brasile, in cerca di sesso, nel dicembre 2004: "Quanto costa una donna?". "Mah, dai quindici ai trenta euro." "Porca p... qui in Italia costano l'ira di Dio." Né fa testo il servizio di moda con le fotografie di Steven Meisel pubblicato sull'edizione italiana di "Vogue" negli stessi giorni (settembre 2006) degli omicidi e degli stupri: soggetto, poliziotti privati e una modella vestita di pelle. Come scrive la storica Joanna Bourke sul "Guardian": "Il personale della security armato trasuda violenza, la modella sesso. Negli aeroporti e nelle strade cittadine, è ritratta con le sue gambe nude mentre gli uomini in uniforme, con pistole falliche, cercano modi per abusare di lei e torturarla. In altre fotografie, le modelle diventano gli aggressori". Queste ultime, peraltro, sono ispirate alle immagini di tortura prese nella prigione di Abu Ghraib.

Ma se tutto, singolarmente, non conta, cosa avviene quando si mettono insieme piccoli casi con altri piccoli casi? Va a comporsi quell'istruzione malsana al genere stigmatizzata, ancora sul *Dizionario della pornografia* e alla voce "Stupro", dallo psichiatra Gérard Lopez:

> *Per essere un uomo bisogna diventare cacciatore. I ragazzi imparano a superare le prove che faranno di loro degli uomini: subiscono le prese in giro, gli insulti, le pressioni psicologiche, il nonnismo, il racket; oggi si iniziano al mondo impietoso dell'impresa e alla guerra economica, sotto l'occhio vigile e benevolo dei vecchi – genitori, allenatori sportivi, educatori e professori – parodiando le tradizionali cerimonie d'iniziazione. Negli alti ranghi della maschilità tutto, e non solo la pornografia, contribuisce a forgiarsi una certa idea della donna.*

Quale idea, appunto? Perché la rappresentazione mediatica contribuisce a formarne sostanzialmente due: quella, quasi onnipresente, della pornostar e quella, reale ma terribilmente enfatizzata, della vittima. Immagine, peraltro, del pari pericolosa. Perché, come ricorda la filosofa e teorica del femminismo francese Elisabeth Badinter, non è priva di vantaggi: "Ci si sente all'improvviso dalla parte giusta della barricata. Non solo perché la vittima ha sempre ragione, ma perché suscita una commiserazione simmetrica all'odio spietato che si rivolge al suo carnefice".

Inoltre, questo doppio avatar si rivela estremamente utile per adombrare il vero punto di crisi: che doveva, nelle antiche intenzioni, essere il punto di massima forza. I ruoli di genere nella famiglia e nel lavoro. Dove le cose sono cambiate pochissimo.

La famiglia esiste per consentire alle donne di avere dei figli e di avere la protezione dell'uomo che si prende cura di loro.

(Rocco Buttiglione, ottobre 2004)

Eppure, tutto sembrava andare per il meglio. Non ci dicevano che la nuova famiglia era fatta di rapporti di parità e di equa redistribuzione dei compiti? Non era nata, dai travagli degli anni settanta, una nuova e formidabile coppia che considerava i suoi membri uniti nella diversità e, insieme, nella similitudine?

In effetti, i cambiamenti ci sono stati: ma non nella direzione immaginata. In un fortunato saggio che si intitola *La fine della famiglia*, lo statistico Roberto Volpi dimostra, infatti, che dalla metà degli anni settanta alla fine degli anni novanta i matrimoni italiani si sono ridotti di oltre un terzo e le nascite della metà. Dunque, dice, "per la prima volta nella storia dell'umanità si prefigura una famiglia sempre meno ancorata ai figli". A confermarlo, la composizione delle famiglie medesime: per un quarto formate da un solo individuo, per quasi un altro quarto da coppie senza figli e, per il rimanente, da una grande maggioranza di figli unici. Ne conseguirà un eccessivo accudimento di quel solo e preziosissimo frutto, che lo scoraggerà dal formare una famiglia propria: infatti, circa 70 maschi e 50 femmine su 100 fra i 25 e i 29 anni vivono ancora con i genitori. Le cause? Per Volpi sono culturali più che economiche: per la prima volta, sostiene, un pervicace attaccamento al presente porta all'affievolirsi "dell'istinto di sopravvivenza della specie e del senso della continuità biologica al di là del singolo individuo".

Ma potrebbe esserci anche un'altra motivazione. Cosa comporta, ancora oggi, la formazione di una famiglia per una donna? In un altro documentatissimo saggio, la sociologa Maria Letizia Pruna sottolinea quanto l'asimmetria di genere, nelle case italiane, sia ancora altissima: "In media, in una coppia, le donne che hanno un'occupazione dedicano a questa 6 ore e mezzo al giorno, cui si aggiungono 5 ore di lavoro per la famiglia, mentre gli uomini nella medesima condizione riservano poco più di 2 ore al giorno alle attività familiari e impegnano oltre 8 ore nel lavoro retribuito". A conferma, i dati recenti dell'Istat ribadiscono che "le attività di pulizia e riordino della casa, e quelle relative alla preparazione dei pasti, risultano di competenza quasi esclusivamente femminile (il 90% delle ore dedicate a queste attività è svolto dalle donne)". E all'impegno domestico va sommato quell'insieme di oneri che abitualmente non vengono conteggiati, e che Pruna elenca ricordando che in termini economici, secondo uno studio americano, valgono 110.000 euro l'anno. Lo stipendio di un dirigente d'azienda:

Il lavoro non retribuito svolto dalle donne non si esaurisce infatti nelle ordinarie attività domestiche, ma prende anche la forma di attività informali e di scambi basati sulla reciprocità, cioè su relazioni di amicizia, vicinato o parentela. Attraverso le donne, ad esempio, avviene comunemente uno scambio informale di servizi tra le famiglie: bambini e ragazzi da accompagnare a scuola o a fare attività sportive, ma anche da seguire nei compiti; custodia di animali; disbrigo di pratiche (posta, certificati, spese e commissioni diverse).

Proviamo a vedere come i fatti vengono rappresentati nell'immaginario. Se è vero che in alcune fiction televisive, o film, si cerca di fornire almeno un resoconto parziale della complessità della famiglia, è altrettanto vero che l'attenzione viene posta sulla sua composizione (famiglie allargate, divorzi, nuovi matrimoni) più che sui ruoli interni. Le donne lavoratrici che appaiono nei serial televisivi hanno sempre qualcuno (una tata, una colf, una madre) disposto a sollevarle dal proprio carico di impegni. Ma non è mai, o quasi mai, il partner. E l'enfasi maggiore, soprattutto nei prodotti popolari, viene data semmai al momento in cui la famiglia si forma. Già dal 1988 le cronache davano conto di una realtà che i numeri contraddicevano: il matrimonio torna di moda dopo anni ribelli. Le nozze classiche, quelle con l'altare barocco e la macchina d'epoca. Nel 1990 sarebbe arrivato il revival cinematografico della favola di Cenerentola, *Pretty Woman*. Nel 2003 la fiction *Elisa di Rivombrosa*.

E, poi, le bambine. Che, esattamente come è avvenuto nel corso dei secoli, vengono indotte a sognare le nozze. L'esperimento da condurre è molto semplice. Il giorno è la domenica, la rete è Italia1, quella esplicitamente rivolta all'infanzia e ai teenager. In palinsesto, tra le nove e le dieci, cartoni animati. Vediamo la sequenza degli spot pubblicitari di uno dei blocchi programmati. Acqua minerale: un gruppo di ragazzini viene intrappolato su un tronco in bilico su uno scivolo, e viene salvato dal loro giovane leader (maschio) e da una bottiglietta dell'acqua in questione. Adesivi magnetici di *Dragon Ball*: diventa anche tu Super Saiyan (l'evoluzione superiore e forzutissima del protagonista). Le scarpe di Barbie, con in regalo un braccialetto: la protagonista sei tu. Carte di *Yu-Gi-Oh!* espansione Attacco di Neos. I muscolosi mostri Gormiti (negli ultimi due spot i testimonial o le voci sono solo maschili). Le scarpe Lelli Kelly, che ti regalano il portatelefonino rosa luccicante con dentro una trousse di trucchi. La Barbie principessa: diventa una principessa anche tu. E infine. Tre bambine vestite da damigelle. Una coppia di sposi: lei è bellissima, lui è grassottello, bruttino ed emozionato. Alla loro immagine si sovrappone quella di *Barbie fiori d'arancio*, di bianco vestita, e del nubendo Ken. "E lo sposo, com'è bello!" recita la voce fuori campo. Al che, le tre bambine scoppiano nella più classica, e velenosa, delle risate femminili.

Da un lato, dunque, la rappresentazione romantica del matrimonio come il più ambito dei traguardi. Dall'altro, una realtà immutata nei ruoli. Dove, per paradosso, si accresce il malcontento verso la parte femminile della coppia, quella che tradirebbe i propri compiti per occuparsi solo della carriera. "La vera donna in carriera è quella che si occupa di casa, marito e figli, coltivando nel tempo libero interessi culturali e attività sportive," si legge in una rubrica di posta dei lettori. "Con le donne italiane è finita, non c'è più dialogo, sono fuori di testa, pensano solo al lavoro e ai soldi," afferma uno dei clienti di "Katiuscia amore mio", agenzia per cuori solitari specializzata in matrimoni con donne ucraine e bielorusse. E nel racconto *Merendine*, proposto come lettura ai bambini di quarta elementare, un figlio colpevolizza la mamma perché gli offre soltanto prodotti confezionati: e, invece di cucinargli una torta, lavora.

What happened to the dreams of a girl president?
She's dancing in the video next to 50 Cent.

(Pink, *Stupid girls*)

Lavorano così tanto le donne? O meglio, il mondo del lavoro appartiene a loro? La percezione della donna manager, enfatizzata dalla moda, da pur rare pubblicità, dalle fiction, dal cosiddetto sentire comune, corrisponde alla realtà italiana? La risposta è, semplicemente, no.

Vediamo i numeri. A novembre 2006 esce una ricerca firmata per il World Economic Forum da due economisti, Ricardo

Hausmann, direttore del Centro sullo sviluppo internazionale dell'Università di Harvard, e Laura Tyson, rettore della London Business School e prima donna, con la presidenza di Bill Clinton, a dirigere il Consiglio economico della Casa Bianca. Vi si sostiene che i paesi in crescita, o destinati a crescere, sono quelli in cui la presenza delle donne nella politica, nel lavoro, nell'economia è più avanzata. A ogni stato viene assegnato un punteggio in quattro aree: partecipazione al lavoro e opportunità economica (carriera e retribuzione) delle donne; accesso all'istruzione; influenza politica; differenze tra uomo e donna in termini di salute e di aspettative di vita. Nella classifica finale, l'Italia è al settantasettesimo posto su 115, ultima dell'Unione europea a eccezione di Cipro.

Qualche altro numero. Una ricerca Istat del 2006 azzarda una previsione: in Gran Bretagna, che pure vanta il 20% di presenza femminile in Parlamento e l'11% dei posti di direttore nelle più grandi aziende, le donne impiegheranno esattamente duecento anni per raggiungere la parità. Il tempo italiano è quasi incalcolabile: con l'8,1% di senatrici e l'11,5% di deputate, l'Italia è all'ottantacinquesimo posto nella classifica dei Parlamenti per presenza femminile. Altri dati: nel 1993 su 100 imprenditori le donne erano 15, nel 2004 sono diventate 22. Le libere professioniste sono quasi raddoppiate (dal 19 al 26%), le donne dirigenti passano dal 15 al 23%. Nei ruoli direttivi e nei quadri salgono dal 32 al 37%.

Meglio? Rapportiamo i numeri a uno scenario più ampio, ancora dallo studio di Maria Letizia Pruna: è vero che le donne lavoratrici, in Italia, sono aumentate "in misura talmente rilevante da richiamare l'immagine di un'invasione di genere", passando dallo scarso 35% della fine degli anni settanta al 50% del 2005 (nello stesso periodo, comunque, la partecipazione maschile è rimasta pressoché invariata, intorno al 75%). Eppure, a oggi, "quasi la metà delle donne in età lavorativa non partecipa alla vita economica: si tratta di 9.600.000 persone, di cui un terzo – 3.250.000 donne – è nella fase centrale della vita (35-54 anni). Gli uomini inattivi sono meno di 5 milioni – quindi 4 milioni e mezzo in meno delle donne – e di questi soltanto 580.000 sono nella fascia d'età centrale". Il che significa che l'Italia ha il più basso livello di partecipazione femminile al mercato del lavoro tra tutti i 25 stati membri dell'Unione europea, e figura al terzultimo posto tra i 30 paesi aderenti all'Organizzazione per la cooperazione e lo sviluppo economico (Ocse). Dietro il nostro paese vengono Messico e Turchia.

Ancora. Come lavorano le donne? Quelle che sono impegnate a tempo pieno sono 6 milioni e mezzo, pari al 74,4% dell'occupazione femminile; gli uomini sono invece 13 milioni, pari al 95,4% di quella maschile. Controprova. Le donne che lavorano part-time sono quasi il 26%, contro un risicato 4,6% degli uomini. Il discrimine, maternità e matrimonio: tra le donne di età compresa fra i 30 e i 50 anni il tasso di occupazione sfiora l'84% se sono nubili, scende al 71% se coniugate e si riduce al 50% se sono madri. In quest'ultimo caso, il tasso di occupazione scende ulteriormente al 35% se i figli sono tre o più, e risale al 62% se il figlio è solo uno. E un'indagine del 2002 ha rilevato che il 20% delle donne che al momento della gravidanza lavorava ha smesso dopo la nascita del figlio.

Scrive Pruna:

Se la società esprime una propensione pressoché assoluta e incondizionata nei confronti del lavoro degli uomini – al punto da stigmatizzare gli individui adulti che non rispondono a un'aspettativa sociale di operosità e assunzione di responsabilità economica – mostra invece un favore incerto nei confronti del lavoro femminile, sulla cui piena legittimazione pesano ancora dubbi e riserve. Così, avere un impiego per un uomo è in primo luogo un dovere, mentre per le donne non è ancora un diritto pienamente riconosciuto. Ciò spiega perché una riduzione dell'occupazione maschile genera allarme sociale assai più della consolidata esclusione dal lavoro di una larga parte della popolazione femminile. [...] L'unico ruolo sociale previsto per un uomo adulto è quello di un lavoratore [...] alle donne invece viene prospettata anche un'altra possibilità, che consiste nell'assumere l'identità sociale, il ruolo e il carico di lavoro non retribuito che derivano dalla esclusiva dedizione alla famiglia.

A demolire la falsa immagine della donna vincente nel lavoro intervengono altri due elementi. Primo: la segregazione orizzontale, che restringe l'occupazione femminile a una rosa limitata di professioni: per la persistenza del cosiddetto *sex typing* (un muratore non può che essere uomo, una segretaria non può che essere donna) e perché le occupazioni a prevalenza femminile sono associate "a profili professionali non elevati, posizioni subordinate, retribuzioni basse, scarse opportunità di carriera". Dunque, le donne sono il 75% degli insegnanti, il 93% delle assistenti sociali, il 77,6% delle collaboratrici domestiche. Ma sono, per dire, il 7% nell'edilizia o l'1% nelle forze armate. E sono in minoranza anche nell'uso del computer (35% contro il 46% maschile) e nell'accesso a Internet (27% contro 37%).

Secondo elemento: la segregazione verticale, il più noto "soffitto di cristallo" che ostacola l'accesso alle gerarchie aziendali. Scrive ancora Pruna:

Non c'è un solo ambito professionale, nel nostro paese, in cui nelle posizioni apicali si osservi un'equilibrata composizione di genere, neppure dove le donne sono presenti da più tempo e dove sono ormai largamente maggioritarie. È emblematico il caso della scuola: le donne sono più del 75% del corpo docente, ma meno del 40% dei dirigenti scolastici: gli uomini, quindi, sono meno del 25% dei docenti ma più del 60% dei dirigenti.

Infine. A giugno 2007 Elisabetta Bruscolini e Federica Pintaldi di D52 – l'associazione di donne che promuove la parità di genere – illustrano i primi risultati di un monitoraggio che stanno conducendo su 313 enti culturali italiani: nelle 1884 cariche totali, in istituzioni che si occupano di cinema, musica, teatro, le donne sono il 17,5%. In aggiunta, offrono un piccolo esempio che riguarda il Festival della filosofia svoltosi a Roma dal 9 al 13 maggio dello stesso anno. Nell'ente promotore, la Fondazione Musica per Roma, non appare neanche una donna: né alla presidenza o vicepresidenza, né fra i consiglieri, né nel collegio dei revisori dei conti. Le donne, in compenso, costituiscono il 62% dell'organizzazione. Quanto alla visibilità. Su 103 ospiti della rassegna, le presenze femminili erano 7. Di cui 3, in un sol colpo, a una tavola rotonda. Tema della medesima: *Corpi di donna*. Ovviamente.

Dunque, quella donna rovinafamiglie di cui parlano cardinali, filosofi, opinionisti, semplicemente non esiste. O esiste in misura decisamente minoritaria, enfatizzata dai film e contrapposta inevitabilmente alle donne che non rinunciano alla maternità per il lavoro. Quel che invece è assolutamente reale è che la maggior parte delle donne lavoratrici non può fare affidamento né sull'organizzazione sociale né sul proprio compagno: ma fa ricorso, salvo i fortunati casi in cui può contare sulla famiglia d'origine, a una collaboratrice domestica. All'Italia spetta un ulteriore primato, quello di essere il paese europeo con il più alto numero di immigrate che lavorano nelle nostre case (oltre un milione, stando alle ultime ricerche).

Una realtà che attira sul mondo femminile altre critiche: parte del femminismo americano accusa le donne occidentali di riscattarsi sulla pelle delle extracomunitarie. E nel saggio *Donne globali. Tate, colf e badanti*, curato dalle sociologhe statunitensi Barbara Ehrenreich e Arlie Russell Hochschild, si parla apertamente di barbarie medievale, paragonando le colf immigrate alle prigioniere di guerra ridotte in schiavitù.

Eppure. Le ragazze studiano di più. Sulle loro doti intellettuali, sul loro impegno scolastico, si sprecano le lodi. Secondo il consorzio Almalaurea che raggruppa trentacinque università italiane, su 94.000 laureati dell'anno 2003 oltre 55.000 sono donne, le quali oltretutto hanno una media più alta di voti, e si laureano prima. (Controprova: la clientela del Cepu è soprattutto maschile.)

Cosa succede dopo? Una ricerca interessante della Fondazione Nord Est riportata dal "Corriere della Sera" nel 2004 forniva un dato significativo: gli imprenditori tendono a lasciare le loro aziende ai figli maschi e "risarciscono" le figlie femmine incrementando i loro studi universitari. L'altro dato interessante è la spiegazione del fenomeno: le donne continuano a laurearsi in discipline che vengono definite "femminilizzate", ovvero Lettere, Lingue, Psicologia e Biologia, disertando Ingegneria, Informatica e Fisica. I numeri: nelle facoltà italiane di Lettere il 71,9% degli iscritti sono donne, che salgono all'87,9% nei corsi di laurea propedeutici all'insegnamento. Viceversa, nel gruppo scientifico gli iscritti di sesso maschile sono il 77,1% del totale, con punte dell'83,3% in una roccaforte storica come Ingegneria. Questi dati, peraltro, suscitarono sarcasmo in molte esponenti del femminismo storico, indispettite dal fatto che gli esperti volessero indirizzare le donne verso una competizione contro i coetanei maschi e colpevolizzandole perché non si pensavano come donne in carriera.

Come si vede, è difficile non avvitarsi, quando si parla di generi: persino davanti ai fatti. Eppure, quest'idea della donna colta ma tagliata fuori dai ruoli decisionali, penalizzata nella retribuzione, priva di aiuti nel conciliare cura dei figli e professione, richiama alla mente uno status antico quanto, nel fondo, immutato. Richiama, per essere espliciti, quella che Francesca Bellafronte, professoressa di Scienze della formazione, definisce giustamente "la pedagogia del sapere femminile come ornamento", affermatasi nell'Ottocento per rendere la donna "più gradevole, in grado di ascoltare e di apprezzare i ragionamenti del sesso forte" e in grado di esibirsi "nelle conversazioni salottiere senza distogliersi dal compito domestico e familiare". Che sia lettrice e che continui a essere Musa: ma resti ai margini, anche quando si cimenta in prima persona nella scrittura. Mai come oggi, infatti, la scrittura "femminile", quella che rivendica se stessa in quanto tale e che spesso, spessissimo, fraintende claustrofobicamente il concetto della "stanza tutta per sé", conosce diffusione e si autoriproduce nello spazio minimo del biografismo, del minimalismo emotivo e del porno-rosa, quello – ovviamente – con redenzione e sentimento finale.

Cosa resta, alla fine, di quella fiera amazzone che avrebbe conquistato il mondo del lavoro al punto da potersi concedere di giocare alla pornostar senza danni, conciliando il tutto con la sua "innata" vocazione alla maternità? Non molto, come si vede. Certo, c'è da chiedersi come sia possibile che trent'anni siano passati apparentemente solo lambendo la punta emersa delle conquiste, e lasciando inalterate, e dormienti, tensioni che sono puntualmente tornate a esplodere. Già molto tempo fa, esattamente nell'agosto del 1985, l'antropologa Ida Magli avvertiva un pericolo imminente. Già allora sembrava che il femminismo si fosse fermato:

Perché abbiamo toccato quello che gli economisti chiamerebbero lo zoccolo duro su cui si fonda, nella società, la condizione delle donne: il significato della morte, il ruolo che l'immagine femminile gioca per la fantasia maschile, l'"omosessualità" mentale che induce il maschio a porre come suo interlocutore di pensiero il maschio, il condizionamento che questi significati esercitano sull'immagine che le donne hanno di se stesse e che spiegano, per esempio, la presenza attuale di milioni e milioni di casalinghe in Occidente, un ruolo incongruo con l'autonomia del soggetto.

E per capire come ancora oggi questi condizionamenti si formino, in modo peraltro più o meno sotterraneo e dunque più pericoloso, occorre, ancora una volta, tornare indietro. Occorre cercare negli anni delle bambine.

Joe Cabot: Ecco i vostri nomi: Mr. Brown, Mr. White, Mr. Blonde, Mr. Blue, Mr. Orange e Mr. Pink.
Mr. Pink: Perché io sarei Mister Pink?
Joe Cabot: Perché sei un frocio, va bene?!
Mr. Pink: Perché non ci scegliamo noi il colore?
Joe Cabot: Non se ne parla neanche! Ci ho provato,

una volta: non funziona. Quattro ragazzi, tutti a litigare per chi si doveva chiamare Mr. Black!

(Quentin Tarantino, *Le Iene*)

Nel 1973, una giovane signora che molto sapeva di pedagogia pubblicò un saggio che costituì una pietra miliare per il nascente movimento italiano delle donne: si chiamava Elena Gianini Belotti. In *Dalla parte delle bambine* raccontò come l'addestramento sociale e culturale all'inferiorità femminile si compisse nel giro di pochi anni, dalla nascita all'ingresso nella vita scolastica, e nei luoghi deputati all'educazione: famiglia, nidi, scuole materne ed elementari. Nel libro si analizzavano i piccoli gesti quotidiani, tutti quegli automatismi "che ripetiamo senza aver coscienza del loro significato perché li abbiamo interiorizzati nel processo educativo".

Quei gesti che sono alla base di tutto. Scriveva, allora, Gianini Belotti:

La parità di diritti con l'uomo, la parità salariale, l'accesso a tutte le carriere sono obiettivi sacrosanti e, almeno sulla carta, sono già stati offerti alle donne nel momento in cui l'uomo l'ha giudicato conveniente. Resteranno però inaccessibili alla maggior parte di loro finché non saranno modificate le strutture psicologiche che impediscono alle donne di desiderare fortemente di farli propri. Sono queste strutture psicologiche che portano la persona di sesso femminile a vivere con senso di colpa ogni suo tentativo di inserirsi nel mondo produttivo, a sentirsi fallita come donna se vi aderisce e a sentirsi fallita come individuo se invece sceglie di realizzarsi come donna.

Con lo sguardo di oggi, gli stimoli che concorrevano alla formazione di un sesso "sfavorevole" appaiono evidenti: l'ostilità verso la femmina sin da quando è nel grembo materno, le parole e i gesti che già nei mesi dell'allattamento la plasmano come un essere destinato *a dare* rinunciando alle proprie aspirazioni personali, la differenziazione fra i sessi (privilegiando quello maschile) nella scelta dei giochi, nei libri, nei vestiti, nel trattamento da parte di genitori e insegnanti. Strategia che culmina, infine, nella formazione di un piccolo branco femminile che, crescendo, tramanderà a sua volta frustrazione, sudditanza, impotenza, rancore alle proprie figlie.

Tutto questo sembrava superato. Parlare, oggi, di discriminazione di genere fra le bambine e i bambini, e osservare le ferite inflitte così in entrambi i sessi, sembra qualcosa di irreale. Oggi, fortunatamente, le bambine possono arrampicarsi sugli alberi, fare a meno del grembiulino rosa e indossare senza problemi i pantaloni, liberandosi di quella gonnellina a pieghe che le costringeva a terra, obbligandole, come scriveva Simone de Beauvoir, a guardare il mondo dal basso, senza mai poter provare l'ebbrezza di osservarlo dalla cima dell'albero. Libere di lottare, mordere, aggredire, saltare, correre, affermarsi.

Sembra, è vero, così. Ma non appena arriva l'età scolare, non appena inizia il confronto con il gruppo e soprattutto con altri adulti, le cose cambiano. Anche perché fin troppe alternative insidiano i pantaloni che permettono di salire sugli alberi: minigonne leopardate o argentate, pinocchietti attillati, jeans a vita bassissima. In pratica, il vecchio armamentario della seduzione miniaturizzato, spesso senza esclusione di scritte allusive: occhiolini, rivendicazione dello status di *bad girl*, inviti al bacio. La moda per bambine non è in nulla dissimile da quella delle sorelle più grandi o delle madri, ha un corredo di trucchi e optional invidiabile, alle une e alle altre si offrono trousse di ombretti e rossetti a forma di caramella, farfalla, fiore, di futile e incantevole assurdità. Giochi, certo. Ma, ancora una volta, il gioco è tale se se ne conosce la materia prima, e se si è consapevoli del personaggio con cui si flirta e in cui ci si cala. Ma questa consapevolezza esiste?

Veniamo ai giocattoli. Nessuno, oggi, riterrebbe attendibile l'antica divisione del mondo ludico in due emisferi ben distinti: il meccano, e tutto ciò che richiede logica, impegno, concentrazione, per i maschi; la bambola, che prefigura un destino chiuso e fatale, per le femmine. Eppure è ancora così: basta tornare a osservare uno dei blocchi pubblicitari inseriti nella programmazione per ragazzi, e si verificherà che i maschi vengono ancora rappresentati alle prese con corse di automobiline, scontri di *action figures* (non "bambole", ma riproduzioni miniaturizzate di personaggi a loro volta di sesso maschile, anche se di natura non umana), mazzi di carte o cartucce per Game Boy, o giochi intelligenti che consentono di migliorare le proprie conoscenze scientifiche. Le bambine sono invariabilmente intente a ballare di felicità per un paio di scarpe nuove, o a cullare bambolotti sempre più raffinati in grado di parlare, muoversi, mangiare ed esigere affetto; o a rispecchiarsi in bambole-ragazza, che siano l'immortale Barbie, le sue sorelle più sboccate e meno vestite, le Bratz, o la sempre più affollata schiera di fate e maghe che vengono dal mondo del fumetto e del cartone animato.

Una testimonianza, certo, che anche in quest'ultimo settore sono aumentate le eroine. A patto di sapere che il proliferare di sacerdotesse giapponesi, elfe britanniche, streghe italiane va ancora una volta a coincidere con un destino storico che vede nella donna il tramite privilegiato con il sacro: e che le consentirà di essere vincente, anzi, *presente* nella società degli uomini solo se si rapporta a una trascendenza a cui non le è dato aspirare, ma di cui può solo essere voce, oracolo, pizia.

Quelle stesse eroine sono anche di carta: il mercato italiano dei libri per ragazzi è stato nell'ultimo decennio un filone fecondo, da arare avidamente anche se, come spesso avviene, con poca accortezza. Mentre basta sfogliare i libri di testo delle elementari per scoprire che tutto è rimasto come quarant'anni fa: e che mentre fior di intellettuali ci rassicuravano sul fatto che le donne sono ricche e vincenti come le amiche di *Sex and the City*, nella maggior parte dei casi le figure femminili proposte a bambine e bambini continuano a essere maestre, segretarie, infermiere.

Non conta, si dirà. Non conta, si diceva trent'anni fa, quando si sottolineava che, senza l'azione sul mito e sui simboli, una stagione di riflessioni, di battaglie, di entusiasmi, sarebbe rifluita via come l'acqua. E infatti, anche se non si usano più i grembiulini, è ancora rosa il mondo delle bambine. Rosa la loro Playstation, i loro telefonini, le copertine dei loro magazine, i capelli delle Ninja dei cartoni animati, rosa i blog delle dodicenni, rosa la letteratura usa e getta delle sorelle appena più grandi (anche se ora utilizza, certo giocosamente, la definizione di *chick lit*, letteratura per pollastrelle). Da quelle piccole esperienze quotidiane si è distolto lo sguardo: e al loro interno sono riaffiorati gioiosamente gli stereotipi e i pregiudizi.

I pregiudizi sono profondamente radicati nel costume: sfidano il tempo, le rettifiche, le smentite perché presentano un'utilità sociale. L'insicurezza umana ha bisogno di certezze, ed essi ne forniscono. La loro stupefacente forza risiede proprio nel fatto che non vengono ammanniti a persone adulte che, per quanto condizionate e impoverite di senso critico, potrebbero averne conservato abbastanza per analizzarli e rifiutarli, ma vengono trasmessi come verità indiscutibili fin dall'infanzia e non vengono mai rinnegati suc-

cessivamente. L'individuo li interiorizza suo malgrado, e ne è vittima sia colui che li formula e li mantiene in vita contro l'altro, sia colui che ne viene colpito e bollato. Per confutarli e distruggerli occorre non solo una notevolissima presa di coscienza, ma anche il coraggio della ribellione che non tutti hanno.

Così scriveva Elena Gianini Belotti. Trentaquattro anni dopo, è ancora drammaticamente vero.

2. Le madri

Prénatal è uno dei più famosi marchi per le gestanti e per la prima infanzia. Quello che ogni anno inventa una campagna pubblicitaria di fascinoso impatto, dove una gestante bellissima e l'altrettanto meravigliosa figlioletta di pochi anni incontrano due femmine di altre specie: orse, aliene, persino – in prossimità di Halloween – donne-spettro, con relativo e translucente pancione.

Un marchio rassicurante: con oltre quattrocento punti vendita in otto paesi, con un codice di condotta scaricabile in pdf dal sito. Con una *filosofia*: che ci parla di "nuove mentalità e nuovi modi di essere mamma" per una donna "che si rinnova quotidianamente ma che conserva immutato il senso della maternità".

> ***Non ci sono madri snaturate poiché l'amore materno non ha niente di naturale.***
>
> (Simone de Beauvoir, *Il secondo sesso*)

Prénatal è l'Ikea della maternità: il luogo dove trovare tutto e, questo è il punto, dove imparare tutto. Perché tutti i negozi sono prodighi di libri, di consigli, di opuscoli con le cose da sapere prima, durante, dopo il parto. Le vaccinazioni. La cameretta. L'acido folico. Il sesso. La gravidanza da single. La legge. L'oroscopo.

> ***SCORPIONE (23 ottobre-22 novembre) Ami il pancione in cui sta crescendo il tuo bambino, ma nello stesso tempo, a tratti, sei insofferente nei confronti di questo legame, così ignoto eppure così concreto. [...] Sarai una mamma attenta, esigente e giusta. Il tuo grande spirito di osservazione e la tua capacità di interpretare al volo gli stati d'animo altrui ti daranno la***

possibilità di intuire ogni minimo disagio interiore di tuo figlio e la tua volontà di dargli il meglio ti indicheranno la via migliore per aiutarlo.

(Sito Prénatal)

Per fornire un quadro completo alla futura madre, Prénatal la informa anche sulle leggende relative alla gravidanza: le quali, si legge, "conservano quell'immediatezza ruspante del sapere contadino". Qualche esempio. "Beata quella sposa che fa la prima tosa", ci si dice, è un proverbio con duplice scopo: consolare i padri perché il primogenito non era un maschio e salutare l'arrivo in casa di "un'altra donna capace di aiutare la madre e di allevare i fratelli, mano a mano che crescevano". Secondo proverbio: "Quando duol la scianca, la femmina non manca" (se la gamba sinistra fa male, sarà una bambina). Varianti: il ventre leggermente più ingrossato a destra indica che il nascituro è un maschio, chiedere a una gestante di guardarsi la mano e scoprire che lei, istintivamente, guarda la destra, conferma la virilità del bimbo. Ruspanti, i saperi: ma non casuali. Scriveva Elena Gianini Belotti:

Il lato destro del corpo è considerato il più importante, il più nobile, il più forte, e comunque il più attivo. Con la mano destra si saluta, si accetta, si intima, si rifiuta, si scrive, si benedice, si lavora, si mangia, si impugna un'arma. L'ospite importante siede alla destra del padrone di casa, l'educazione impone che per la strada si dia la destra alle persone di riguardo.

Il corpus di dicerie è amplissimo, unidirezionale (essere incinte di una femmina porta a gravidanze più difficili, all'imbruttimento della madre e al peggioramento del suo umore) e niente affatto estinto. Prénatal a parte, gruppi di amiche sollecite erano pronte a giurare sulla differenza del mio aspetto fisico, in meglio, nella seconda gravidanza (un maschio) rispetto alla prima (una femmina). Sul forum per le mamme in attesa di un sito molto frequentato dedicato alle donne, capita di leggere: "Mi è stato chiesto di alzare la mano e io l'ho fatto e da quel gesto mia zia mi ha detto che avrei fatto un maschio. E ha indovinato!". Così come capita di leggere – ancora oggi – che il bambino sarà un maschietto se, durante l'atto sessuale, la penetrazione è più profonda e consente agli "spermatozoi maschi", "naturalmente più veloci", di raggiungere per primi l'ovulo. Il che, volendo essere testardi, significa che, anche se dietro il velo della semplice curiosità e del divertimento apparentemente innocuo, continua a permanere in sottofondo la millenaria abitudine a definire un sesso prima che venga alla luce: attribuendo bellezza, forza, velocità e, in assoluto, positività alla parte maschile.

> ***L'inquinamento atmosferico fa nascere più bambine che bambini. La ricerca, che prova scientificamente per la prima volta la connessione tra inquinamento e sesso del nascituro, è stata realizzata a San Paolo del Brasile tra il 2001 e il 2003 e sarà pubblicata dalla rivista "Nature".***
>
> ("la Repubblica", 2 novembre 2005)

Ma torniamo a Prénatal. Curiosando fra i reparti, esplorando fra i sempre più aggraziati reggiseni per l'allattamento, sbirciando i tiralatte in affitto, soppesando le intramontate camicine della fortuna (quelle di seta rossa, di buon auspicio se fatte indossare come primo indumento al neonato: perché in materia di vite nuove i riti e le superstizioni sono durissimi a svanire), fino a non molto tempo fa si trovavano quattro audiocassette.

Si chiamavano Prémusic. Erano state studiate da un gruppo di psicologi e musicisti "per le esigenze della gestante e del neonato" al fine, prometteva la pubblicità, di rilassare, intrattenere e stimolare il piccolo dalla gravidanza fino a tutto il primo anno di vita, consentendo per giunta alla mamma di "potersi concedere qualche istante di riposo". Nascevano, prosegue il dépliant, per colmare il "grave vuoto nel panorama delle proposte musicali", in virtù del quale ai neonati venivano ammannite filastrocche e musiche per adulti, con ritmi e toni "aggressivi", anziché rassicuranti. Come quelli di flauti, carillon, uccelli, acqua, grilli e cicale, che avrebbero consentito ai piccoli di "familiarizzare con i suoni che il mondo circostante in futuro proporrà loro". Fra le mani ho l'audiocassetta per gestante, che si chiama *Maternity music*: la donna che la acquista dovrà cantare durante il lato A, "consapevole che il figlio ascolterà la sua voce", e danzare lentamente sul lato B, "anticipando il movimento del cullare".

Dunque, le nuove madri sarebbero incapaci di cullare spontaneamente (o meglio, hanno bisogno che qualcuno spieghi loro come si fa, fornendo anche il supporto sonoro) e di canticchiare qualcosa di consono allo sviluppo fetale del proprio bambino.

Dunque, le madri Prénatal, icona della maternità contemporanea, necessitano di apprendere: sia il gesto più antico, sia le ultime novità in campo scientifico. Perché questo si chiede loro: che siano informate su ogni dettaglio medico, che sappiano interpretare il più impercettibile sintomo che accompagna la propria gravidanza.

Queste madri verranno tenute per mano anche dopo la nascita del bambino. Fino a qualche anno fa, Prénatal e un altro big alimentare del settore inviavano piccoli regali ai nuovi nati, le cui madri avevano fatto acquisti nei rispettivi punti vendita. I neonati ricevono molta posta. Il benvenuto del sindaco, con l'albero piantato per salutare la nascita del nuovo cittadino. Una confezione di latte in polvere. Cinque pannolini. Al compimento del quarto mese, una scatola di biscottini da sciogliere nel biberon. Al sesto, campioni di omogeneizzati e di pastina, con i suggerimenti su come iniziare al meglio lo svezzamento. Al dodicesimo, una cartolina di buon compleanno, e altri biscotti. E non finisce così presto: "Tanti auguri! Carlotta ha tre anni!" è scritto sul piccolo poster colorato. Che avverte: "Tre anni rappresentano una tappa importante: te ne sarai sicuramente accorta osservando come abbia cambiato il suo modo di giocare". Me ne sarò accorta? Sarò stata abbastanza attenta? Vado avanti a leggere, e apprendo che ogni madre di un figlio di tre anni deve tenere a mente quanto segue: "In questa fase importante e delicata della sua crescita, tua figlia ha sempre bisogno di stimoli mirati alla socializzazione". E se, per caso, sua madre non gliene avesse forniti abbastanza? Se quella fase *delicata* non fosse stata seguita con la dovuta accortezza? Che razza di mamma sarà, quella che non ha dato ascolto a Prénatal?

Mia figlia ha avuto un braccialetto d'argento con il segno zodiacale dalla marca che produceva la sua carrozzina; dai produttori di pannolini, mio figlio ha ricevuto una fiaba personalizzata dove un neonato con il suo stesso nome aveva il potere di capire il linguaggio degli animali. Alla figlia di un'amica, allo scoccare dei dodici anni, è arrivata in regalo la prima confezione di assorbenti femminili.

Sembra di non poter compiere, da sole, neppure il più spontaneo dei gesti. La pubblicità dei passeggini informa che sono fatti proprio "come la mamma". La tettarella del biberon "riproduce la forma e la consistenza del capezzolo materno". Baby Check fa dormire tranquilli, "tanto la mamma ti sente". Sulle scatole di alcune merendine, Il Mulino Bianco ammonisce: far eseguire "almeno un'ora di esercizio aerobico" al bambino per mantenerlo in forma dopo il consumo della merendina medesima.

La mamma è indispensabile ma sostituibile. Curioso: da una parte si tornano a sospingere le donne, dolcemente e senza apparente clamore, verso il loro destino "naturale". Dall'altra, si dice loro che, magari a causa delle loro passate rivendicazioni, non ne sono più capaci. E che hanno bisogno del massimo aiuto. Denigrare, da secoli, è stata la condizione prima per avvalorare l'inferiorità.

Dato che il numero delle macchine per fare figli è fisso, tutto quel che chiediamo è che facciano del loro meglio.

(Hakuo Yanagisawa, ministro della Sanità giapponese, 2007)

Nell'indagine *Essere madri in Italia – Anno 2005*, l'Istat conferma qualcosa di già noto: tra i paesi sviluppati abbiamo uno dei livelli più bassi di fecondità. Però c'è un dato in più, rispetto ai soliti: se il numero "atteso" dei figli è di 2,19, il numero "effettivo" è stato nel 2005 di 1,33 per coppia. Significa che c'è una discrepanza tra quello che le donne dichiarano di desiderare e la realtà. I motivi dichiarati per la rinuncia, nell'ordine, sono: età, lavoro, *preoccupazioni per i figli*, salute, fatica. Alcune delle intervistate che hanno già un bambino sottolineano che avere ancora figli "non lascerebbe tempo per altre cose importanti della vita".

I numeri vanno poi a confermare un'ulteriore tendenza. Ci sono, sì, molte madri laureate (che addirittura quadruplicano passando dal 4% del 1980 al 16%): ma quelle che lavorano sono il 63%. In crescita rispetto al 57% del 2001, ma pur sempre poco più della metà del totale. Inoltre, il 18,4% delle madri occupate all'inizio della gravidanza, al momento dell'intervista aveva lasciato il lavoro; il 5,6% per licenziamento, le altre volontariamente. Gli aiuti sono delegati ai nonni (52,3), in minima parte all'asilo privato (14,3) e in misura ancora minore a quello pubblico (il 13,5, causa dichiarato sovraffollamento). Per la cura della casa, il 63% delle madri occupate dichiara di non avvalersi di alcun aiuto; tra quelle che lo ricevono, il 52% ha una collaboratrice domestica, il 25% viene aiutata dai nonni e solo il 17% dal partner.

Dunque fare figli è cosa tuttora caldamente richiesta, sia pure con maggior tatto del ministro Yanagisawa. Ma è scoraggiante. Per le difficoltà economiche e organizzative, certo. E per quelle *preoccupazioni* che sono curiosamente al terzo posto fra le motivazioni.

L'angoscia delle madri è sommessa e continua. A volte si amplifica ed esplode, spesso viene superata, più spesso ancora si accantona ma resiste, come una voce che bisbiglia sott'acqua. E accade che si rispecchi nelle figlie. Cerco di capire quale immagine della maternità abbiano le ragazzine. Torno nel forum dei cartoni animati, e più precisamente nel sondaggio *Figli: li vorreste?*

***Prima ragazza, 24 anni**: Non ora però, poco ma sicuro... anche perché bisogna essere pronti e consapevoli delle responsabilità e del cambiamento della vita che comportano, poi i bambini soprattutto da piccoli bisogna saperli crescere, se sbagli a educarli o li vizi un po' troppo vengono su come diavoli...*

***Seconda ragazza, 13 anni**: Ho votato di no perché voglio essere abbastanza indipendente e i figli penso complichino abbastanza la vita anche se non sono contro i bambini. Ma dato che ho solo 13 anni, c'è tempo per cambiare opinione.*

***Terza ragazza, 20 anni**: Io nn ho bisogno di cambiare pannolini sporchi, farmi sgonfiare il seno da un poppante famelico, spendere i miei soldi guadagnati faticosamente per prendergli giochi e vestiti, vedere la mia vita sociale ridotta all'inesistenza, sorbirmi le urla e le grida, i pianti e i capricci del famigerato moccioso, non voglio dovermi preoccupare per la sua educazione in questo mondo di maniaci e pazzi scatenati, per sentirmi FELICE.*
Io voglio una vita piena, felice, appagante e piena di successi.
E spupazzare nn rientra in nessuno di questi canoni.

Quasi nessuna parla degli eventuali, futuri figli come di un'affermazione di fiducia nella vita. Molte pongono l'accento su una sorte inevitabile, il prezzo (faticoso) da pagare per diventare donne. *Preoccuparsi* è un verbo che torna (e torna, peraltro, con maggior frequenza di occuparsi, o amare). E le donne adulte? Quelle che sono già in attesa di un figlio, per esempio, vivono la gravidanza soprattutto insistendo sull'aspetto medico della medesima, collezionando doppie ecografie, interrogandosi su analisi, calcoli, valori. Ancora dal forum delle future mamme:

***Prima gestante**: Ciao e buongiorno a tutte care pancine, ieri ho fatto due morfologiche, la prima all'ospedale, dove ho trovato una dottoressa incompetente, non mi ha detto niente, diceva solo* *numeri senza dirmi se era tutto nella norma o meno. Non ho chiesto il sesso, perché non volevo brutte risposte, ma ho chiesto almeno se fosse andato tutto bene e mi ha seccamente risposto di sì* E BASTA. *È vero che alla fine è quello che conta, comunque da futuro genitore ci sono rimasta male. Poi ieri sera avevo (fortunatamente) appuntamento da un ginecologo privato per rifare la morfologica, e lì mi sono emozionata veramente, è stato bellissimo, il dottore mi ha chiesto se volevo sapere il sesso e alla fine me lo ha fatto indovinare, fermando l'ecografia nel punto cruciale... è confermato: è un* MASCHIETTO ☺

Seconda gestante*: A che settimana si fa la traslucenza?? So che è molto importante come esame e io voglio farla privatamente da un medico molto bravo ma che ha liste di attesa lunghe per qs vorrei già prenotarla. Io dovrei essere alla 5 + 5 contando l'ultima data del mio ciclo ma io avendo il ciclo molto lungo credo di essere alla 4. Ma qs ecografia è davvero così importante?? E quali sono gli altri esami importanti che sarebbe già il caso di prenotare??*

Terza gestante*: Ciao panciottine... secondo voi e soprattutto le vs esperienze i valori vanno bene così?*
BETA. *Venerdì: 548; lunedì: 1218; mercoledì: 1869. Mi aspettavo un risultato più alto... l'importante è che aumentino, ma ho paura cosa ne pensate?*

Che strana sensazione: queste donne parlano come bambine, abbondando in vezzeggiativi e tenerezze da fanciulle. Ma affiancano alle moine la freddezza della terminologia medica. Per non poche madri, la gravidanza sembra un'esperienza che non sono in grado di attraversare "da sole".

A sostenerlo, per esempio, è ancora lo statistico Roberto Volpi. È lui a riprendere quella parola, *preoccupazione*, riflettendo sulle cifre e scoprendo che, più è alto il titolo di studio delle future madri più si superano gli standard: ovvero, si ricorre a visite specialistiche, ecografie e altri esami per la diagnosi prenatale in modo improprio, scarsamente o per nulla giustificato. Quello che Volpi deduce è che, in questo momento, la maternità viene posta al di fuori del dominio della donna, e della coppia, con l'esigenza sempre più massiccia di monitoraggi, di esami e controlli step by step. Anche due volte in uno stesso giorno, solo perché il primo medico non dava abbastanza "fiducia". Ma non si tratta soltanto di analisi:

Non c'è nessuna procedura nella tutela della maternità – a cominciare dal concepimento per passare attraverso il parto e finire con lo svezzamento del bambino – che non sia strettamente medica o comunque verificata e ammessa dalla medicina. Non c'è niente nella gravidanza che non rientri sotto il controllo diretto o indiretto della medicina. Il mangiare e il dormire, il divertirsi e il riposare, il fare o non fare all'amore e all'occorrenza il quanto e il come farlo, il fumare e il bere, l'assumere tè caffè e bevande varie. Anche i vestiti che si indossano, le scarpe e le calze che si mettono, le passeggiate e lo stare a letto oppure sedute, le posizioni convenienti da assumere nelle diverse occasioni, leggere e guardare la televisione, gli orari della giornata, per non dire dei controlli sempre più fitti, da quello del peso corporeo a quello dei singoli alimenti: tutto, assolutamente tutto della donna in gravidanza è passato armi e bagagli sotto l'egida, gli esami, gli ammonimenti, i consigli tutt'altro che blandi della medicina.

Ma la mancanza di fiducia nelle madri non nasce con la mancanza di fiducia in se stesse in quanto donne? Non coincide con la mancata adesione a un modello dato? Non si amplifica, anzi, nella duplicità e incoerenza di quegli stessi modelli, che contrappongono individui a femmine? Cerchiamo di capire come tutto questo è cominciato. E dove.

C'è una strana malafede nel conciliare il disprezzo per le donne con il rispetto di cui si circondano le madri. È un paradosso criminale negare alla donna ogni attività pubblica, precluderle la carriera maschile, proclamare la sua incapacità in tutti i campi, e affidarle l'impresa più delicata e più grave: la formazione di un essere umano.

(Simone de Beauvoir, *Il secondo sesso*)

In quella strana estate del 2006, un quotidiano riporta un articolo dell'etologo Desmond Morris. Si parla di madri. Ma l'attenzione, prima che sul testo, si sofferma su uno dei box che lo corredano: sotto il volto di Grimilde, la feroce matrigna di Biancaneve, viene detto che la madre sbagliata, la madre cattiva, è quella che "non smette di essere donna per essere mamma". Dopo il primo momento di stupore, la memoria corre indietro. Corre ad anni più lontani, la fine degli anni ottanta, gli anni in cui in Italia si assistevano a quelli che, allora, sembravano gli ultimi rigurgiti di chi aveva perso una battaglia. Gli anni in cui, per esempio in quel giorno dell'Immacolata del 1989, il cardinale di Bologna Giacomo Biffi, contrapponendo Eva a Maria, tuonava: "Le donne non sono più madri, diventano ambasciatrici di morte". E ancora: "Dal no di Eva, dalla sua ripulsa del Signore è cominciata su di noi la tirannia del male e del Maligno. Eva e Maria: due donne, due madri. Eva che entra subito nella nostra storia come la madre della colpa e del pianto; Maria la madre della Chiesa e dell'umanità rigenerata e incamminata a un destino eterno di gioia. Ma nei giorni nostri chi vince è Eva ed Eva va condannata". La condanna arriva: e colpisce la donna che "non dice al Signore *eccomi sono tua*, ma istericamente grida *io sono mia*".

Ora. La contrapposizione fra donna e madre è questione antichissima. Per meglio dire, è antico, e utile, l'addomesticare e insieme il divinizzare e il mitizzare la maternità, facendone qualcosa di separato – in quanto superiore – dalla carnalità della femmina. Simone de Beauvoir scriveva che la maternità, l'aspetto "più temibile" della donna, va necessariamente trasfigurata e asservita. Dunque, "la verginità di Maria ha un valore essenzialmente negativo; colei da cui è uscita la redenzione della carne non è carnale; è intatta, mai posseduta. [...] Simile a Minerva, la guerriera, è torre d'avorio, cittadella, imprendibile spalto. Anche le sacerdotesse antiche, come la maggior parte delle sante cristiane, erano vergini: la donna votata al bene dev'esservi votata nello splendore delle sue forze intatte; bisogna ch'ella conservi in indomata integrità il principio della sua femminilità".

Nella mistica della maternità, la donna appartiene alla natura e insieme la trascende, in un destino glorioso che la riscatta e ne conferma l'alterità. Eppure, di questo concetto sembrava – ingenuamente – fosse stata fatta giustizia. Non esiste una differenza "per natura" – diceva l'antropologia – ma per "cultura": "In natura non esistono cose inferiori o superiori. Siamo noi che pronunciamo giudizi di valore," scriveva Ida Magli, accusando il femminismo, già nel 1987, di essere caduto nella trappola.

Come mai si torna a imprigionare la donna nella natura? Come mai ci si spinge a definire *innata* la predilezione femminile per il rosa, come nello studio di Anya Hurlbert per "Current Biology" datato agosto 2007? Come mai, sia pure in un innocente box di un quotidiano, si scinde la femmina dalla madre? Come mai si moltiplicano gli inviti alla "naturalezza" dell'allattamento al seno e si insiste sull'importanza, dandone per scontata la fondatezza, dell'istinto materno? Come mai la maternità sembra essere tornata la scelta centrale della vita delle donne (e non appunto, una possibilità)? La filosofa Elisabeth Badinter lo sottolinea amaramente:

Le giovani sono oggi bersaglio di ingiunzioni contrastanti, e restano come schiacciate tra due femminismi che si annullano a vicenda. Da un lato, il femminismo dell'uguaglianza non cessa di ricordare alle ragazze che, anche se nello studio riusciranno meglio dei compagni, a loro toccherà sempre un salario inferiore e la doppia giornata di lavoro. Due anomalie rispetto alle quali da dieci anni non si è fatto alcun progresso. Dall'altro, il femminismo della differenza le scongiura di salvare la propria femminilità minacciata dall'ingannevole neutralità maschile, e di ricordare che prima di ogni altra cosa sono madri.

Ma il problema è inevitabilmente a monte. Perché per veicolare una differenza "per natura" non bastano i pamphlet filosofici e i convegni sul genere: le strade sono necessariamente altre e con meno quarti di nobiltà. Per esempio.

Perché la donna nella pubblicità dello yogurt bianco si lecca il dorso della mano?

(it.answers.yahoo.com)

Si chiama Yorkie, è una barretta di cioccolata prodotta dalla Nestlé e destinata al mercato anglo-americano. "Uno snack da camionisti," mi scrive Laura Minestroni, ricercatrice ed esperta in comunicazione e pubblicità. "Il pay-off e tutta la campagna pubblicitaria fanno leva su questo concetto e questo claim: *It's not for girls*, che compare persino sul packaging del prodotto. L'idea di marketing è quella che uomini e donne mangiano in maniera diversa. Soprattutto il cioccolato. Secondo i pubblicitari, gli uomini addenterebbero la barretta a un lato della bocca, masticando rumorosamente, muovendo molto la mascella, facendo delle smorfie orribili. Le donne masticherebbero lentamente e dolcemente, a bocca chiusa, con gli occhi chiusi, sognanti, estasiate, rapite. Mangiare la cioccolata sarebbe dunque per questi pubblicitari una 'pseudo-orgasmic experience'. Mentre, per il target maschile, mangiare la barretta Yorkie è la riaffermazione/dimostrazione della propria virilità. Gli slogan di Yorkie dicono infatti: *It's not for girls, don't feed the birds, not available in pink* e *King size, not Queen size*."

Sul blog dell'americana Vee Levene si ricostruisce la vicenda. Yorkie viene lanciata nel 2002 come alternativa al target della cioccolata "al femminile": gli spot sono noti anche ai consumatori italiani, peraltro. Sono quelli dove signore rosso-vestite vengono scosse da brividi di piacere mentre piovono su di loro getti di cioccolata liquida. La cioccolata virile, dunque, deve invece "riasserire la mascolinità in modo seducente e motivante per i consumatori di oggi".

La chiave è nel concetto che la ricerca di marketing chiama *re-genderization*: la società, dicono gli Yorkie-men, si sta muovendo verso il ritorno ai generi, riconsiderando dunque i diversi valori di cui uomini e donne sono portatori: "Viva la differenza. Gli uomini amano fare gli uomini, e le donne sono divertite dalle differenze". Segnarsi il termine: "divertite". Ma veniamo al punto: "L'affermazione del femminismo ha comportato una *diminutio* del ruolo maschile. I media ci ricordano continuamente il successo crescente delle donne nella società di oggi. Leggiamo giorno dopo giorno dell'abilità delle ragazze nella scuola primaria o delle laureate. La corsa delle donne sembra inarrestabile". Sappiamo che si tratta di un trionfo percepito e non reale. Comunque sia, l'idea è di offrire qualcosa che le donne non possono toccare. Yorkie, appunto, come icona primaria del ritorno al genere.

Lo spot, sia detto, è effettivamente *divertente*. C'è una ragazza che, pur di assicurarsi la barretta, si camuffa con tuta ed elmetto da muratore e si incolla un paio di baffi finti. Il sospettoso venditore, però, la sottopone a una serie di test: le fa aprire un barattolo, le sventola un ragno in faccia, esibisce, insomma, tutta la trafila della femminilità stereotipata per smascherarla. La ragazza non fa una piega, e il negoziante, infine, deve venderle la barretta. Ma mentre lei sta per pregustare la conquista, lui assesta il colpo di grazia: "I tuoi occhi sono di un azzurro meraviglioso". E la sventurata, sospirando, esala: "Davvero?". Implacabile, l'uomo si riprende la barretta, e virilmente la morde.

In un'altra pubblicità re-genderizzata si propone invece la top ten delle cose che le donne non possono fare. Ovvero: prendere una decisione, guardare una partita di football senza parlare, guidare in linea retta, usare dieci parole invece di cento, aprire un barattolo senza aiuto, usare un orinatoio, avere un ragno come animaletto domestico, parlare al telefono per meno di quindici minuti, capire il cricket. E, appunto, comprare uno Yorkie.

Ora. Gli Yorkie-men non sono privi di spirito e sono estremamente lucidi nell'analisi delle tendenze sociali (a dimostrazione che molto spesso le intuizioni più interessanti vengono dal mercato e non dalla casta intellettuale: dove molti avrebbero negato che era in atto una *re-genderization*). E permettono inoltre di aprire una questione importante: perché va detto che la maschia barretta provocò parecchi guai alla Nestlé. Quando, nel maggio 2004, sullo Yorkie della discordia venne posto un segnale di divieto con la scritta *Not for women*, molte organizzazioni femministe protestarono ritenendo il gesto "offensivo e discriminatorio". A Malta, la Commissione nazionale per la parità dei sessi impose il ritiro della campagna dalle pagine dei giornali e dalla radio. Ma fu la mossa giusta?

Perché la cioccolata delle differenze può insegnarci parecchio. Per esempio, che fra le rivoltose anti-Yorkie e gli ideatori della campagna pubblicitaria sono i secondi ad accattivarsi le simpatie, mentre le prime confermano l'immagine censoria e bigotta cui molti ragazzi, e soprattutto molte ragazze, usano oggi associare il movimento delle donne. Il secondo insegnamento riguarda, ancora una volta, la traiettoria della freccia e il bersaglio che si vuole colpire. E la pubblicità, molto spesso, è un falso obiettivo.

Per fare un altro esempio: nei primi mesi del 2007 l'Europa venne attraversata da un sussulto di ripugnanza nei confronti di Dolce&Gabbana. Inevitabile, verrebbe da dire, dopo anni in cui l'invidiatissima coppia aveva flirtato con il trash, a suon di vergini siciliane oranti, piangenti e abilissime nel lancio del reggiseno, di pescatori di polipi, di ragazze così entusiaste per il dono di un orologio da non trattenere un peto. L'accusa, però, non è di volgarità, ma di sessismo: causa scatenante, la fotografia dove una modella, irrigidita nel sembiante cereo prediletto dai due stilisti, viene circondata da un gruppo di maschi dai muscoli d'acciaio e in atteggiamento che sembra preludere a uno stupro. Apriti cielo! Seguono condanna unanime, richieste di ritiro che riprendono quelle già avanzate in Spagna, elzeviro finale de "Il Foglio" che ritiene inevitabile quella pubblicità per una società talmente perversa da approvare i Dico.

Peccato che quella campagna fosse stata preceduta da una analoga, dove la vittima era l'uomo e le molestatrici un branco di femmine. Peccato che la pubblicità non sia il luogo da cui scaturiscono gli stereotipi, ma, semmai, il luogo che amplifica quelli che già esistono.

Controprova. Giusto dieci anni fa, Enzo Kermol e Marika Beltrame conducono un'ormai celebre analisi degli stili di vita maschili e femminili in rapporto ai modelli proposti dalla pubblicità nei periodici. I risultati vanno a definire i seguenti caratteri. Per la donna: la seduttrice, la sportiva, la ragazza acqua e sapone, la romantica, la moglie, la madre, la casalinga (tradizionale e "professionista"), la manager, la narcisista, l'erotica, l'ambigua, la donna-oggetto, l'intellettuale. Per l'uomo: il seduttore, l'uomo sportivo, il romantico, il marito, il padre (padre normale e pater familias), il manager, il narcisista, l'ambiguo, l'uomo-oggetto, l'intellettuale.

I modelli sono non soltanto quasi speculari ma, inevitabilmente, parziali e riduttivi. La pubblicità è conservatrice: frena anziché stimolare. E, soprattutto, si fa portavoce di un sentire comune alimentato da un insieme di tasselli. Se si va a spiare una recente ricerca sul genere in pubblicità, riassunta da Joseph Carrabis, CEO e fondatore di NextStage Evolution e NextStage Global, il ruolo della pubblicità medesima viene sintetizzato già al punto primo: "Le differenze tra uomini e donne mostrano che il marketing non può ignorarle".

Che si sia tornati a parlare di differenze di genere (e non fra persone) è cosa che la pubblicità raccoglie e rilancia, ma non crea. Semmai, analizza e diffonde concetti su cui riflettere. Per esempio, quello secondo il quale le donne "considerano l'opinione degli altri come una guida nel prendere le loro decisioni, mentre gli uomini considerano le opinioni degli altri per formare le proprie". Dunque, in una storia, "gli uomini fanno meno attenzione alle regole, le donne sono confortate se le regole sono applicate bene".

Nel primo caso, poco è cambiato da quando Mallarmé diceva che la folla è donna. Nel secondo, si rafforza la vecchia idea del conformismo femminile. Ma il marketing, purtroppo, si limita a prendere atto.

Interludio

Annamaria Testa ha scritto la voce "Creatività" su Wikipedia. E naturalmente è stata ed è, in ordine sparso: una pubblicitaria famosissima, una giornalista, una scrittrice, una direttrice di progetti, una studiosa della comunicazione. Le scrivo una mail. Perché quello che vorrei capire, per trovare il capo del lungo filo di insicurezza e di preoccupazione che avvolge le donne prima, durante e dopo la maternità, è quale idea del femminile circoli nella pubblicità. E se ci sia mai stato un momento diverso, un punto di rottura, dove si fuoriusciva dai risicati modelli visibili in questo momento. Lei mi risponde. Così:

Una premessa necessaria: gli spazi e i tempi della pubblicità sono esigui e costano molto. In una pagina, un manifesto o 30 secondi (ma a volte 20 o 15) di telecomunicato bisogna mettere diverse informazioni: qual è il prodotto di cui stiamo parlando, quali sono le sue caratteristiche, perché è desiderabile, chi è il consumatore e qual è il suo stile di vita, quali vantaggi ricava quel consumatore dalla scelta di quel prodotto. È un sacco di roba, a cui vanno aggiunti gli indispensabili connotati emozionali che trasformano i contenuti di un tetro documento di marketing in comunicazione pubblicitaria fatta di parole e immagini. Cioè in un messaggio strutturato che, oltre a essere dotato di uno straccio di logica narrativa, deve possibilmente risultare facile da capire, sorprendente, attraente, memorabile, convincente e breve.

Gli esseri viventi che si vedono dentro i messaggi pubblicitari sono per forza di cose (cioè per assenza dello spazio o del tempo necessari a sviluppare una narrazione articolata) ridotti a stereotipi. Questo capita nella stragrande maggioranza dei casi e non solo con le donne, ma anche con gli uomini, i bambini, gli adolescenti, gli anziani e la famiglia nel suo complesso, animali domestici compresi (il simpatico cagnone e il tenero gattino). Non dimentichiamo che il fine della pubblicità non è produrre narrazioni, ma sviluppare proposte di vendita all'interno delle quali lo stereotipo è funzionale proprio nella misura in cui non rimanda a individui, ma a categorie.

Qualche volta lo stereotipo è rappresentato in modo particolarmente scemo. L'unica via di scampo è lo humour, che però appartiene alla tradizione della migliore pubblicità anglosassone e non alla nostra. Da noi, piuttosto, se proprio si vuole ridere si ricorre a una comicità di volta in volta bonaria, naïf o cafona.

Se consideriamo il tema dei ruoli femminili alla luce dei consumi connessi, capiamo meglio il motivo per cui i più rappresentati riguardano la cura e la seduzione. Rimandano al primo ruolo, per esempio, i prodotti alimentari e le bevande, i detersivi, i mobili e gli accessori per la casa, gli elettrodomestici, i prodotti per neonati e perfino i farmaci da banco. Al secondo essenzialmente i cosmetici, i superalcolici, la moda, una buona fetta di mercato dell'auto. I telefonini e le compagnie telefoniche stanno un po' di qua e un po' di là. Donne che lavorano fuori casa, poche. Ma ricordiamoci che anche nel paese reale sono poche. Maschi che fanno le faccende di casa, come nel paese reale, pochissimi. E stanno lì per caso, o per paradosso, o con intenti – e riecccoci al punto di partenza – seduttivi.

Momenti di svolta: no, piuttosto una lenta, lentissima evoluzione verso una parità di genere che non è certo stata raggiunta, che coinvolge più le forme che i contenuti – una casalinga di oggi è comunque diversa da una casalinga degli anni cinquanta, ma casalinga resta –, e che è fatta di mille oscillazioni, di qualche paternalistica dichiarazione di buona volontà (penso al "Né strega né madonna. Solo donna" degli anni settanta. Ma se non sbaglio l'immagine era comunque quella di una donna molto attraente) e di una vocazione a seguire – e non ad anticipare – *i cambiamenti sociali e di costume, rappresentando stili di vita e sistemi di valori che nella sostanza risultano lievemente arretrati, blandamente conservatori.*

La pubblicità non si colloca mai all'avanguardia proprio perché la sua vocazione è farsi accettare facilmente, rispecchiando il sentimento medio del pubblico. Possono spingersi un po' più in là prodotti d'élite che appaiono su mezzi di comunicazione segmentati e rivolti a un pubblico ristretto. Ma non si può chiedere alla pasta o ai sofficini che appaiono in prima serata su Rai Uno o su Canale 5 di proporre modelli non condivisi dalla maggioranza degli spettatori. O meglio ancora: di proporre modelli che il management delle imprese (costituito, nel nostro paese, da una stragrande maggioranza di maschi in età non giovanissima) ritiene non condivisi.

D'altra parte è in tutti i sensi pericoloso affidare alla pubblicità un ruolo diverso e assai maggiore di quello che in effetti ha: dare istruzioni per l'uso dei prodotti di consumo. Ci ha insegnato a usare il dentifricio negli anni cinquanta, i surgelati negli anni settanta, il telefonino negli anni novanta. Basta e avanza. La consapevolezza e la responsabilità dell'essere cittadini, e l'educazione a esserlo pienamente, non passano e non possono passare dalla pubblicità, e sarebbe pericoloso pensare il contrario, caricando le imprese di un potere che a loro non spetta.

Non possiamo scordarci che viviamo in un paese in cui le donne nei consigli d'amministrazione di società quotate sono il 2,6%, i professori ordinari donna sono il 15,9% e le parlamentari sono (ex soubrette prestate alla politica comprese) l'11,5%. Un diverso ruolo femminile si conquista sul campo, e non negli (o con gli) spot. Nemmeno in quelli eventualmente prodotti da un volonteroso ministero per le Pari opportunità.

Insomma, poiché la pubblicità, come ogni altra forma di discorso persuasivo, si fonda sul consenso, e poiché il consenso si guadagna essendo conformisti (e magari trasgressivi nelle forme, giusto per colpire e farsi ricordare. Ma difficilmente nella sostanza), non appena cambierà davvero il ruolo delle donne cambierà anche il ruolo delle donne negli spot. La pubblicità non mancherà di registrare il cambiamento, magari amplificandolo. Ma un attimo dopo. Di sicuro, nemmeno un attimo prima.

Un momento, però. Questo significa che la pubblicità sta rispecchiando, ora, l'oscillazione dello stereotipo fra la doppia immagine seduttrice/madre. *Mamma sei un angelo*, detto dal bambino felice davanti alla torta fatta in casa. E le ninfomani al cacao. Mai così numerose.

> ***Tu ti chiedi quanto debba alla pubblicità il porno, ma io ribalto: quanto deve al porno la pubblicità? Tantissimo. Senza scomodare gli esempi storici fatti da Vance Packard, citiamo cose recenti. Gli spot televisivi e le affissioni murali pullulano di citazioni che vengono colte solo da chi conosce il porno.***
> ***Qui a Bologna, per mesi è rimasta sulle bacheche una pubblicità di non ricordo più quale marca di latte dove si vedeva un facial cumshot, uno sbuffo gocciolante di latte sulle labbra di una tipa che era ben più che allusivo.***
> ***Pensa alla famosa foto del gelato Magnum (allungato dall'uso di non so quale obiettivo) con la tipa che lo ciuccia in punta dopo averlo addentato e la panna, bianchissima, deborda tra le crepe prodotte nello strato di cioccolato.***
> ***Anni prima, la pubblicità del Calippo era addirittura sovraccarica di riferimenti alla fellatio, e la stessa confezione del ghiacciolo, il suo stesso concept, erano pensati per alludere a quello. Il Calippo devi tenerlo in pugno finché non si scalda abbastanza da scivolare su e giù all'interno della confezione a cono. A quel punto, ogni volta che lo stringi esce dal cono di due-tre centimetri, un vero e proprio glande da succhiare.***
>
> (Wu Ming 1, commento su *Lipperatura*)

Quando qualcuno dice che viviamo in una società invasa dalla pornografia, bisogna porsi un ulteriore problema. Ovvero, definire la pornografia è diventato difficilissimo, e nulla resta dell'originaria chiarezza: perché il termine indicava la pittura delle prostitute, in cui eccelleva Parrasio di Efeso e di cui si dilettava, fra gli altri, l'imperatore Tiberio. Quindi, per un lunghissimo periodo, la parola viene utilizzata quasi esclusivamente al negativo, per prescrivere discorsi e immagini relativi al sesso e al corpo. Infine, e siamo ai giorni nostri, si arriva non solo al consumo di massa, ma all'autoproduzione da parte delle masse medesime. Nonché alla quasi impossibilità di capire cosa sia pornografico e cosa no: perché i confini si spostano continuamente.

Il porno non dovrebbe essere guardato ideologicamente, come molto femminismo radicale americano ha fatto, accanendosi unicamente sull'aspetto di sopraffazione nei confronti del femminile da parte del gruppo copulante. Il problema è un altro. Il problema è la sessualizzazione esasperata che, certo, coinvolge sia gli uomini sia le donne: ma che rischia di schiacciare nuovamente sull'antica dicotomia il genere che ha una più lunga, secolare consuetudine con gli stereotipi. Riconoscendolo solo in quanto carne (o carne trascesa, qualora accetti di generare). Il problema è che l'omosocialità esiste, è sempre esistita nelle culture. Si tratti dei giovani Baruya della Nuova Guinea, che venivano rinchiusi dai nove ai ventun anni nelle "case degli uomini" sotto la sorveglianza dei più anziani. O si tratti dei maschi civilissimi che marcano la propria separazione dal femminile appendendo nei luoghi di lavoro i calendari con le veline nude. In quanto simbolo – sostiene il sociologo Thomas Guénichon – della "specificità e solidarietà" del gruppo. Laddove, per consolidata prassi pornografica, "l'unica donna autorizzata a partecipare alla socialità maschile è la prostituta".

Se la pubblicità trasforma un gelato in vibratore e se un bicchiere di latte adombra apertamente lo sperma, significa che, ancora una volta, c'è una questione a monte del marketing: che pesca certamente nei linguaggi cinematografici del porno ufficiale, ma pesca anche in quella totalizzante messa in scena del sesso che ci circonda. La stampa femminile, diceva il "Financial Times" nel 2005 (prima di tuonare, nell'estate 2007, contro il machismo della pubblicità e della società italiana), quindici anni fa insegnava alle casalinghe come cucinare, adesso insegna loro come avere un orgasmo. Su Internet è facilissimo imbattersi in blog femminili che discettano, più o meno giocosamente, di pompini e di sodomizzazioni, dettando regole su come comportarsi a letto. E, assai spesso, corredando gli scritti con immagini della titolare in calze a rete, à la Dita Von Teese.

Da una parte l'ossessione al godimento continuo. Dall'altra il richiamo, non solo cardinalizio, alla dignità della donna. Il rischio, sottolineato più volte da Elisabeth Badinter, è quello di soccombere alla contraddizione. Di tornare all'idea di una sessualità femminile sacralizzata, dove l'unico modo di mettere ordine, di fornire una misura a una società in apparenza sessuomane è quello di opporvi la concezione antitetica. Quella per cui le donne richiedono un sesso *mirato* perché unito al sentimento: il famigerato sesso *al femminile,* fatto, scrive Badinter, della triade nota: "preliminari, durata, sentimento". Dove il sesso, in fondo in fondo, torna a finalizzarsi al concepimento. E il cerchio si chiude.

Strette fra la volgarità pubblicitaria, le tentazioni del sentimentalismo più languido e il richiamo alla vocazione materna, le donne, appunto, si preoccupano. Anche perché tutto questo presuppone una centralità, un argomento principe. Un territorio di contesa, da sempre. Il loro corpo.

> ***Tutto comincia con quella che sotto la gonna a balze non mette le mutande per compiacere il fidanzato, tutto continua come se niente fosse: le figlie di Penelope hanno inventato il Dash e il fondotinta in microgranuli che opacizza, e vanno insegnando alle belle bambine a far la riverenza e aggrumare labbra, a sbattersi come tarantolate in freeze sui materassi: un colpo di autoscatto col décolleté opalino e le cosciotte aperte, il commentatore esulta e ti chiama divina creatrice mentre la patta si impiastriccia tutta, e a Tina Modotti si spezzano le tibie nella fossa: si sente l'urlo, cazzo.***
>
> (Blog di Babsi Jones)

A imperniare tutto sul corpo si finisce nei guai. Perché, specie se quel corpo deve essere usato per consumare sesso, ha il dovere di essere giovane e appetibile. Di pari passo alle pubblicità che si riferiscono esplicitamente al rapporto sessuale (l'anellino stimolante Hatù imperversava ovunque, tempo fa: in televisione, sui giornali, persino sui blog) si moltiplicano, sui magazine femminili popolari, le interviste ai chirurghi estetici. Anche in questo caso, la questione è antica: il corpo delle donne è stato sempre modificato, enfatizzato, spesso torturato da abiti, parrucche, gioielli, calzature. Ma questa volta accade qualcosa di più radicale. "Il corpo diventa banca e mercato," dice Hervé Juvin, che è un esperto di strategia bancaria e gestione del patrimonio, ma ha anche scritto un libro che si chiama *Il trionfo del corpo*. "Dopo gli dèi, le rivoluzioni e i mercati finanziari, il corpo diventa il criterio di verità. Solo il corpo dura, solo il corpo permane. Riponiamo in lui tutte le nostre speranze e da lui ci aspettiamo una realtà che altrimenti ci sfugge. Il corpo è diventato il centro di tutti i poteri, l'oggetto di tutte le nostre aspettative, persino quelle di salvezza."

Vale anche per gli uomini, certo: ossessionati dalle riviste che li invitano a una muscolatura perfetta, bersagliati nelle caselle di posta dalle pubblicità del Cialis per prestazioni sessuali esemplari. Ma, purtroppo, per le donne vale ancora di più.

A cercare il rilancio della discussione, nel 2005, esce *Il corpo giusto* di Eve Ensler, l'autrice de *I monologhi della vagina*. Un libro dedicato alla pancia delle donne: "Forse perché ho sperato che la mia pancia fosse qualcosa su cui ancora potevo esercitare qualche controllo, o forse perché mi rendo conto che ormai occupa gran parte della mia attenzione, e che l'attenzione delle altre donne è così occupata da pancia, glutei, cosce, capelli o pelle da non avere più spazio per la guerra in Iraq". E continua: "Ho visitato più di quaranta paesi diversi negli ultimi sei anni. Ovunque ho visto l'insidioso e dilagante veleno al lavoro: creme per schiarire la pelle vendute come se fossero dentifricio in Africa e in Asia, madri americane che fanno rimuovere chirurgicamente le costole delle figlie di otto anni in modo che non debbano più preoccuparsi delle diete, bambine di cinque anni a Manhattan che assumono rigorose posture yoga per non mettere in imbarazzo i genitori in pubblico con il loro aspetto troppo paffuto, ragazzine che vomitano e digiunano nelle isole Fiji e in ogni angolo del mondo, donne coreane che cancellano l'Asia dalle loro palpebre".

Scandaloso, il libro, e cattivo. Perché, scendendo nell'inferno dei centri salutisti americani e raccontando la lotta per la conquista del tapis roulant nelle palestre indiane, *Il corpo giusto* fa toccare con mano la sconfitta in un settore centrale. Perché se per anni si è giustamente sostenuto che il corpo femminile è il luogo dove si esprime il potere e dove il potere, assumendone il controllo, esercita la maggior repressione, va detto che questo continua ad avvenire. E che avviene non solo nei casi estremi della segregazione religiosa o della patologia medica, ma nella normalità di ogni vita e in ogni luogo del pianeta. Per dimostrare che il corpo non appartiene più alle donne, Ensler ne incontra tante. Helen Gurley Brown, la direttrice di "Cosmopolitan", che a ottant'anni si costringe a cento addominali due volte al giorno. Pesa quaranta chili ("altri dieci e mi ridurrò a niente"). Bernice, minorenne afro rinchiusa in un "campo di concentramento per magri" ("il grasso è quanto di più abietto, disgustoso e volgare esista a questo mondo. Come quando vado a fare acquisti in un negozio normale dove tengono sempre le taglie grandi sul retro, come se fossero roba porno"). Ensler, ancora, assiste alla liposuzione di una modella di Rio, Tiffany, sposata a un chirurgo estetico che ne smonta e rimonta il corpo, nonostante le complicazioni ("Mi si è fermato il cuore. Dev'essere stato terribile per Ham. Aveva appena finito di fare il suo splendido lavoro e avrebbe dovuto rovinare tutto comprimendomi il petto"). E c'è Nina, la ragazza italiana che si fa tagliar via il seno troppo abbondante, e Isabella (Rossellini) licenziata per usura dal ruolo di testimonial per cosmetici ("Mi mandarono tanti di quei fiori per il mio quarantesimo compleanno. Mi resi subito conto di essere morta"). E Priya, la signora indiana che si accanisce in palestra ("Non c'è gioia nella perfezione").

L'argomento sembrò troppo normale per suscitare scalpore. Certo, fanno più notizia le ragazzine da rincorrere nelle viscere del web, quelle che accarezzano i trentotto chili come sogno di riferimento e si sostengono l'un l'altra consigliandosi bicchieri di aceto e limone e raccontandosi l'emozione del digiuno totale e dello svenimento. Ma sono così diverse dalle donne incontrate da Ensler? Dalle ragazze di Teheran che si fanno rompere il naso per sembrare meno iraniane, dalle fanciulle di Pechino che si fanno spezzare le ossa per sembrare più alte, dalle texane che si fanno ridurre i piedi per entrare in un paio di Manolo Blahnik? Sono così diverse, infine, dalla maggior parte delle donne occidentali? Quelle cui è negato invecchiare: quelle che sembrano porsi come obiettivo primario la conservazione del corpo nella forma giovanile, sognando di attraversare il tempo come il cadavere di una sovrana egizia.

Curiosamente, nelle caselle di posta elettronica delle donne nate fra gli anni cinquanta e gli anni sessanta, arrivano eccitati inviti ai *botulino party*: il corrispettivo e l'inverso del pacco di assorbenti recapitato in dono alle dodicenni. Alfa e omega: inizio e fine. Ma la fine non viene accettata. Se Ensler invoca: "Smettete di aggiustare il vostro corpo, non è mai stato rotto", l'invito viene accolto solo raramente. È come se le donne, oltre che preoccupate, fossero impreparate al tempo.

Curiosamente, alla fine degli anni ottanta, una scrittrice che fu l'icona del femminismo, Germaine Greer (autrice de *L'eunuco femmina*), raccontò il proprio rito di iniziazione alla rovescia. Annunciò che si stava finalmente lasciando ingrassare, che si era trasferita in campagna e aveva cominciato a farsi il pane da sola. Per festeggiare la fine della seduzione obbligatoria (che più avanti, magari, smentirà). Ma ancora una volta legando corpo a seduttività, suo malgrado: e marcando la distanza dalla seconda con l'accanimento – alla rovescia – sul primo. Come la protagonista di *Chéri* di Colette, che rinunciando all'amore si trasforma nel giro di pochi mesi in una vecchia golosa di dolci, con un'apparente autoindulgenza che in realtà è il massimo della mancanza di pietà verso se stesse.

Non troppo curiosamente, nel 2007 le reti televisive americane hanno bocciato uno spot della Dove che mostra donne di mezza età nude, serene delle imperfezioni, delle rughe, dei capelli bianchi (lo si vede su YouTube).

Sempre meno curiosamente, il trionfo del *raunch* nostrano, la sottolineatura esasperata del corpo che trova il suo climax nella moltiplicazione televisiva e giornalistica delle labbra deformi di Loredana Lecciso, ha coinciso con il ritorno della discussione sull'aborto. La quale, a sua volta, si sviluppava in parallelo a una strana nostalgia. Quella, ciclicamente riaffiorante, del ritorno a casa.

> ***Quanto più la donna sarà assorbita da compiti extracasalinghi, tanto più grandi devono essere le sue capacità di donna di casa, in modo che ella possa svolgere in un tempo limitato e nel modo migliore le sue mansioni casalinghe.***
>
> (*La grande enciclopedia della donna*, 1962, ristampa 2007)

Per esempio. *Sex and the City* non è stato l'unico serial americano incentrato sul gruppo femminile ad approdare con successo – e con lunghe celebrazioni intellettuali da parte delle giornaliste – sul piccolo schermo italiano. Perché se *Sex and the City* racconta il sesso, *Desperate Housewives* racconta, con grazia narrativa innegabile, la storia di un gruppo di signore alle prese con le problematiche della famiglia, sia pur, in alcuni casi, atipica. Susan è un'illustratrice di libri per bambini (lavora in casa), divorziata, con una figlia adolescente che le fa da madre; Lynette è un'ex manager che ha rinunciato al lavoro per partorire quattro bambini; Bree è la sposa e madre impeccabile; Gabrielle è un'ex modella che ha sposato un uomo ricco e, annoiandosi, lo tradisce con il giovane giardiniere. Certo, l'autore (Marc Cherry) è abilissimo nel maneggiare stereotipi abusati per giocare a *Twin Peaks*. Certo, la complessità narrativa è alta (come nella maggior parte dei buoni serial degli ultimi anni), l'intreccio di storie obbliga lo spettatore a un'attenzione e a una partecipazione prima impensabili. Le lodi, insomma, sono più che meritate.

Ma se, ancora una volta, questo tipo di fiction si fa portavoce di una tendenza e non viceversa, non sarà che esiste un corrispettivo reale di Wysteria Lane? A chi sarebbe venuto in mente di scrivere una storia su un gruppo di casalinghe fino a dieci anni fa (sia pure per gioco, sia pure per dimostrare la propria arguzia e abilità intellettuale)?

Dunque, qualcosa è accaduto. Ricorro ancora una volta alla scomoda lucidità di Elisabeth Badinter. Che in un'intervista ricostruisce così il processo:

Alla fine degli anni ottanta un certo numero di femministe ha sostenuto un pensiero che rimetteva la donna, la madre, al centro della famiglia [...]. Non abbiamo despecializzato i ruoli, anzi: è stato fatto di tutto per rafforzarli. A metà degli anni ottanta è cominciato il discorso ecologico, sostenuto anche dalle sinistre. Un ritorno alla natura, al biologico, al rifiuto del consumismo, dell'artificiale. E [...], proprio in quel momento, si è ricominciato a parlare dei benefici dell'allattamento al seno, con la benedizione del movimento delle donne. [...] Fino a metà degli anni ottanta gli psichiatri infantili consigliavano l'allattamento misto, per offrire alla madre una certa libertà e al padre la possibilità di essere più coinvolto nella crescita del bambino, sin dai primi mesi. Oggi la direttiva europea per il personale medico specifica chiaramente che va incoraggiato l'allattamento al seno per almeno sei mesi. [...] Tutto è incentrato sulla differenza biologica, sulla specificità femminile, sulla specializzazione dei ruoli. Così arriviamo all'offerta di un compenso alle donne che restano a casa per accudire i figli... Sono leggi che variano a seconda dei paesi, ma che sottendono una filosofia pericolosa. In Francia, una misura votata nel '93 prevedeva di dare l'equivalente del minimo salariale part-time alle donne con due figli che accettavano di stare a casa. Una legge drammatica, che metteva le donne in uno stato di totale dipendenza. Eppure nessuna femminista l'ha messa in discussione né criticata.

A un certo punto, Badinter usa la parola *shock*: a provocarlo, è il "non sentir più dire che è possibile essere donna senza necessariamente diventare madre. Siamo risucchiate in un destino collettivo, che non è più messo in discussione".

Anzi. Nel 2002, per esempio, la scrittrice ed economista americana Sylvia Ann Hewlett scrive un libro che intende colpire al cuore il mito della superdonna che vuole tutto, lavoro e famiglia. Si intitola *Creating a Life: Professional Women and the Quest for Children*. Sostiene che chi rimanda la maternità per costruire la propria carriera si condanna a una vita senza figli. "I numeri parlano da soli: il 42% delle dirigenti americane a quarant'anni non ha figli. Anche avvalendosi delle ultime tecniche scientifiche, a quell'età solo il 3-5% di loro riesce a rimanere incinta. Ciò spiega come mai appena lo 0,1% dei bambini americani nasca da mamme di quarantacinque anni". E aggiunge: "È stato un grande errore clonare il modello del maschio aggressivo e competitivo, cercando di applicarlo all'universo femminile. Il mio consiglio alle giovani donne: date la precedenza alla famiglia e cercate di mettere nella vita privata la stessa energia che usate nella carriera. Solo così finirete per realizzare entrambe. Il che, dopotutto, è ciò che il 90% delle donne vuole". Tornare a casa, a quanto pare.

C'è una bella fetta dell'immaginario popolare (e del marketing) che porta esattamente in questa direzione. Nel 2006 il "Wall Street Journal", su dati forniti dalla Procter&Gamble, celebra le italiane come cultrici delle lenzuola di bucato e di argenteria impeccabilmente lucida. Dedicano alla pulizia del "nido", per essere esatti, 21 ore alla settimana contro le 4 delle americane senza contare il tempo dedicato a cucinare. Per giunta, le italiane lo fanno all'antica: poche lavastoviglie (solo il 30% ne possiede una) per esaltare la gioia del lavare i piatti a mano. Una ricerca Eurostat del 2005 conferma il dato: le donne europee sono prime in classifica per il tempo trascorso nelle occupazioni domestiche, con 5 ore e 20 minuti al giorno. Gli uomini sono ultimi, con 1 ora e 35 minuti.

Per inciso. Così come esisteva la scrittura "marmellatesca" stigmatizzata da Simone de Beauvoir, propria di quelle autrici che si dilettavano nell'estasiata descrizione del sobbollimento delle confetture, esiste anche oggi una mistica di chi narra il profumo del pane impastato e cotto nel forno di casa. Una delle eroine più dure e apparentemente autonome, una protagonista assoluta come la Kay Scarpetta di Patricia Cornwell, non cucina con la stessa raffinata passione da gourmet di un Nero Wolfe o di Hercule Poirot: le sue cene all'italiana non sono gioie private, ma doni accudenti per qualcun altro (il suo assistente, il suo amante, sua nipote). Inoltre. Mentre sui quotidiani gli editorialisti politici lodano le virtù "materne", da vera donna italiana, di una delle deputate più apprezzate per la sua intelligenza, Anna Finocchiaro, non poche giornaliste celebrano la gioia del focolare, della riflessione accompagnata dal rumor di stoviglie, dell'importanza (così spesso invocata dalle pensatrici di ogni secolo, compreso il nostro) della dimensione casalinga come appropriata all'alterità femminile. O anche, danno di gomito a chi critica il reality suocere-contro-nuore rimarcando che il vero potere è stato sempre gestito dalle donne. In casa. Ancora. Sul web, fanno il nido signore gentili, con le home page disseminate di fiori, che elargiscono ricette e buoni pensieri. E, sempre in rete, sono in crescita esponenziale le cosiddette hobbiste, quelle che trasformano in fiera creatività gli antichi obblighi: maglioni ai ferri e all'uncinetto, spille di perline e di pasta di pane, da vendere, magari, su eBay. Titoli, qua e là. Primi accorgimenti per un rovescio perfetto a punto croce. Corso di cucito e quilt. Come cucire a macchina un coniglietto. Come fare una bambolina profumata per la biancheria. Tecniche di patchwork.

Com'è creativo tutto questo. Com'è operoso. Com'è spaventoso condannarsi da sole, e tornare a essere le orgogliose proprietarie di quelle mani sempre attive, che cuciono e ricamano e non si fermano mai. Che sono, sui libri di scuola di ieri e di oggi, le mani della mamma.

La salute della donna risiede nella sua capacità di generare.

(Giuliano Ferrara a *Matrix*, novembre 2005)

La discussione sull'aborto, amplificatasi in Italia in occasione del referendum sulla fecondazione, ha paradossalmente contribuito a ribadire la centralità del materno come destino femminile. Quel dibattito venne peraltro preceduto da diversi mea culpa, più o meno espliciti, sulla sofferenza, censurata negli anni settanta, in chi affrontava un aborto: senza insistere troppo sul fatto che quella battaglia non era soltanto legata al diritto di decidere il momento giusto per la maternità. Ma che prefigurava la possibilità di un'esistenza femminile *senza* figli, qualora lo si decidesse.

Quanto alla discussione in sé, è stata un impressionante salto nel tempo. All'indietro. Ma non solo in virtù degli antichi fantasmi che tornavano, improvvisi, ad agitarsi: il diritto dell'embrione o l'eccessiva "leggerezza" conferita all'interruzione di gravidanza dalla pillola Ru486 (flash che sembravano dimenticati: un vecchio fumetto del Movimento di liberazione della donna degli anni settanta, con la ragazzina minorenne che si scopre incinta, si ritrova senza aiuti e, nelle mani di medici sbrigativi, muore per setticemia o appendicite, si diceva allora). Quel che fa riflettere, però, è la posizione di molte intellettuali. Che ribadiscono come la bellezza, l'importanza, l'imprescindibilità della maternità siano il valore centrale del femminile: e che occorre tornare a concepire un mondo dove i figli siano il valore principe, e dove le donne possano vivere in funzione dei medesimi, senza essere costrette a una corsa verso valori sbagliati, estranei, *maschili*.

È facile fraintendere. È facile interpretare il distinguo filosofico come una sentenza che colpisce chi desidera un destino diverso da quello biologico. È facile capire che, insomma, le donne devono, desiderano, sono nate per essere soprattutto madri. Peccato che, nel frattempo, si siano convinte di non essere più in grado di farlo.

Al piano inferiore/una giovane madre/dà botte al suo bimbo/ogni mezz'ora.

(Günter Grass, *Pünktlich*)

Per le madri in attesa esiste una rivista che è l'equivalente su carta di Prénatal: è una sorta di bibbia della gestazione, del parto e dei primi anni di vita del bambino. Si chiama "Insieme" e la sua uscita, mensile, viene attesa ansiosamente da moltissime donne incinte. Sfogliandolo, si intuisce come la preoccupazione delle donne, fin qui assolutamente motivata da ciò che avviene attorno a loro e da ciò che si chiede al loro corpo, venga amplificata in quello che dovrebbe essere il momento dove tutto torna a conciliarsi. Dove si dovrebbe essere piene e perfette, in presumibile accordo con il proprio io profondo.

Apriamolo e cominciamo dalla pubblicità. Passeggini "per il benessere del bambino". Succhiotti che "ti piaceranno" per proteggere la pelle sensibile del tuo piccolo "e per favorire una perfetta dentizione". Carrozzine che sono "una favola vera". Nel numero che ho fra le mani, si parla di settimane bianche, il messaggio è quello di evitare che i bambini più piccoli vengano incitati all'agonismo precoce sulle piste da sci. Ma anche che i padri trascinino neonati indifesi su discese abissali: "Vuoi mettere sciare tranquillo portandosi il bebè nel marsupio, invece che passeggiare in paese, spingendo annoiato una carrozzina?". Il tenero piccolo esposto ai pericoli di un capitombolo nel dirupo, effettivamente, mi dà un sussulto di paura. Passo velocemente alla rubrica delle lettere. C'è una mamma con due bambine piccolissime che lamenta di sentirsi spesso compatita come se la sua fosse una disgrazia: "Certo, ho dovuto rinunciare al lavoro, una scelta che sta costando alla nostra famiglia non pochi sacrifici. Ma sono così felice di occuparmi delle mie piccole che non rimpiango nulla: ho creato uno spazio per loro nella mia vita oltre che nel mio cuore e, anzi, vorrei un altro figlio".

Salto l'oroscopo del bebè e procedo verso gli esperti: ovvero, i consigli della ginecologa, del neonatologo (perché pesare un figlio tutti i giorni, come tagliargli le unghie, come sorvegliare la fontanella), della psicologa (riprendere o non riprendere il giochino buttato per terra?), del pediatra (come difendere la pelle dal freddo, cosa si fa quando ha la febbre), della nutrizionista (il latte va bevuto tutte le mattine! Come preparare il minestrone. Già: il minestrone perfetto, come la tempesta di Stephen King), il naturopata (come scacciare l'ansia). L'ansia è aumentata, a questo punto, se si è una giovane madre che deve proteggere il suo frutto più prezioso anzitutto dalla propria presunta incapacità, di cui evidentemente centinaia di esperti la accusano contemporaneamente. Vado avanti.

C'è un servizio sulle paure e le emozioni delle mamme. Con l'esaltazione del vecchio corredino, quello che veniva realizzato, operosamente, nelle proprie case, sotto la luce del paralume a stelo che illuminava la poltrona, il cotone rosa o celeste nel cestino ai propri piedi (manca un gatto che gioca con il gomitolo, penso, e il quadro è perfetto). Quelle mamme, spiega l'articolo, "lentamente, una maglia dopo l'altra, in un silenzio quasi meditativo, rivolgevano l'attenzione dentro di sé, verso un luogo segreto che non era consentito conoscere e violare [...]. Oggi però manca il tempo di sferruzzare e la donna, proiettata sempre più verso una produttività che non ammette vie di mezzo, che la tiene in considerazione se sarà altamente efficiente, tende a vivere la gravidanza come una parentesi temporanea, in attesa di tornare presto, il più presto possibile, quella di prima". Altra strizzata colpevole alla bocca dello stomaco.

Nel servizio, in effetti, viene poi preso in considerazione l'aspetto che colpisce di più leggendo i forum frequentati da gestanti, ovvero l'abitudine a enfatizzare l'aspetto medico della gravidanza e a parlarne quasi esclusivamente in termini scientifici. Beta. Sacco vitellino. Morfologica. Ma la psicoanalista spiega che questo avviene perché le donne "devono ritrovare l'energia della forza aggregante che è propria della nostra natura". Natura, ancora una volta: non sarà che queste madri hanno, semplicemente, paura?

E infatti, il successivo articolo comincia così: "Non è per niente facile fare la mamma che allatta con il coro delle amiche che ti dicono 'Che brava'. Non è facile, a volte, capire neppure quel lampo di orgoglio intravisto negli occhi del compagno. C'è da diventare matte, se appena appena si è state sfiorate da un *baby blues* o se la serenità non è bella salda". O se dell'allattamento si sa poco. Occorre difendere ed educare questa mamma incapace.

Ed ecco, in sequenza. Come dare le medicine e che tono di voce usare. La casa sicura. Come interpretare i suoi primi disegni. È estroverso se disegna partendo da destra? Le linee spezzate indicano sofferenza psichica. I colori spenti denunciano introversione. Le armi giocattolo lo fanno diventare più aggressivo? Se vuole mettere i sandali quando nevica dimostra comunque di avere una certa personalità, probabilmente diventerà un leader. Se in televisione ci sono i cartoni animati con i mostri che combattono si proponga qualcuno dei magnifici dvd in circolazione. Part-time: per stare di più con i propri figli. E anche per lavorare meglio. La moda. Vietato ai maschietti. Abiti, gonne, maglie, accessori. Tutti riconoscibili per la cura dei dettagli, per il forte contenuto moda, le qualità dei materiali e dedicati esclusivamente alle bambine, a partire dalla nascita. Un punto vendita ricco d'atmosfera arredato con i romantici mobili colorati di rosa, il più tradizionale colore femminile.

Chiudo il giornale.

E telefono all'Istat. Sono incuriosita dai dati che forniva Elena Gianini Belotti nel 1973, sottolineando che l'educazione al genere comincia subito, quando la madre comincia a far aderire il proprio neonato a un modello ideale di maschio o di femmina. Per quanto riguarda le bambine, il cammino inizia con l'istruzione al sacrificio. Citando una ricerca condotta nel 1966 da Odette Brunet e Irène Lézine, *I primi anni del bambino*, Gianini Belotti sottolineava che "il 34% delle madri non nutre le femmine al seno", contro il 99% delle madri di maschi. Ricordava anche che le bambine venivano svezzate prima, e redarguite se troppo voraci: "Quel tanto di animalesco, di voluttuoso, sensuale, evidente nel bambino che si attacca con avidità al seno o al poppatoio, nel maschio viene considerato normale, una prova della sua 'naturale' aggressività e sensualità, mentre si suppone che la femmina abbia appetiti fisici molto più moderati, sia più spirituale, meno attaccata ai piaceri terreni... l'avidità non va d'accordo con la grazia".

Il gentilissimo addetto stampa Istat, quando gli chiedo se esiste un corrispettivo attuale di quella ricerca, e se nella recente indagine sulla maternità fossero state inserite domande relative ai generi, non nasconde un sincero stupore: "Ma davvero pensa che ci siano differenze di questo tipo?".

Ci penso. La risposta è sì e no. Penso che, almeno inizialmente, modelli e ruoli si presentino in modo più ambiguo rispetto a trent'anni fa. E che la reale ambizione delle madri sia, oggi, un'altra, al cui interno effettuare, subito dopo, le differenziazioni fra i sessi: il bambino vincente. In grado di camminare presto, parlare ancora prima, riconoscere le lettere dell'alfabeto a neanche due anni. "Ha diciotto mesi e già è affascinato dal suo primo libro," mi racconta una mamma che ho conosciuto in ospedale. "Naturalmente, l'ho comprato in inglese. Così si abituerà alla doppia lingua." Un'altra mamma, che incontro all'asilo di mia figlia, mi rimprovera dolcemente perché la faccio giocare con i mattoncini di plastica: "Il legno," dice, "è più naturale. I bambini devono avvicinarsi subito all'ecologia". Prendo un caffè con il padre di un compagno di mio figlio, all'epoca in terza elementare. Il suo ha una sclerosi multipla, in peggioramento. Mi racconta di aver cambiato scuola, praticamente fuggendo dall'istituto privato precedente, peraltro assai prestigioso. Metà dei genitori ne aveva chiesto l'allontanamento: perché il piccolo, dicevano, intralciava la didattica. In prima elementare.

Si chiama ossessione. Può sfociare in acquisti compulsivi, nello studio ininterrotto di manuali, nel calcolo fobico di tutto quello che è necessario fare affinché il bambino sia impeccabile. Ed è contagiosa.

> ***L'istinto mi dice di comprare quel giubbotto di pelle. Mi precipito verso l'espositore e guardo le etichette con la taglia, "Newborn baby", "Small baby". Come faccio a sapere quanto sarà piccolo mio figlio?***
>
> (Sophie Kinsella, *I love shopping per il baby*)

Non è soltanto una questione di oggetti, naturalmente. Anzi, forse è l'aspetto meno rischioso e più caricaturale della vicenda. Anche se il tempo dell'attesa è ormai scandito da rituali d'acquisto che non riguardano più soltanto la culla o la carrozzina. Juliet B. Schor, in *Nati per comprare*, racconta di essersi accorta improvvisamente della folla di prodotti che circonda un neonato:

Quale marca di passeggino o seggiolino per la macchina? Come arredare la stanza del bambino? Una telecamera è davvero necessaria? Nonostante conducessimo una vita parca, in quanto rappresentanti della classe media americana era difficile tenersi a margine dello stile di vita lavora-e-spendi. Non dimenticherò mai il nostro primo viaggio nel fine settimana successivo alla nascita di Krishna. Quando radunammo i bagagli da mettere in macchina, mio marito, che è indiano, guardò incredulo: "Ci sono più cose in questa macchina, di quante ne possieda una famiglia indiana media nell'arco di un'intera vita," osservò. E, tuttavia, per gli standard di consumo attuali quegli oggetti sarebbero stati considerati miseri...

Al Salone della puericultura 2007, a Colonia, il flirt con la tecnologia viene scandito da piccole, inquietanti follie. La culla Cencio, che si dondola appena il neonato si muove, immette aria calda o fredda a ogni minima variazione di temperatura, richiama i genitori in caso di "anomalia" grazie a un sistema Wi-Fi che fa suonare un allarme sul televisore o sul telefonino degli adulti. Il seggiolino della Cybex, studiato per proteggere i bambini dalla violenza degli urti in automobile, è dotato di lettore dvd che, più avanti, può trasformarsi in Playstation. Il passeggino Hauck ha un sistema Hi-Fi sotto la capote per ascoltare musica.

Più avanti, ci saranno altri optional. Più tardi, ci sarà per esempio l'imperativo dell'agonismo. Nella primavera del 2000, a Missaglia (Brianza), i giocatori di una squadra di calcio (categoria Giovanissimi, età quattordici anni) spaccarono l'auto dell'arbitro e lo spogliatoio degli avversari. Il presidente sciolse la squadra. I genitori insorsero. Antonio Dal Monte, esperto di medicina sportiva, commentò: "Conosco genitori che nascondono patologie cardiache del figlio per il miraggio di tirarsi su in casa la star famosa e pagata a suon di miliardi... sempre con il fiato sul collo dei loro rampolli, li educano alla slealtà, a pensare che ogni mezzo è lecito pur di spuntarla sugli altri. Talmente ossessiva è la loro pressione psicologica da generare spesso terribili frustrazioni". Nello stesso anno, il presidente di una società sportiva emiliana, Davide Bastianini, raccontò di orrori consumati nella palestra di ginnastica artistica gestita da sua moglie. Vittime, bambine di sei anni: "Basta che l'allenatore dica 'il fisico potrebbe essere quello giusto', e subito mamma o papà chiedono di inserire nella squadra agonistica ragazzine che non hanno mai fatto una capriola in vita loro. Sa cosa significa cominciare a gareggiare? Allenarsi tutti i giorni, per due o tre ore. Peggio quando la gara è vicina: appuntamento alle sei e mezzo del mattino con il resto della squadra, colazione insieme, allenamento, cinque ore di scuola, poi di nuovo in palestra. E parlo di gare regionali, non di campionati nazionali". Ancora: "Se un giorno la bambina non vuole andare in palestra, i genitori ce la portano con la forza. Cronometrano le prestazioni. Tengono i resoconti delle gare e fanno i confronti con quelle precedenti. Se la figlia sbaglia un esercizio, apriti cielo! Sono capaci di dirle che è una deficiente, che quell'esercizio in allenamento lo fa sempre bene. Le bambine piangono: un'ora di lacrime dopo un errore in pedana è normale. E gli unici che non muovono un dito per coccolarle e consolarle sono i genitori, le mamme in particolare".

Un giorno, quando mia figlia aveva nove anni, uscì dalla piscina e svenne. Non riuscivo ad arrivare da lei: una folla di genitori con telecamera accesa mi impediva, in malo modo, il passaggio. C'era una gara. Si vinceva una medaglietta di plastica, con un delfino al centro. "Bastardo: muovi quelle gambe," sibilava, al mio fianco, un padre al suo bambino di sei anni.

Nel 2006 esce in Inghilterra *The Madness of Modern Families*, dove Annie Ashworth e Meg Sanders raccontano la genitorialità ossessiva, che spinge non soltanto a dotare i propri figli di oggetti costosi e a riempire le loro giornate di impegni sportivi o culturali. Ma a fare i compiti al posto dei figli perché ottengano voti migliori (li ho conosciuti, ne ho ascoltato le telefonate quando mi chiedevano suggerimenti per i siti Internet più attendibili su cui effettuare ricerche, o su come usare Power Point per una migliore presentazione. In terza elementare!). Ma a proibire loro televisione, patatine e cibo spazzatura, affollando i supermercati naturisti e corsi di yoga. E poi, penso, c'è la piccola, ignobile consuetudine del servilismo: le collette fra madri per i regali alle maestre, due volte l'anno, Natale e giugno, prima delle pagelle (e che il regalo sia costoso e lo dimostri). La ricerca della sezione giusta nella scuola giusta, da ottenere attraverso complicati incroci di raccomandazioni. Le riunioni dei genitori, quelle ufficiali e i capannelli ufficiosi davanti alla scuola, per confrontare l'eccesso di severità delle insegnanti. "Se c'è una cosa di cui i genitori di oggi devono preoccuparsi è di non preoccuparsi troppo," dicono le autrici. E a preoccuparsi il doppio, invece, sono soprattutto le madri. Da subito.

Nel 1989, durante il trentaseiesimo congresso mondiale dei freudiani, vennero ribadite le insidie del primo anno di vita. È in quel periodo che il neonato può avvertire di non essere accettato, affermano. Dice Renata Gaddini: "Una donna deve capirlo: non c'è investimento più importante di quello fatto con un neonato". Si elencano le situazioni a rischio: parto cesareo, immotivato allattamento artificiale fin dalla nascita, allontanamento del neonato dalla madre nella prima settimana di vita, in ospedale.

Qualche tempo dopo. Ritrovo una dichiarazione di Gino Soldera, presidente dell'Associazione nazionale di psicologia educativa prenatale: "Già al terzo mese di gravidanza si riscontrano cambiamenti emotivi o esistenziali nella donna. Caratteristiche del carattere che sono poi state ritrovate nel bambino, una volta nato e cresciuto". Nel 2007, la teoria verrà ripresa e approfondita da una ricerca dell'Imperial College di Londra: "Lo stress che le madri vivono durante la gravidanza si trasmette ai loro figli già dalla diciassettesima settimana di gestazione". Qualche quotidiano italiano ha aggiunto che la nevrosi prenatale renderà il feto un possibile fumatore.

Ancora. 1995. Alessandro Gindro, docente di Psicoanalisi della gestazione, mette in guardia dai guasti provocati da una musica inadatta: "Una signora con la mania del rock duro ha trascorso il periodo della gestazione ascoltando dischi del suo genere preferito. Suo figlio adesso ha quattro anni. Se sente quel tipo di musica si butta a terra disperato e piange. Mentre non ha nessuna reazione quando al suo orecchio giungono note di canzoni napoletane o delle sonate di Mozart. In pratica è perseguitato dal rock, capace di stimolare in lui ansia e irritazione. Si vede che ne ha fatto indigestione quando subiva i gusti materni".

Nel 2001, un'indagine condotta su 865 madri con almeno un figlio fra i 6 e i 14 anni esplicitò il desiderio di figli-capolavoro, destinati a una vita di successo e ricchezza. Due su tre erano convinte che il proprio figlio fosse "più sveglio dei bambini della sua età". Oltre il 50% augurava ai figli il successo più della felicità. Il 72% auspicava per il figlio un futuro da campione di calcio, per la figlia un destino da cantante o presentatrice. Per le mamme intervistate, l'infanzia non era un'età spensierata ma "il momento in cui porre le basi per la vita futura".

Infine. Nel 2005, la giornalista americana Judith Warner prova a raccontare quel che sta accadendo in un libro, *Perfect Madness: Motherhood in the Age of Anxiety*. Subito i numeri: tre madri depresse su dieci. Perché chiedono troppo a se stesse, si sentono iper-responsabilizzate, inseguono standard educativi troppo alti massacrando i figli con corsi, ginnastica, cibo biologico, esperienze *stimolanti*.

Ma come sono arrivate a questo, se non leggendo altrettanti libri e giornali e ascoltando esperti televisivi che le invitavano a essere tali, se non sentendosi schiacciate fra imperativi contrastanti ma uniti in un solo slogan: sii perfetta?

Nella pubblicità della nuova Fiat Idea un gruppo di belle mamme italiane, intente a combattere il traffico metropolitano, si cimenta in un agguerrito Haka Maori, il ballo tipico maori divenuto famoso grazie alla mitica nazionale neozelandese di rugby, nota con il soprannome di All Blacks.

(Articolo promozionale)

Dunque le mamme, con in mente il futuro bambino perfetto, con alle spalle l'esortazione a una vita di donna altrettanto impeccabile, affrontano la gravidanza con la *preoccupazione* rilanciata da Roberto Volpi. Che azzarda: "È proprio la maternità a scoraggiare la maternità".

Tutte le questioni legate al mettere al mondo dei figli, crescerli, educarli, in società di pochi bambini come la nostra, hanno perso anziché acquistare leggerezza, serenità, slancio e fiducia verso il futuro. Fare un figlio è diventata un'impresa. Essere genitori è mestiere, a leggere libri e riviste che si sprecano sull'argomento, di una complessità della quale è difficile venire a capo.

La gravidanza e il parto sono entrati a pieno titolo nel quadro di un mondo complesso, aumentando l'incertezza di uomini e donne alle prese con un figlio che deve ancora nascere e il loro senso di inadeguatezza di fronte alla nascita, che viene ormai raccontata quasi come una cosa dell'altro mondo.

In effetti la preoccupazione sembra essere la cifra del nostro tempo, quella che rispecchia maggiormente stati d'animo e comportamenti concreti dei singoli, delle famiglie, della società com-

plessivamente intesa. Le famiglie in particolare sono attraversate da flussi di preoccupazione variamente connotati e indirizzati, indubbiamente collegati all'andamento del sistema economico e alle previsioni non rosee per la nostra economia ma anche, non disgiuntamente, ai figli, al loro futuro, alla loro salute.

La preoccupazione andrebbe contrastata piuttosto che incoraggiata. E invece non si perde occasione per accrescerne la presenza, l'incidenza sulle nostre vite e sull'orizzonte delle famiglie. Per queste ultime c'è una profondissima fonte di insicurezza che s'insinua nel profondo specialmente delle donne e che, al pari di un fiume carsico che macina il suo percorso al riparo degli sguardi, avanza e scava. È la maternità, l'attesa di un figlio.

Il che significa che quel preziosissimo ma presumibilmente fragilissimo frutto del suo ventre dovrà essere tenuto nella massima considerazione, e che le competenze della madre, qualora ci siano, dovranno essere supportate sempre e comunque da specialisti di ogni sorta.

Un bel guaio. Perché da una parte le donne vengono nuovamente sospinte alla naturalezza, all'allattamento al seno a tutti i costi, alla rinuncia al distacco della nursery, che consentiva di riprendere le forze, in favore del *rooming in*. Insomma, si invoca come salutare e indispensabile tutto ciò che sa di biologia e non di scelta volontaria, intelligente, amorosa. Ma dall'altra parte, si sussurra alle donne dai giornali, dalla televisione, dalla pubblicità, che per tornare a essere "naturali" hanno bisogno di consigli. L'ossessione durerà a lungo.

Secondo interludio

Prima della nascita di mia figlia, sono rimasta quattro mesi in Ostetricia, reparto Patologia. Dividevo la stanza con altre cinque donne, che però soggiornavano per periodi molto più brevi del mio. Mi ero attrezzata: avevo con me la macchina per scrivere e una pila di libri da leggere. Mettevo la camicia da notte solo per dormire, altrimenti rimanevo in tuta da ginnastica e, appena passata la visita medica delle nove, sgattaiolavo via e andavo a cercare terrazze per spiare il mondo delle persone libere. Da Ortopedia si godeva la vista migliore. A Cardiologia c'era persino qualche sdraio. La terrazzetta di Rianimazione era la più piccola e la più bella: la notte prima del parto – una notte di giugno profumatissima di rose e gelsomini – mi sono nascosta là, a guardare il fiume.

Avevo tutto il tempo che volevo: così, osservavo le mie compagne di avventura. C'era un rituale che si ripeteva tutte le mattine: prima della visita dei medici, dopo la doccia nell'unico bagno a disposizione, si cambiavano. Mettevano bellissime camicie da notte di raso o di seta, molto spesso già nel canonico rosa o celeste che indicava il sesso del feto. Si truccavano, si pettinavano. Per il Dottore. Le dottoresse godevano di poca fiducia: quando facevano il turno di notte, le pazienti rimanevano insonni, sperando che non accadesse nulla. Si attendeva, invece, il ginecologo: si anelava a una battuta, un sorrisetto, una compiacenza sia pur minima. Salvo, una volta finita la visita, buttarsi in un cicaleccio di commenti e di critiche. La parola del medico era legge, comunque: le riserve potevano al massimo essere espresse su un tono lievemente scortese o frettoloso. Mai sul contenuto.

Ogni notte una donna entrava in travaglio, o partoriva, o abortiva. Una bambina nacque prematura: al settimo mese, ma per un problema di crescita intrauterina pesava poco più di otto etti. Il ginecologo, mentre l'ostetrica portava il letto della mamma in sala parto, le disse: "Vediamo cosa tiriamo fuori di qui". Ricordo di essermi detta, con frustrazione: "Eppure lui dovrebbe saperlo". Ma non era così. Una mattina, il medico che mi faceva l'ecografia sbarrò gli occhi e mi invitò, eccitato, a guardare: "Vede il movimento delle pupille? È veloce, la bambina è in fase REM. Sua figlia sta sognando". E aggiunse: "Cosa, non lo so". Dopo un altro momento, mentre il sogno, sullo schermo, continuava, disse: "Le faccio una confessione. In realtà, non sappiamo la maggior parte delle cose che ci sono da sapere, sulla gravidanza".

Quando mia figlia e io siamo uscite dall'ospedale, mi sentivo totalmente incapace di accudirla. Scoprii che la stessa cosa accadeva alle madri "regolari", quelle che venivano da gravidanze facili e festose. Quando a sei mesi prese il primo raffreddore, telefonai al pediatra in lacrime. Ero la decima mamma della mattinata a chiamarlo. Quando, a sette, prese l'influenza, passai la notte seduta davanti al lettino per controllare che respirasse. "Benvenuta nel club," mi disse un'amica. A dieci mesi prese la pertosse, che in tutti i libri e le riviste che avevo letto veniva descritta come il pericolo più terribile che incomba su un neonato: ero sicura che sarebbe morta.

Ci vuole tanto, perché passi. Perché ci si renda conto di quale orrore si compirebbe nell'instradare questo preziosissimo figlio verso un destino volutamente straordinario. Che abbia il meglio. Che sia protetto da tutti: dai pedofili e dai cartoni animati giapponesi, dai compagni irrequieti e dalle insegnanti severe, dalla stupidità e dalla povertà. Da se stesse.

> ***Bruxelles – Una madre belga ha ucciso i suoi cinque figli e poi ha tentato di suicidarsi, senza riuscirvi. Allora ha chiamato i soccorsi. Il fatto è avvenuto oggi a Nivelles, a circa venti chilometri dalla capitale. Le giovani vittime, colpite con un coltello o un pugnale, avevano fra i 3 e i 14 anni. Gli investigatori hanno informato di non conoscere ancora le motivazioni all'origine del dramma.***
>
> (La Repubblica.it, 28 febbraio 2007)

"Zoccolo o mestolo?" chiede Bruno Vespa durante l'intervallo di Roma-Manchester, su Rai Uno. È lo spot di una delle puntate dedicate all'omicidio di Cogne. Una vicenda che segna la storia della televisione italiana quasi con la stessa, atroce efficacia di Vermicino. Ma quello di Cogne è stato un orrore più lungo, con il suo diluirsi sapiente in tutti i programmi considerati popolari, con la ricostruzione degli orari, gli schizzi di frammenti ossei, lo sguardo della madre, via via forzando la mano fino a creare quel romanzo nero che da sempre viene ritenuto il piatto preferito della gente. Ma l'insistenza sulle madri assassine non si limita a Cogne. Le cronache giornalistiche si compiacciono di particolari, hanno sete di sangue, indugiano a riproporre l'elenco. Che, concentrandosi ai soli anni recenti, è in effetti lunghissimo.

Aprile 1997, Foggia. Anna Maria strangola i due figli di cinque e otto anni e si impicca.

Agosto 2000, provincia di Caserta. Una donna di trentasei anni si uccide con le tre figlie di sei, due e un anno saturando l'interno della macchina con i gas di scarico.

Gennaio 2001, Taranto. Una casalinga di ventisette anni uccide il figlio di pochi mesi con un cuscino premuto sul volto.

Aprile 2001, Indago, provincia di Milano. Una donna soffoca il figlioletto di diciannove mesi e si impicca.

Giugno 2001, frazione di Palombara Sabina (Roma). Una donna di trentasei anni uccide con trenta coltellate i suoi due figli di cinque e sei anni.

Settembre 2001, Limidi di Soliera (Modena). Una donna uccide il figlio autistico di quattordici anni soffocandolo con un sacchetto di plastica.

Dicembre 2001, Vittuone, provincia di Milano. Una donna di

quarant'anni uccide la figlia di sette con un sacchetto di plastica serrato con i suoi collant.

Maggio 2002, Imola. Una donna uccide a coltellate la figlia di sette anni.

Maggio 2002, Santa Caterina di Valfurva, provincia di Sondrio. Loretta uccide la secondogenita, otto mesi, infilandola nel cestello della lavatrice.

Giugno 2003, Desio. La figlia di Herika, tre mesi, viene ricoverata per una presunta caduta dalla carrozzina. Nella notte Herika la strangola e la affoga nel water dell'ospedale.

Estate 2005, Merano. Una donna uccide il figlio, sei anni, a coltellate. "Mi aveva risposto male."

Poi ci sarebbe stato il caso di Maria, che affoga il figlio di pochi mesi fingendo un'aggressione. I giornali dissero che voleva fare la velina. In realtà, si sarebbe scoperto, "Maria aveva iniziato a pensare che non sarebbe riuscita a farcela. Diceva: 'Non sono capace... ho paura di non essere capace'". L'aveva confidato anche al medico. "Niente di grave, passerà..." era stato il commento del dottore.

Nel 2002, dopo l'ennesimo assassinio, quello dei due bambini di Olga, uno di venti giorni, annegati dalla madre in un laghetto, Lanfranco Caminiti parla, sul "Manifesto", dei padri: "Mariti laboriosi, che si spaccano la schiena, nocciolo duro dell'Italia che lavora, che regge le crisi, che sta in trincea, in casematte, in ridotti della vita, piccoli paesi con piccole fabbriche che punteggiano le valli, le pianure, le coste, dove la famiglia è ancora un vincolo potente e assillante e l'unico miracolo che si conosca è quello di una qualche madonnina che piange. È quello che si costruisce con le proprie mani. Ma impotenti di fronte alla crisi dentro le loro case". E qual è la crisi? Da dove scaturisce? Caminiti si interroga e trova le sue risposte: "Quale prezzo sta pagando, ha pagato questo paese al benessere, ai modelli di consumo visti in tivù? Dov'è l'amore? Ah, non ho proprio paura di dirlo: dov'è l'amore? Quale prezzo stanno pagando le donne a quel loro rifluire dentro casa, al non riconoscersi nelle paillette e nelle luci rutilanti, nel successo del lavoro, nel cercare faticosamente altri percorsi per resistere, per esistere? Quali silenzi assordanti rimbombano nelle loro orecchie come insopportabili realtà, una vita che non vale proprio la pena d'essere vissuta così, che non vale la pena i nostri figli vivano così?". E chi dovrebbe darlo, quell'amore, se non le donne?

Adriana Pannitteri, invece, è andata dalle madri. A Castiglione delle Stiviere, dove c'è l'ospedale psichiatrico, e dove molte delle *Madri assassine* (così si intitola il suo libro) vengono ricoverate. "Eppure," scrive, "solo una donna su tre è folle. Le altre sono ritenute sane di mente in perizie stilate da psichiatri che non sempre però la pensano allo stesso modo. La gente inorridita sbotta 'Non si può uccidere un figlio... È contro natura'. I medici, anche a Castiglione, si limitano a replicare che l'istinto materno non è innato."

Pannitteri cita un rapporto dell'Organizzazione mondiale della sanità, secondo il quale i figlicidi si compiono abitualmente entro il primo anno di età: "Le donne uccidono in misura maggiore i loro figli perché sono più vulnerabili e sole, vivono lo stress di madri e donne lavoratrici, la svalutazione della loro condizione sociale da un lato e dall'altro l'esigenza di soddisfare modelli di perfezione che un tempo si chiedevano solamente alle principesse e alle dive del cinema. Niente seni avvizziti e ventri flaccidi. 'Vedi la modella tal dei tali? Ha partorito due settimane fa e non ha un filo di pancia.' E poi, quando un uomo non è un buon padre, ha sempre altro ad attenderlo fuori. Il valore di una donna si misura ancora sull'essere o non essere una buona madre".

I guess you could say I've a call.

(Sylvia Plath, *Lady Lazarus*)

Le madri preoccupate, ansiose, disperate, però, continueranno nella maggior parte dei casi a condannare le figlie a un destino non dissimile. Come è sempre stato, inizieranno subito a plasmarle secondo un modello immutato. E i bambini seguiranno una sorte speculare.

Torno sul forum delle madri, cerco il topic di quelle che hanno già partorito:

Prima mamma: *La mia bimba ha 3 anni e mezzo, da qualche tempo si comporta in modo davvero irritante, mi sfida e mi provoca in continuazione, in un modo da smorfiosetta che mi fa venire un nervoso incredibile. Sembra sempre che ce l'abbia con me. Premetto che fino a pochi mesi fa guai a chi mi toccava, voleva sempre stare con me, addirittura troppo appiccicosa.*

Seconda mamma: *Mio figlio ha 4 anni e da molti mesi sembra preferire tutto ciò che normalmente riguarda una femmina. Anche gli atteggiamenti, i movimenti e i giochi sono tutti al fem-*

minile. È possibile individuare l'omosessualità già nei bambini così piccoli?

Terza mamma*: Mio cugino ha cominciato volendo fare le pulizie assieme alla madre era piccolissimo e tutti ci ridevano su. Poi a Natale voleva una bambola per giocare a cambiarla vestirla... e ora... tutti fanno finta di nulla perché se ne vergognano, c'è poco da dire è palese! Non so se erano avvisaglie, ma approfondirei la cosa.*

La madre, scrive Elena Gianini Belotti, "farà la femmina a sua immagine e somiglianza secondo il modello approvato dal maschio. Farà il maschio secondo il modello a cui ha avuto tutto il tempo di adeguarsi durante la sua infanzia, adolescenza e giovinezza". E cosa ci si aspetta dalla bambina? "Che diventi un oggetto, ed è considerata per quello che darà. Due destini del tutto diversi. Il primo destino implica la possibilità di utilizzare tutte le risorse personali, ambientali e altrui per realizzarsi, è il lasciapassare per il futuro, è il benestare per l'egoismo. Il secondo prevede invece la rinuncia alle aspirazioni personali e l'interiorizzazione delle proprie energie perché gli altri possano attingervi. Il mondo si regge proprio sulle compresse energie femminili, che sono lì, come un grande serbatoio, a disposizione di coloro che impiegano le proprie per seguire ambizioni e potenza."

Così, l'educazione alla vittoria e alla perfezione avverrà in due modi diversi. E anche la preoccupazione seguirà due strade parallele: ci si allarmerà, per i maschi, a causa del wrestling e dei cartoni animati violenti e del troppo tempo trascorso davanti ai videogiochi. Ci si angoscerà, nel caso delle femmine, per il loro corpo, la loro bellezza, la possibilità che diventino prede sessuali. Difendendo le bambine diligenti dai maschi disturbatori, nei primi giochi e all'asilo, si condanneranno entrambi.

3. Inizio: Alice allo specchio

Apro un magazine femminile. Target alto. C'è una doppia pagina di pubblicità, speculare: si promuove infatti una linea di abbigliamento per bambini. A sinistra c'è quella destinata ai maschietti. I bambini avranno fra i sei e gli otto anni. Camminano sotto un cavalcavia, che i cartelli segnaletici, in alto, ci spiegano condurre a Miami Beach. I due hanno le mani in tasca: uno indossa un berretto bianco da marinaio, l'altro calza ciabatte infradito dall'aria costosa. Non guardano verso l'obiettivo: gli occhi sono fissi lontano, verso una meta indefinita, ma presumibilmente ambiziosa. I volti sono seri. Sembrano pronti per una rissa o un'avventura. Sembrano, meglio, preannunciare un viaggio verso territori che non conosciamo: ma di cui i bambini sono destinati a essere dominatori.

Pagina a fianco. Due bambine. Niente spazi aperti, ma una stanza dai colori pastello che virano all'acido, come in un film di Kubrick. A differenza dei maschietti, le bambine non soltanto non escono a conquistare il mondo, ma non dimostrano alcuna complicità fra di loro. Sono distanti l'una dall'altra. Tutte e due hanno le gambe scoperte: microgonna la bimba di destra, pantaloncini quella di sinistra. Indossano top che lasciano nude le spalle, e stivaletti. Hanno i capelli evidentemente tinti, di rosso e biondo platino, e due enormi fiocchi arricchiscono l'acconciatura. La bambina di sinistra sta per alzarsi da una sedia, quella di destra ha le mani in tasca. Entrambe fissano l'obiettivo con aria imbronciata, come ci si attende da due piccole icone della seduzione.

Clare Quilty: Didn't you have a daughter, with a lovely, lyrical, lilting name?
Charlotte Haze: Lolita.

(Nabokov, Kubrick, *Lolita*)

Se, dunque, il presupposto è che la pubblicità non anticipi ma raccolga quanto già esiste, dobbiamo dedurre che nel mondo reale sia ancora profondamente radicata una visione che differenzia i due sessi secondo le antiche simbologie: assegnando al genere maschile il rischio, l'avventura, l'esplorazione e il dominio del mondo esterno, e a quello femminile la seduzione, l'attesa negli spazi chiusi, l'esaltazione della propria bellezza.

Facciamo subito una piccola verifica. L'ha fatta, in verità, Francesca Bellafronte, professoressa di Scienze della formazione, che fra il 2001 e il 2002 ha intervistato 109 bambini della scuola elementare statale Margherita di Savoia, in provincia di Foggia. Si tratta degli alunni di due classi di quarta elementare e di quattro classi di quinta: il 50% dei loro padri appartiene al cosiddetto ceto medio (commercianti, impiegati, professionisti, forze dell'ordine e imprenditori); oltre la metà delle madri è casalinga.

Il particolare interessante è che, almeno all'inizio, i bambini non riescono a evidenziare differenze tra maschi e femmine: "Se questo fattore di diversità non riusciva a emergere e a essere percepito," scrive Bellafronte, "nonostante la diversa colorazione dei grembiulini, bianchi per le femmine e neri per i maschi, fosse lì a rimarcarla percettivamente con evidenza, avevo ragione di pensare che i bambini e le bambine potrebbero sentirsi uguali se non ci fosse una stratificazione di condizionamenti ambientali provenienti dal mondo adulto: che, intervenendo precocemente sul loro modo di essere, sulle cose da fare e sulle scelte e i gusti da adottare in quanto maschi o femmine, definisce i contorni della differenza sessuale entro limiti socialmente prestabiliti".

Ma quando si chiede loro di descrivere i due sessi, e di attribuire a entrambi degli aggettivi, le risposte sono chiarissime.

Al positivo, le bambine si vedono così:

Gentili, educate, più dolci, buone, più calme, tranquille, comprensive, sensibili, molto pazienti, apprezzabili, spiritose, simpatiche, curiose, allegre, sincere, affettuose, carine, bellissime, più brave, fantasiose, favolose, amichevoli, socievoli, accoglienti, generose, delicate, eleganti, più alla moda, più ordinate.

Al negativo, invece, così:

Pettegole, ficcanaso, ruffiane, vanitose, schizzinose, cattive, gelose, puntigliose, chiacchierone, indisciplinate, irresponsabili, antipatiche, smorfiose, fastidiose, invidiose, arroganti, sgarbate, bugiarde, fragili, deboli, egoiste.

Secondo i maschi, invece, le bambine hanno queste qualità:

Molto dolci, hanno molta pazienza, gentili, belle, carine, simpatiche, sexy, fiche, superdotate, faticatrici in casa, belle cuoche, addomestiche [sic!], *eleganti, alla moda, brave, simili tra loro.*

E questi difetti:

Troppe, ottuse, stupide, non capiscono niente, scortesi, smorfiose, deboli, senza forze, piagnone, fragili, scoccianti, brutte, antipatiche, vanitose, chiacchierone, pettegole, usano scarpe strane.

Controprova. Il mondo maschile visto dalle bambine è, in positivo, fatto di esseri:

Forti, muscolosi, coraggiosi, maturi, generosi, affettuosi, riservati, sensibili, gentili, carini, affascinanti, belli, bravi, intelligenti, simpatici.

Mentre l'elenco dei difetti li dipinge come:

Antipatici, prepotenti, arroganti, violenti, vogliono vincere sempre loro, più vivaci, agitati, irrequieti, chiassosi, maleducati, volgari, scorbutici, dispettosi, scoccianti, brontoloni, superbi, buffoni, cattivi, presuntuosi.

Ultimo elemento. I maschi secondo se stessi, in bene:

Forti, robusti, muscolosi, coraggiosi, sportivi, atletici, galanti, bravi, intelligenti, simpatici, belli, buoni, diversi dalle femmine, resistenti, esperti, inventori, decisi, proteggono le femmine.

E in male:

Cattivi, aggressivi, maleducati, rispondono male, violenti, irascibili.

Dunque, bambini di nove-dieci anni maneggiano già la notevole consapevolezza che il loro sesso è stato, nei secoli, determinante per la storia e per la scienza (*inventori, esperti*) e sanno di possedere già la forza che consentirà loro di *proteggere le femmine*. Non solo. Sia i bambini sia le bambine usano l'aggettivo *intelligente* per definire il mondo maschile. L'aggettivo non appare nelle espressioni che riguardano l'altro sesso: semmai, si preferisce usare i termini *brave* e *educate*. Ancora. Da entrambe le parti, per quanto riguarda la caratterizzazione delle femmine, sono numerosi gli aggettivi che ne definiscono l'aspetto fisico (*carine, bellissime, favolose, eleganti, alla moda, sexy, fiche*), le abilità nella mediazione e nella cura (*comprensive, sensibili, molto pazienti, affettuose, amichevoli, socievoli, accoglienti, generose, gentili*) quando non, addirittura, la vocazione domestica (*ordinate, faticatrici in casa, belle cuoche*). Infine. Le bambine sono decisamente più prodighe di attribuiti negativi nei propri confronti. Perché, come sottolinea Bellafronte, "interiorizzano precocemente una cattiva considerazione di se stesse: la quale, anziché essere stemperata dall'amor proprio o da qualche forma di orgoglio di genere, paradossalmente le rende partecipi e conniventi ai processi di interiorizzazione sociale, tanto da poter essere considerate future 'donne complici'".

Il meccanismo è antico. La creazione di un branco ostile soprattutto a se stesso, pronto a scagliarsi contro esemplari del proprio sesso, è la causa prima della subordinazione femminile: infatti, nelle risposte date al questionario "sulla fierezza", la scarsa considerazione verso la femminilità diventa evidentissima. Insieme a molte altre cose:

Sono contento di essere nato maschio

Perché i maschi sono più forti e le femmine fanno più lavori casalinghi.

Perché gioco a pallone e studio sempre.

Perché se fossi femmina dovrei indossare tutte le pagliacciate per essere alla moda.

Perché i maschi sono più autonomi.

Perché i maschi non si fanno tanti problemi, per esempio la dieta.

Perché posso fare più cose delle femmine, come fare delle corse con la moto.

Perché le femmine sono più fragili, malate e i maschi soffrono di meno.

Perché i maschi hanno inventato tante cose, per esempio la nafta e la lampadina.

Perché gioco a palla e non faccio mai i letti.

Sono felice di essere maschio per essere libero.

Mi piace essere maschio perché sono forte, intelligente e le femmine no.

Perché i maschi possono ritirarsi più tardi e hanno sicuramente un lavoro.

Perché siamo forti, belli, intelligenti e proteggiamo le femmine.

Perché il maschio fa lavori più impegnativi come ad esempio il pilota.

Perché sono contento di aiutare il papà a lavorare, di giocare a calcio e non fare le faccende di casa.

Perché non devo fare le cose da femmina, ad esempio vestirmi con la gonna, truccarmi, fare i piatti, stare in casa.

Non vorrei essere femmina perché le femmine hanno troppi problemi di corpo.

Viceversa:

Sono contenta di essere nata femmina

Perché siamo più educate e posso essere un'operaia e poi i maschi non si possono truccare.

Perché potrò truccarmi, vestire alla moda e da grande curare i miei figli.

Perché ho tanti vestiti, bambole e amo ballare.

Perché mi trovo meglio nell'ambito femminile.

Perché mi posso dipingere le unghie e altre cose che possono fare loro [le donne, *N.d.R.*].

Perché la maggior parte di esse sono più padrone delle cose di casa e di comandare al marito.

Perché mi piace essere mamma.

Perché posso aiutare mia madre.

Perché le femmine sono più sistemate, sono dolci e pulite.

Perché mi piace svolgere quello che la donna fa, come l'estetista che solo una donna può fare, e anche potermi truccare.

Perché mi piace fare i servizi e la parrucchiera da grande.

Perché posso passare più tempo con i figli neonati, cosa che i maschi non possono fare a causa del lavoro.

Perché mi posso truccare, usare gonne, stivali lunghi e accudire i figli, insomma si hanno più benefici.

Perché le femmine sono eleganti, pazienti e non sono arroganti.

I tre unici motivi di scontento da parte delle bambine sono motivati così:

Non sono contenta

Perché potrei correre arrampicarmi fischiare essere libera.

Perché mi tocca fare i letti dei miei due fratelli più grandi e a loro no, mai.

Perché la femmina dà poche mazzate e ne prende sempre più del maschio.

Ancora una volta, nel giro di pochi anni, tutte le caratteristiche attribuite, nei secoli, ai due sessi hanno trovato terreno fertile e spietate conferme. I maschi sono più liberi, forti e intelligenti, possono ambire a lavori interessanti e non si occupano della gestione della casa e della famiglia. Le femmine, al contrario, sono interessate ai vestiti, alla bellezza, alla maternità, ai mestieri "femminili".

Perché danno già per scontato che la cura domestica spetti a loro. Quando Bellafronte interroga i bambini su ruoli e compiti di una famiglia immaginaria, tutti concordano nel ritenere alcune attività esclusivamente femminili (usare la lavastoviglie, rimettere ordine nei cassetti, prendersi cura del neonato e rifare i letti di tutti) e altre marcatamente maschili, come portare l'auto al lavaggio o prendere iniziative che riguardano la gestione del denaro: "Quando si tratta di decidere a chi tocchi rifare il proprio letto [...] gli intervistati maschi e femmine si sforzano di distribuire quest'onere tra tutti: forse perché riconoscono che, in linea di principio, sarebbe giusto così. Ma, subito dopo, soprattutto le bambine affermano che quello di rifare i letti di tutti non possa che essere di esclusiva competenza della mamma, coadiuvata, semmai, da loro stesse in quanto femmine. [...] Sembra che le bambine siano più maschiliste degli stessi maschi, che il loro modo di ripartire i compiti e i ruoli familiari risenta di stereotipi e pregiudizi sessuali in modo penalizzante per loro stesse e per la madre, in quanto donne di casa. [...] Si evince, ancora una volta, nelle bambine una certa propensione alla complicità e connivenza piuttosto che alla ribellione agli schemi comportamentali prestabiliti".

Ultimo dato. Le bambine coltivano piccolissime ambizioni. Alla domanda "cosa farò da grande?", i maschi si sbizzarriscono: saranno piloti, esploratori, astronauti, paracadutisti. Saranno retribuiti generosamente e otterranno prestigio e successo: in quanto medici, professori universitari, ingegneri spaziali. Mario, per esempio, scrive: "Da grande vorrei fare il dottore: per aiutare le persone malate. Già mi immagino sulla mia poltrona di pelle nera, nel mio grande studio privato, con il computer, la valigetta... la lampada, il ricettario e, naturalmente, la mia bellissima penna d'oro".

In rarissimi casi, in questa vita felice, appare una compagna: se non come splendido elemento decorativo, nel caso di un bambino che vuole fare il calciatore e possedere una villa lussuosa, un'automobile potente e, infine, una bella moglie. Giustamente Bellafronte cita Simone de Beauvoir, quando rimarca, amaramente, che "l'amore è solo un'occupazione nella vita di un uomo, mentre per la donna è la vita stessa... La donna amata è solo un valore in mezzo ad altri valori; gli uomini vogliono integrarla alla loro esistenza, non inabissare in lei la loro intera esistenza. Essi desiderano possederla, annetterla, ma rimangono in seno alla loro vita soggetti sovrani".

Cosa vogliono diventare le bambine? Intanto suggeriscono dove saranno: al chiuso. In un'aula scolastica o in un negozio di parrucchiera. I loro sogni sono rassegnati: le tanto sbandierate eroine (archeologhe, cacciatrici di vampiri, pilote di astronavi) sembrano aver lasciato poca traccia nei loro desideri. In misura molto maggiore restano i segni di quanto appreso in famiglia o, come vedremo, sui libri di scuola.

Angela, che si vuole estetista e parrucchiera, racconta che fin da piccolissima pettinava le sue bambole: "E mia madre mi diceva: 'Brava! Brava!'. E tutti quelli che c'erano in casa mi applaudivano". Un'altra sarà maestra "per gridare, urlare, mettere le note e spiegare". Una terza la cuoca, perché aiuta la mamma a preparare i panzerotti e "papà ci fa i complimenti". Affamate di gratificazioni, si immaginano dove sanno di suscitare approvazione: cameriere nella pizzeria dei genitori, o stiliste (avendo giocato piacevolmente con "Gira la moda"). Al massimo, "per diventare famosa", c'è un futuro da ballerina, o in una delle professioni che permettono di investire su un valore già considerato indispensabile. La bellezza.

Emma: *Già m'immagino come sarò da grande: di altezza normale, con i capelli biondi, con un vestito sgargiante. Quando passerò per la strada tutti si gireranno a guardare me, finché un giorno un famoso regista mi noterà e mi chiederà di lavorare in un suo film.*

Flavia: *Penso che vorrei fare la giornalista televisiva per diventare famosa come Maria De Filippi o Paola Barale. Oppure potrei partecipare alla trasmissione televisiva* Il grande fratello *così potrei andare dovunque e tutti mi riconoscerebbero per la strada e mi fermerebbero per avere un mio autografo.*

Oppure, naturalmente, c'è la strada di sempre: la maternità.

Veronica: *Da grande sono sicura che mi sposerò per avere dei figli. A me piacciono tanto i bambini piccoli. Quando vengono a trovarmi gli zii di Milano io e mia sorella giochiamo alle famiglie e i nostri cuginetti fanno la parte dei figli. Già mi immagino che darò loro da mangiare, li accudisco mentre mi chiamano con la loro vocina: "Mamma, mamma!".*

Cristina: *Vorrei sposarmi perché vorrei vivere l'emozione di un matrimonio: un vestito da principessa con uno strascico lungo, luci, fiori e il suono dell'organo. Mio marito sarà bellissimo e alto, mi amerà tanto. Avremo dei figli bellissimi e vivremo in una grande villa con giardino, perché a me piacciono i fiori, la natura.*

Marta: *Sarò una madre buona e paziente, giocherò con loro che mi staranno sempre attorno e mi daranno tanti bacetti.*

Che cosa vuoi fare da grande?
1) La veterinaria
2) La stilista
3) La VJ

(*Trollz. Crea il tuo look*, età di lettura: dai quattro anni)

Non c'è un'unica fonte, non esiste una sola responsabilità: non soltanto una famiglia dove spira di nuovo aria di conformismo; non una scuola nel migliore dei casi immobilizzata nel passato; non una televisione che, a fronte di sbandierate nicchie iperprotette dedicate ai bambini, continua volutamente a ignorare che i piccoli spettatori si distribuiscono anche e forse soprattutto nei programmi destinati agli adulti (né, peraltro, *Amici, Uomini e donne, La vita in diretta, Buona domenica* vengono considerati inadatti ai bambini); non le riviste per piccolissime, quelle che sono diretta emanazione degli stessi cartoni animati che, senza troppo clamore, continuano a suggerire che le femmine sono condannate alla bellezza, alla pacificazione, alla cura degli altri.

È una responsabilità condivisa ma negata, che rimbalza da un gruppo di adulti ostinatamente preoccupato di altro a un gruppo di pari che subisce e nuovamente diffonde lo stereotipo: soprattutto il gruppo delle femmine, più conformista di quello maschile. Nel gruppo degli intervistati, le bambine sono le prime a deprezzare il proprio sesso e a prefigurare la ripetitività del proprio destino. Esattamente come le madri, nei momenti canonici in cui il gruppo si riunisce (davanti alle scuole, per esempio) sono pronte ad azzannare con ferocia la mamma di un bambino troppo irrequieto, o l'insegnante che adotta metodi troppo innovativi. Gli uomini sono esclusi da questi discorsi: non sanno, non possiedono competenze. A loro, ancora oggi, resti l'universo intero: ma non quello, pur *preoccupante*, della cura dei figli e delle figlie.

Contare le tessere del puzzle non è difficile. Il vero problema è capire quale tesserina vada poggiata per prima. Oggi nessuna madre ammetterà di porsi con atteggiamento diverso di fronte al suo neonato, a seconda se sia un maschio o una femmina. Né, almeno per i primi dodici mesi di vita, scoraggerà l'energia della bambina o la tranquillità del bambino.

Comincerà a farlo subito dopo, però: nello stesso momento in cui le femmine verranno circondate da un complesso e seduttivo mondo di abitini, di scarpette, di animaletti antropomorfi che la inviteranno alla grazia e alla civetteria. E poco più avanti, negli anni dell'asilo, le bambine apprenderanno subito come sia facile, e utile, cercare e ottenere la benevolenza delle maestre dando quel che si chiede: la disciplina, il servilismo, l'ipocrisia, l'accettazione supina dell'autorità e anzi la complicità che spinge a denunciare i comportamenti scorretti dei loro coetanei. "Se non ci fossero le bambine. In una classe solo femminile non avrei problemi di disciplina. Le femmine hanno finito il lavoretto di tecnica per Natale, i maschi no": queste sono le frasi che accompagnano la maggior parte delle madri nel percorso dall'asilo alle scuole medie: costringendole spesso a desiderare che finisca presto quel calvario nella presunta "miglior scuola del mondo" (quella italiana, secondo il mantra che rimbalza da una riunione genitori-insegnanti all'altra) e che la propria creatura arrivi il prima possibile all'università.

Le bambine – apprenderanno quelle madri – sono docili, mature, studiose. Ma deboli. I maschi sono indisciplinati e forti. Le bambine vanno protette, ma danno maggiori soddisfazioni.

"Ogni condizionamento sessuale," scriveva Elena Gianini Belotti, "vive a patto che nell'altro sesso ne sia provocato uno opposto. La superiorità e la forza di un sesso si reggono esclusivamente sulla inferiorità e debolezza dell'altro. Se il maschio si sente tale solo se può dominare, inevitabilmente bisognerà pur produrre qualcuno che accetti di essere dominato."

Si toglie gli occhiali neri. Poi si gira di spalle, ancheggia, sfila la maglietta, guarda di nuovo il pubblico e con mossa sapiente tira via anche i jeans. Ecco a voi Francesco, detto Cocco, anni otto, leader dei miniballerini che a Villa Glori danno vita a una baby-interpretazione dello spogliarello cinematografico di **Full Monthy** ***("ma il costume mica me lo tolgo, la mia fidanzata Betta si arrabbierebbe"). Roba all'ordine del giorno per "Playtown", paese dei***

balocchi che fino alla fine di luglio tiene banco nel parco dei Parioli.

("la Repubblica", 7 luglio 1998)

C'è ancora un discorso a monte da fare, prima di addentrarsi nella biforcazione che assegna ai bambini e alle bambine caratteristiche, aspettative, sogni, destini diversi. E riguarda il modo in cui entrambi si specchiano negli occhi del mondo adulto. Dove vedranno, sia pur declinata in modo diverso, la stessa parola: paura.

Mai come da dieci anni a questa parte l'infanzia è stata in prima fila nell'attenzione e soprattutto nella preoccupazione degli adulti. Mai come in questi anni è stata studiata, analizzata, travisata, posta sotto tutela nel momento in cui, al suo interno, affioravano competenze, saperi, abilità inedite. La *panic culture*, quando si parla di bambini, tocca il culmine della sua potenza e insieme della sua schizofrenia. Perché il mondo dell'infanzia ci viene presentato come insidiato da mille pericoli (i pedofili, Internet, la televisione, il consumismo) e contemporaneamente come insidiatore della tranquillità e dell'autorevolezza adulta (non riusciamo a farci obbedire, non studiano, vogliono giocattoli sempre nuovi). E quello stesso mondo viene vezzeggiato e incitato, infine, ad assumere atteggiamenti che precocemente imitano il mondo degli adulti in ogni suo aspetto: da quello del consumo a quello del sesso, passando per l'emulazione del narcisismo televisivo (in programmi come *Piccoli fans, Genius, Chi ha incastrato Peter Pan?*, dove i bambini venivano stimolati a essere, in tutto e per tutto, come gli adulti: al peggio di sé).

Coerentemente, nella rappresentazione mediatica dell'infanzia il bersaglio è stato sempre diverso da quello effettivo: difficilmente venivano messi in discussione i singoli contenuti, ma i mezzi su cui venivano diffusi. Non quel particolare programma televisivo, ma la televisione; non una determinata categoria di siti web, ma Internet. Quando, nel 2000, approdò in Italia il fenomeno *Pokémon*, i piccoli mostri sono stati condannati "in quanto" giapponesi, "in quanto" videogioco, "in quanto" carta collezionabile: a prescindere dal contenuto, fin eccessivamente corretto e gentile, che veniva trasmesso. Allo stesso modo, l'infinita processione di personaggi e associazioni che si autoproclamano esperti in materia di infanzia insisterà su assiomi incontrovertibili, come quello secondo il quale la rete, la console, la stessa televisione, il telefono cellulare, tutto quanto possa venire inscritto nello scaffale "tecnologia", conduce *automaticamente* al deserto emotivo e alla solitudine.

Meno coerentemente, nelle cicliche ricerche e indagini relative ai bambini ci si interroga su come sia possibile che i medesimi vengano così precocemente sospinti alla pubertà, e perché i loro comportamenti emulino così smaccatamente quelli dei grandi. Colpa dei mass media, si deduce. Invece, almeno una delle risposte possibili dovrebbe suonare come "perché gli è stato chiesto".

Rapporto Istat, 1994: "Il tempo scolastico sostituisce quello lavorativo ed è connotato dalle stesse caratteristiche di rigidità; il tempo libero è sempre meno libero e invaso da compiti a casa, formazioni, corsi; il bambino è a volte coinvolto in attività domestiche o extradomestiche. L'ingresso a scuola è anticipato. Il tempo di permanenza è allungato. Il numero di 'pari' in famiglia è diminuito. Il mondo dei bambini sta cambiando".

Indagine Eurisko, 1995: nel 20% delle famiglie intervistate, si alleva un bambino "protagonista", rispettato e omaggiato; nel 21% esiste un bambino "tiranno", attorno ai cui desideri si prostra l'intera famiglia. In un altro 21%, ci si culla nel bambino "capolavoro", figlio unico, iperprotetto, impegnatissimo.

Indagine Doxa, 2003: fra gli eroi televisivi dei bambini sono in testa Gerry Scotti, Fiorello, Enrico Papi e i conduttori di *Striscia la notizia*. Programmi per adulti.

Ricerca della Società italiana di pediatria, 2006: "In dieci anni di lavoro noi abbiamo visto un'adolescenza sempre più 'adultizzata' nei comportamenti, un abbassarsi pericoloso dell'età in cui si cominciano a consumare alcolici e sigarette, anticamera, a volte, del salto verso la droga. Nello stesso tempo questi teenager che vogliono crescere in fretta restano poi adolescenti ben oltre l'età anagrafica, in quella condizione di eterni figli ormai nota alle statistiche". Scivola via, a fronte dell'allarme per quella che viene considerata l'eccessiva frequentazione della tecnologia, un dato impressionante: soltanto il 46,9 % dei ragazzi intervistati dice di credere negli insegnanti. A scuola, mi confermerà uno studioso attento come Mauro Croce, si va per socializzare, non più per imparare: ma, chissà come, questo punto non sembra altrettanto importante della caccia ai media.

One and two were scared to death/Of the big bad wolfie's breath/'By the hair of your chin-ny-chin/I'll blow you in'/And the twig house answered yes.

(Frank Churchill e Ann Ronell, *Who's afraid of the big bad wolf*)

Sulla lama di coltello della paura si divide una doppia immagine dei bambini. Quelli che la incutono, quelli che la subiscono. Da una parte i piccolissimi tiranni, coloro che mettono in crisi gli adulti con pianti rabbiosi e sono – sarebbero – ostili a qualsiasi richiamo autorevole. Dall'altra, le vittime.

Modena (1997-2001); Brescia (2001-2006); Torino (2004-2005); Asti (2001-2007); Bari (2004-2005); Bergamo (2004); Verona (2002-2007); Bolzano (2003-2007). Sono luoghi e date dei processi per pedofilia che si sono conclusi con l'assoluzione degli imputati: accusati di violenze terribili su basi infondate. Per ossessione. Per psicosi. Per paura, appunto.

Ci sono adulti che esitano ad accarezzare un bambino, per timore che ogni gesto d'affetto venga frainteso. Scriveva, molto seriamente, una commentatrice del blog *Vibrisse*, nell'aprile 2007: "Bisogna stare attenti. In un bambino incline alla bugia, alla rappresentazione iperbolica della realtà, io starei molto attenta anche solo a cambiargli un pannolino nel caso si fosse pisciato... Il punto è: bisogna stare molto molto attenti. Specie oggi che i bambini parlano, e che non li si imbavaglia più come un tempo".

I bambini parlano, e sono doppiamente, davvero, vittime: delle violenze reali (che ci sono, ma sono nella stragrande maggioranza dei casi compiute in famiglia) e di quelle di chi riversa su di loro la propria angoscia: e quando il terrore di essere inadeguati diventa insopportabile, appare così *giusto* dare la colpa a qualcosa che viene da fuori. Pedofili. Telefonini. Orchi.

È un circolo vizioso: perché il bambino vittima, secondo le teorie della maggior parte dei massmediofobi, diventa presto un adolescente carnefice. L'idea del bullo, recentemente ai suoi massimi, viene a formarsi lentamente negli ultimi tre anni.

Nel marzo del 2004 la Regione Lombardia rese pubblici i dati di un'indagine secondo la quale il 64% degli alunni delle scuole elementari di Milano e il 50% di quelli delle medie aveva avuto a che fare, come vittima o come aggressore, con il fenomeno del bullismo. Curiosamente, anche se già allora si poneva l'accento sull'esistenza di "bulle", e nonostante l'uscita di film come *Thirteen* e *Mean girls*, il fenomeno veniva declinato quasi esclusivamente al maschile: come se, analogamente a quanto avviene per il mondo femminile adulto, l'immagine della donna e della bambina dovesse rimanere legata all'idea della bontà e della cura (si pensi allo shock procurato dalle torturatrici di Guantánamo o dalle donne kamikaze, la cui volontà di morte veniva ritenuta incompatibile con quella, "naturale", della madre portatrice di vita). E, qualora la figura della piccola aguzzina venisse riconosciuta, la si spiegava come "imitazione del modello maschile" e mai con la sua storia, personalissima, di individuo. Eppure, il passato dovrebbe pur insegnare qualcosa: la subordinazione delle donne è stata sempre dovuta, come già detto, all'esistenza di sottomessi ma implacabili gruppi femminili, feroci con le proprie simili.

Nel terribile autunno del 2006 il fenomeno del bullismo assume i connotati di una vera e propria isteria. Con il video girato in una scuola di Torino, dove un ragazzo disabile viene insultato e spintonato dai propri compagni, si solleva infatti una nuova ondata di accuse. "La violenza è entrata nel quotidiano dei nostri ragazzi. Ed è colpa soprattutto della tv e dei videogiochi," dice Fernanda Tuccillo, membro della commissione ministeriale della Pubblica istruzione su scuola e legalità. Dell'insegnante assente da quella classe, e che verrà in seguito indagata, non parla.

"Il gruppo acquista sempre più forza," denuncia una mamma in una lettera ai giornali. Casualmente, la maggior parte dei prodotti dell'immaginario destinati ai bambini (libri in primo luogo) insiste sulla forza del gruppo, sul fatto che se non vi si entra si è esclusi e sconfitti. Il pensiero corre al vituperato Stephen King, autore di "pericolosi horror", e a quello che è forse il suo romanzo più bello, *It,* dove i protagonisti sono proprio i piccoli perdenti, gli emarginati dal gruppo. Nessuno, ovviamente, se ne ricorda.

Ormai la caccia alle streghe è inarrestabile: centinaia di giornalisti scrutano YouTube in cerca di video che testimonino la piaga del bullismo. Naturalmente li trovano: inclusi quelli confezionati per burla. Ma ci sono anche quelli veri: lanci del giornale sulla testa del professore. Palpeggiamenti alla professoressa (entrambi i docenti restano immobili e muti). Banchi e sedie che volano. Biblioteche scolastiche in fiamme. La colpa, ovviamente, è della rete che incoraggia il narcisismo.

Il ministro della Giustizia, Clemente Mastella, propone un tavolo di concertazione del governo aperto al contributo dell'opposizione, e conosce già il primo passo da fare. Riflessione sul corpo insegnante e sul ruolo della scuola? Macché. Istituire un Garante per verificare preventivamente il contenuto dei videogame prima della loro distribuzione sul mercato.

Il 20 novembre, con tempismo perfetto, arrivano i dati Istat: "Quasi otto ragazzi delle scuole medie su dieci hanno conosciuto da vicino atti di bullismo, o perché ne sono stati vittima, o perché lo hanno subìto i loro amici". Il premier Romano Prodi invoca un piano per la famiglia. Negli indizi che vanno a configurare il bullismo appare anche il furto della merenda.

Quasi nessuno punta il dito su un tasto dolente. Tra le poche voci pacate, quella della psicologa Ada Fonzi, da anni studiosa del fenomeno: "I ragazzi parlano molto poco con genitori e insegnanti. E gli adulti spesso tendono a minimizzare. Vale ancora il modello culturale secondo cui chi è un po' bullo spesso è un vincente".

Ricordo. Un piccolo asilo di periferia. Mia figlia ha tre anni. Una mattina, dopo averla accompagnata, assisto al dialogo fra un padre e un bambino, anche lui sui tre anni. Il padre dice: "E se ti danno un calcio, tu dagliene due. Capito? Due. Non crescermi coglione". La madre, in disparte, annuisce.

Ma è proprio l'autunno dei bulli che fornisce un'indicazione chiarissima su come la preoccupazione adulta nei confronti dei bambini si biforchi. Si teme che i figli maschi subiscano, se deboli, violenza fisica (o che eccedano nell'essere violenti a loro volta). Si teme che le figlie femmine subiscano violenza sessuale (o che facciano esperienze di sesso troppo precoci).

Prima di quel momento, i segnali di una sessualizzazione femminile estremamente anticipata erano stati colti solo di rado.

Nel 1997, per esempio, uno studio americano aveva evidenziato che i primi sintomi di pubertà si anticipavano ormai tra gli 8 e i 10 anni, anziché tra gli 11 e i 12. Tre anni dopo, i sessuologi italiani avvertono che il 15% delle bambine italiane tra gli 11 e i 14 anni ha già avuto un rapporto sessuale. Nel 2003 si parla apertamente di adultizzazione delle cosiddette *tweens*, le bambine fra 9 e 12 anni: che già in seconda elementare, però, cominciano a far uso di profumi, passando ai cosmetici nel giro di un anno o due. Da tempo risulta evidente che nelle ultime classi delle elementari si guardano i programmi televisivi rivolti ai fratelli maggiori, e che Mtv è il canale di riferimento. Infine, ci si accorge che una quota notevole dei 1500 spot pubblicitari mensili destinati ai bambini pubblicizza cosmetici per l'infanzia: lucidalabbra al bubblegum, paillette per il corpo, ombretti, smalti per unghie.

Nello stesso 2003, in America, i magazzini Bhs mettono in vendita una linea di biancheria intima per bambine dai 7 anni in su che si chiama "Little Miss Naughty" (signorinella birichina), con piccoli reggiseni imbottiti a emulazione del Wonder-bra e mutandine a cuoricini. Tre anni dopo, nel settembre 2006, sarà un lungo articolo di "Salon" a stigmatizzare la linea di biancheria firmata Bratz e destinata alle bambine di 6-7 anni. Un portavoce dell'azienda produttrice replicò che quei minireggiseni, chiamati *bralettes,* erano stati pensati per indurre le bambine ad abituarsi *con stile e modestia* alla pubertà, e *a nascondere più che a mostrare*. A vergognarsi del proprio corpo, insomma, chiosò "Salon". E, insieme, a imparare a sedurre.

Il processo culmina, nella coda della polemica sul bullismo, con le ragazzine "a luci rosse", quelle che rivendono sui telefonini immagini di se stesse che fanno sesso con i coetanei, o che si masturbano. Gli adulti si chiedono, turbati, come mai le bambine sognino di diventare Eva Henger.

Vediamo.

> ***Tra i maschi è tornato di moda essere macho, far finta di essere sempre incazzati, le ragazze tengono tantissimo all'immagine, forse i libri di Moccia hanno avuto successo per questo, perché raccontano dei modelli, dei tipi precisi e in tanti ci si identificano.***
>
> (Federico, 16 anni, dichiarazione a "la Repubblica" del 26 aprile 2007)

Si chiama *entry point*. È il punto di ingresso alla marca. "Abbassare l'entry point," mi racconta Laura Minestroni, esperta di consumi e di marche, "significa abbassare l'età del target." Joe Camel, il cartoon-cammello che pubblicizza le sigarette, è un esempio perfetto di cosa significhi cercare di avvicinare i giovanissimi. In Italia, Red Bull (che produce bevande energetiche alla caffeina) ha ultimamente lavorato parecchio per raggiungere lo stesso scopo: non solo attraverso il cartone degli spot, ma attraverso eventi, sponsorizzazioni, giochi. O addirittura, mi racconta mia figlia, con distribuzione di omaggi all'uscita delle scuole.

Ora. Partiamo dal presupposto, già verificato, che il *tweening* (l'adolescenza retrodatata) è un fenomeno noto e conosciuto: in sostanza, significa che i temi, i prodotti, i programmi televisivi rivolti apparentemente ai quattordicenni vengono in realtà fruiti dai bambini di otto anni. E che gli autori e gli sceneggiatori lo sappiano altrettanto bene degli esperti di marketing che cercano di abbassare quel punto d'ingresso, sapendo quanto i bambini siano, ormai, consumatori indispensabili.

La sociologa Juliet B. Schor fornisce in proposito qualche dato relativo all'America: nel 2004, la spesa per la pubblicità e il marketing rivolti ai bambini ha raggiunto i 15 miliardi di dollari, rispetto ai soli 100 milioni di dollari spesi per la pubblicità televisiva nel 1983. Nel 1989, i bambini fra i 4 e i 12 anni spendevano 6,1 miliardi di dollari; ne spendono 30 nel 2004, con un aumento del 400%. Comprano dolci, snack, bevande, giocattoli: in crescita vorticosa l'abbigliamento. Ancora. Fra i 12 e i 19 anni hanno speso 170 miliardi di dollari nel 2002: una media di 101 dollari a persona ogni settimana. Infine: nel 2001 un bambino medio ha memorizzato, a 10 anni, dalle 300 alle 400 marche.

Spiega Schor che a metà degli anni novanta iniziò un fenomeno interessante: le bambine comprese fra 6 e 10 anni divennero improvvisamente più consapevoli delle etichette: "Cominciarono a chiedere abiti firmati Hilfiger e Donna Karan". In quel periodo nacquero le linee di abbigliamento per bambini di alcune grandi marche (Armani, Calvin Klein). Cominciò anche, e si diffuse rapidamente, la consuetudine al lusso adulto: un salone londinese offre alle bambine di otto anni "il *Princess Treat*, con taglio di capelli, manicure e minimassaggio del viso". Anche la chirurgia estetica si diffonde: Alissa Quart dice che "tra la scuola elementare e media i bambini si sottopongono a interventi estetici per migliorare gli occhi, le labbra, il mento e le orecchie".

Che le bambine consumino è evidente. Come vengano rappresentate negli spot che le invitano a farlo è interessante. Perché la regola numero uno del marketing, racconta Schor, è quella di procedere di pari passo con la psicologia evolutiva, e di seguire dunque i bisogni emotivi dei piccoli. Cominciando dal primo, la differenziazione fra i sessi: "Il marketing sostiene che bambini e bambine amano prodotti diversi e necessitano di marketing distinti. A eccezione del cibo, tutti i prodotti sono soggetti all'analisi di genere".

Nel saggio *Spot generation*, la psicologa Francesca Romana Puggelli spiega come lo sviluppo del concetto di genere avvenga, per essere precisi, in tre fasi: fra i 9 e i 12 mesi i bambini individuano come diversi i volti di uomini e donne; intorno ai 2 anni si riconoscono come maschi o femmine, e a 3 attribuiscono a un genere le persone che li circondano, anche attraverso abbigliamento o pettinatura. A 4, sono pienamente consapevoli della propria appartenenza. A 5, cercano informazioni sui ruoli in famiglia, a scuola, con i coetanei:

I bambini fanno ordine nel loro universo raggruppando in categorie le persone e gli oggetti: in particolare le categorie di maschio e di femmina sono tra le prime a svilupparsi. I bambini elaborano, quindi, stereotipi abbastanza rigidi su come ci si aspetta che si debbano comportare a seconda del sesso di appartenenza: durante la crescita i bambini acquisiscono sempre maggiori conoscenze relative alla società in cui vivono, molte delle quali veicolate attraverso i mass media.

La pubblicità si adegua e rilancia. Si adegua, perché già a monte i giocattoli e i prodotti per l'infanzia vengono divisi in base al genere, e perché le stimolazioni al ruolo sono già avvenute in famiglia. Ma, ancora una volta, amplifica il concetto. Scrive Puggelli:

È opinione comune che i maschi desiderino il potere, l'azione e vogliano avere successo. Al contrario, si crede che le femmine vogliano esercitare fascino. Nonostante l'idea della forza femminile (l'idea che le ragazze siano energiche e attive) sia oggi entrata a far parte del pantheon dei bisogni primari, permangono tuttavia gli stereotipi, e il femminile – anche se energico – rimane legato alle tradizionali idee di fascino e femminilità. Nelle pubblicità, queste idee si traducono in formule standard. [...] Per esempio, nelle pubblicità di prodotti unisex, tre protagonisti su quattro saranno maschi. Le bambine vengono mostrate solo nelle pubblicità di prodotti femminili. Il motivo di questa convenzione è che i bambini sono più intolleranti per quanto riguarda l'identità sessuale e molto sensibili a qualunque cosa sappia di femminile. Un'altra differenza è che le femmine vengono più spesso ritratte negli spazi domestici, mentre i bambini all'aria aperta. Anche se alle ragazze non è più richiesto un atteggiamento passivo, le differenze comportamentali permangono: per esempio, i maschi sono più frequentemente ritratti in comportamenti antisociali, mentre le femmine agiscono esclusivamente all'interno dei codici conformi alle consuetudini sociali.

Si presuppone, nelle pubblicità, che le bambine non siano interessate a diventare capi o a dominare. Si presuppone invece che desiderino dare e ottenere amore (per questo i peluche sono associati alle bimbe). E che spesso l'amore si accompagni, sì, a un'idea anche solo suggerita di sessualità. Gli spot relativi all'abbigliamento per bambine ne sono un esempio. E valga, sia pure come aneddoto, il racconto di Emma Gilding dell'agenzia Ogilvy and Mather, che durante una registrazione chiede alla piccola di tre anni, che stava facendo un'imitazione di Britney Spears, "con ammiccamenti ed espliciti avvitamenti del bacino", cosa volesse diventare da grande. Risposta: "Una ragazza sexy".

Del resto, sono gli stessi prodotti a suggerire il concetto: utilizzati, in pubblicità, come gli oggetti magici che porteranno i bambini a identificarsi nel loro simile – un po' più grande di loro, un po' più interessante di loro – rappresentato nello spot, li indirizzano verso un destino. E il destino è inesorabilmente diverso: perché se molti giochi per bambine anticipano il ruolo della madre (bambole, passeggini e biberon), spesso la pubblicità mette direttamente in scena la bambina che "interagisce con il padre" come sostituta della mamma. Già intorno ai sette anni, inoltre, si offrono loro prodotti che le invitano a farsi belle: valigette per il trucco, mini-parrucchieri, gioielli, e gli spot impongono concetti come fascino, moda, tendenza. Di contro, la pubblicità di un modellino di automobile proietta i piccoli spettatori – maschi – direttamente in una gara di Formula 1. Dove a essere messo in scena è il "raggiungimento di una performance (vittoria, successo, prestigio), in ogni caso preparatoria al ruolo maschile deputato". Le bambine, se ci sono, fanno il tifo.

Dall'indagine, insomma, appare inconfutabile che gli spot rivolti ai bambini sono ancor più stereotipati nella rappresentazione di genere rispetto a quelli degli adulti: le femmine sono più basse e più simili fra loro, sono più passive, conformiste, presentate in ambienti chiusi. Gli spot con bambini usufruiscono di musica ad alto volume e rapidi cambi di camera, quelli con le bambine hanno poche inquadrature, molte dissolvenze, e i colori sono inevitabilmente quelli del rosa o, al massimo, del rosso. "Anche dal punto di vista delle azioni mostrate, solo ai maschi sono concessi comportamenti antisociali (atti di aggressione, confronto fisico ecc.), mentre gli spot rivolti alle femmine tendono a essere caratterizzati da modelli di comportamento più passivi e meno fisici, in quanto devono essere inquadrate nel socialmente accettabile". Ancora. Mentre le bambine interagiscono con il giocattolo (che in genere è rosa, morbido, legato ad attività di cura materna o di sviluppo della bellezza), i bambini corrono, saltano, entrano in competizione o sono impegnati in esperimenti, "perpetuando così l'immagine del maschio intelligente, curioso, sempre pronto a sperimentare e imparare cose nuove".

Ci vorrebbe uno schema. Laura Minestroni mi manda questo:

I linguaggi al femminile fanno leva su desideri e dimensioni come

- *Affetto*
- *Protezione*
- *Sentimenti di maternità/accudimento/nutrimento*
- *Curiosità*
- *Fiaba*
- *Sogno*
- *Storytelling*
- *Il figlio, il cucciolo, l'animale da proteggere*
- *Il* cute *(tenero)*
- *Seduzione*
- *Jingle*
- *Rime*
- *Colori pastello*
- *Ritornelli*
- *Voci di testa, acute, come quelle della mamma col neonato*

I linguaggi al maschile fanno leva su desideri e dimensioni come

- *Avventura*
- *Aggressività*
- *Lotta*
- *Conquista*
- *Violenza*
- *Desiderio di autonomia*
- *Competitività*
- *Emozioni forti*
- *Allusioni sessuali*
- *Voci fuori campo come da telecronaca sportiva, maschili, sincopate*

Benissimo. Ma c'è ancora qualcosa in più: perché le bambine sono avide consumatrici degli spot destinati alle ragazze. E qui cominciano altri guai.

You know what Victoria's Secret is? She's has Stockholm Syndrome. And hair dye, liposuction, crash diets, breast implants, hair removal, airbrushing, ad nauseam.

(Commento a Mediawatch.org)

Nella fotografia c'è una ragazza in mutandine e reggiseno. I colori sono il bianco e il nero. Il logo, a sinistra, riproduce perfettamente quello della notissima ditta di biancheria intima. A destra, nei toni del grigio, una ragazza che regge in una mano una porzione non meglio identificata di cibo. La mano destra è vicino al viso, nascosto dai capelli: le dita sono in gola. La ragazza, china sul water, sta vomitando. Lo slogan, in basso, dice "Victoria's secret".

Si chiama *subvertising*: è la definizione di quelle pubblicità che ribaltano una campagna già esistente. Nel caso, quella della suddetta biancheria: "Che è anche," dice Laura Minestroni, "un catalogo di stereotipi femminili e di bellezze da copertina. Le modelle sono tutte pin up abbastanza celebri, le foto patinate. Inutile dire che sono tutte magrissime (*skinny*, dicono gli americani), *fit* e tettone. Un mix tra softcore porno e anoressia".

Infatti: la ditta in questione è stata più volte accusata di proporre modelli negativi, tanto che le giovanissime anoressiche che adorano (o invidiano) le esangui fanciulle fotografate in mutandine vengono chiamate le *Victoria's Secret babes*, le figlie di Victoria's Secret.

Laura mi invia una seconda fotografia con una pubblicità di moda. Gucci, questa volta. Della donna non si vede la testa. Una vestaglia, o un kimono di seta, forma preziosi drappeggi intorno al busto nudo. Nude sono le gambe, che terminano in un paio di scarpette da Cenerentola. Nudo il pube: meglio, messo a nudo da un giovane uomo inginocchiato ai piedi della modella, che scostando le mutandine turchesi evidenzia il pelo rasato a forma di G. "Il sesso femminile che diventa logo? La marca è oggetto del desiderio fino a questo punto?" mi scrive Laura.

Ce n'è una terza. Una ragazza giovanissima, inginocchiata sul pavimento davanti a un armadio, o a una porta a specchio. Le gambe sono ripiegate, la testa poggiata contro l'angolo del muro. Predominano l'azzurro dei jeans che vengono pubblicizzati (Buffalo), il bianco della maglietta che scopre l'ombelico, il rosso degli stivaletti con tacco a spillo e del rossetto spalmato sulle labbra semiaperte. Bianco e rosso è anche il tanga che la ragazza evidenzia mentre con una mano abbassa i pantaloni, l'altra posata dietro la schiena a sostenere il busto inarcato. In evidente mimesi della masturbazione.

Le ultime due pubblicità non sono rivolte a bambine, ma a giovani ragazze. Però, per la legge dell'entry point, le bambine le guardano. Non solo: gli spot a loro ufficialmente destinati propongono una versione appena edulcorata della femminilità della moda. Per esempio. Il progetto *Barbie Pass* è stato promosso da Mattel Italia e ha come destinatarie le bambine dai 6 ai 13 anni. Ecco l'headline: "Vivi un giorno da modella". "Vinci una giornata al Pitti Bimbo." E infine: "Vivi da grande". Commenta Laura: "Con i codici delle fiabe, la porta magica, i luccichini delle fate, su fondo rosa e lillà, la mitica Barbie invita le bambine sulla passerella... Uhuhh. Preoccupante".

Non vale solo per la moda. Perché, come avveniva nelle antiche trasmissioni del sapere di madre in figlia, anche gli stereotipi femminili passano di spot in spot. Lasciando a chi guarda (specie se giovanissima) il dubbio di come si concili la donna delle automobili (che a sua volta è diversa a seconda se deve pubblicizzare una monovolume per mamme o un'auto sportiva per uomini) con quella dei prodotti per la casa, dei cosmetici, e del cibo. Perché, mettendo in fila tutte queste femmine, viene fuori una storia che non tiene. Me la racconta, ancora, Laura: "Le ricerche dicono che la donna passa sempre meno tempo ai fornelli e privilegia i cosiddetti *convenience food,* preparazioni alimentari che assicurano risparmio di tempo e ottimo risultato. Precotti, surgelati, liofilizzati... *ready meals*. E il pasto è sempre più destrutturato, soprattutto quello di mezzogiorno. A pranzo si mangia *on the move*, perché il cibo si fa snack. Insomma, una donna sbrigativa e pratica. Una che, pur di risparmiare tempo, racconta balle agli amici e al marito e dice 'Questo l'ho fatto io', quando invece l'ha fatto Buitoni. Questo è quanto dice la pubblicità. Dunque se non cucina, se fa la spesa una volta ogni quindici giorni (congelatori come bunker), come passa il suo tempo libero questa signora? Stando a quanto riferiscono le immagini pubblicitarie delle griffe dell'alta moda (e non solo), starebbe tutto il giorno arrapata ad adescare ragazzini. Insomma, ci sono delle profonde incongruenze tra tutte queste tipologie di donne rappresentate".

Ecco. Nella confusa femmina pubblicitaria, la bambina si specchia e a volte si riconosce. Avviene quando le donne (specie quelle, accudenti, del cibo preparato per gli altri) vengono sostituite dalle figlie. Campagna di gennaio 2007 per Sottilette Kraft. Titolo, significativo, *Tomorrow's women*. I creativi raccontano: si parla di essere mamma "attraverso gli occhi delle bambine... piccoli giudici severi e oggettivi, ma sempre spontanei... le bambine che amano giocare a fare le mamme perché le ammirano e amano le ricette che queste preparano loro con Sottilette. Giocando ed entrando nei loro panni, imitano il modo in cui le mamme si prendono cura della famiglia, della casa e, naturalmente, della cucina".

Vecchia, vecchissima storia.

> ***In quanto serva, la donna ha diritto alle più splendide apoteosi.***
>
> (Simone de Beauvoir, *Il secondo sesso*)

Dunque le bambine si osservano nello specchio di una femminilità multipla, ma con due imperativi principali: piacere e accudire. E quando gli spot le riguardano direttamente, le convenzioni si fanno più rigide, come abbiamo visto: perché indotte sia da chi realizza le campagne pubblicitarie, sia da chi studia i giochi che in quella sede vengono offerti. Le cose non sono cambiate da quando Elena Gianini Belotti scriveva che i giocattoli che i bambini utilizzano non vengono scelti spontaneamente, ma "sono frutto di una precisa cultura nel cui ambito si possono fare scelte in apparenza ampie, in realtà assai limitate". E rigorosamente suddivise in funzione di ruoli precisi. Ancora oggi, le bambole e i kit di bellezza per le femmine. Macchine, robot e giochi intelligenti per i maschi.

Con un dettaglio in più: i giocattoli, oggi, sono ovunque. Quando, fra gli esperti di marketing, si parla di *kid power*, non ci si riferisce a un obiettivamente accresciuto potere dell'infanzia: bensì a tutto ciò che s'insinua negli oggetti di largo consumo tradizionalmente nati per un target adulto.

"Ti faccio un esempio," dice Laura Minestroni. "Il pupo non mangia la carne? Facciamogli l'hamburger a forma di Topolino (il musetto di Mickey Mouse negli hamburger Montana, licenza Walt Disney). È *food entertainment*. Propp lo chiamava l'aiutante magico. Ancora. Walt Disney decide di sposare l'*healthy food*. E di boicottare McDonald's. E allora, vai con Winnie the Pooh sulle mele e sulle banane, come il bollino di Chiquita, e basta con l'Happy Meal, colpevole dell'obesità infantile."

Disney, peraltro, è un caso esemplare per quello che riguarda il funzionamento della suddivisione in generi. Laura prosegue: "Così come le grandi multinazionali dei prodotti di largo consumo hanno un proprio portafoglio di marche e prodotti, suddivisi per target, Disney ha un vero e proprio portafoglio di personaggi suddivisi per fasce d'età. E poi per gender. Fino alla scuola non c'è distinzione di genere. Winnie the Pooh è uno di quei personaggi dedicati a un target indifferenziato: non c'è bambino o bambina, ma solo cuccioli. La scuola segna la differenza: maschile e femminile. Ecco allora Disney Princesses, un brand-ombrello che contiene sei brand, cioè sei personaggi, tutti al femminile: Cenerentola, Biancaneve, Jasmine, Ariel, Mulan, Aurora. Allo stesso modo funziona l'altro brand Disney: Disney Fairies, le Fatine. Ciascuna col suo talento e la sua personalità. Ciascuna col suo posizionamento. Per i maschietti, stesse strategie con brand come Power Rangers".

Dunque, nel momento dell'ingresso all'asilo, tutto comincia a cambiare. E nel magico mondo del *kid power,* e nei giocattoli veri o presunti che lo abitano, iniziano le differenziazioni. O, chissà, addirittura prima.

Forse l'unico momento in cui i giocattoli sono davvero uguali per bambini e bambine – i cuccioli – è nel primo anno di vita, quando il neonato viene omaggiato – e oggi letteralmente circondato – di divertimenti antichi come le giostrine da appendere alla culla, ormai indifferenziate nel proporre api e lune, o sonagli e anellini di gomma che in alcuni casi, certo, si colorano di rosa e celeste. Semmai si insisterà ossessivamente sull'importanza che quei giochi avranno per lo sviluppo intellettivo del piccolo, già indirizzato a imparare, imparare, imparare. L'inglese. La musica. La matematica. Grazie a tappetini multicolori. Tavoli multiattività. Palestrine.

Quel che resta vero è che al momento di provvedere al primo pupazzetto di gomma l'antica distinzione rimane: gli animaletti per entrambi, la bambola di aspetto femminile solo per la bambina. Fino ai tre anni, i bambini continueranno a essere incuriositi dai giochi di imitazione delle attività casalinghe (impastare, pasticciare). Poco più avanti, li attirerà un altro tipo di imitazione dell'adulto, tutto contemporaneo e che potrebbe essere indifferenziato per entrambi: collezionare.

1995. Fatturato delle raccolte punti e dei concorsi a premi: 5636 miliardi. L'intero fatturato Rai e Fininvest non arriva ai quattromila miliardi.

(Giorgio Dell'Arti)

A metà degli anni novanta, le indagini Nielsen ed Eurisko rivelano che su 15.800.000 famiglie italiane, quasi la metà è dedita alle raccolte punti. Significa che ogni famiglia fa due raccolte e mezza. Si ritagliano e si mettono da parte i bollini di pasta, latte, formaggio, per accumulare risottiere, frullini, orologi, tostapane. Nello stesso periodo, le edicole iniziano a traboccare non di giornali, ma di piccole ossessioni per collezionisti: occhiali, orologi, penne stilografiche, vetri di murano, soldatini, scacchi, borse.

Un giorno, Giorgio Dell'Arti in un suo articolo raccontò la storia – esemplare – del vigile urbano di Novellara. "Volendo partecipare all'estrazione del viaggio intorno al mondo di tre settimane messo in palio dall'Acqua San Bernardo, acquistò 7000 bottiglie di minerale per un importo di circa 10 milioni: staccata la prova d'acquisto, rivendette le bottiglie agli amici con una piccola differenza sul prezzo. Essendo ormai un professionista, nello stesso mese in cui fu estratto per il viaggio intorno al mondo ricevette pure due set di bicchieri col concorso Amaretto di Saronno, quattro palloni di cuoio col concorso Snickers, 207 radioline col concorso Recoaro, due biciclette da corsa col concorso Lipton, un arredo bagno col 'Radiocorriere', un set Guzzini col concorso Fissan, un tostapane col concorso Findus, un'auto e un gommone col concorso Nutella Ferrero".

Di questo istinto accumulatorio, di questi enormi mausolei per merci apparentemente gratuite in cui si stavano trasformando le case degli italiani, si accorsero, per esempio, gli esperti marketing della Kinder. Gli ovetti di cioccolato, che già dal 1974 estendevano con successo all'intero anno il concetto della sorpresa pasquale, divennero dalla fine degli anni ottanta lo specchio infantile del collezionismo adulto, trasformandosi rapidamente in goloso bersaglio del medesimo. Nella sola annata 1995-96, negli ovetti Kinder si trovano 130 sorprese: meccanismi da rimontare, modellini di automobili o di aeroplani, soldatini, animali. E, soprattutto, in un ovetto su cinque, i personaggi di una serie, resa preziosa da una scadenza temporale precisa: squali, elefanti, fantasmini, giraffe, ognuno differenziato dall'altro, e con alcuni, ambitissimi, pezzi rari.

Il meccanismo della collezione si trasferirà, a fine decennio, ai giochi polimediali: quelli, cioè, che nascono su un certo supporto e riportano gli stessi personaggi e la stessa trama su mezzi diversi. Pokémon è l'antesignano della categoria, e fornisce la modalità da cui non ci si distaccherà più: nato come videogioco, diviene rapidamente cartone animato, giocattolo, film, figurina e infine carta da gioco, appunto, collezionabile.

Un esercizio di stile, una simulazione del mondo adulto (nell'ambito del consumo e del mercato) inizialmente aperta a entrambi i sessi: bambine e bambine partecipano senza differenziazioni di genere al gioco. Poi le strade si biforcano: da una parte Yu-Gi-Oh!, la sfida fra maestri di carte, tutta al maschile. Dall'altra, le carte diventano predominio di Barbie, Witch e Winx.

Il bivio segue un brevissimo periodo in cui sembrava che esistesse davvero la possibilità di giocattoli "neutri" e che il mondo della mutazione e della trasformazione riguardasse, indistintamente, i maschi e le femmine. Era rivolto ai due sessi, e per la prima volta chiedeva a entrambi cure e accudimento il contestatissimo Tamagotchi, il cucciolo virtuale che alla fine degli anni novanta reclamava cibo, pulizia, affetto, pena il deperimento e la morte. Ma nel giro di pochissimo tempo il pulcino, o il giovane dinosauro, è stato sostituito da un bebè umano a cristalli liquidi, Nano, rivolto esclusivamente alle femmine tra gli 8 e i 13 anni, secondo le precise intenzioni della Playmates che lo produceva, con lo scopo di farle "giocare sul serio a fare le mamme". Infine, in tempi più recenti, alle bambine si rivolge un videogioco con cagnolini assai più realistici del vecchio pulcinotto. Si chiama *Nintendogs* ed è un successo planetario, soprattutto femminile: con relativi diari filmati in rete di bambine e ragazze che, vestite in tutti i toni del rosa, cinguettano "*Cuuute!*".

> ***Non mi può far male non/abbiamo altro non abbiamo/scelta noi bambine.***
>
> (Baustelle, *Noi bambine non abbiamo scelta*)

Naturalmente c'è di peggio. Perché nell'ambito dei giochi cosiddetti strutturati non siamo mai usciti dagli anni sessanta. Raccontati così, dal punto di vista dei giocattoli, da Elena Gianini Belotti:

Per le bambine c'è una vastissima gamma di oggetti miniaturizzati che imitano le suppellettili casalinghe, come servizi da cucina e da toeletta, borse da infermiera corredate di termometro, fasce, cerotti e siringhe, interni di ambienti come bagni, cucine complete di elettrodomestici, salotti, camere da letto, camere per neonati, completi per cucire e ricamare, ferri da stiro, servizi da tè, elettrodomestici, carrozzine, bagnetti e la serie infinita di bambole con corredo. Per i maschietti il genere è completamente diverso: mezzi di trasporto terrestri, navali e aerei di tutte le dimensioni e di tutti i tipi; navi da guerra, portaerei, missili nucleari, navi spaziali, armi di ogni genere, dalla pistola da cowboy perfettamente imitata a certi sinistri fucili mitragliatori che sono diversi da quelli veri soltanto per la minore pericolosità, spade, scimitarre, archi e frecce, cannoni: un vero arsenale militare.

Anche quando si tratta di giochi neutri, aggiunge, ci sono le illustrazioni sulle confezioni a marcare la differenza: così, sulle scatole delle costruzioni Lego apparivano esclusivamente maschietti intenti a costruire grattacieli e carri armati (mentre le scatole speciali per bambine contenevano elementi per realizzare arredamenti per cucine, salotti, bagni). Allo stesso modo, le antiche confezioni di patatine offrivano alle femmine pentoline, posatine, tegami, fermacapelli, braccialetti, anellini, passeggini, portacipria, pettinini, insomma, tutto quello che torna utile per la casa e la bellezza. Ai maschi erano riservati soldatini, aerei, carri armati, trenini, pistole, fischietti.

Vado a visitare uno dei molti siti che vendono giocattoli e comincio digitando un nome famoso, perché unisce il divertimento all'ansia adulta di "istruire" il bambino fin da piccolissimo. Sapientino, raccomandato per i bambini fra i 3 e i 5 anni, è un insieme di domande e risposte. Alcune giuste, altre sbagliate. Se si mette in contatto l'apposito cavetto con la risposta sbagliata, non accade nulla; se la risposta è giusta, si ottiene un suono di approvazione o, più recentemente, un vero e proprio "Molto bene". Nel Sapientino Parlante, con le sue dodici schede illustrate e le batterie incluse, la scatola mostra tre bambini maschi in riva al mare. Nel Sapientino classico, il bambino è uno solo. Sempre maschio.

Ma, attenzione: esiste Sapientina, rivolto esclusivamente alle bambine. Infatti, sulla scatola sono rappresentate alcune ben truccate ragazzine. Quali sono gli argomenti? "Tutte le schede sono ambientate in un fantastico mondo di bambole," recita la pubblicità. La bambina potrà dunque imparare "i nomi dei personaggi del magico mondo di Barbie". Insomma, ai maschi la fotosintesi, alle femmine Barbie e il suo cavallino bianco.

Dai sei anni in poi, la differenziazione è netta. E il senso ultimo dei giochi destinati alle bambine è, nella stragrande maggioranza dei casi, finalizzato alla bellezza. Certo, con l'agendina elettronica e il computer interattivo parlante delle Winx si imparano l'alfabeto e la grammatica: ma solo "con un tocco di magia". I maschi non hanno bisogno di arti fatate: usano il cervello. Infatti, un gioco come "Il mio kit elettronico con cd interattivo" promette loro tutt'altra cosa: "Una fantastica console attrezzata ti guiderà in maniera divertente nello studio dei circuiti elettronici. Motore elettrico, led, transistor, resistenze fotosensibili sono solo alcuni componenti che troverai e che ti aiuteranno a capire i meccanismi che utilizziamo tutti i giorni".

Sottigliezze, si dirà. Allora andiamo avanti. La versione femminile del tappeto interattivo "La scuola di karate" è "Bella Ballerina Popstar": perché è importante sottolineare che la destinataria deve essere bella – a differenza del karateka, di cui interessa semmai l'abilità – e che con il giocattolo potrà imparare "i balli più alla moda", per essere al passo con i tempi (batterie, a proposito, non incluse). In tutti i giochi in cui è prevista una doppia destinazione di genere (e, negli ultimi dieci anni, il loro numero è cresciuto enormemente), il richiamo nei confronti delle bambine fa leva sul loro aspetto fisico.

O sul già presumibilmente presente istinto materno. Questo è il regno di Sbrodolina e delle sue sorelle: Sbrodolina ha le sembianze di una neonata, esibisce gli stessi arti grassocci e occhioni che chiamano affetto. È definita, infatti, "tenera e dolce" ed è sempre rappresentata – nella confezione o nelle pubblicità – fra le braccia di una bambina altrettanto soave: eppure, già nella culla, detta lezioni di stile. "Proprio come le bambine di oggi, ha simpatiche acconciature e i suoi abitini hanno colori e fantasie alla moda!" Inoltre, Sbrodolina ha già una professione: inevitabilmente, quella di ballerina, con regolare tutù rosa dotato di scaldacuore e scarpette da ballo, cerchietto per capelli con fiorellini, pantacollant e scaldamuscoli inclusi nella confezione.

Sbrodolina è esigente e chiede accudimento (Dalle il biberon! Sceglile un vestito!). Qualità che appartengono, da anni, a questo tipo di bambole: in omaggio ai tempi, però, si introduce l'optional della preoccupazione: il suo triciclo, infatti, andrà provato "sotto l'occhio vigile della sua mammina", e per non rischiare capitomboli viene dotato di "pratica asta che consente alla bambina di seguire ovunque la sua Sbrodolina". Hai visto mai.

Passo a un altro sito. Sotto la voce "attività creative", i giocattoli proposti per i maschi si identificano con il vecchio armamentario bellico. Il completo del grande cavaliere: arco, scudo e polsiera. Il kit del grande guerriero: spada, pugno di ferro, scudo. Un set di due fioretti e due maschere per sfidare a duello i rivali. Per le femmine c'è, invece, il set piccola principessa: completo di accessori, corona, pendagli con luci e suoni "per trasformarsi in una vera principessa". Ma anche: carrozzine, passeggini completi di bebè, un tutù con le scarpette (rosa). Cucine con accessori. Un vero ombrellino per il passeggino della bambola. Ancora. Per il maschio si propone una piallatrice e un set con motosega. Per la femmina, un "bellissimo registratore di cassa completo di bilancia per pesare la spesa e giocare con le amiche al supermercato".

A ricordarmi che siamo nel 2007, scopro che l'idea di creatività maschile è associata anche alla competenza tecnologica e all'innovazione. Nel descrivere l'orologio dei Power Rangers, si insisterà infatti soprattutto sulle informazioni che riguardano le potenzialità tecniche: "Un fantastico accessorio personalizzato Power Rangers S.P.D. da indossare al polso e con tre modalità di gioco incorporate: 1) orologio 2) mutaforma 3) moto con acceleratore". Oppure si inviterà il giocatore, correttamente, a interagire con i Gormiti, ultima progenie delle creature trasformabili e mutanti, campioni di fluidità e adattamento e soprattutto pieni di forza e potere. La descrizione insiste sui particolari che vanno a comporre il giocattolo e incita all'utilizzo creativo: "Ciascun personaggio ha magneti nei punti di snodo (testa, gambe, braccia o ali) per una doppia giocabilità. Montaggio e smontaggio del singolo personaggio e creazione di un Campione personalizzato, assemblando parti di personaggi diversi". Non dico che le bambine non giochino con i Gormiti. Dico che nella pubblicità e nella confezione del gioco non sono previste. Sono tagliate fuori.

Vado sul sito di Giochi Preziosi, rigorosamente organizzato al maschile e al femminile. E trovo che ai bambini si consigliano: tartarughe Ninja, elicotteri, moto, yo-yo, il peluche di King Kong. Un tirannosauro. I personaggi di Dragon Ball e dei Fantastici Quattro. Gli eroi del wrestling. Spiderman. Le automobiline Turbo-Crash ("che compiono evoluzioni mozzafiato"). I guerrieri Tekma lanciabiglie. Gli X-Men. Miniature di calciatori. Gli eroi stregoni di Shaman King. Moto. Il Sudoku elettronico. V-smile, che insegna "matematica e logica".

Alle bambine, invece: Baby amore ninna nanna (con due versioni: si succhia il pollice e fa pipì, oppure fa i capricci perché vuole la mamma). Cicciottello con i pannolini personalizzati e l'impermeabile con Winnie the Pooh. Zainetti e bambole delle Winx. Ma anche il body gel delle medesime. E il make up. E il rossetto glitterato.

Per inciso: il computer da tavolo per maschietti delle elementari, già otto anni fa, si chiamava Accelerator (centodue attività, sintetizzatore vocale, lettore di cd). Per le bambine si chiamava Princess Cleo, ed era rosa confetto.

You can brush my hair/undress me everywhere.

(Aqua, *Barbiegirl*)

Il discorso è scivoloso. In fondo, perché alle bambine non dovrebbero piacere le bambole-ragazza? Perché non dovrebbero identificarsi in quello che loro stesse saranno, o vorrebbero essere (perché onestamente, in pochissime arriveranno a conseguire quel vitino sottile sotto un busto da maggiorata)? Perché non dovrebbero desiderare quello che Barbie è da quasi cinquant'anni, da quella Fiera del giocattolo 1959 di New York in cui apparve per la prima volta come una piccola Venere da una spuma di cartone? E Barbie è, soprattutto, una signorina *fashion victim*, con il guardaroba pieno di abiti per ogni occasione (week-end in barca, picnic, sera di gala, tè in giardino, gita in macchina, matrimonio proprio e altrui). Con un gruppo assortito di amici, cugine, sorelle con cui condurre una vita di assoluto divertimento. Con una casa, un'automobile, un aereo, un cavallo, un levriero afghano, uno scottish terrier, un barboncino. Con il vezzo del teatro e della televisione (ci sono Barbie e Ken nei panni di Romeo e Giulietta, del Mago di Oz, di equipaggio di Star Trek). Con una carriera. Perché, pur essendo partita come hostess e infermiera, è arrivata a essere candidata alle presidenziali, nel 1991.

Magari si potrebbe iniziare da qui. Perché della *Barbie for president* non conosciamo il programma. Sappiamo invece che "in campagna elettorale, durante il giorno, indossa un appariscente tailleur rosso con spalle molto larghe, l'ideale per fare colpo sui suoi rappresentanti di partito. La sera, invece, indossa questo splendido abito per il ballo dell'inaugurazione" (per la cronaca, l'abito ha i colori della bandiera americana: e sulla larghissima e lunga gonna blu notte spiccano, simbolicamente, stelline in giusto numero). Una presidente che pensa solo al proprio aspetto fisico non è precisamente affidabile: ma l'apparenza è salva, e le quote rosa anche.

Cosa c'è che non va, in Barbie? Perché la maggior parte delle scrittrici, per esempio, esprime il proprio odio nei suoi confronti in poesie e racconti brevi? A turbare, non è tanto quella seduttività precoce quanto negata, il suo essere sexy come un'adulta e asessuata come un giocattolo: Barbie è un ibrido, nasce da un incrocio fra le bambole di carta con un guardaroba da ritagliare e un *sex-toy*. Esibisce due seni da capogiro, ma che servono solo per sostenere a dovere le scollature, perché sono finti, levigati, privi di capezzoli. Rappresenta la donna secondo un concetto maschile: priva di quelle parti "segrete e terribili" che tanto indignavano, secoli fa, pensatori e padri della Chiesa. Incarna la femminilità ideale, muta e sigillata. Infatti, ogni riferimento al sesso, dalle Barbie sadomaso ideate da fotografi e videoartisti, fino alla canzoncina degli Aqua, è stato sempre severamente perseguito dalla Mattel.

Ma questo è già il passo successivo, una considerazione tutta adulta. A turbare, invece, è in primo luogo quel mondo perfettamente coerente e organizzato: ma fatto soltanto di acquisti e di ambizioni minime. Tanto che quando, nel 2004, le vendite della bambola si sono rivelate in forte calo, Mattel decise di sottolineare con musical e riviste il concetto principe del Barbie-universo: che attrae "le giovanissime con l'esca delle cose che adorano, e cioè parlando di feste dove si balla, di dove e come si conoscono ragazzi e, naturalmente, di shopping". Questo, del resto, è stato l'intento della donnina di plastica da quando è nata, l'identikit che l'ha segnata, l'ha lanciata, l'ha portata nei ritratti di Andy Warhol e persino nello spazio, in una Time Capsule fornita di tutti i simboli della nostra epoca. "Alta poco di più di una margherita, guida la macchina ed è invitata a tutte le feste" era la sua primissima biografia. Diceva un altro slogan, su una T-shirt americana: "Voglio essere Barbie. Quella puttana ha tutto".

Barbie è una promessa d'ozio. Un rito ineludibile. Un contagio. Nel suo *La donna intera*, Germaine Greer lo evidenzia:

Barbie è stata uno strumento per insegnare a donne dalle spalle larghe, dalle gambe corte e dal corpo massiccio, alle donne reali di tutto il mondo, a disprezzare il loro corpo come noi disprezziamo il nostro, così da indurle a spendere quel denaro che potrebbe essere impiegato per acquistare libri o computer o biciclette in prodotti "di bellezza", fabbricati a basso costo e venduti in confezioni costose. Dopo l'implosione dell'Urss, i primi negozi occidentali che aprirono nelle vecchie città sovietiche furono i franchise *di prodotti cosmetici, così che, prima di poter comprare un'arancia o una banana, una donna russa poteva acquistare un rossetto di marca.*

Ci fu una ragazza, in America, che si sottopose, anno dopo anno, a decine di operazioni di chirurgia plastica per realizzare il suo sogno: essere come Barbie. Nel 2001, la Mattel italiana decise di rendere avvicinabile l'utopia. E allegò al mensile che reca il nome della bambola, numero di agosto, la Barbie Velina, bionda, top color pesca, calzoncini fiorati: 15.900 lire il prezzo. Ricostruzione della scrivania di scena di *Striscia la notizia* inclusa nella rivista.

Fashion for passion.

(Slogan delle bambole Bratz)

Nella sezione riservata alle bambine dei siti di giocattoli esiste un gruppo dominante. È costituito dalle Bratz. Qui ce n'è una che pattina sul ghiaccio: "Indossa un *fantastico look* e ha a disposizione un cambio abiti completo da sfoggiare nel tempo libero. Inoltre, ha lunghi e splendidi capelli biondo platino da pettinare. La confezione include anche un Attestato di Stile personalizzato". Accanto, le sue consorelle si preparano per "la serata di gala più importante dell'anno: una festa indimenticabile all'insegna della moda e dello stile!". La festa, naturalmente, si svolge a Hollywood. Infine, c'è qualcosa che a un adulto appare mostruoso: una testa di Bratz, ieratica come una divinità pagana, staccata dal busto come fosse nella teca di un museo. Serve per pettinare e truccare la Bratz.

Le Bratz hanno pantaloni a vita bassa, labbra gonfie, giubbotti di jeans, perline, bandana. Sono la versione *street* delle Barbie, meno perbene ma molto sexy, come le bionde seminude che sculettano vicino a rapper pieni di catene e tatuaggi nei video di Mtv. Sono, come diceva Naomi Klein in *No logo*, una marca che si fa cultura. Veicolano l'idea di poter essere *bad girls* all'acqua di rose: cattive, soprattutto per il loro frequentare cattivi ragazzi. Non hanno idee rivoluzionarie. Non vogliono ribaltare il mondo: è sufficiente che lo seducano con la curva delle loro labbra imbronciate.

Di qui, la strada è in discesa. Le vere dive di Mtv si fanno bambola: lo annuncia nel 2006 la californiana Gwen Stefani. Nello stesso periodo arrivano le *Trash Talkin' Dolls*, al secolo Turleen e Jerwayne jr. Turleen è biondo platino, veste un giubbotto di pelle nera, fuma anche se è incinta. Di professione è, forse, una modella. La sua amica, in short, trecce bionde e top a quadretti, è stata "concepita in una stazione di benzina, nata nel retro di una station wagon". Il maschio della serie veste in canottiera, esibisce tatuaggi al braccio e ha una lattina di birra come accessorio.

Bambole vestite da monaca furono i primi balocchi che le si diedero in mano; poi santini che rappresentavan monache; e que' regali eran sempre accompa-

gnati con gran raccomandazioni di tenerli ben di conto; come cosa preziosa, e con quell'interrogare affermativo: – Bello eh?

(Alessandro Manzoni, *I promessi sposi*)

Forse c'è di peggio. Ci sono, per esempio, le bambole credenti. Già dal 1997 arrivò Sara, la prima a coprirsi con il chador. Venne lanciata in Iran. Nel 2005 venne Fulla, bambola "con princìpi musulmani", avvolta in una nera *abaya* e con *hjiab* in testa, incluso nella confezione il tappeto da preghiera in feltro e con il consueto corredo di prodotti collegati, tutti di una particolare sfumatura di rosa (il rosa Fulla): cereali, gomma da masticare, biciclette. La stessa Mattel commercializza una simil-Barbie che si chiama Leila, ed è una brava musulmana. Una società del Michigan vende un'altra bambola velata di nome Razanne (che significa "scintillante modestia" e ha fra gli accessori anche il burka), per consumatori musulmani negli Usa e in Gran Bretagna. Infine ci sono Elsie, Laylie, Millie e Violet, bambole con la Bibbia tra le mani prodotte dal gruppo neoevangelico Mission City Press. A dimostrazione, se ce ne fosse bisogno, che con le bambole si forgiano le bambine secondo i valori di una cultura.

Interludio (di Babsi Jones)

C'era una volta, c'è sempre stata, *tota mulier in utero*: Barbie e Razanne sono due matrici. Puzzano forte di marchi depositati dalla Mattel Inc. che, dividendo, impera. Chi vuoi essere, bambina globale? Vuoi essere la seducente Barbie, tutta tette e tacchi, che sposerà il dottor Smith (= Brambilla) e coltiverà petunie in vasi da esibire in occasione del barbecue domenicale, o vuoi essere Razanne la modesta, dolce miele dell'Oriente, trasparenza e leggerezza delle mille e una notte? Guarda com'è democratico il tuo fabbricante, bambina: ti dà facoltà di scelta.

La stessa scelta, com'è magnanimo, la permette il padrone al proletario: come vuoi schiattare di fatica, s-oggetto sociale? Firmando il mutuo per la tua nuova automobile da sogno, o scialacquandoti il salario fantasticando di imbroccare il Gratta e Vinci del riscatto? La stessa scelta la consente e la caldeggia anche il generale: decidi tu nel nome di quale dio andare a morte, soldatino. Ti chiameranno eroe. Un fagotto di ossa rotte, spezzatino di carni sanguinanti e una medaglia sul tuo fiero petto.

Barbie e Razanne, dunque: la scelta delle piccole donne

postmoderne. Scegli, e poi gareggia: cous cous contro cotolette, qui si procede a colpi di mestoli e grattugie. E non si accorgono, Barbie e Razanne, che non sono mai *avvenute*, che la fregatura è universale: la loro guerra si è combattuta nel mediocre spazio di un tinello, il loro percorso si è esaurito nel rapido cerchio di un anellino al dito, nel fare e disfare e rifare la culla del ciclo mensile: Barbie e Razanne sono l'illusione della femmina che gioca a vivere, e non ha modo di essere individuo. Di Barbie e di Razanne è il regno dell'anca morbida e dell'ombretto, il regno della depilazione e del sorriso: a Barbie e Razanne è stato costruito un regno in cui essere rinchiuse, in questo regno entrambe sono *libere per niente*. Passa le tue giornate tessendo, o castellana, pregando Allah o il Signore Gesù Cristo che il tuo sposo torni dalla Guerra Santa, che torni vincitore: tu hai già ottenuto la tua passività perpetua, sei già una schiava, se ti va bene sei una serva fatta idolo: quanta fesseria c'è in Cenerentola che annuncia il suo trionfo solo perché dallo straccio per i pavimenti e lo sgabuzzino le viene concesso il passaggio all'abito di taffettà sul trono. Barbie e Razanne saranno *meraviglie a vuoto*, lasciate fuori dalla storia: saranno sante, saranno puttanelle, saranno muse e saranno madri, Ave Maria regina delle stupide, consacrata sia la seducente velata concubina, la mogliettina stupefatta. Per essere questo *nulla storico* che da sguattera le paralizza nello splendore dell'icona, Barbie e Razanne faranno a meno della scienza e della tecnologia, della politica e della filosofia: oh, che riscatto, questa sempiterna infanzia che esclude dalla responsabilità. Chi vuoi essere, bambina? Barbie o Razanne, bestia da soma o bestia di lusso, preda privilegiata o Bella Addormentata? Levàti i diritti astratti e le possibilità concrete, la libertà di Barbie e di Razanne non è che una penosa mistificazione. Entrambe saranno *tutto*, sicché non saranno mai precisamente quello che vorrebbero o potrebbero essere: nella gratuità del destino che la Mattel Inc. fornisce in scatola c'è un individuo non compiuto, che non può minacciare *reciprocità*. Barbie e Razanne in guerra non ci vanno, né costruiscono la pace. Se sono favorite dalla sorte alla lotteria del fascino e del fidanzamento, dello sgravare pargoli e del sorriso più smagliante, verrà concesso loro di farsi poesia, simbolo di mistero, dolce dea pagana o oscuro oggetto del desiderio sessuale. Tutto, tranne che se stesse.

Scegli chi vuoi essere, bambina italiana e pachistana, bambina serba e bambina bosniaca: Barbie o Razanne? In questo mito in cui cadrai a testa bassa, il tuo vissuto verrà sostituito con l'alienazione. Andranno in scena, Barbie e Razanne, a *recitarsi addosso*: mediocrità d'oro e diamanti (o di dadi da brodo e Stira e Ammira, ché molte Barbie e Razanne debbono adeguarsi al bilocale e alla dattilografia), niente ambizioni che non siano fornite con la scatola, niente passioni se non quelle del bordello e della nursery. Barbie e Razanne vivranno giorni che non portano da nessuna parte: attrici in un recinto che chiamano *universo femminile*, saranno un perpetuo *analogo* attraverso il quale va in scena un'assenza: va in scena tutto quello che Barbie e Razanne non sono e non saranno mai. Si conserveranno "belle", dicono a se stesse: si *conserveranno*, come si conservano le marmellate. Saranno "libere", oh sì: libere di definire, misurare, esplorare il loro regno: ossia, lo squallore del loro destinato, limitato gineceo. Barbie e Razanne: guerriere di una feroce lotta contro la polvere e la cellulite, contro il calcare e contro l'assorbente igienico, saranno snella o grassa carne destinata a generare altra carne. Non *esistenza*, ma semplice vocazione naturale; a Barbie e a Razanne nessuno è andato a dire che la loro storia non è suggerimento degli ormoni: a Barbie e a Razanne nessuno ha spiegato che le disgrazie recitate e i trionfi surrogati sono determinati da una *situazione*. La *situazione* si crea all'apertura della scatola, alla risposta a una domanda che non dovrebbe porsi: chi vuoi essere, bambina? Se tu potessi darmi una risposta logica, diresti: *niente*. "Io non voglio essere *niente* di tutto quel che state offrendo. Io scelgo di essere *altro*." Ma la logica è uno strumento che Barbie e Razanne, in Italia come in Francia, in Serbia come in Afghanistan, non hanno occasione di usare spesso: un sillogismo non le aiuta a sbattere per bene una maionese, a chetare il pianto del moccioso, a inginocchiarsi nell'arte del pompino e a sfilare in passerella. Mascara, collant 30 denari, colpi di sole, orata al forno, telefono che squilla, lurex da discoteca, candeggiante e "Vogue": tutte le *piccole cose* in cambio delle *grandi cose* a cui Barbie e Razanne non hanno accesso. Soltanto un *gioco* di *esistenza*, una simulazione. È difficile spiegare a Barbie e a Razanne che dovrebbero rifiutarsi di giocare, perché i dadi sono truccati; è difficile spiegare loro che il poeta che le esalta non è che la fodera splendente del maiale che le stupra.

(dal blog di Babsi Jones)

So Gloomy has blood on him from biting and/or scratching Pitty.

(Cube Works press release)

Le due facce sono Hello Kitty e Gloomy Bear. Kitty è la grazia, l'innocenza, la fragilità. E il silenzio: la gattina non ha bocca, quindi, come è proprio della piccola geisha, non parla. Gloomy è un orsacchiotto assassino e violento, che fa a pezzi i bambini di cui è, pure, compagno di gioco.

La gatta e l'orso sono giapponesi: e se il secondo è adorato soprattutto in patria (e, in parte, sul web), la prima ha fatto fortuna in tutto il mondo, marcando col suo musetto attonito abiti, borse, scarpe, cuscini, giochi per bambine (e non poche adulte). La gatta e l'orso sono le due facce del gioco maschile e femminile. I maschi aggressivi, irruenti, forti, esuberanti, trasgressivi. Le femmine accudenti, armoniose, mediatrici di conflitti, amanti della ritualità. Le bambine tranquille disegnano, i maschi corrono. "Non potrebbe darsi," scriveva Elena Gianini Belotti, "che i giochi rituali, ripetitivi, costrittivi delle bambine, in cui la loro attenzione si ferma sull'acquisizione di abilità raffinate ma circoscritte, siano veri e propri comportamenti fobici a base rituale ossessiva? Che siano un aspetto generalizzato di quel perfezionismo ansioso che prende il posto dell'aggressività compressa e inibita a manifestarsi?"

Ci sono due indagini Istat a confortare l'idea. Una risale al 1999. E conferma che, almeno inizialmente, le cose sembrano procedere in parallelo. Da piccolissimi i maschi e le femmine amano le stesse cose: le costruzioni e i puzzle, il disegno, i giochi di movimento e la manipolazione di plastilina o creta. Anche se le bambine prediligono in lieve maggioranza la concentrazione, l'immobilità, la stabilità casalinga del disegno (62,5% contro il 56%) mentre si dimostrano meno interessate a costruzioni e puzzle (45,3% contro il 57%). Ma a confermare che la richiesta adulta di adesione a un modello dà frutti precoci arriva il dato successivo: le bambine amano simulare le attività domestiche, i maschi preferiscono costruire e riparare oggetti. Creare contro ripetere.

Poi, arriva il *digital divide* per minori: già fra i 3 e i 5 anni i bambini che amano giocare con videogiochi e computer sono il triplo delle bambine (16,6% contro il 6,7%). Crescendo, il divario resta: i giochi elettronici sono preferiti dal 60,4% dei bambini contro il 28,8% delle bambine.

Seconda ricerca, datata 2005. Tra i 3 e i 5 anni, i giochi preferiti dalle femmine sono: bambole, disegnare, pupazzi, costruzioni. La classifica dei bambini: automobiline, trenini, disegnare, costruire, pallone. Dai 6 ai 10 anni, per le femmine le cose cambiano poco: al terzo posto troviamo i giochi di movimento mentre al quinto subentrano videogiochi e pc; per i maschi invece al primo posto c'è il gioco del pallone, subito dopo videogiochi e pc, al terzo le figurine o le carte.

Crescendo, il mondo delle carte da gioco collezionabili (anticipatore dei giochi di ruolo, fulcro della simulazione creativa e della creazione di comunità fatte di condivisione e scambio) resterà una prerogativa maschile. La maggior parte dei giocatori di *Magic*, o di *World of Warcraft*, sono ragazzi. Le ragazze, per una regola non scritta, ne restano implacabilmente fuori. La loro socialità viene costruita su altri meccanismi: non gruppi di scambio, ma gruppi di confronto reciproco.

La tecnologia le riguarderà molto spesso a partire dall'estetica. Saranno quelle con l'iPod rosa e porta-iPod di peluche in tinta, la stessa del lettore mp3. Quelle di *Shiny Shiny*, il portale che invita le bambine a fornirsi della stessa fotocamera digitale di Gwen Stefani, del palmare ricoperto di brillanti di Lindsay Lohan, del Blackberry Sidekick II di Paris Hilton e del Vodafone Sharp GX20 di Victoria Adams. Nonché di chiave usb a forma di Barbie. E di perizoma in fibra ottica. "Per far morire di invidia le amiche", ovviamente.

Il *gender digital divide* è una faccenda complessa. Inizialmente, è stata la Mattel a tentare la seduzione delle bambine con cd-rom che invitavano a creare abiti e adesivi per la Barbie. In America, sono nate poi piccole aziende dal nome di Her Interactive, Girl Games Inc., Cybergirl Inc., Girl Tech, Interval Research's Purple Moon: producevano giochi per bambine. Il femminismo delle differenze applicato al Game Boy. Lo stesso, clamoroso errore, che negli anni settanta portò alla nascita di una "Università delle donne" invece di lavorare per l'affermazione delle medesime nelle università a predominio maschile. Del resto, per colmare il divario si dà spesso luogo a equivoci: e una maggior presenza di eroine femminili non significa che quelle eroine propongano un modello interessante. Il fascino di una Barbie Raperonzolo è poca cosa nei confronti di Vincent di *Final Fantasy*.

Gli studi delle *gamers* al femminile si concentrano dunque sulla differenza di modalità nel gioco: "Le ragazze sono attratte dalle interazioni sociali complesse, hanno livelli linguistici più sviluppati dei maschi, amano le ambientazioni familiari con personaggi simili alle persone che conoscono".

Dagli esperti del settore, insomma, si riporta nei videogame l'antica distinzione: le bambine sono narrative, pacate, emotive. Ai maschi piace colpire, distruggere, annientare. Il computer sollecita nel cervello maschile desiderio di onnipotenza, risveglia l'antico istinto del dominatore, la pulsione alla sfida. Le femmine, già educate ad adeguarsi ad altro, disdegnano. Ma cosa si offre loro, oltre al Parrucchiere di Barbie? Brenda Laurel aveva ideato due serie per Purple Moon: *Sentieri segreti nella foresta* (seguita da *Sentieri nel mare*) e *La nuova scuola di Rockett*. Nel 1998 in un suo articolo Franco Carlini li raccontava così: "Nel primo le giocatrici incontrano sette personaggi che vivono tra gli alberi. Devono aiutarli nei loro problemi, cercando pietre magiche e risolvendo enigmi. Il dispositivo di interazione del secondo è analogo: non si tratta di essere brave e veloci con il mouse, ma piuttosto di entrare in sintonia con i personaggi e di partecipare a una narrazione, sviluppando connessioni emotive in storie che dicono qualcosa all'esperienza di vita delle ragazze. Non per caso il genere viene chiamato 'avventure di amicizia'". Perché le femmine, appunto, tengono insieme il gruppo. I maschi lo dominano. Per la cronaca, la Purple Moon chiuse dopo un anno.

Nel 2003, il professor Johannes Fromme, dell'Università di Magdeburgo, osserva che all'inizio maschi e femmine presentano scarse differenze nei comportamenti: ma che, crescendo, e dunque essendo sottoposti ad altre influenze e adeguandosi ai modelli dati, differenziano le loro strade. Le bambine perbene non sfracellano zombie.

Nel 2006 una ricerca presentata all'Edinburgh Interactive Entertainment Festival dimostra che le videogiocatrici sono solo il 10% del totale e il 40% delle teenager che inizia a giocare perde interesse nel giro di un anno.

Invano si cerca di agguantare le giocatrici riluttanti facendo leva sulla loro diversità: al grido di "basta sparatutto!", arriva l'edizione limitata della Playstation 2 di Sony. Tutta rosa confetto. Della stessa tinta, la console portatile Nintendo. Ma per far giocare di più le ragazze, si punta – come sempre – sul loro corpo. "Il pubblico femminile è sempre più rappresentativo all'interno del mercato italiano," racconta Giovanna Todini, direttore marketing di Sony. "In quest'ottica abbiamo ideato *Eye Toy Kinetic*, che grazie a una telecamera trasforma la console in uno strumento per il fitness e consente al videogiocatore di creare un programma di allenamento di 12 settimane con un personal trainer virtuale." Nel 2007, per inciso, esce per Nintendo DS *Cooking mama*: centoventi ricette per diventare cuoche sopraffine.

Curiosamente, c'è un territorio in cui le videogiocatrici non sono obbligate a essere belle, buone e amiche. È l'eccezione di

The Sims, il gioco nato per edificare città e diventato, prima e meglio di *Second Life*, un doppio della vita reale, con personaggi da creare, far crescere, dotare di una personalità, un lavoro, un amore. E di una casa, naturalmente. Il 60% delle giocatrici sono donne. In primo luogo, perché sono abituate a raccontarsi: la scrittura è stata la loro arma e insieme la loro condanna, il recinto dorato in cui potersi muovere. *The Sims* è anche un videogioco di *scrittura*, una narrazione dove possono tessere destini e giocare a costruire una famiglia e dove riportare quel che si è appreso. Racconta Henry Jenkins in *From Barbie to Mortal Kombat: Gender and Computer Games* che il tentativo di Brenda Laurel partiva proprio da un'analisi delle differenze fra il giocatore e la giocatrice in *The Sims*:

Le ragazze: I personaggi sono persone che le ragazze possono facilmente mettere in relazione, e somigliano alle ragazzine vere e ai loro migliori amici.

I ragazzi: I loro personaggi sono fantastici e basati su eroi con superpoteri.

Le ragazze: Il loro obiettivo è esplorare e avere nuove esperienze.

I ragazzi: Il loro obiettivo è vincere, e il gioco è lineare.

Le ragazze: Giocano concentrandosi su una immersione multisensoriale e una narrazione forte.

I ragazzi: La velocità e l'azione sono la chiave.

Le ragazze: Le ambientazioni sono reali.

I ragazzi: Le ambientazioni sono non realistiche.

Le ragazze: Il successo viene dalle relazioni interpersonali.

I ragazzi: Il successo viene dall'eliminazione dell'avversario.

Riportare, però, due modelli in territorio neutro significa chiudere il cerchio. Ammettendo, sia pure con le migliori intenzioni, la differenza fra generi nei *gamers*, si conferma che il genere esiste: anche in un ambito che dovrebbe trascenderli, come il videogioco.

Grave, se si pensa che videogiocare è e resta, a dispetto degli anatemi, una delle modalità più importanti per la crescita personale e la socializzazione. "Il videogioco," scrive Roberto Maragliano, docente di Tecnologia dell'istruzione all'Università di Roma Tre, "funge da veicolo per un ingresso morbido e positivo dentro quella cultura della simulazione che tanta parte svolge nella società del presente, non solo come soluzione tecnica (ad esempio per addestrare a mansioni complesse o rischiose) ma anche come risorsa scientifica (ad esempio per prevenire danni naturali o indotti delle opere umane). Ciò vale anche sul piano dell'esperienza individuale: sarebbe impossibile entrare in un rapporto di familiarità con il computer se dall'orizzonte della macchina e dei suoi usi fosse esclusa la dimensione del gioco e della simulazione."

Quindi il videogioco ha una funzione formativa insieme a quella ludica. Ma la maggior parte delle storie viene pensata sulla base di modelli graditi al pubblico che più ne fruisce: i maschi. A dispetto della sua identificazione come icona femminista, avventurosa e indomabile, Lara Croft è studiata per piacere ai ragazzi.

Una mia amica, la scrittrice e *gamer* Alessandra C., mi manda una mail. In allegato, c'è la sua recensione a un videogioco:

Alcune sere fa, dopo un'abbondante cena, mi sono lasciata trascinare in un'imbarazzante discussione con un gruppo di maschietti prossimi agli anta. Loro, rimembrando il loro periodo a cavallo tra pubertà e adolescenza, hanno enfatizzato l'uso educativo del mai troppo compianto catalogo Postalmarket. In particolar modo si sono soffermati nella descrizione puntigliosa della sezione dedicata all'intimo femminile, fonte inesauribile di ispirazione per l'onanismo giovanile.

Data la sua natura apparentemente innocua, il catalogo Postalmaket, se trovato in bagno, non destava alcun sospetto nelle madri, ma la visione del pizzo nero, che lasciava intravedere veli mai osservati altrove, a detta dei miei interlocutori, anticipava, caricando di ben altri intenti, tutte le docce serali.

Dopo un paio d'ore passate a giocare a Dead or Alive Xtreme 2, *le foto in dettaglio della sezione intimo del catalogo Postalmarket tornano ad affollare i miei pensieri, fondendosi perfettamente alle immagini del gioco. Ci troviamo a Nuova Zack, paradisiaca isola tropicale, dove nove bellezze* OGM *sono state invitate dal proprietario a partecipare a un torneo Xtreme di beach volley.*

Le fanciulle, una serie di Paris Hilton alle quali è stata praticata la lobotomia frontale, quando non giocano a pallavolo si annoiano da morire; per questo motivo, il famigerato Team Ninja, per sollazzarle ha creato una serie di adorabili sotto-giochi: gara di moto ad acqua, scivolo ad acqua, salti in piscina, rubabandiera, tiro alla fune e sfida d'equilibrio.

I minigiochi servono prevalentemente a mettere sotto la luce tropicale squisiti particolari anatomici. Tali attributi ballonzolano generosamente, incuranti di qualsiasi forza gravitazionale.

Nell'isola paradisiaca non potevano mancare numerosi negozietti, dove le nostre procaci Paris possono dedicarsi allo shopping compulsivo. Una volta entrate devono selezionare cosa acquistare, a questo punto compaiono due opzioni: tenersi la mercanzia, oppure trasformarla in un pacco regalo da donare a un'altra ragazza.

La socializzazione è importante nel permettere di regalare costumi da bagno sempre più succinti che le signorine indosseranno, non solo per giocare a pallavolo, ma per prendere il sole a Miki Beach, Tranquil Beach, Brilliant Jungle, Bass Island e, naturalmente, a bordo piscina.

Inutile dire che i momenti salienti della vacanza a Nuova Zack possono essere fotografati e conservati in un bellissimo album ricordi. Avvertenza per gli utenti tra i dodici e sedici anni, la console di gioco XBox 360, se portata in bagno potrebbe insospettire vostra madre, e sotto la doccia potrebbe danneggiarsi gravemente.

Non esistono differenze fra giocatori e giocatrici. Esistono differenze fra gioco e gioco. O così, almeno, dovrebbe essere.

4. Dateci qualche cosa da distruggere

Marito e moglie scendono dalla macchina: sono una coppia di giovani professionisti, di quelli che declinano premurosi la propria carriera dopo i convenevoli, quelli che mantengono un'aria dinamica e, questa è la parola, *aggiornata* anche mentre, come in questo caso, si accingono a comprare scarpe in un outlet delle campagne marchigiane. La loro bambina, sette anni, resta in macchina a giocare con la Barbie. La mia amica avvocatessa, che li incontra per caso sulla porta del negozio, chiede come si trovi la figlia a scuola. La madre racconta di una prima elementare *complicata*: non sono riusciti, spiega, a procedere nel programma scolastico come sarebbe stato opportuno. Insomma, "la classe è rimasta indietro", e questo la affligge: perdere tempo nella didattica, sottolinea, non è bene "per il curriculum scolastico della bambina". Ah, il problema, certo: si trattava di un compagno di scuola, un maschietto, probabilmente iperattivo, chi lo sa. Fatto sta che disturbava le lezioni: un gruppo di genitori, allora, si è coalizzato per richiedere un'insegnante di sostegno. Ma la famiglia del bambino si è opposta: non ce n'era bisogno, si difendevano, il figlio aveva sei anni, doveva soltanto crescere un po' per imparare a rispettare le regole. Ma così, continua la madre, avremmo perso altro tempo. Allora? "Allora abbiamo risolto con una denuncia al Tribunale dei minori, e il bambino ha cambiato scuola. Tutto a posto."

La piacevole coppia marchigiana non rappresenta affatto una perversa eccezione. Perché la sequenza *coalizione degli adulti-denuncia-allontanamento*, negli ultimi anni, è diventata la nuovissima prassi per risolvere il problema della disciplina nelle classi elementari: se un bambino di sei o sette anni non entra immediatamente nei ranghi richiesti, lo si inquisisce come portatore di disagio. E se la famiglia non accetta il sostegno – in quanto ritiene che si possa agire altrimenti – si ricorre alla giustizia. Particolare interessante: le denuncianti sono molto spesso madri di femmine. I denunciati, maschi.

Il concetto che passa è, in fondo, semplice: le bambine continuano a essere la parte debole del mondo, dunque vanno protette a tutti i costi. In modo che la loro *naturale* fragilità non disturbi quella lunga gestazione che porterà, infine, al compimento della figlia perfetta. La realizzazione della strategia è appena più complessa, ma segue percorsi già battuti nei secoli: il gruppo delle madri si coalizza e ne mette all'indice una. Quella cui viene imputato di non essere all'altezza del suo compito: molto spesso perché lavora, a volte perché è di aspetto gradevole, altre ancora perché non si unisce a loro. Al branco, per inciso, partecipano anche le madri di figli maschi: con l'obiettivo, più sottile, di far sì che il capro espiatorio della classe non sia il proprio figlio. Alcune madri, per questo, si propongono immediatamente come rappresentanti dei genitori e divengono, così, intoccabili.

In termini tecnici, mi racconta un'amica psicologa, si chiama designazione.

> ***Ti dico per esperienza che non conviene litigare con le altre mamme, poiché questo va a vantaggio delle maestre. Sgretolando l'unione e lo spirito di corpo che dovrebbe esistere fra genitori, "esse" si sentono al sicuro! se una mamma ha qualche problema con il proprio figlio e si va a lamentare, fanno sì che venga considerata "un'isterica" e quindi non deve essere creduta. Una mamma con un figlio che inizia la scuola materna è a digiuno di "certe furbizie". Le maestre (fra l'altro raramente sono giovanissime) hanno... ehm... esperienza.***
>
> (Forum femminile, topic sulla scuola)

Come spesso avviene alle persone ottimiste, la madre di Federico nutre aspettative radiose nei confronti della scuola: finalmente, pensa, quel suo figlio curioso potrà divertirsi a imparare. Perché imparare è divertente, al di là di quello che con il proprio sapere si intende fare nella vita: questo, almeno, è quel che lei crede. Così, la madre di Federico non può evitare un groppo alla gola quando incontra una delle maestre di suo figlio, a una settimana dopo l'inizio della prima elementare.

"Così non va bene," esordisce la maestra. "Il bambino è sveglio, ma non è stato scolarizzato a sufficienza durante l'asilo. Si annoia e disturba. E io ho un programma da mandare avanti." Alla parola "programma", la madre deglutisce. "Cosa dovrei fare?" osa chiedere. "Non lo so," risponde la maestra, "ma so cosa devo fare io." Con la mano destra messa di taglio fa un gesto, fendendo l'aria. "I bambini devono essere tutti allo stesso livello. Né più in alto, né più in basso." La madre di Federico decide di dimenticare quello che le ha sempre detto sua madre: che con le maestre dei propri figli, cioè, bisogna dimostrarsi ossequiose. E risponde freddamente che lei ha sempre pensato il contrario, e cioè che la scuola dovrebbe essere il luogo dove, fatta salva la parità di diritti e doveri, vengono incoraggiate le predisposizioni dei singoli. La maestra ridacchia: "A scuola, però ci sono io. E badi," aggiunge con un non troppo velato tono di minaccia, "che sono laureata in Scienze politiche".

> ***La presenza femminile negli atenei italiani diviene sempre più consistente, attestandosi al 56,2% del totale degli studenti nel 2005-2006, ma denota differenziazioni significative a seconda delle aree disciplinari. Nelle discipline legate all'insegnamento, le donne costituiscono quasi la totalità dell'utenza (90,7%), ma rappresentano solo il 18,1% degli studenti di Ingegneria e il 26,0% degli iscritti a facoltà dell'area scientifica.***
>
> (Rapporto Censis, 2006)

Da quel momento, la madre di Federico continuò a fare errori su errori. Il primo, e il più grave, fu quello di ignorare i capannelli di mamme che stazionavano a lungo, dopo la campanella, davanti alla scalinata della scuola. Il secondo fu quello di fronteggiare la maestra di suo figlio quando, davanti all'intera classe, annunciò che avrebbe denunciato il bambino perché le aveva dato un calcio ("Non sarebbe corretto parlarne fuori, fra adulte?"). Il terzo fu quello di non capire subito che stava succedendo qualcosa quando suo figlio cominciò a non essere invitato alle feste di compleanno. Il quarto, quando partecipò a un'assemblea di maestre e mamme dove, nell'assoluto silenzio delle prime, venne soffocata di accuse da parte delle seconde ("È sempre agitato"; "Dovreste dargli qualcosa"; "D'altra parte, quando una mamma lavora, non ha tempo di seguire i propri figli"). Il quinto, quando pensò che l'intervento presso la scuola della psicologa infantile a cui si era rivolta potesse portare a qualche risultato positivo, da raggiungere insieme alle maestre ("Mai visto niente del genere in trent'anni di lavoro: le insegnanti vogliono solo che tuo figlio se ne vada"). Il sesto, quando si vide recapitare la copia di una denuncia al Tribunale dei minori, al Commissariato di polizia e al Municipio di competenza firmata da nove madri, dove si richiedeva un intervento urgente per un evidente problema di disagio. Il settimo, glielo rinfacciò la psicologa del consultorio dove obbligatoriamente era stata convocata (nonostante le scuse dell'assistente sociale che aveva, vergognandosi un po', ispezionato la sua casa e la camera di suo figlio): "Lei si sarebbe dovuta comportare come tutti i genitori di periferia. Avrebbe dovuto tirare due schiaffi alle altre madri".

Quando Federico, scivolando nel sonno, le chiese se non sarebbe stato meglio morire, visto che era così cattivo, sua madre decise di non sbagliare più. Fece due telefonate. Una alla scuola più vicina, annunciando che avrebbe trasferito là suo figlio la mattina dopo. La seconda a un'amica giornalista: non era assolutamente contenta di farlo, ma, così le raccontò, le era venuto in mente che se, per caso, fosse stata disoccupata, separata, magari straniera, forse avrebbe corso il rischio di perdere suo figlio. Una settimana dopo, ascoltò stupita l'ispettrice ministeriale che era stata chiamata a verificare quel che era accaduto in quella scuola di cui parlavano quotidiani e telegiornali, e che la invitava a perdonare maestre e mamme. Due settimane dopo, arrivò a casa una lettera: era di una compagna di Federico. Per l'esattezza, la figlia di una delle madri più aggressive, quella che girava ostentatamente la testa dall'altra parte quando la incontrava. La bambina chiedeva a Federico di tornare fra loro, perché sentivano tutti la sua mancanza. Ma le parole, la costruzione delle frasi, gli argomenti denunciavano con evidenza la dettatura del testo da parte di un adulto: spaventato dal clamore e desideroso di mettersi al sicuro da eventuali ritorsioni giudiziarie. La madre di Federico la strappò, in pezzi minuscoli.

Prima mamma. Ho una figlia di 4 anni, molto bella e simpatica. All'asilo già l'altr'anno ha fatto strage tra i maschietti, quelli di 5, i coetanei e quelli di mezzo. Quest'anno ha "infarinato" anche un bimbo di 3 che l'adora con amore quasi filiale, perché dice che lei è l'unica delle grandi che gioca insieme a lui. Il suo pro-

blema però è un altro, un coetaneo. L'anno scorso hanno vissuto un rapporto platonico nel quale mia figlia diceva di volergli bene, mentre lui diceva proprio di essere innamorato. Noi mamme ridevamo, ci faceva tenerezza. Poi abbiamo cominciato a notare che se mia figlia si assentava una settimana dall'asilo lui smetteva addirittura di mangiare perché si struggeva dalla nostalgia... quest'anno le cose sono peggiorate nel momento in cui mia figlia si è messa a giocare con un altro compagnetto coetaneo (il quale dice a sua volta di essere innamorato e addirittura di volerla sposare). Lei gli vuole bene, come vuole bene agli altri, non ho notato una sorta di innamoramento da parte di mia figlia. Ecco il punto: l'amante "rifiutato" si sente in dovere non solo di picchiare gli altri spasimanti di mia figlia per gelosia, ma anche di fare dispetti e spintonare mia figlia, come a volerla "punire" del suo presunto tradimento. 'Sta poveraccia non è più libera di poter giocare con uno o con l'altro... ma dove siamo? ma quando mai è stata promessa in sposa a qualcuno? ma possibile che le mamme dei maschietti non insegnino loro che le ragazze non sono una proprietà?

Seconda mamma. Sua mamma credo che stia poco con lui, lavora molto, è separata dal marito, il bimbo sta tutto giorno con le nonne, quando non va all'asilo. Non credo che si renda conto che il figlio rasenta la malattia mentale!

(Forum femminile, topic sulla scuola)

Il Tribunale dei minori di Roma è in un edificio antico, sul Lungotevere. Ho appuntamento con la presidente, Magda Brienza: mentre aspetto, rileggo il protocollo d'intesa firmato tra il ministero dell'Università e della Ricerca e il Tribunale medesimo. È datato marzo 2003, quando ancora non si manifestava l'emergenza bulli che sarebbe scoppiata solo tre anni dopo, e fa riferimento "alla diffusione e alla gravità dei comportamenti antisociali agiti da minorenni, anche infraquattordicenni, in ambito scolastico". Leggo, ancora, che gli "obiettivi prioritari sono: l'istruzione di qualità per tutti i soggetti in età evolutiva; la protezione della salute e lo sviluppo della loro personalità; la protezione dall'abbandono morale ed educativo, dallo sfruttamento, dagli abusi e dalla violenza fisica e psicologica; l'educazione ai valori della solidarietà e della legalità". E leggo, infine, che vengono istituiti un "servizio di sportello" e "una linea telefonica riservata per la segnalazione di alunni a rischio da parte degli operatori della scuola, offrendo agli stessi informazioni utili per meglio tutelare i diritti del minorenne".

Cerco di capire cosa sia emerso da quello sportello. Magda Brienza racconta: "Con una certa frequenza riceviamo lettere dei genitori: c'è un bambino che picchia, uno che dà in escandescenze, fate qualcosa. Poi ci sono quelli che si lamentano perché nella classe dei loro figli ci sono alunni stranieri che non conoscono la lingua: dicono che in questo modo fanno rimanere indietro tutta la classe, che non si riesce a seguire la didattica. Invocano, insomma, un contenimento". Le chiedo se si sia data una spiegazione per quella che sembra una fobia ossessiva, e contagiosa, del mondo adulto. Ci pensa un po': "Da quello che vedo, esiste un forsennato desiderio di protezione da parte dei genitori nel rapporto con la scuola. Ognuno si chiude a riccio sul proprio figlio. Un po' tutti, direi, ci siamo chiusi nel nostro guscio".

Salgo un piano. Vado a trovare Roberto Polella, che presso il Tribunale dei minori è sostituto procuratore della Repubblica. E che conosce un bel po' di storie. Storie di grandi.

"Abbiamo un problema di genitori. Genitori che contestano fino a creare problemi di sicurezza all'insegnante. Per parlar chiaro, gli tagliano le gomme dell'automobile. La scuola? Minimizza. Altrimenti dovrebbe riconoscere il proprio fallimento. Abbiamo un problema di madri, soprattutto. Sono apprensive, e aggressive: fanno piazzate in classe perché ritengono che il figlio venga discriminato. Infine, abbiamo il problema delle denunce, dove i genitori di altri bambini chiedono l'allontanamento di chi disturba le lezioni."

In pratica, gli chiedo, vi viene chiesto di fare da arbitri in una guerra dove i bambini sono la posta in gioco. "Come Tribunale," dice, "siamo al centro di tensioni esasperate. La famiglia non ha autorevolezza. La scuola è in crisi. Per il bullismo, dicono. Ma il problema non è questo. Il bullismo è sempre esistito, a dispetto della mancanza di memoria dei mass media. Da sempre, a scuola, si picchia e si ruba. Ma ai miei tempi il bottino erano le merendine. Oggi il valore degli oggetti è molto più alto: e il reato diventa quello di rapina con estorsione. Semmai un fenomeno nuovo, pesantissimo, è quello dello stupro fra minorenni. Sa come funziona? Si sceglie una vittima e per prima cosa, con metodo, la si annienta moralmente. Prese in giro feroci, battute pesanti: giorno dopo giorno. Poi le si dice: la smettiamo in cambio delle tue prestazioni sessuali. Lei, in genere, accetta. Dopo la prima volta, si chiamano gli altri compagni. Lei torna. Altrimenti è fuori dal gruppo. Nessuno dei torturatori si chiede mai: 'Cosa stiamo facendo?'. Anche il pentimento è strumentale, chiaramente invogliato dai difensori e dalle stesse famiglie. 'È stata una ragazzata. Sono giovane.' Questo è quello che dicono. E i familiari aggiungono: 'Sono vittime, sono stati provocati, la ragazza si è offerta, ci sta'."

E gli altri compagni? "Silenzio. Mi è rimasto impresso il caso di una bambina di tredici anni, in provincia. Le hanno rotto le costole durante il cambio delle ore, perché non si ribellava e subiva ciecamente gli insulti e le vessazioni. Un gruppo di quattro. Nessuno l'ha difesa. Se vuole sapere perché si arriva a questo, le dico come la penso. Perché non viene capito il disvalore dei soggetti più deboli e labili, con minor capacità reattiva: la vigliaccheria è ai massimi livelli. Ma si arriva a questo anche e soprattutto perché le madri iperproteggono figlie e figli fin dalle elementari. E quando sono alle medie, li provvedono di soldi e telefoni costosi. Poi c'è un terzo motivo: sa cosa farei, se potessi?" No, non lo so. "Bene, inchioderei i vertici Rai e Mediaset alle loro responsabilità. Editori, dirigenti, autori. E imporrei il canone etico: un vero codice, non una formalità. E se non lo rispettano li caccerei tutti. Le faccio l'elenco: Michele Cucuzza. Maria De Filippi. Maurizio Costanzo. Lo staff di *Buona domenica*. Bruno Vespa, con il caso Cogne trasformato in soap opera. Con questi modelli, cosa devono pensare i ragazzi? Quel che penso io è che da questa situazione non si torna indietro."

Prima mamma. Mia figlia frequenta la prima elementare ed è molto brava a scuola, ma c'è un ma, è già la seconda volta che torna a casa turbata dicendo che la maestra l'ha sgridata perché lei piangeva perché non aveva capito una cosa. La prima volta le ho consigliato di chiedere spiegazioni anziché piangere, lei l'ha fatto ma poiché ancora non aveva capito si è messa a piangere. Secondo voi è giusto che le maestre la sgridino? È successo 2 volte con due maestre diverse.

Seconda mamma. È una vergogna la scuola elementare! i bambini vengono CARICATI di troppi compiti, troppo studio x la loro età! le insegnanti (e credo tutto il sistema) NON CAPISCE che ogni bambino ha i suoi tempi di apprendimento e la velocità a cui vanno danneggia secondo me la maggior parte di loro! Si può in un pomeriggio avere 2 pagine da studiare e 2 compiti di 2 materie diverse? i bambini non ci mettono 2 secondi a fare i compiti che per noi sono cose da poco e ci vuole tempo a memorizzare! Poi credono che i genitori hanno sempre tempo x aiutarli e non capiscono i sacrifici! No non va bene così.

(Forum femminile, topic sulla scuola)

Angela Nava, presidente dei Genitori democratici, racconta a Michele Smargiassi, che sta conducendo un'inchiesta a puntate sulla scuola, che ogni anno, a giugno, nei suoi uffici "c'è più fila che a una processione di padre Pio". A mettersi in coda sono i genitori che vogliono fare ricorso contro la bocciatura dei figli. Difficile capire quanti: "Neppure il Consiglio di stato ha cifre precise," scrive Smargiassi, "ma per farsi un'idea della progressione basta una ricerca a campione sul sito Internet della giustizia amministrativa, e capisci che ha ragione il presidente del Tar del Lazio Pasquale De Lise quando giudica il fenomeno 'patologico'. Selezionando le pratiche che hanno come parte in causa un 'consiglio di classe' escono 108 sentenze per il 2006. Nel 1998 erano solo quattro".

Interpellata, Franca Longoni della Cgil scuola confessa quanto sia difficile far ragionare le madri, spiegando loro che una "promozione per via giudiziaria" non aiuta. Non importa, i ricorsi vanno avanti ugualmente. Perché, dichiara Longoni, "oggi le famiglie riconoscono alla scuola il pieno diritto di socializzare i loro figli, ma le negano del tutto il diritto di giudicarli". Racconta ancora Smargiassi:

A qualche collegio giudicante cascano le braccia: "È temeraria," lascia filtrare l'irritazione la sentenza di un giudice di Bari, "la pretesa di ottenere iussu judicis *la promozione di una studentessa con due 3 e sei 4 in pagella". Ma se i voti non lasciano spiragli, qualsiasi altro appiglio può servire. A Trento la perizia di uno psicologo ha ottenuto la promozione d'ufficio di una studentessa sofferente di "blocco psicologico da matematica". A Borgomanero i genitori hanno cronometrato il consiglio di classe: "2 minuti e 38 se-*

condi per giudicare nostro figlio sono troppo pochi". Del resto, la scuola somiglia a una gara che nessuno vuole perdere. Oppure a una naja che fa perdere tempo per la corsa della vita: una famiglia di Cagliari ha chiesto al giudice un risarcimento di 18.000 euro, pari a un anno di stipendio ("dipendente pubblico categoria C") per l'anno lavorativo perduto della figlia bocciata. La maggioranza dei ricorsi, è vero, viene respinta. Ma chi vince, cosa vince? Il giudice barese di poc'anzi, ormai esasperato, si è permesso una ramanzina scritta e protocollata: "Genitori preoccupati del bene dei loro figli dovrebbero rimettersi al giudizio responsabile del corpo insegnante, rifuggendo da iniziative giudiziarie che spesso trovano ispirazione nell'orgoglio ferito dei genitori".

È come se la scuola, per moltissimi genitori, non fosse che un optional in più per la confezione del capolavoro: e, qualora la medesima si rifiuti di collaborare all'opera, semplicemente non lo accettano.

> ***(Questo) è "un avviso" che ho mandato a un'insegnante di mio figlio dopo averlo "ascoltato" al suo rientro da scuola. "Gentile signora, credo che io e lei si debba trovare un attimo di tempo possibilmente senza 'limiti', necessario a chiarire alcune situazioni che riguardano mio figlio che, ultimamente, nota nei suoi comportamenti parole, frasi e azioni, non consone al ruolo che lei ricopre. Le ricordo che la violenza psicologica sui ragazzini in fase preadolescenziale è punita dalla legge, per cui la prego caldamente di abbreviare il più possibile la mia attesa. Certa della sua collaborazione e in attesa di sue comunicazioni, la prego di mantenere le 'distanze' utili a salvaguardare lo stato psicologico di mio figlio." La vuoi sapere una cosa? Mi ha risposto subito e si è messa a disposizione. È là ancora che mi aspetta. E aspetterà. Nel frattempo, con mio figlio si sta comportando come si deve... noi genitori abbiamo il dovere di "non stare solo a guardare". Siamo gli scudi dei nostri figli e fino a che avranno "bisogno" di noi, noi dobbiamo "esserci" e non solo a chiacchiere.***
>
> (Forum femminile, topic sulla scuola)

A volte, io mi spavento. Per esempio negli orari di ricevimento delle insegnanti di mio figlio, quando vedo passeggiare nel corridoio madri con la faccia scura, che confidano di essere pronte a "fargliela pagare, a quelle là!". Per esempio durante le assemblee di genitori, ai tempi delle elementari di mia figlia, quando un gruppo di mamme aveva deciso di denunciare al solito Tribunale dei minori i genitori adottivi di uno dei bambini, ritenendo che non fossero adatti ad accudirlo. Di nuovo, erano le madri delle bambine a mostrare maggiore aggressività (il ragazzino non parla, mette paura, magari è autistico, hai visto che trucco pesante usa la mamma?).

A volte, mi chiedo se non ci sia qualcosa di vero, in fondo, in quel tristissimo rimpallo di responsabilità che ogni genitore conosce, secondo il quale i professori delle superiori incolpano della scarsa maturità degli alunni gli insegnanti delle medie, i quali rimandano alle maestre elementari, le quali puntano il dito su quelle dell'asilo. Ma in un altro senso, rispetto a quello inteso dai docenti.

Perché è pur vero che il primo impatto con il gruppo, e con le diversità che vengono immediatamente tracciate al suo interno, nasce a tre anni. Quando scopri improvvisamente che tuo figlio o tua figlia trascorrono ore con persone che, spesso, non hanno voglia di stare con loro. Che, spesso, non comprendono l'importanza del lavoro che svolgono, perché in moltissimi casi lo hanno scelto, o lo hanno accettato, in virtù di un malinteso istinto "materno". In base al quale gestiscono i conflitti con una divisione manichea del mondo: nel caso, spaccando una classe, ancora oggi, in buoni e cattivi. Laddove il gruppo femminile, nella stragrande maggioranza dei casi, viene inserito, d'ufficio, nella prima casella: senza intuire che il danno maggiore viene inflitto proprio a chi si vorrebbe premiare.

Sala insegnanti. Le bambine sono più tranquille. Le bambine rimettono a posto e puliscono il banco. Se ci fossero solo le bambine non si sentirebbe volare una mosca. E poi, alle elementari: le bambine hanno i quaderni più ordinati. Le bambine si turbano quando i maschi fanno le orecchie ai loro diari.

Capannello delle mamme. La mia bambina ha pianto quando la maestra ha fatto le interviste col registratore per spiegare come funziona la radio. Quando la mia bambina vede i maschi che si picchiano non dorme la notte. Mia figlia fa benissimo a dire alla maestra che i maschi portano le carte a scuola. Altrimenti si rallenta la didattica.

Casa. Mamma, perché le maestre sono tutte donne?

Dateci qualche cosa da distruggere/Una corolla, un angolo di silenzio... Non disprezzateci: siamo araldi e profeti./Dateci qualche cosa che bruci, offenda, tagli, sfondi, sporchi.

(Primo Levi)

Quando Francesca Bellafronte interroga i due unici insegnanti maschi (a fronte di trenta femmine) della scuola elementare pugliese Margherita di Savoia, scopre che i medesimi sono d'accordo con le colleghe su diversi punti: una maestra è meglio di un maestro perché "la cura dei bambini è sempre stata affidata dalla società alle donne"; "il senso materno è implicito e connaturato all'essere donna"; "i diversi interessi, gusti e caratteri di maschi e femmine sono frutto di una predisposizione innata e naturale".

In base a questa immanenza, spietatamente radicata a dispetto di anni di tumulti, studi, analisi, le maestre propongono ed esigono conferme a uno stereotipo di femminilità ben preciso. Perché, continuando a indagare fra le insegnanti, Bellafronte rileva "una manifestazione esplicita di disapprovazione per quelle bambine che si allontanano dal modello di soggetti remissivi, plasmabili a desiderio di maestra e docili, ordinate e obbedienti e, simmetricamente, per quei maschi che tradiscono una certa femminilità del carattere in quanto soggetti miti, insicuri, desiderosi di rassicurazione continua, non aggressivi e un po' mammoni". In altre parole, le insegnanti intervistate sono meno irritate da bambine pettegole e civette e da maschi agitati e prepotenti, "perché incarnano il modello stereotipato di maschile e femminile che possiedono già nella loro mente". Salvo poi dover arretrare e, spesso, cedere, davanti a quelle madri che trovano nell'esuberanza maschile una minaccia diretta alle proprie figlie. Il nuovo paradosso, tragico soprattutto per i bambini stavolta, è che si chiede loro di aderire a un modello di virilità che viene al tempo stesso sollecitato e condannato. Le femmine sono malauguratamente invogliate a desiderare il bullo, il burbero, il misogino: sospirano su Step e sul Dottor House. "Every woman adores a Fascist," scriveva Sylvia Plath. Ma, quando il presunto tale è piccolo e si trova nella stessa scuola delle loro figlie, tentano di eliminarlo.

Torniamo indietro. Se si presume che l'età dai 3 ai 5 anni sia un'età importante, da coltivare con la cura di un fiore di serra a suon di giocattoli intelligenti e di dvd in inglese, perché non si spende una sola parola non dico sulla "didattica", ma quantomeno sull'educazione al mondo e alla socialità che, negli stessi anni, i bambini riceveranno nel luogo più autorevole, la scuola? Riprendo il testo di Elena Gianini Belotti, che su questo punto fu durissima, ricordando che le insegnanti di scuola materna uscivano, all'epoca, dalle scuole magistrali, corso "considerato facilissimo e accessibile anche alle persone più incolte, e infatti la maggior parte delle diplomate lo sono in maniera macroscopica". Così scriveva:

La carriera dell'insegnante di scuola materna è oltremodo allettante per un certo tipo di ragazze del tutto prive di ambizione, di indipendenza, di desiderio di realizzazione, perché la durata del corso è eccezionalmente breve e scarsa la preparazione culturale richiesta. Il pregiudizio tuttora diffusissimo che chiunque, purché donna, sia adatto a occuparsi di bambini, soprattutto se molto piccoli, le incoraggia a intraprendere una professione esclusivamente tenendo presente il proprio tornaconto personale. Per ragazze provenienti dalla classe operaia o dalla piccola borghesia, fare l'insegnante di scuola materna costituisce tuttora una notevole promozione sociale. Infatti, tranne rari casi, le ragazze provenienti da strati culturalmente più evoluti si guardano bene dallo scegliere questa professione, che appare loro del tutto priva di attrattive stimolanti. È un'occupazione a tempo parziale e, in proporzione al numero di ore di lavoro richiesto, è giudicata sufficientemente retribuita per una donna. Le vacanze durante l'anno sono numerose, nel periodo estivo molto prolungate e, per quelle che non sono solo supplenti, regolarmente retribuite. Scegliere questa professione per tali motivi, non ignobili, ma neanche nobili, ci sembra veramente un po' troppo pericoloso. Il fatto, fondamentale a nostro giudizio, che non ci si prepari a una professione qualsiasi ma ad avere a che fare con bambini di tre anni sui quali il nostro modo di essere lascerà una incancellabile impronta, viene del tutto trascurato in questa scelta.

Ma oggi le cose sono cambiate, si dirà. Vado in cerca di dati. Scopro che in Italia, negli anni novanta, la presenza femminile è massiccia e "quasi esclusiva nelle scuole e istituti magistrali (oltre il 90%) e particolarmente bassa negli istituti tecnici (37,7%)". Ma oggi l'istituto magistrale non esiste più: infatti i nuovi indirizzi si chiamano Quinquennio linguistico, Quinquennio sociopsicopedagogico e Liceo delle scienze sociali. Ora, su questi ultimi la questione è complessa: alcuni sono effettivamente degli istituti magistrali mascherati, altri hanno piani di studi elaborati e impegnativi. Fatte salve le differenze, cerco di capire chi li frequenta. Capito sulle Faq, le domande frequenti, del sito di un liceo pedagogico. Che annuncia: "Attualmente la maggior parte dei nostri iscritti sono femmine", contemporaneamente rassicurando che in quella scuola *si studia*. Cosa altro si dovrebbe fare, altrimenti? Vado avanti: quando si passa all'università, ritrovo i dati che già conosco: 87,9% di iscritte nei corsi di laurea propedeutici all'insegnamento. La cattedra è donna. Benissimo, perché? Perché le donne continuano, ancora oggi, a pensarsi come coloro che si prendono cura degli altri, e non come professioniste? Perché quella di occuparsi di bambini è, ancora una volta, una "vocazione"?

Francesca Bellafronte ha una risposta, dura anch'essa: "In assenza di esplicite discriminazioni del nostro sistema formativo sul piano normativo-istituzionale, sembra che siano le ragazze stesse ad attivare meccanismi autosegregativi, col risultato di prediligere determinati indirizzi e autoescludendosi da quelli che garantirebbero loro migliori sbocchi sul piano socioeconomico". Ancora. Tilde Giani Gallino, docente di Psicologia dello sviluppo, in un'indagine sull'adolescenza dà conto di questa schizofrenia dell'immaginario femminile: "Se nel passato le ragazze si raffiguravano impegnate in studi domestici di supporto al lavoro materno e di accudimento dei fratelli minori, adesso si rappresentano mentre pattinano, ballano, giocano alla Playstation o praticano uno sport. Tuttavia, a quest'inversione di tendenza nell'uso del tempo libero non sembra corrispondere un'altrettanto significativa variazione nella scelta dell'indirizzo scolastico della scuola superiore". In altri termini, torna il divario fra l'idea della donna (e prima ancora, della ragazza e della bambina) autonoma, dura, persino pericolosa, e una realtà che dice altro. Ci viene raccontato che abbiamo a che fare con replicanti in miniatura della Sposa di Quentin Tarantino. Scopriamo di avere davanti a noi docili, e già frustrate creature, che si rassegnano quasi subito a un destino irrilevante.

Certo, ogni tanto qualcuno parla chiaro come fece, addirittura nel 1995, l'assessore alle Politiche educative del comune di Roma, Fiorella Farinelli, sottolineando lo squilibrio tra le figure maschili e femminili nelle scuole elementari: "L'insegnamento è un lavoro che vive una grossa svalutazione economica e sociale: per questo i maschi scappano. Nella cultura maschile e mediterranea gli uomini rifuggono da questi ruoli, lavorare in una scuola materna o elementare è semplicemente considerato da donne".

Qualche anno dopo, esattamente il 29 marzo 2003, appare un lungo articolo su "l'Unità". L'autrice, Ida Travi, contesta l'identificazione dei luoghi a preponderanza femminile con lo *scarto* del genere maschile. Il paragone che fa tornerà utile al momento di occuparsi di libri e lettrici: "Le donne comprano libri e leggono più degli uomini. Cosa devo dedurne? Anche la letteratura è diventata lo 'scarto del genere maschile'?". Lasciando per ora da parte l'eterna icona della lettrice appassionata, vediamo le argomentazioni di Travi:

Uno. Stare con l'infanzia "per una donna non è disdicevole, anzi". La scrittrice Grace Paley sosteneva che il "gusto di stare con le creature piccole è uno degli elementi costitutivi della felicità". Per le donne. "L'esperienza maschile è molto diversa," ammette Travi. Dunque, elemento costitutivo della felicità femminile è la cura dei bambini.

Due. L'abnegazione è caratteristica delle donne. Così bisogna almeno dedurre, perché la citazione che viene fatta è quella di un racconto di Matilde Serao, *Scuola Normale femminile,* dove la maestra d'asilo Lidia Santaniello, pur indebolita nella salute, continuava nella propria missione, "non avendo il coraggio di abbandonare le creaturine, che amava moltissimo, contentandosi d'insegnar loro a voce fiochissima [...] e spesso i piccini e le piccine sono stati quieti tutta la giornata, solo perché la loro maestra li aveva pregati di stare tranquilli, sentendosi molto male, poiché quelle creaturine l'amavano moltissimo".

Dunque, le parole sono *istinto* e *vocazione*. A proposito di quest'ultimo concetto, Gianini Belotti ricordava che il medesimo "sottintende una chiamata di natura quasi mistica cui è arduo sottrarsi, desiderio di rendersi utili alla società, disinteresse pressoché totale per il lato economico dell'attività intrapresa, altruismo e spirito di sacrificio". Ma questo non è un valore: è una minaccia: "Se questo è vero, se cioè un'insegnante sceglie la sua professione all'insano scopo di mortificare se stessa in un sacrificio senza pause, allora le andrebbe detto chiaro e tondo che questo punto di vista la rende automaticamente inadatta al compito. Le professioni andrebbero scelte perché ci piacciono, ci soddisfano, ci danno gioia, ci arricchiscono, ci stimolano, anche se ovviamente possono darsi situazioni momentanee in cui si debba fare appello allo spirito di sacrificio".

Ma c'è un altro punto. Se si sceglie questa professione perché si è convinti che non sia semplicemente consigliabile, o opportuna, ma *propria* della femminilità, si trasmetterà evidentemente il concetto di una netta distinzione delle persone in generi anche ai propri allievi. Se si è convinte che le bambine siano non solo spontaneamente docili, ma pronte a farsi complici dell'autorità dell'insegnante, si trasformeranno le stesse in gruppo separato e spesso avverso a quello maschile. Il quale viene svalutato in quanto portatore di disordine, di litigi, di aggressività, perché meno studioso, meno pulito, meno attento. Ma viene anche ammirato perché meno ipocrita, più autonomo, più leale ("Se solo le bambine non fossero così leziose. Se non facessero la spia. Se non fossero pettegole. Se fossero più solidali fra loro, sarebbero perfette").

Se, infine, si porta avanti la coazione a ripetere di meccanismi su cui soltanto raramente ci si interroga, si accetta e, purtroppo, si perpetua, quella che è stata da sempre la prigione delle donne: che sono state, per prime, vestali della situazione data, custodi della cultura dominante, carceriere delle proprie simili.

In prima media, mia figlia ebbe fortuna. Dopo la sua seconda spiata nei confronti di un compagno, la sua insegnante di storia la gelò: "Detesto le cocche della maestra". E dal momento che per una ragazzina di undici anni l'approvazione di un adulto è indispensabile, la lezione servì a meraviglia. Ma non avviene così spesso: anzi, nella maggior parte dei casi le bambine vengono portate ad esempio per i loro quaderni perfetti, per i temi della lunghezza giusta e per i giusti, buoni sentimenti che vi vengono espressi. Scriveva, ancora, Gianini Belotti: "La lode è il loro premio, l'effetto che otterrà il loro comportamento è la loro continua preoccupazione. Il bisogno di essere benvolute e accettate è enorme perché sono già coscienti della loro inferiorità. Il loro imperativo è che devono piacere [...] l'uso della seduzione per ottener qualcosa viene non solo accettato nelle bambine, ma stimolato, e non si pensa affatto di correggerle proponendo loro un comportamento di richiesta corretto e dignitoso".

Difficilmente un maschio si piegherà a gesti di adulazione come portare un mazzolino di violette, una piantina, un disegno alla maestra. Le bambine lo fanno. E lo fanno le madri, abilissime nella strategia della lusinga (cioccolatini, vassoi di peltro, cestini natalizi) che viaggia parallelamente, a dispetto dell'incoerenza, con la contestazione dell'insegnante.

Peraltro, fin dai primi anni di scuola, la divisione in generi investe violentemente anche gli adulti che pensavano di aver oltrepassato la questione. Quando mia figlia andò all'asilo, venne chiesto alle mamme di cucinare una torta e di cucire un costume da angelo. "Non so cucire: magari posso darvi una mano a scrivere la storia, no?" ho domandato. No. Il primo lavoretto di mia figlia fu un guantone da forno, per me.

> ***C è una bimba coetanea che frequenta la stessa classe della mia bimba di 6 anni che le fa i dispetti, le strappa le magliette con gli strass tirandoglieli, le schiaccia i piedi, sembrerebbe da qnt dice nostra figlia, che le chieda anke per l'indomani la focaccina, le dice che è brutta, insomma, come dovrei comportarmi? I genitori della bimba di cui le parlo nn sono gente molto ripettabile x cui ho paura a rivolgermi a loro: ma, secondo voi, dovrei affrontare il discorso con le insegnanti? Queste poi non ci hanno mai accennato a queste storie nonostante la bimba avesse raccontato di averglielo comunicato.***
>
> (Forum femminile, topic sulla scuola)

Bambine cattive. Ragazzine che minacciano e derubano coetanee. Che le picchiano, qualora si pongano sulla loro strada. Piccole rocker, giovanissime post-punk pronte a isolare le più deboli. Certo che ci sono. Esistono in ogni branco, qualora lo si configuri come tale, qualora si dispieghi davanti a chi lo compone una diversità innata che le costringe in gruppo separato. E qualora, dal primo momento in cui conoscono la socialità, dovessero scoprire che quest'ultima, al femminile, funziona così: per branchi. Madri contro maestre, madri contro madri, in quella sommessa ma spietata lotta fra oppressi che è fatta, soprattutto, di continue comparazioni: successi scolastici, abbigliamento, popolarità. Alle bambine si chiede tanto: di avere buoni voti, di essere belle, di essere simpatiche. Di essere altro. In un *anime* giapponese che si chiama *Wolf's rain*, si narra la storia di un branco di lupi con un solo, disperato obiettivo: cercare il Rakuen, il paradiso perduto riservato alla loro specie. Il Rakuen imposto alle bambine è del pari esclusivo, ma assai meno felice: dovranno essere perfette, negli anni della scuola, per poi abbandonare la posta.

Al telefono, la mia amica scrittrice Helena Janeczek, che ha un bambino di sette anni, mi racconta delle madri che conosce, che osserva, che incontra a Milano.

"Per esempio," mi dice, "le bambine sono quelle a cui si chiedono le maggiori prestazioni. Quelle spinte incessantemente a essere buone e brave. Quelle che se la prendono per un brutto voto. Quelle che cercano in ogni modo di corrispondere alle aspettative delle maestre."

Le bambine hanno più impegni dopo la scuola. La danza e il nuoto, l'inglese e lo yoga. "Però c'è questa cosa strana," aggiunge Helena. "Le madri che socializzano di più sono le madri dei maschi, che si incontrano semplicemente per far giocare i loro figli. Le madri delle femmine si incontrano per fare il resoconto delle rispettive attività, fra una corsa e l'altra dalla palestra alla piscina."

Passo indietro. C'era un film con Diane Keaton, *Baby boom*, che all'epoca destò qualche inquietudine perché ricordava un assai contestato pamphlet post-femminista, *Voglio tornare a casa* di Christiane Collange, dove alla mischia maschile del lavoro si preferivano le gioie domestiche. Keaton è una cosiddetta donna in carriera, con tailleur e cuore duro d'ordinanza, che dovendosi occupare della piccola figlia di parenti deceduti scopre improvvisamente le gioie della casalinghitudine, impara a fare le conserve e rifiuta sontuose offerte lavorative per allestire il suo nido con bambina e taglialegna rude ma protettivo. Bene: in una scena Diane, al parco, fa la conoscenza di altre madri di infanti ancora nel passeggino. E scopre che tutte hanno già iscritto le figlie a corsi esclusivi, irrinunciabili per una carriera sfolgorante che, probabilmente, non si realizzerà mai.

Sono tutte così, le madri? Molte, sì. Molte telefonano il giorno dopo la consegna delle pagelle per interrogare, noncuranti, sui voti ricevuti dalle altre bambine. Molte si incontrano per caso, dopo anni di lontananza. E hanno già in serbo le domande. Quale liceo sceglierà, che sport pratica, per caso ha già un fidanzatino?

"Le madri delle femmine," prosegue Helena, "sono molto accorte nella scelta delle attività delle figlie. Mentre le madri dei maschi li indirizzano a impegni che sviluppano la socialità, per le bambine si preferiscono quelli dove la competizione è alta. La danza. Il nuoto. La ginnastica artistica. È che il branco femminile," riflette, "si crea per discendenza matrilineare: passa di donna in donna. Al maschio si richiede il controllo emotivo: sei un ometto, non piangere. Alle femmine si chiede il controllo sociale. Non si creano rapporti paritetici. Ma gerarchici: con la madre, la maestra, l'allenatore. E quando ti rapporti a un superiore, cerchi di conformarti a lui. *Sono come tu mi vuoi* è la variante affannata, e crudele, del *devo stare buona, e zitta*. Quella che vedo è una triste folla di funzionariette, che compiacciono l'autorità. E che spesso diventano piccole iene a causa di questo sviluppo segregato."

Mio figlio racconta. In seconda media quasi tutte le ragazzine fanno la spia. Pietro sta leggendo un fumetto invece di ascoltare la lezione. Marco mi ha preso la squadra. "Ce n'è una che si gira, mi sorride, mi chiede una cosa e quando io rispondo si rivolge all'insegnante: disturba."

Alle elementari, le compagne di mia figlia si riunivano in piccoli gruppi, alcune già truccate con sapienza intorno agli otto anni, lucidalabbra alla fragola, ombretto color pistacchio. Prima, a sei anni, gestivano a meraviglia le dispute per ingelosire l'amica. Esco oggi con te, domani con lei, la mia migliore amica oggi sei tu, domani un'altra. Io ho una Barbie, una minigonna, le scarpette con i lacci rosa, la medaglia della gara di nuoto, un ragazzo, e tu?

I compagni di classe da una settimana disertano le lezioni per colpa della difficile convivenza con quell'alunno che "picchia tutti e disturba le lezioni". La madre del ragazzo, un tredicenne disabile, sostiene invece che a essere maltrattato è proprio il figlio e ha presentato la seconda denuncia sul "comportamento inadeguato della scuola e contro alcuni insegnanti che lo avrebbero picchiato".

("la Repubblica", cronaca da Ragusa, 31 gennaio 2007)

Le funzionariette raccontate da Helena devono poter attendere tranquillamente alla loro scalata scolastica. Chi disturba va, come abbiamo visto, allontanato. O, a volte, sedato.

Giù le Mani dai Bambini® è il nome di una campagna contro l'abuso di psicofarmaci in età pediatrica. Mi rivolgo a loro cercando dati e storie sull'esclusione di alunni troppo inquieti dalla scuola. Mi mandano un fumetto tedesco, che racconta di un polipetto molto agitato che grazie a una magica pillola ritrova finalmente amici e felicità. Poi mi raccontano di Gianluca.

Ha dodici anni e frequenta una scuola media milanese. A marzo del 2006 viene sospeso a tempo indeterminato. Si legge che "secondo preside e insegnanti, disturbava il regolare svolgimento delle lezioni e assumeva atteggiamenti violenti nei confronti di compagni e docenti, talvolta anche autolesionisti". La goccia che ha fatto traboccare il vaso, a quanto pare, è un banco preso a calci mentre i suoi compagni erano in laboratorio. In sostanza, la scuola pone ai genitori un ultimatum: Gianluca verrà riammesso solo se seguirà una terapia a base di psicofarmaci suggerita dalla Asl come rimedio alla sua "esuberanza". Medicinali, peraltro, già assunti precedentemente e senza successo dal ragazzino, che viene seguito da un terapista. Diagnosi: iperattività. La famiglia rifiuta, e presenta ricorso. Vince. Il Tribunale di Milano decide che Gianluca potrà rientrare in classe senza assumere farmaci e seguendo un piano didattico appositamente predisposto.

Quello di Gianluca non è il primo caso in Italia, dicono a Giù le Mani dai Bambini®. E aggiungono: "La vera sfida deve essere un'altra: dotarsi delle necessarie risorse professionali, perché è ormai ampiamente dimostrato che questi problemi del comportamento si risolvono con protocolli scientificamente testati (psicologia clinica, pedagogia ecc.) che non richiedono necessariamente l'utilizzo di psicofarmaci, i quali – seppure risolvono le crisi contingenti – non 'curano' nulla, perché una pillola non può risolvere la causa remota del disagio, e inoltre espone il bimbo al rischio di gravi effetti collaterali in caso di assunzione prolungata. La comunità scientifica internazionale è molto critica circa l'opportunità di somministrare farmaci psicoattivi – con un così sfavorevole rapporto rischi-beneficio – ai minori, prova ne sia – circostanza passata quasi sotto silenzio – che il principio attivo alla base di questi farmaci è stato recentemente reinserito dal ministero della Salute nella Tabella 1 (stupefacenti) al pari di cocaina ed eroina".

Poi, mi forniscono qualche numero.

73.043.500, il numero di bambini e adolescenti (0-18 anni) negli Stati Uniti (*fonte: U.S. Census Bureau*)

11.000.000, i minori che ogni anno utilizzano psicofarmaci (per tutte le patologie) nei soli Stati Uniti (*fonte: NIMH, Nexus, "Los Angeles Times"*)

20.000.000, il numero di ricette compilate in Usa ogni anno per la somministrazione dei soli psicofarmaci di tipo stimolante ai bambini (*fonte: "British Medical Journal", Nexus*)

10%, la percentuale della popolazione infantile Usa che soffrirebbe dell'Adhd, Sindrome da iperattività e deficit di attenzione (*fonte: International Narcotics Control Board, Oms*)

8.103.000, i minori in età pediatrica in Italia, tra 0 e 14 anni (*fonte: Istat*)

9,1% (pari a 737.000 unità), la percentuale di minori italiani che soffrirebbero di disagi o turbe mentali secondo i risultati del progetto di screening PRISMA (*fonte: ministero per la Salute*)

2% (pari a 162.000 unità), la percentuale di minori italiani che soffrirebbero della Sindrome da iperattività e deficit di attenzione secondo i risultati del progetto di screening PRISMA (*fonte: ministero per la Salute*)

dal 4% al 20%, la percentuale di minori italiani che soffrirebbero della Sindrome da iperattività e deficit di attenzione secondo le associazioni scientifiche di impostazione più organicista (*fonte: Società italiana di neuropsichiatria infantile, Kataweb*)

11, le molecole antidepressive in uso in età pediatrica la cui somministrazione è stata recentemente interdetta in quanto ispiravano idee suicidarie (induzione al suicidio) nei bambini (*fonte: EMEA, Agenzia europea per il farmaco*)

da 30.000 a 60.000, i bambini italiani che ogni giorno assumono psicofarmaci, alcuni dei quali inducono al suicidio secondo i più recenti warning dagli Usa (*fonte: Istituto Mario Negri di Milano, Ufficio studi Giù le Mani dai Bambini*)

20, minimo uno per ogni regione, il numero dei centri regionali per la somministrazione di psicofarmaci ai minori che il ministero della Salute aveva in progetto di attivare sul territorio italiano (*fonte: Istituto superiore di Sanità, ministero per la Salute*)

82, il numero dei centri regionali per la somministrazione ai bambini di psicofarmaci stimolanti (meta-anfetamine) che in realtà si stanno autorizzando in Italia (*fonte: Istituto superiore di sanità, ministero per la Salute*)

1, il registro nazionale dove verranno "schedati" i bimbi in terapia a base di psicofarmaci (*fonte: Istituto superiore di sanità, ministero per la Salute*)

Il Ritalin è un farmaco messo in discussione da anni. È a base di metilfenidato, un'anfetamina, e serve a curare la Sindrome da iperattività e deficit di attenzione che colpisce bambini in età scolare e prescolare, caratterizzata da irrequietezza, difficoltà di concentrazione, sbadataggine, impulsività, svogliatezza, poca disponibilità all'ascolto. Il metilfenidato, il principio attivo del Ritalin, è stato scoperto da un ricercatore italiano, brevettato dalla Novartis Pharma, una multinazionale svizzera, e utilizzato per pazienti psichiatrici depressi e nei casi di epilessia.

In America e in Inghilterra si fa largo uso di questo medicinale da vari anni. In particolare, negli Stati Uniti dai quattro ai sei milioni di bambini "iperattivi", dai tre anni di età, vengono trattati con il Ritalin, che è stato soprannominato "la cocaina dei bimbi" o anche "la pillola dell'obbedienza". Nella scheda tecnica del Ritalin si legge che "un uso abusivo può indurre una marcata assuefazione e dipendenza psichica con vari gradi di comportamento anormale".

La cosa interessante è la scala di valutazione per gli insegnanti che devono individuare comportamenti di "disattenzione e iperattività nel bambino". La trovo sul sito della campagna. Decido di rispondere alle domande.

SCALA A (Disattenzione)

1. Incontra difficoltà a concentrare l'attenzione sui dettagli o compie errori di negligenza.

2. Ha difficoltà a mantenere l'attenzione sui compiti e sui giochi in cui è impegnato.

3. Quando gli si parla sembra non ascoltare.

4. Pur avendo capito le istruzioni e non avendo intenzioni oppositive, non segue le istruzioni ricevute o fatica a portarle a compimento.

5. Ha difficoltà a organizzarsi nei compiti e nelle sue attività.

6. Evita, non gli piace o è riluttante ad affrontare impegni che richiedono uno sforzo mentale continuato (come i compiti di scuola).

7. Perde le cose necessarie per il lavoro o le attività (ad esempio diario, matite, libri o oggetti scolastici vari).

8. Si lascia distrarre facilmente da stimoli esterni.

9. Tende a dimenticare di fare le cose.

SCALA B (Iperattività/Impulsività)

1. Da seduto giocherella con le mani o con i piedi o non sta fermo o si dimena.

2. Non riesce a restare seduto.

3. Manifesta un'irrequietudine interna, correndo e arrampicandosi dappertutto.

4. Ha difficoltà a giocare o a intrattenersi tranquillamente in attività ricreative.

5. È sempre "sotto pressione" o spesso si comporta come se fosse azionato da un motore.

6. Non riesce a stare in silenzio: parla continuamente.

7. "Spara" le risposte prima che sia terminata la domanda.

8. Ha difficoltà ad aspettare il suo turno.

9. *Interrompe o si intromette nelle conversazioni o nei giochi degli altri.*

È bene sapere che in caso di risposta positiva a sei o più domande, il bambino può essere dichiarato affetto da Adhd.

Questo è il mio risultato: *disturbata, probabile diagnosi Adhd con prevalenza di Iperattività/Impulsività: dovrebbe essere indirizzata presso i servizi di neuropsichiatria infantile o i centri regionali per la somministrazione di psicofarmaci ai minori.*

Oggi ho litigato con la mamma di un amichetto di scuola di mio figlio (1 anno di materna). Premetto che dal primo giorno di scuola questo ragazzino, che ha un sacco di problemi psicologici e comportamentali, ha cominciato a tartassare mio figlio, mani al collo, graffi anche vicino l'occhio e quant'altro. Un giorno mi sono permessa davanti alla madre di dire al bimbo di non fare più male a mio figlio (visto che lei non gli diceva mai niente). Lei ha avuto il coraggio oggi di fermarmi vicino la scuola dicendomi che non mi dovevo permettere di dire niente al figlio e abbiamo avuto una megalitigata davanti alla maestra che alla fine è stata messa in mezzo perché a me ha sempre detto che quel bambino con mille problemi comportamentali picchiava mio figlio e con lei sminuiva molto la cosa, forse perché si sentiva in colpa per non riuscire a tenere a bada i bambini.

(Forum femminile, topic sulla scuola)

Certo che esistono gli insegnanti appassionati, colti quanto disprezzati da retribuzioni umilianti e da un inesistente riconoscimento sociale. Certo che esistono genitori sereni, colmi di misura e rispetto. Esistono, ma è indubbio che, chissà come, non riescono che a dare una minima spallata a un sistema che sembra sgretolarsi nella cenere di una triste guerra fra poveri. Spesso, poveri di mezza età. L'età del primo figlio si sposta in avanti, l'età media dei docenti italiani è di 51 anni. Da qualche tempo, si riconosce loro un'altra malattia professionale, oltre alle già note affezioni alla laringe legate al continuo uso della voce. Si chiama *burnout syndrome*. Significa, più o meno, essere bruciati, scottati. I quattro sintomi sono: affaticamento fisico ed emotivo; atteggiamento distaccato e apatico nei confronti di studenti, colleghi e nei rapporti interpersonali; sentimento di frustrazione dovuto alla mancata realizzazione delle proprie aspettative; diminuzione dell'autocontrollo.

Vittorio Lodolo D'Oria, già consulente del ministero della Pubblica istruzione, è il medico responsabile dell'Area scuola e sanità della Fondazione Iard, nonché autore di due studi dal titolo inquietante, *Getsemani* e *Golgota*. Quest'ultimo risale al 2004: vi si dimostra come sia in costante aumento, fra gli insegnanti italiani, il numero di accertamenti per idoneità al lavoro a causa di patologie psichiatriche (dal 44,5% del triennio 1992-94 al 56,9% del periodo 2001-03). Il primo dato che i ricercatori rilevano sulle 3447 pratiche di accertamento per l'inabilità al lavoro è che l'età degli insegnanti era superiore a quella degli altri lavoratori. Il secondo è la proporzione superiore di donne nella categoria dei docenti. Il terzo primato sta nel numero di patologie psichiatriche: 49,8% negli insegnanti rispetto al 23,9% degli altri assistiti Inpdap. In pratica, il doppio.

I ricercatori si sono chiesti perché. E hanno individuato queste motivazioni:

- peculiarità della professione (rapporto con studenti e genitori, classi numerose, retribuzione insoddisfacente, risorse carenti, precariato, conflittualità tra colleghi, costante necessità di aggiornamento);
- trasformazione della società verso una realtà di vita *multietnica* e *multiculturale* come effetto della globalizzazione (crescita del numero di studenti extracomunitari);
- continuo evolversi della percezione dei valori sociali (introduzione di nuove politiche a favore dell'handicap e conseguente inserimento di alunni disabili nelle classi; delega educativa da parte della famiglia a fronte dell'assenza di genitori-lavoratori o di famiglie monoparentali; alleanza genitori-figli a detrimento dell'asse genitori-insegnanti);
- evoluzione scientifica (avvento dell'era informatica e delle nuove tecnologie di comunicazione elettronica);
- susseguirsi continuo di riforme (autonomia scolastica, lavoro d'équipe, innalzamento della scuola dell'obbligo, ingresso anticipato nel mondo della scuola);
- riforma delle baby-pensioni;
- bassa considerazione sociale da parte dell'opinione pubblica.

In poche parole, sembra che coloro che cedono, gli scottati, non reggano il peso di una società in movimento a fronte di un'istituzione scolastica che appare immobile. Ma, soprattutto, sembrano soffrire di paure molto simili a quelle che agitano i genitori: solo che le fate morgane evocate dai media non uniscono gli uni e gli altri. Scavano, semmai, un solco ulteriore.

Capiterà così di trovare insegnanti che puntano il dito contro la tecnologia nel momento stesso in cui la stanno usando. Per esempio, molti degli innumerevoli siti dedicati alla scuola ospitano forum di discussione: in uno di questi trovo un topic che riguarda proprio il *burnout*. C'è un docente che esordisce chiedendo esplicitamente aiuto.

***Primo insegnante**: Non c'è niente che funzioni nella mia lezione, né tantomeno nella mia vita, non elenco i dettagli... Ho solo bisogno di qualcuno che sappia aiutarmi.*

Il suo interlocutore gli esprime solidarietà, sottolinea come il mondo contemporaneo stia colando a picco e, a supporto, scrive un elenco di tutto ciò che "per la prima volta" non funziona.

***Secondo insegnante**: È la prima volta che dalle case sono scomparsi gli strumenti del lavoro... ci sono i robot, le cose elettriche, e una quantità infinita di ordigni deputati all'evasione al tempo libero alla fabbrica dell'omologazione.*

È la prima volta che, per dieci bambini che nascono, sono già pronti millecinquecento giochini procapite.

È la prima volta che, per ogni giovane, sei vecchi producono lavoro convincendolo di poterlo mantenere a vita. Mentre, fra vent'anni, dovrà lui mantenerne sei. Si chiama invecchiamento della società.

È la prima volta che i genitori fino a sessant'anni rischiano di continuare a essere figli.

È la prima volta che l'educazione sentimentale dei giovani viene fabbricata anche da dieci cretini chiusi dentro un lager finto, e il voyeurismo è diventato una parola pulita mentre lavoratore è una parola sporca e lo si sostituisce con... risorsa umana.

È la prima volta che le dieci dita delle mani non sono chiamate a creare, ma solo a spingere bottoni.

È la prima volta che ci accontentiamo di un'oralità sciatta e sfatta e che non reggiamo la lettura di tre pagine di seguito.

È la prima volta che si parla di mestruazioni coram populo arrampicandosi sugli scaffali.

È la prima volta che le madri regalano pillole alle figlie.

Eppure, pigiando bottoni e servendosi di un robot, due persone stanno condividendo emozioni, pensieri, una visione del mondo. Eppure, molta di quella sciatta oralità supera in complessità narrativa molti testi letterari novecenteschi considerati imprescindibili (basta pensare al multilivello delle sceneggiature di *Lost*). Com'è possibile che il secondo, benintenzionato insegnante non se ne accorga? E com'è possibile che il mondo esterno alla scuola venga interpretato come nemico? Laddove, in prima fila, ci sono soprattutto i genitori degli alunni.

***Terzo insegnante**: Occhio all'equilibrio durante le conversazioni con i genitori: ASCOLTALI più che parlare... loro stessi sono in profonda crisi e spesso attaccano gli insegnanti, convinti sia il rimedio migliore! Un fatto è certo, l'eccessiva delega educativa vigente ormai da anni nelle scuole, oggettivamente riconosciuta da numerosi "esperti dell'educazione", è un serio problema...*

Controprova? Cercare in altri topic, quelli dove non si parla di disagio psicologico. Ma di quotidianità. Per esempio.

***Prima insegnante**: Uno degli ultimi giorni di scuola in una seconda media ho dato una nota a casa xkè una bimba mi ha consegnato il compito di una compagna spacciandolo x suo, e nella nota ho chiesto alla madre se le pareva un comportamento corretto. Beh, qs signora è andata dalla ds a protestare, e la ds mi dice ke i richiami devono essere assertivi e non interrogativi xkè è chiaro ke a una domanda del genere il genitore difende il figlio, e dice ke è giustissimo ke la signora mi abbia scavalcata e sia andata direttamente da lei!!!!! NO COMMENT!!!*

***Seconda insegnante**: E poi, oggi succedono cose ke 20 anni fa non sarebbero mai successe, si va dalla ds x un nonnulla, x le cose più stupide, ke non scavalcando l'insegnante potrebbero risolversi molto più facilmente. Una volta gli insegnanti avevano ragione, i figli torto, oggi no!!!! I figli vogliono l'insegnante allegro e sempre sorridente? L'insegnante non lo è? bene, la mamma di yyyy è dalla ds, e la ds mi riprende xkè io non sono sempre allegra e sorridente, ma chi detta la legge??? i figli??? A me la scuola fatta così proprio non va...*

Sarà un caso se, secondo l'indagine Iard 2007, la scuola è per il 67,8% dei giovani soprattutto un'occasione per "ritrovarsi insieme" e non per apprendere? Del resto, non potrebbe essere altrimenti. C'è un patto fra adulti che è stato infranto. In modi diversi, per cause non sempre concomitanti, e dove la paura (per il bambino, del bambino) ha sempre una larga parte. E ancora una volta il rimpallo reciproco delle responsabilità chiama sul tavolo della discussione l'argomento sbagliato. Anche quando, ai due lati di quel tavolo, ci sono i rappresentanti ufficiali delle due categorie.

Per esempio. Il 5 marzo 2007, Angela Nava, presidente nazionale del Coordinamento genitori democratici, spara contro i docenti in un'intervista riportata on line su *Orizzonte Scuola*. Accusa i medesimi di non avere "capacità comunicative", di non saper gestire il rapporto con i genitori degli studenti, di essere incapaci a relazionarsi. Le parole esatte sono: "Gli insegnanti non sono formati in modo corretto e completo e ciò impedisce ulteriormente il rapporto con le famiglie dei ragazzi". Altre cause della crisi: il fatto che i bambini, oggi, sono "imbevuti di tv e reality. Le informazioni che ricevono sono diseducative al cento per cento". Dati che non prendono in considerazione centinaia di altri fattori: ma la televisione, si sa, è un perfetto capro espiatorio. Comunque. A un giorno di distanza, risponde Vincenzo Franco, segretario provinciale della Cisal-Scuola di Pesaro e Urbino. Ribadisce due volte che "i docenti italiani sono tra i più preparati in Europa e nel mondo". Semmai, sostiene, il problema è che gli alunni "riflettono l'educazione ricevuta all'interno delle mura domestiche [...] gli atti di teppismo non li imparano di certo a scuola, anche perché non ci sono in giro docenti specializzati in teppismo, né corsi abilitanti in merito". Infine: "Quando i genitori vanno a scuola per picchiare i docenti o per minacciare denunce a destra e manca... be', allora le colpe non sono della scuola, né dei docenti italiani".

Fra molti brividi, la cosa più ovvia da dire è che la scuola rispecchia una società problematica. Ma non è del tutto così. Perché esiste tuttora una barriera che la separa dal mondo reale. Roberto Maragliano, docente di Tecnologia dell'istruzione, lo sostiene da anni, ininterrottamente. Ma lo ascoltano in pochi:

Quello di una scuola non al passo con i tempi è il problema più grosso. Filosofico e politico. Perché questa formula di una scuola omogenea ai tempi che vive è rifiutata dai più? Perché, se si parla di educazione si è portati a volgere lo sguardo verso il passato, facendone paradossalmente il regno dell'utopia? C'è qualcosa che non funziona, in questo meccanismo, oppure che funziona troppo bene in direzione conservativa. Penso che uno dei fattori che lo può spiegare sia il contraccolpo culturale provocato dalle modifiche indotte nell'equilibrio demografico, contraccolpo che non è stato sufficientemente elaborato: e così, continuiamo a concepire il rapporto fra scuola e società come il riflesso di una società con saldo positivo (nel rapporto nascite/decessi), quando invece viviamo dentro a una con saldo fortemente negativo. A questo si aggiunge il fatto che la scuola, pur quella sgangherata che conosciamo, è diventata, ci piaccia o no, di massa, rendendosi eterogenea da omogenea che era (in senso sociale, culturale, ideologico). Non da ultimo, ci sono le agenzie che fanno da concorrenza (sleale, pensano i critici) alla scuola stessa: soprattutto i media, che però, ricordiamolo (anche ai critici), non sono venuti dal di fuori ma dal di dentro della società, di quella stessa società che non ha saputo (voluto?) cambiare, parallelamente, immagine e realtà dell'istituzione alla quale ieri fiduciosamente affidava (e per inerzia si illude di poter ancora affidare) la parte culturalmente più sostanziosa del compito di formazione.

La scuola continua dunque a proporsi, nella maggior parte dei casi, in opposizione ad altri mezzi di trasmissione del sapere. A quegli stessi mezzi molti adulti non sanno rapportarsi. Tanto che si continua a sostenere che la crescita davanti a un computer porta all'autismo, che web e cellulari sono responsabili dei fenomeni di devianza: bullismo, prostituzione e sessualità precoce. È come se, ai tempi in cui il mondo degli esperti giovanologhi venne scosso dal drammatico racconto di Christiane F. (la preadolescente che confessò a due giornalisti la sua storia di droga e prostituzione), si fosse sostenuto che la colpa dell'avviamento al crimine di due dodicenni – avveniva anche in era pre-Internet e pre-cellulare che alunne di seconda media facessero sesso – fosse della metropolitana di Berlino, visto che era davanti a una fermata della medesima che le ragazzine si ritrovavano.

Il punto è sempre quello del mezzo frainteso come messaggio. Con le doverose eccezioni, un onesto insegnante e un altrettanto onesto genitore pensano di dover temere come la peste i blog e i videogiochi e msn e i cellulari. In sé. Paradossalmente, si affidano ciecamente alla bontà di altri supporti: come se dai medesimi non potesse essere veicolato altro che il bene. Come se fossero l'unico argine a quelli che Alessandro Baricco chiamava "i barbari". Eppure proprio dai libri, e in particolare dai libri di testo scolastici, viene proposta con frequenza inquietante la più autorevole veicolazione di una femminilità leziosa, seduttiva, dagli orizzonti angusti. Che porterà le bambine a pensarsi in questi termini. L'hanno letto a scuola, in fondo.

> ***Il bambino va via sul monopattino, serissimo, quasi aggrondato, la bambina, melanconicamente sorridente, lo saluta e lo guarda andar via: perché è lei, ovviamente, che ama e rimane. In tutto il libro, i maschi sorridono assai raramente, le femmine sempre.***
>
> (Elena Gianini Belotti, *Dalla parte delle bambine*)

Della scuola elementare italiana, si è già detto, non si tessono che lodi. Eppure, fra i suoi molti mali, l'eredità ottocentesca del libro gratuito è, per paradosso, il peggiore. Perché porta, come denuncia ancora Maragliano, alla formazione e alla tirannia "di un oligopolio editoriale, di scarsissimi investimenti culturali e tecnici, di un limitato livello di contribuzione all'elevazione professionale dei docenti". In assoluto. E in particolare.

L'analisi dei testi scolastici per le elementari in chiave, diciamolo pure, di genere, sembra una faccenda arcaica. Sembra appartenere a quegli anni dimenticati in cui più di un pensoso sopracciglio si inarcava per le ricerche di Alma Sabatini. Per chi non ricordasse, Sabatini era una linguista che, tra il 1986 e il 1987, firmò due testi importanti, *Raccomandazioni per un uso non sessista della lingua italiana* e *Il sessismo nella lingua italiana*, entrambi pubblicati dalla presidenza del Consiglio dei ministri. Nei due saggi si sosteneva che la lingua non si limita a manifestare il nostro pensiero, ma lo condiziona: perché restituisce e contemporaneamente impone una visione del mondo. La lingua, diceva Sabatini, non è, non può essere neutra, ma contiene una scala di valori che influenza chi la parla. Uno degli esempi portati era molto semplice: quando, in un testo scolastico, si descrive la democrazia ateniese sottolineando che *gli ateniesi* (maschile, plurale) avevano diritto di voto, viene di fatto nascosta la realtà che questo era negato al 50% circa della popolazione, le donne.

Naturalmente c'era molto altro: per esempio, quei fenomeni di polarizzazione semantica per cui un aggettivo o un sostantivo acquistano significati diversi a seconda se indicano donne o uomini: "Libero, se riferito a un uomo, ha connotazioni morali e intellettuali, se riferito a una donna connota il suo comportamento sessuale. Serio, per un uomo, qualifica la sua dirittura morale in senso lato e coscienzioso, il suo comportamento corretto soprattutto nel lavoro, mentre la donna seria connota il suo comportamento sessuale e le sue doti materne e casalinghe".

Sabatini, all'epoca, avanzò anche alcune proposte. Per esempio: abolire l'uso, in senso universale, di parole come "uomo" o "uomini" sostituendole con "persona, popolo, popolazione"; evitare di accordare il participio passato al maschile quando i nomi sono in prevalenza femminili; evitare di riferirsi alla donna con il primo nome e all'uomo con un solo cognome o con nome e cognome.

Ma poniamo che di tutto questo non si voglia sentir parlare. Poniamo che la lingua sia davvero neutra – e non lo è – e soffermiamoci soltanto sui contenuti che veicola, soprattutto a bambini fra i 6 e i 10 anni, in un testo di riferimento come quello adottato a scuola.

E la questione è tutt'altro che secondaria. Le storie sono influenti. Le storie forniscono modelli in cui è facile identificarsi. Lo abbiamo sentito ripetere per anni, dagli odiatori dei film e dei cartoni ritenuti diseducativi. Per quale motivo, allora, una rappresentazione del femminile falsa, passatista, offensiva come quella che si riscontra in un numero non indifferente di testi scolastici dovrebbe essere innocua? Al contrario, risulterà semmai più pericolosa, proprio perché viene proposta in un contesto autorevole: perché è nelle letture scolastiche che bambine e bambini ricevono la conferma dei modelli appresi in famiglia, dai coetanei, dalla pubblicità, dai giocattoli.

Prima di arrivare alle più recenti ricerche, è bene sapere che le medesime vanno a confermare quelle vecchie, quasi punto per punto. Perché l'analisi dei libri di testo è prassi non nuova. Cominciarono, circa trent'anni fa, alcune studiose di Princeton, New Jersey, che esaminarono per un anno 15 collane di libri per ragazzi e 144 testi di lettura adottati nelle scuole elementari. Risultò che i bambini erano protagonisti di 881 racconti, le bambine di 344. Che i bambini costruiscono case sugli alberi, esplorano caverne, aiutano papà mentre le bambine sorridono, giocano con bambole e gattini e cuociono torte. Mentre le madri stanno, naturalmente, in cucina. E se per caso lavorano, lo fanno per accudire gli altri: come cameriere, infermiere, maestre. Un'inchiesta di Michelle de Wilde sugli stereotipi usati nei libri di testo americani andò più a fondo, concentrandosi sui termini usati per accompagnare i titoli: "I ragazzi decifrano e scoprono, imparano e si allenano, o vincono su qualcuno o su qualcosa. Le bambine lottano, superano le difficoltà, si sentono perdute, aiutano a risolvere".

Per quanto riguarda l'Italia, ci fu un'inchiesta de "Il Giorno", datata 1972, dove si identificava la famiglia ideale rappresentata nei libri scolastici: padre, madre, due bambini, di cui il maggiore è un maschio. Tanto per capire quanto gli stereotipi resistono negli anni, si confronti questa famiglia con quella della pubblicità contemporanea, che mi delinea Annamaria Testa: "Negli spot dei beni di largo consumo che vanno in prima serata i ragazzini sono spesso presenti, ma prevalentemente in quanto 'figli': dunque, quasi sempre due (anche se gran parte delle famiglie italiane ha un figlio solo), e maschio e femmina, il maschio un po' più grande, la femmina un po' più piccola. Biondi, o bruni coi riccioli". Torniamo all'inchiesta, e vediamo cosa fa la famigliola: "Quando stanno in casa tutti insieme, il padre legge il giornale con totale indifferenza verso la moglie e i figli, la madre cuce solitaria, giacché l'ozio o la lettura non le sono evidentemente concessi, il bambino armato di cacciavite monta o smonta il suo meccano e la bambina, con un classico vestitino a fiori, si occupa di una bambola triste e sconsolata quanto lei. Oppure la mamma si occupa dell'ultimo nato, in questo caso un maschio, mentre la bambina la guarda ammirata e palesemente ansiosa di imitarla".

La madre, il modello femminile adulto, è sempre una presenza laboriosa. Il padre è la presenza attiva. I figli replicano, in scala, lo stesso concetto.

Dopo qualche anno, nel 1978, esce *Sessismo nei libri per bambini,* a cura di Elena Gianini Belotti: è una raccolta di ricerche realizzate in altri paesi, da cui derivano alcuni particolari che torneranno più volte. Primo: sia nei testi sia nelle illustrazioni i maschi sono più numerosi delle femmine. Secondo: le bambine sono relegate in ruoli insignificanti e sono rappresentate come passive, mentre i maschi sono avventurosi e sempre in movimento. Terzo: vige la diversificazione canonica delle ambientazioni. I maschi all'aperto, le femmine in casa o in luoghi chiusi, "tagliate fuori dal mondo reale da finestre, portici e siepi divisorie". Quarto: le bambine replicano le attività della madre, pulire, stendere, apparecchiare, accudire il fratellino. A specchio, la rappresentazione degli adulti: gli uomini lavorano fuori casa come negozianti, poliziotti, ferrovieri, medici, macchinisti. Le donne, nella maggior parte dei casi, sono impegnate in attività domestiche. Se lavorano, sono maestre, commesse, infermiere. Infine, il carattere: si insegnava ai piccoli lettori che esiste una differenza *innata* secondo la quale le femmine sono "tranquille, gentili, educate, paurose, ordinate, pulite, affettuose, i maschi sono invece aggressivi, competitivi, determinati, amanti del rischio, indipendenti, avventurosi".

Otto anni dopo, nel 1986, Rosanna Pace pubblica una nuova indagine sui libri di lettura e sussidiari, *Immagini maschili e femminili nei testi per le elementari*. Nella prefazione, la presidente della Commissione nazionale per la realizzazione della parità tra uomo e donna, Elena Marinucci, scrive: "Non è accettabile che nelle mani dei bambini delle elementari continuino a circolare testi che danno della realtà lavorativa e sociale una visione parziale e obsoleta, che ripropongono, senza guardare al nuovo, vecchi mestieri, che, mentre offrono dell'uomo l'immagine di un soggetto attivo nell'ambito della società, continuano a presentare il ruolo esclusivamente casalingo della donna come un dato naturale e indiscutibile". Parliamo di oltre vent'anni fa: l'inaccettabile è stato evidentemente accettato.

Per la cronaca, il lavoro di Pace conferma quelli precedenti: i soggetti maschili predominano su quelli femminili (il 72% dei bambini e il 65% degli adulti), vengono rappresentati in spazi esterni mentre alle bambine e alle donne sono riservati gli ambienti chiusi. Gli uomini sono impegnati in attività gratificanti: dei padri si parla soltanto in funzione del loro lavoro e non delle loro emozioni. Infatti, sono tristi solo se vengono licenziati (e anche in quel caso, la loro voce è "senza un fremito"). Le donne restano legate alla famiglia e alla maternità e, a dispetto di quel che è avvenuto nel frattempo, le professioni sono quelle di bidella, parrucchiera, sarta. Nessun ruolo direttivo, nessuna gratificazione professionale ed economica.

Poi c'è una pausa di anni. Nel 1998 nasce Polite (Pari opportunità nei libri di testo): un progetto europeo di autoregolamentazione per l'editoria scolastica per evitare discriminazioni di genere. Progetto che nasce, ecco finalmente il punto, dalla considerazione che "la differenza di genere e le sue implicazioni in ambito sociale, economico, ma soprattutto culturale, sono ancora relativamente poco visibili" e che "i cambiamenti del ruolo femminile non hanno ancora, almeno nel nostro paese, significativamente inciso *sul piano simbolico* dei due generi".

In questo ambito viene realizzata l'ultima indagine, quella effettuata tra il 1998 e il 2001 da Irene Biemmi, pubblicata nel 2006 nel Quaderno n. 29 del Consiglio regionale della Toscana, Commissione regionale pari opportunità donna-uomo, con il titolo *Sessi e sessismo nei testi scolastici. La rappresentazione dei generi nei libri di lettura delle elementari*. Biemmi prende in esame i libri di lettura per la classe quarta elementare di dieci importanti case editrici: De Agostini, Nicola Milano, Capitello, Piccoli, Fabbri, Raffaello, Piemme, Elmedi, Giunti e La Scuola. Effettua due tipi di analisi: quantitativa, per esaminare quante volte nelle immagini e nei testi sono rappresentate le donne e quante gli uomini, in quale ruolo appaiono e in quale contesto; qualitativa, per verificare quanto uomini e donne siano rappresentati secondo stereotipi. E fa una prima considerazione:

> *Nei testi scolastici c'è una tendenza all'immobilismo, nel senso che si propongono contenuti culturali spesso più arretrati delle stesse conquiste legislative del paese, della stessa mentalità corrente, del senso comune. Questo vale anche per i modelli di maschio e femmina che sono fortemente stereotipati e mostrano immagini di uomini e donne irrealistiche e ormai superate nella realtà. Si nota soprattutto una discrepanza tra il mondo femminile mostrato nei libri, che ruota attorno ad attività domestiche e alla cura dei figli, e il mondo reale delle donne che per la maggioranza lavorano fuori casa.*

In particolare, Biemmi osserva che sul dato quantitativo le cose sono cambiate pochissimo, e il genere maschile è rappresentato in misura tuttora superiore al genere femminile, sia nelle illustrazioni sia nel testo. Inoltre, nella maggior parte dei casi, ai maschi vengono associati "ruoli attivi e contesto pubblico, mentre al femminile spettano ruoli passivi e spazi privati".

Nel dettaglio: su un totale di 340 brani, e su 357 protagonisti, i maschi sono 182 contro 123 femmine (59% contro 37%: per ogni 10 femmine ci sono 16 protagonisti maschi). I gruppi maschili sono 18 contro 4 femminili. Gli animali sessuati vedono 11 maschi contro 5 femmine. E ancora. Nei testi di narrativa i protagonisti maschi sono il 62% circa contro un 34% di femmine. Ma la disparità risulta ancora più evidente se si esplorano le sottocategorie: nei racconti d'avventura il rapporto è di 72% contro 20%; nei miti e leggende siamo a 62,5% contro 25%. Le biografie sono quattro: tutte maschili. Per essere ancora più precisi, la stragrande maggioranza delle storie del passato ha protagonisti maschili: su 91 racconti storici, 67 contro 22, 73,63% contro 24,18%. Come scriveva Ida Magli in *La femmina dell'uomo*: "Immersa in un quotidiano sulla cui trama gli uomini avevano agito senza riconoscerle una funzione vitale, la donna sembra non essere mai realmente vissuta, se non come sgabello ai piedi della storia".

Non va meglio per quanto riguarda il piano qualitativo. Fin dal primo anno di scuola, si legge nella ricerca di Biemmi, ai bambini viene detto che esistono spazi, attività e funzioni differenti che definiscono gli uomini e le donne: "Quando bambini e bambine entrano per la prima volta nella scuola e siedono nello stesso banco, probabilmente con aspettative e sogni simili, vedono nello strumento che utilizzeranno quotidianamente l'immagine maschile e, per quanto possano cercare, le bambine incontrano poche immagini che si riferiscono a loro: un bambino pratica surf, una mamma porta la merenda, l'uomo guida la macchina, ha la libertà di spostarsi e di viaggiare alla ricerca d'avventure. Alle bambine non resta che descrivere ciò che gli altri fanno".

Il punto dove si evidenzia la maggiore discriminazione è quello del lavoro. Su 70 protagonisti maschili i lavoratori sono 49. Su 32 protagoniste femminili, 18. Dunque, lavora il 70% degli uomini e il 56% delle donne.

Ancora. Le professioni maschili sono 50: re (5 casi), cavaliere (4), mago (3), maestro (3), scudiero, scrittore, dottore, poeta (tutte presenti 2 volte), pescatore, pittore, pirata, paggio, mozzo, medico di bordo di una nave, meccanico, ombrellaio, nobile, navigatore, scultore, alunno, scienziato, valletto, taglialegna, studioso, sceicco, viaggiatore, presidente di una squadra di calcio, profeta, riparatore di sedie, venditore, barbiere, Babbo Natale, artista, bibliotecario, cantante, boscaiolo, architetto, artigiano, arrotino, giornalista, giocatore (di carte), marinaio, geologo, contadino, comandante, capitano di una nave, crociato, ferroviere, esploratore, esattore delle tasse.

I lavori attribuiti alle donne sono 15: maestra (8), strega (3), maga (2), scrittrice, Befana, nobile, nutrice, pittrice, attrice, principessa, fata, casalinga, castellana, bibliotecaria, indovina.

Dunque, non soltanto le donne possono scegliere fra un numero ristretto di professioni (ancora oggi, in molti casi, economicamente e professionalmente poco interessanti). Ma anche l'immagine della fata e della strega si relazionano alle attività di cura, o a quelle domestiche: oltretutto, l'insistenza sull'associazione simbolica con la magia rimanda a quell'idea di estraneità dalla vita reale che per secoli ha accompagnato le donne e oggi riemerge con forza del tutto nuova.

Biemmi sottolinea un altro particolare: "Anche nelle attività non professionali il ruolo delle donne è considerevolmente limitato: per esempio, esse non eseguono quasi mai attività da sole, senza cioè essere accompagnate da un personaggio maschile. Inoltre, spesso, mentre intorno alle professioni maschili e alla loro utilità sociale vengono proposte attività, nessuno spunto analogo emerge intorno all'importanza sociale del lavoro familiare: questo porta a concludere che il lavoro familiare non ha valore, non ha statuto sociale, non produce ricchezza".

Conseguentemente, e come sempre, gli uomini sono rappresentati negli spazi pubblici, perfettamente a loro agio. E quando sono negli spazi domestici, si trovano in soggiorno, e quasi mai in cucina. Un solo padre si cuce i calzini da solo. La riprova è ancora una volta nei numeri: il 49% delle femmine contro il 28,6% dei maschi viene definito non in base alla professione ma in base alla sua attività nell'ambito della famiglia.

Addirittura, quando quel ruolo non viene agito secondo i codici tradizionali, i figli dimostrano astio e ribellione. Giulio, il bambino del racconto *Una mamma nuova*, si dichiara stufo della madre perché non sa cucinare. Il conflitto viene risolto solo quando la mamma gli prepara i biscotti. Nel già citato *Merendine* la mamma viene colpevolizzata perché offre al figlio solo prodotti confezionati. In *Noi due*, una madre che lavora viene messa in ridicolo:

Mamma è molto occupata, è sempre in gara con il tempo. Lavora a scuola, insegna storia alle superiori... La mamma fa anche la casalinga, ma lo fa a ondate. Esiste una casa dove si lavano i pavimenti alle nove di sera? Sì, la nostra. Papà e io ci stiamo riposando in poltrona davanti al televisore e all'improvviso compare lei, con il grembiule, il secchio e lo straccio, e ci ordina di tirare su i piedi per poter lavare sotto. Si mette a ginocchioni e sfrega il pavimento.

Ma la cosa che probabilmente ha un peso maggiore su chi legge è il riversamento di stereotipi nella descrizione delle personalità che Biemmi mette in fila. Il maschio viene descritto come "sicuro, coraggioso, serio, orgoglioso, onesto, ambizioso, minaccioso, pensieroso, concentrato, bruto, avventuroso, autoritario, furioso, generoso, fiero, duro, egoista, iroso, virtuoso, tronfio, saggio, deciso, audace, libero, impudente". La femmina come "antipatica, pettegola, invidiosa, vanitosa, smorfiosa, civetta, altezzosa, affettuosa, apprensiva, angosciata, mortificata, premurosa, paziente, buona, tenera, vergognosa, silenziosa, servizievole, comprensiva, docile, deliziosa, delicata, disperata, ipersensibile, dolce, innocente".

Anche le attività di bambini e bambine vengono differenziate, esattamente come nei decenni passati. Tra i giochi preferiti dai maschi ci sono: il carro armato telecomandato, il razzo spaziale, il robot, giocare a carte, col computer e con gli scacchi. Le femmine giocano con le bambole, Barbie in testa, a volte a scacchi e dama. I maschi amano andare in bicicletta, ascoltare la musica, cantare, suonare flauto, armonica a bocca, organo elettrico, disegnare, cavalcare, fare gli scherzi, guardare la tv, inventare storie, leggere e scrivere fiabe, leggere libri di avventure, leggere fumetti, studiare le arti magiche. Amano automobili, musica, fisica e matematica. Le femmine preferiscono ammirare la natura, correre per i sentieri di campagna, catalogare francobolli e cartoline, cucinare, fare le pulizie, disegnare, fare grandi feste, guardare la tv, leggere, recitare commedie, ricevere amici, ma anche (almeno in un caso) costruire un barometro e fare piccoli esperimenti scientifici.

Infine, le immagini. Che estremizzano i testi enfatizzando gli stereotipi. Le bambine sono rappresentate in tutte le attività che si ritengono confacenti e tradizionali per il loro sesso: sono vestite di rosa, giocano con un passeggino (rosa), indossano un grembiule e si occupano delle faccende domestiche, hanno una maglietta con i cuoricini (rosa), spazzano e cucinano, piangono con una bambola in mano. Se sono raffigurate ragazze, le medesime sono bionde e belle, sono vestite di rosa, si misurano un abito, si ammirano allo specchio. Se sono donne, vegliano sul figlio malato, tengono fra le braccia un neonato che piange, hanno un'espressione spaventata, hanno i bigodini in testa, salgono su una sedia terrorizzate da un ragno, ricamano, cucinano, spazzano, sognano l'uomo amato.

I bambini, invece, sono esuberanti: fanno finta di suonare una chitarra, si fanno i dispetti, si picchiano. Gli uomini si preparano per andare al lavoro, guardano la televisione in poltrona, guidano la macchina. A volte sono furiosi, con un coltello in mano. Altre, sono mostrati su una barca in atteggiamento avventuroso.

Ci sono casi in cui le immagini sono addirittura in contrasto con il testo. In un brano tratto da *Dalla parte delle bambine,* dove Elena Gianini Belotti descrive il carattere vitale e attivo della piccola Alessia, viene mostrata una bambina tranquilla, che gioca con un pupazzetto, vestita di rosa. Nel racconto *Morgana,* su un testo della Capitello, la protagonista dice: "Sogno una vita libera e selvaggia e un compagno allegro e avventuroso, che non pretenda di mettermi un guinzaglio". L'immagine, invece, mostra una donna innamorata, con la faccia estatica, che sogna il suo principe azzurro.

E c'è un'ultima cosa che emerge dai testi. Essere brutte è un demerito. Una zia "lunga e secca" viene deprezzata anche caratterialmente. Le bambine vengono rappresentate come civette, vanitose, attente alla bellezza, così come le ragazze e le donne adulte. Per gli uomini, viceversa, la bellezza non rappresenta mai un valore.

A fronte di quell'unica ragazzina che fa esperimenti scientifici, la maggior parte delle altre aspira al solito destino di bellezza e cura. Giustamente, Biemmi conclude:

Da un lato si stimolano le bambine ad allontanarsi dai modelli tradizionali, dall'altro si criticano aspramente le donne adulte che tentano di fare la medesima cosa. La contraddizione nasce dal fatto che le donne fungono a loro volta da modello per le bambine e quindi queste ultime si trovano di fronte a un vicolo cieco: si chiede loro di essere diverse dal loro principale modello di riferimento.

Nelle letture extrascolastiche regna una contraddizione molto simile: se è vero che le protagoniste si sono rapidamente moltiplicate, i modelli restano confusi, e spesso conservatori. Anche in quel caso alle lettrici si chiede, con insistenza, di imparare a piacere.

5. Contro Hermione Granger

Maggio 2007. Ségolène Royal perde le elezioni presidenziali in Francia e uno scrittore italiano, Antonio Scurati,viene attaccato da giornaliste e scrittrici per non aver invitato neanche una donna al festival letterario Officina Italia. A seguire, orgogliosa rivendicazione della differenza con cui le scrittrici approcciano il mondo letterario: in modo, si sostiene, meno competitivo di quello maschile.

Pochi giorni prima, l'Istat aveva diffuso le statistiche culturali relative al 2005. Con un dato prevedibile: tra le persone che avevano letto almeno un libro in dodici mesi le donne prevalevano: 47,9% rispetto al 36,4%. Inoltre, le donne sono in maggioranza anche come scrittrici: in particolare, per quanto riguarda l'anno 2004, le autrici di testi scolastici sono il 39,4 % contro il 38,3%, quelle di libri per ragazzi il 78,8% contro il 67,8%, quelle di "varia per adulti" il 79,5% contro il 74,9%. Dunque, la letteratura (e la lettura) sono marcatamente una faccenda femminile.

Perché tutto questo non risulta affatto consolante? Per esempio, perché ha ragione Virginie Despentes – la scomoda, pornografica, durissima autrice di *Baise-moi* – che nel suo pamphlet *King Kong Girl* denuncia: "Anche oggi che le donne pubblicano molti romanzi, si incontrano raramente personaggi femminili dal fisico ingrato o mediocre, incapaci di amare gli uomini o di farsene amare. Anzi, alle eroine contemporanee piacciono gli uomini, li incontrano facilmente, vanno a letto con loro in due capitoli, raggiungono l'orgasmo in quattro righe e a tutte piace il sesso".

E perché, ancora oggi, alle scrittrici capita di arrestarsi sulla soglia, come denunciava Simone de Beauvoir sessant'anni fa:

Volendo essere lucide, le donne scrittrici rendono il più grande servizio alla causa della donna; ma – generalmente senza rendersene conto – rimangono attaccate a servire questa causa [...]. Quando hanno eliminato i veli dell'illusione e della menzogna, credono di aver fatto abbastanza: ma questa audacia negativa ci lascia ancora davanti a un enigma: perché la verità stessa è ambiguità, abisso, mistero: dopo aver indicato la sua presenza, bisogna pensarla, rifarla. È un'ottima cosa non essere tratti in inganno, ma questo è solo il punto di partenza; la donna esaurisce il suo coraggio nel dissipare i falsi miraggi e si arresta atterrita alle soglie della realtà.

Capita ancora. E capita, di recente, di intravedere, nei testi a firma femminile, una sommessa richiesta di scuse per quel che si è fin qui conquistato. Dice ancora Despentes che nessuna donna ammetterebbe, oggi, di sentirsi inferiore a un uomo. Eppure, "l'idea che la nostra indipendenza sia nefasta" si è radicata in noi "fino al midollo".

Capita sempre più spesso, negli ultimi tempi, di ascoltare voci di donne che rimpiangono ciò che con l'emancipazione si sarebbe perso: e, di conseguenza, lamentano quel mondo *peggiore* che, per colpa della femminilità smarrita, si sarebbe venuto a creare. Capitava anche in passato, peraltro, di imbattersi nella stessa teoria, magari rovesciata perché promulgata dagli uomini: quando la donna si afferma, la civiltà decade. In quanto, per eccesso di femminilizzazione, decade il maschile. Il dandy, l'uomo incapace di fare la guerra, o troppo vicino allo sguardo della donna sul mondo, diviene l'emblema della società in disfacimento. Avveniva, per esempio, in *La cuccagna* di Émile Zola, dove il declino dei tempi si incarna in Maxime, "l'homme-femme".

Ma torniamo ai numeri: ci dicono che le donne scrivono di più. Ma non ci dicono cosa scrivono. Quanti romanzi di autrici italiane, oggi, esplorano spazi aperti, inventano, costruiscono? Quanti, invece, si avvolgono nel micromondo delle proprie emozioni e dei propri sentimenti? Quanti restituiscono un'idea del femminile che non si autosminuisca attorno all'esperienza primaria e nuovamente inevitabile della maternità? Quanti si limitano a essere la variante – certo, spiritosa, intelligente, autoironica – del vecchio romanzo rosa, dove la felicità si identifica con la formazione di una coppia? Quanti si compiacciono di storie claustrofobiche, dove le protagoniste si leccano le ferite nel chiuso di un appartamento? La risposta a quest'ultima domanda è facile. Tanti: da far venire il sospetto che l'antico sogno di Virginia Woolf,

Una stanza tutta per sé, si sia infine concretizzato: ma sia munito di sbarre. Un'amica scrittrice mi diceva: benissimo. Adesso la stanza ce l'abbiamo. Ma è il momento di uscirne: via, sciò, aria.

Il paradosso della maggior visibilità femminile che serpeggia in ogni campo (tranne che nei libri di testo delle elementari) non tiene conto di *quale* donna si stia parlando. Ci sono donne ovunque: al cinema, in televisione, nei fumetti, nei libri. Ma chi sono? Come sono? Despentes, ancora, sostiene che è verissimo che questa società sia straordinariamente permissiva "quanto alla libera circolazione corporale e intellettuale della donna". Salvo, poi, veicolare un solo messaggio: "Non abbiate paura di noi". In fondo, abbiamo piccoli sogni: siamo libere, ma non troppo, affermate professionalmente, ma meno degli uomini. Nei nostri libri, dipendiamo da un padre, da un compagno, da un figlio: proprio come una volta. E, soprattutto, siamo belle: "Nessuna società," aggiunge Despentes, "ha mai preteso altrettante prove di sottomissione ai diktat estetici, altrettante modificazioni del corpo per renderlo femminile".

Certo, si generalizza. Con altrettanta certezza, però, è difficile uscire da quella che Simone de Beauvoir raccontava come l'autocostrizione della donna all'armonia, come l'insistenza ad accettarsi e avvalorarsi in quanto colei che rappresenta la vocazione al Bene in un mondo "dove il Bene non *è*" e non può essere. Le donne si narrano Buone. Si affliggono per il moltiplicarsi di immagini femminili "dure come maschi". Prediligono testi smussati, emotivi, *naturali*. E annaspano nelle acque agitate della differenza.

Quella su cui si confrontavano, anni fa, Natalia Ginzburg e Alba De Céspedes. La prima lamentando la cattiva abitudine delle donne di "cascare ogni tanto in un pozzo, di lasciarsi prendere da una tremenda malinconia e affogarci dentro". La seconda reclamando le virtù di quel pozzo e la missione femminile di diffondere "la luce delle esperienze fatte al fondo di esso".

Quella con cui faceva i conti, nel 1974, Patricia Highsmith, che in *Piccoli racconti di misoginia* ritraeva donne seducenti, lamentose, forti solo dell'astuzia degli sconfitti. Odiandole, commentava nel saggio finale Luisa Muraro, perché rimandavano un'immagine avvilente del loro sesso, e soprattutto perché rendevano alle loro simili "il cattivo servizio di diffondere e corroborare un'immagine leggendaria di meschina piccolezza femminile".

Quella che si pone come enigma e sfida a molte scrittrici di oggi.

In rete trovo un lungo intervento di Claudia Salvatori, scrittrice di gialli e sceneggiatrice. Racconta molto bene quel che significa scrivere fuori dagli stereotipi che le donne continuano a fornirsi da sole: “La signorina che scrive deve elaborare il peso della sua tradizione culturale, in cui il maschile rappresenta l’umano e il femminile rappresenta soltanto il femminile, o piuttosto il complementare-contrario dell’umano. Come ottenere l’identificazione del suo pubblico? Se sceglie di veicolarsi in un personaggio maschile perde forse qualcosa di sé, ma se si propone in un personaggio femminile perde gli altri, o guadagna lettori che non vuole. E se dissacra il maschile con la sua critica corrosiva? Se tenta di costruire un femminile-non femminile, sarà compresa? Ogni giorno, ogni minuto della sua vita professionale deve risolvere enigmi di questa complessità”.

Parlo al telefono con un’amica, Chiara Palazzolo. È un’autrice “di genere”: scrive horror, in particolare. Il suo personaggio più noto è una zombie, o per meglio dire una ritornante, Mirta/Luna, che nel suo viaggio, da morta fra i vivi, attraversa gli stereotipi femminili e maschili e infine li supera: diventando persona. Chiara ha una teoria: dice, in sostanza, che gli scrittori – quelli riconosciuti come tali, nel pantheon della letteratura alta – continuano a essere, in maggioranza, uomini; ma che le donne, perlopiù, scrivono in un’ottica maschile. Dice che quando lei stessa scrive fa uno sforzo per decostruire quell’ottica, che porta ad assumere una voce non sua anche alla scrivente. Dice, infine, che la letteratura, a oggi, “ha moltissimi padri e pochissime madri”. Il fenomeno è schiacciante, conclude, anche nella letteratura per ragazzi: dove, a fronte di poche eccezioni, siamo ancora al concetto *Sandokan* versus *Piccole donne*. Lo vedremo, fra poco.

O fanno figli, o fanno libri sui figli che fanno o non fanno, o scrivono manuali d’amore o di sentimentalismo postmarxista e si scandalizzano se uno non si scandalizza e dice che non sono opere.

Le parole dello scrittore Massimiliano Parente sono odiose, ma a volte sono vere. E dal momento che il mondo delle adulte e quello delle bambine procede lungo binari paralleli, anche nelle produzioni letterarie rivolte alle une e alle altre ci sono dei punti di contatto. Con delle differenze: se negli ultimi anni alle lettrici si sono offerti centinaia di testi erotici (quasi tutti con una storia di vero amore al termine della notte), alle ragazzine è consono rivolgersi con il semplice addestramento a un futuro sentimentale. Nei due casi e nella maggior parte delle storie, le protagoniste, piccole o grandi, cacciatrici di avventure o di sesso, condividono l'imperativo all'avvenenza e il sogno di innamorarsi. Il messaggio che mandano al mondo maschile – o alle loro sorelle perché lo memorizzino – è, afferma Virginie Despentes, sempre lo stesso: "Guarda come sono bella, malgrado la mia autonomia, la mia cultura, la mia intelligenza, l'unica cosa a cui ancora miro è piacerti".

Perché è d'amore, ancora e soprattutto, che scrivono le donne, ed è di amore che leggono. Come scriveva Francesca Bellafronte, "la socializzazione degli uomini non è costruita sul lato romantico della vita: essi continuano a costruire la loro identità più in base alle scelte e al successo professionale, mentre le donne prioritariamente costruiscono la loro sulla capacità di realizzarsi nel rapporto con l'altro".

Buffo. Perché, a rifletterci, il romanzo d'amore nasce dagli uomini. Maschile fu, in stragrande maggioranza, la poesia trobadorica. E la donna della grande letteratura, da Lotte a Emma, è sempre la proiezione del desiderio maschile: l'Innamorata è lo specchio di Narciso, un fantasma femminile creato dagli uomini affinché li insegua. Una trasfigurazione, certo: ma anche il più sublime dei modi per destinare la donna all'amore. E dunque relegarla ad Altro.

Ancora più buffo: qualche anno fa un sondaggio inglese chiese a un campione di intervistati di cosa avrebbero fatto a meno più malvolentieri. Gli uomini risposero che non avrebbero mai rinunciato alla donna. Le donne, che non avrebbero mai rinunciato al cioccolato.

Se è un discorso di femminismo, non ne voglio sapere. Che le donne imparino a fare la torta di mele che, davvero, non la sa fare più nessuno.

(Fernanda Pivano, intervista a "Il Giorno", 1 agosto 2001)

L'attenzione all'ondata rosa risale al 1984. Lo stesso anno in cui il "Times" dedicava lunghi articoli al successo del libro femminista che, ai tempi, sembrava dovesse favorire la "creazione di un nuovo sistema simbolico". Contemporaneamente, l'Istat ricordava che gli italiani leggevano sempre di più: in undici anni, dal 1973 al 1984, erano addirittura raddoppiati, passando dal 24,4 al 46,6%. Grazie alle donne. Grazie, si argomentò, al crescente successo dei piccoli Harmony.

I libri Harlequine (di cui Harmony è la collana di punta), nati negli anni cinquanta, raggiungono in effetti milioni di donne in ogni parte nel pianeta. Hanno, in genere, una struttura fissa: incontro-innamoramento-ostacolo-risoluzione. Laura Donnini – direttrice di Harlequine Mondadori Italia (joint-venture nata da una fusione fra Harlequine Enterprise e Mondadori, 650 titoli l'anno e un totale di venduto che nel 2002 toccava i 230 milioni di copie) – ricorda che si tratta di romanzi "sempre a lieto fine, di foliazione ridotta, prezzo molto basso, accessibilità su 30.000 edicole". Il che significa 8 milioni di copie vendute ogni anno a compratrici fedeli, un terzo delle quali ingoia anche 13 titoli in un mese (in Italia si considera lettore forte chi legge 12 libri l'anno). All'interno del macrofilone esistono ben dodici varianti ("Per esempio," racconta Donnini a Rai Libro, "abbiamo Temptation, una serie rossa erotica, dove le protagoniste sono professioniste affermate"), con possibilità di sostituire all'accoppiamento finale "l'autorealizzazione" (nella collana Red Dress Ink), ma con un tema fisso: "Tutte cercano l'amore della propria vita". Per esempio. *40 Ricomincio da me* di Sarah Tucker ha un titolo che promette bene, come l'incipit della trama: "Hazel sta per compiere quarant'anni e sapete una cosa? Non vede l'ora. Chi l'ha detto che la donna ha una data di scadenza? Soddisfatta dei propri successi personali e professionali (è avvocato divorzista), circondata da amiche meravigliose (del marito si è liberata da tempo), scaldata dall'affetto di una figlia ormai grande, per lei la vita è a un nuovo inizio". Però, c'è un seguito: "Certo, un uomo nuovo in questo quadretto non ci starebbe male. Meglio ancora se l'uomo in questione fosse un bel po' più giovane, affascinante, tonico, senza pancetta o maniglie dell'amore".

L'uomo deve entrare necessariamente nel quadro, il prima possibile. Come ha insegnato anche alle lettrici atipiche del rosa Bridget Jones, nata in una rubrica di Helen Fielding sull'"Indipendent", cresciuta in due best seller (*Il diario di Bridget Jones* e *Che pasticcio, Bridget Jones!*), divenuta icona della nuova femminilità in altrettanti film. Grazie alla sua ironica imperfezione (fuma, beve, è in perenne lotta con la bilancia), la letteratura "femminile" rinasce a vita nuova: Bridget è leggermente sovrappeso, dunque è anticonvenzionale: e poco importa che del tutto tradizionale e conformista sia, invece, la sua dedizione all'amore. Dopo Jones, i cloni. A cascata. Accorti nel cogliere il momento giusto (anni novanta, nello stesso momento in cui gli esperti di marketing cominciano a studiare e poi rafforzare le differenze di genere), abili nel costruire piccole storie attorno a un unico messaggio: la felicità coincide con Mr. Right, l'uomo giusto (possibilmente anche bello, colto, ricco). Nasceva e fioriva la *chick lit*, la letteratura per pollastrelle: protagoniste, ragazze intorno ai trent'anni, furbe, attive professionalmente – ma non troppo – single, a caccia di uomini.

Nel 2001, l'ultraottantenne Doris Lessing dichiara di sentirsi disgustata dai libri "brutti e inutili" delle giovani scrittrici inglesi. Aggiungendo: "È doloroso, alla mia età, vedere tutte queste ragazze superficiali e ignoranti far finta di essere orgogliose della loro femminilità". La Fielding risponde: "Con i miei libri ho solo cercato di dare voce alle donne della mia generazione, non a quelle più vecchie". L'inquietudine nasce dal fatto che forse è vero.

Nel 2003, la Fiera del libro di Torino santifica il rosa, chiamandolo prudentemente *women's fiction*. Del resto, Sveva Casati Modignani vende, annualmente, dalle 500 alle 600.000 copie. Stravende Maria Venturi. E accanto alle due signore del libro sentimentale ci sono le giovani leve: quelle che raccontano amori e vicissitudini di gruppi di amiche in cerca di un senso per la propria vita. E lo trovano, alla fine: innamorandosi. Ancora qualche mese, e il rosa, sia pur con altri nomi, è ovunque: si sorride compiaciute davanti alla trilogia della singletudine vegetale di Luciana Littizzetto. Analogamente a quanto avviene per il serial *Sex and the City*, non poche firme ammettono che è divertente rilassarsi con storie di telefonate che non arrivano, di equivoci, di completini intimi. "Il femminismo duro è tramontato," si scrive da più parti. Risorge, e trionfa, la ricerca del marito.

E della famiglia che con lui si crea. Nel giro di pochi anni, arriva la *Mummy-lit*: dove la protagonista è l'ex single che, trovato l'amore e, molto spesso, abbandonata ogni velleità di carriera, si cimenta con faccende domestiche, parco giochi, bambinaie. Un marito noioso. Una suocera. Un possibile amante che verrà certamente abbandonato per il ritorno a casa, con successiva e rinnovata consapevolezza della protagonista a proposito delle sue responsabilità di moglie e di madre. I titoli? *Supermamme disperate, Il diario segreto di una casalinga demente*. Lo sgomento? Per esempio quello di Muriel Gray, a capo della giuria dell'Orange Prize: "Le scrittrici sembrano non avere più grandi sogni".

Le donne non sono stupide, ma non sono intelligenti abbastanza per rendersi conto che il Femminismo non

ha portato libertà, ma l'opposto. Questo è il motivo per cui sono felice che il Femminismo sia morto.
(Michel Houellebecq, "The Guardian", 2005)

"I seguenti post li ho messi nel libro, quindi chi li ha letti li ha letti (avete avuto tre anni di tempo!!), ora li trovate (riveduti, corretti e integrati di questioni mancanti) nel romanzo": così scrive Caterina Cutolo, *Pornoromantica* per il web e anche per l'editoria. I titoli dei post sono: "Leccare la Patonza da 0 a 10", "Pompino Perfetto *vs* Pompino Improvvisato", "Pompino e Sottomissione: storica menzogna", "In Culo oggi sì". E altri. Passo indietro. Nel 2003 l'allora sedicenne Melissa Panariello scrive la storia del suo addestramento sessuale: gelido quanto affollato. Il lancio di *Cento colpi di spazzola* è accompagnato da interviste eccitate di grandi firme maschili e fotografie della ragazza in minigonna. Il successo è impressionante. Molti mesi dopo, a freddo, il critico Vittorio Spinazzola coglie il punto. Che non è strettamente letterario: "La ragazza fa sesso a oltranza ma non ne ricava nessun piacere, in realtà cerca l'Amore, un deus ex machina che dia senso alla vita, e intanto gratifica gli uomini con una maschera della femminilità ultradisponibile. È vero che questo è un elemento ricorrente in ogni prodotto pornografico, molto apprezzato dal pubblico maschile, ma qui la faccenda si complica trattandosi più che altro di un 'rosa' camuffato da porno". Anni dopo, a proposito di un altro libro femminile a sfondo sessuale, Franco Cordelli (sì, un altro uomo) scriverà: "È comprensibile che le scrittrici comunichino ciò che il sesso è per una donna, dopo secoli di silenzio. Ma qui è sempre la stessa pappa rosa".

Su questo equivoco (una donna che scrive di sesso è segnale di libertà *a prescindere*) si stampano centinaia di titoli. Moltissimi di blogger o di signore in vena di autoconfessione: da *Girl With One Track in Mind* di Abby Lee a Maria Dahvana Headley con *The Year of Yes: A Memoir*, storia dei centocinquanta amplessi di una studentessa che per un anno dice sì a tutti, compresi quelli che non le piacciono. Passando per la vita vissuta orizzontalmente da Chelsea Handler (*Le mie storie da una botta e via*) a *Diario (vero) di una squillo di lusso sposata* di Tracy Quan, moglie e prostituta d'alto bordo. Giù fino a Hanna S., la cinquantenne di *Farfalla*, che si propone di cacciare "le Lolite dalle librerie, visto che non possiamo buttarle fuori dai letti dei nostri mariti", e inserisce nella biografia il dato "maggiorata di taglia media che usa i tacchi a spillo". La foto dell'autrice è sostituita da quella del solo busto, camicia aperta sul reggiseno a balconcino. In sovrimpressione, la scritta: "Hai visto quello che sono, adesso leggi quello che ho scritto". Il corpo, insomma, è il lasciapassare anche per la scrittura.

Ella era seduta, un po' abbandonata su sé stessa, tenendo su le ginocchia un libro che io riconobbi, il libro che io le avevo dato pochi giorni innanzi:* La Guerra e la Pace. *Tutto in lei, veramente, nell'attitudine e nello sguardo era dolce ed era buono.

(Gabriele D'Annunzio, *L'innocente*)

Quella della lettrice è un'icona antica, quanto mai gradita agli scrittori di ogni tempo, che si compiacciono della fedeltà e della passione femminile nei confronti dei libri. Anche i pittori subiscono con regolarità il fascino di una figura di donna immersa nella lettura: che sia seduta in uno dei prati fioriti di Monet, che sorrida appena come la lettrice di Renoir, che si abbandoni insieme alla mollezza del divano e alle seduzioni del volume, come nel famosissimo quadro di Federico Faruffini, quella creatura viene gratificata dall'approvazione dell'artista, come se stesse facendo qualcosa di giusto e di consono. Esiste, insomma, una mistica della lettura femminile che viene esibita orgogliosamente per avvalorare la superiorità morale e intellettuale delle donne sugli uomini. Meraviglioso, è vero. Però qualche cattivo pensiero è inevitabile: specie se si ricorda quella dicotomia fra primato scolastico delle bambine e ragazze e affermazione professionale delle adulte. E se si sospetta che questo compiacimento maschile nei confronti della donna che legge potrebbe essere un ulteriore, carezzevole inganno.

Diamo uno sguardo al rapporto Istat sulla lettura relativo al 2006 e andiamo subito a quella parte che si occupa di coloro che dichiarano di non aprire un libro (o di farlo molto poco). Se si prendono in esame le motivazioni fornite dai non lettori, si trova qualcosa di interessante: i maschi indicano più delle donne il *poco tempo libero* (27,4% contro 22,6%). Controprova. Chi legge per motivi professionali è più frequentemente un uomo (10,6% rispetto al 7,7%). Certo, in sé il dato potrebbe essere insignificante: eppure lascia un retrogusto amaro, come se in qualche modo avvalorasse il citato concetto di cultura femminile ornamentale e innocua, finalizzata all'occupazione del tempo prima ancora che alla crescita, e soprattutto all'*attività* intellettuale.

Le donne leggono di più, ci conferma l'Istat: per quanto riguarda il 2006, in dettaglio, ci viene detto che la supremazia di genere raggiunge il suo massimo tra i 18 e i 24 anni, con una differenza di 20 punti percentuali a favore delle donne. Ma cosa leggono? Perché, a proposito di cattivi pensieri, quella stessa fascia d'età è la stessa dove risulta preminente la lettura dei romanzi rosa, che è ovviamente a predominio femminile (12,9% rispetto all'1,1% dei maschi). Andiamo a vedere la graduatoria per genere di libri letti. Uomini e donne leggono soprattutto – genericamente, però – romanzi italiani e stranieri (rispettivamente 42,3% e 36,1% per quanto riguarda i primi, e 58,2% e 47,4% per le seconde). Poi c'è una biforcazione netta: al maschile, la preferenza va a guide turistiche (28,1%), libri di scienze sociali (27,1%) e umoristici (26,3%). Al femminile, libri per la casa (40,3%), i gialli e noir (27,2%), le guide turistiche (25,7%) e i romanzi rosa (22,4%). Per quanto riguarda la varia, gli uomini leggono libri a fumetti (19,9%), di informatica (12,6%), di fantascienza (15%) e libri di scienze o di tecnica (14,2%). Le donne prediligono i libri sulla salute, sulla gravidanza e sui bambini (16,2%), libri per bambini/ragazzi e favole (20,3%).

Se si esclude la piccola sorpresa giallistica, le preferenze femminili sembrano dunque appuntarsi su letture che riguardano la cura della casa e dei figli. Ma, certo, i dati non possono dire tutto. Per esempio, sarebbe interessante capire in quale sottoscaffale della "varia" venga classificata la manualistica per donne. Mai così numerosa come negli ultimi anni. Mai così conservatrice.

Nel 2004, per dire, suscita clamore *He' s just not into you: the no-excuses guide to understanding guys* (Non è tanto preso: la guida senza scuse per capire gli uomini), scritto dagli autori di *Sex and the City*, best seller in America (Penelope Green sul "New York Times": "Il messaggio è forte: gli uomini sono egoisti, fobici, dei criminali emotivi e disconnessi e le giovani donne carine e intelligenti sembrano disperate per averli comunque"). Mese dopo mese, si accavallano titoli come *Una botta e via, guida al sesso occasionale, Il sesso dei tuoi sogni. Guida all'addestramento degli uomini* ("con l'esclusiva maglietta *Addestratrice di uomini*"), *La bibbia del vivere in due* ("Uguali, eppure così diversi! Vi siete chiesti come mai gli uomini possono fare una sola cosa per volta e le donne non sanno parcheggiare in retromarcia?"). Guide che si ricevono in dono se si comprano completini intimi. Nell'estate 2007 la pubblicità di Yamamay annuncia che con 49 euro di spesa si potrà ricevere un libro che finanzierà la ricerca sul cancro. Il testo, di Ruth Carpenter, con prefazione di Martina

Stella, si chiama *Ti ha detto niente la mamma?* e insegna a fare lo strip-tease per un uomo, a stirare una camicia, ad applicare correttamente il rossetto, a flirtare con successo. Guide, insomma, per sedurre, per essere sedotte, per innamorarsi, per tradire. Per farsi sposare, anche.

Decido di aprire un libro di Alix Girod de l'Ain, "celebre giornalista di 'Elle'". Il testo in questione si chiama *Come portarlo all'altare*. È stato distribuito come allegato a un settimanale popolare, quindi lanciato in libreria, da Morellini Editore, collana Pink Generation. Guardando la copertina, una ragazza che esibisce radiosa l'anulare ingioiellato, penso di nuovo che, fino a non molto tempo fa, tutto questo sembrava divertente.

Le prime pagine sono un attacco a tutte quelle donne che sognano "sponsali in pompa magna, con tappeti di fiori d'arancio, famiglie commosse e lacrime di gioia" e non hanno il coraggio di dichiararlo. La colpa, naturalmente, è del movimento di liberazione delle donne:

Le femministe, talvolta dogmatiche nonché scoraggianti, ci hanno a lungo ripetuto che in futuro più nessuna di noi avrebbe dovuto desiderare questa schiavitù legale [...]. Oggi, all'ancestrale terrore maschile del "farsi accalappiare" si è aggiunto un altro fenomeno. La nuova minaccia è l'emancipazione femminile. Troppo libere, troppo autonome, troppo ambiziose, non si sa bene perché, ma molti uomini si dichiarano terrorizzati da queste combattenti in guêpière. [...] D'altro canto, tutta questa ideologia femminista, che ai suoi tempi ha avuto il vantaggio di difendere la causa delle donne, ha lasciato un retrogusto revanscista pungente e astioso. È vero che negli anni settanta c'è stata una vera e propria epurazione antimaschilista, e un uomo che apriva lo sportello a una donna era tacciato di insopportabile paternalismo umiliante e antiquato. Ma da lì a concludere che le donne non hanno più bisogno degli uomini e possono cacciarli dalla loro vita è ingiusto. No, care le mie suffragette, l'istituzione del matrimonio non dura da secoli solo perché gli uni opprimono le altre.

È vero, ultimamente la negazione degli anni rivoluzionari sembra attività assai praticata. Ma, così come sembra facile attribuire ai movimenti del '77 una generale e insensata vocazione alla devastazione, la malintesa interpretazione del femminismo è ormai luogo comune: e ha affondato radici velenose. Tanto che l'innocente manualetto veicola senza farsi problemi una nuova/vecchissima donna che sogna devotamente l'altare, e che ha solo bisogno di apprendere un po' di metodo per centrare l'obiettivo. Non casualmente, l'uomo viene chiamato "il bersaglio", e le modalità da usare per agguantarlo suonano come una strategia militare (concetto e definizione torneranno nelle riviste dedicate alle bambine, peraltro). Di due tipi: lenta (un anno) e veloce (sei mesi, detta anche la "corrida"). Le armi: dolcezza, pazienza, tatto. Gli stereotipi: implacabili.

Che cos'è un uomo?

• Si interessa soprattutto di automobili, di sport e degli amici.

• Prova un'istintiva diffidenza nei confronti delle donne, dei gioiellieri e dei cosmetici.

• Non parla mai male delle persone che non conosce.

• Ritiene che il successo professionale sia garanzia di felicità.

• Utilizza il telefono sei minuti al giorno.

• Spesso pensa che lo si voglia accalappiare, senza dubbio per rubargli la macchina, le magliette del Milan o gli amici.

• Lo si riconosce senza sbagliare dal fatto che applaude quando gli si propone di vedere un lungometraggio interpretato da robot e di ingurgitare poi un triplo cheeseburger.

Che cos'è una donna?

• Una donna è un essere umano che non pensa ad altro che all'amore.

• Quando viene al mondo, mette in azione la propria energia per avere dei boccoli che piaceranno al suo papà. Non appena ha ottenuto l'affetto di suo padre, si allontana da lui per occuparsi dei ragazzi. È un centro di interesse che conserverà per tutta la vita.

• La donna si incontra sostanzialmente nei negozi, durante i saldi. Si procura delle cose per piacere agli uomini. Questi ultimi se ne infischiano.

• La donna ama parlar male dei suoi amici; qualche volta, con un po' di concentrazione, le capita di estendere questa attività a dei perfetti sconosciuti.

• Usa il telefono 8 ore e 53 minuti al giorno, di cui 6 ore e 12 minuti per parlare dei propri sentimenti amorosi.

• La donna lavora con competenza e accanimento in campi molto diversi. Dice che "è maledettamente importante crescere professionalmente". In realtà, al di là delle legittime preoccupazioni finanziarie, cerca di stupire gli uomini.

• Quando cambia l'uomo della sua vita, singhiozza un po' e si risolleva il morale andando a spendere dei soldi, persino al di fuori del periodo dei saldi.

• *La donna adora fare scenate, dette pasticci o psicodrammi, per delle inezie.*

• *Ama i figli. Non appena il marito gliene fa uno lei ne vuole un altro. Se il marito si rifiuta, va a trovare altri uomini con il suo Wonderbra.*

• *Le donne sono vanitose, scostanti e nell'insieme capricciose.*

Dettagli. Come le definizioni del mondo che circonda l'uomo che si presuppone amato. Le suocere sono "gorgoni irsute". Gli amici di lui, "la setta maschile" volgare e ridanciana. Alle lettrici si raccomanda, ancora una volta, l'astuzia dei deboli: nutrire "il bersaglio" e lasciare che guardi la partita di calcio, fare uso di adulazione, falso sostegno, ipocrisia. Si impone di curare il proprio aspetto. Di coltivare le relazioni, ma solo per ottenere quanto si desidera: "Trovate alleati e amiche, tessete legami, cercate appuntamenti utili, la vostra lista di nozze vi restituirà tutto".

Dettagli. Come quelli che hanno, probabilmente, portato alla ripubblicazione di ampi estratti della *Grande enciclopedia della donna.* Con una prefazione dove Lella Costa insinua il "rimpianto per quella vita probabilmente immaginaria, ma così rassicurante, in cui c'erano regole per tutto, e tutti rispettavano le regole. In cui c'era qualcuno che ti diceva cosa fare o dire in ogni situazione immaginabile, a casa e fuori, da sola o in compagnia, in famiglia o sul posto di lavoro, con i figli o con la 'domestica', persino in automobile". Rimpianti per un mondo catalogato in capitoli dove "l'angelo del focolare" deve imparare a far visita, a conversare (senza interrompere il marito), a educare le figlie preservando la loro femminilità. E dove il test *Che tipo di madre sei?* lascia un fondo, faticosamente dissipabile, di angoscia: "Siete una madre chioccia? (Dell'amica che manda i suoi ragazzi a un campeggio con gli scout, pensate che ha sempre fatto i comodi suoi e basta? Pensate che è meglio avere delle femmine, così vi staranno vicine anche dopo il matrimonio?) Siete una madre vittima? (Sognate spesso che vostro marito e i vostri bambini muoiano?)".

I gruppi di lettura, i reading, i resoconti delle vendite ci ripetono tutti la stessa storia: quando le donne smetteranno di leggere, il romanzo morirà.

(Ian McEwan, "The Guardian", ottobre 2005)

Cosa sappiamo, dalla sua prima apparizione in *Harry Potter e la pietra filosofale*, di Hermione Granger? Che è intelligente. Anzi, che è secchiona. Hermione legge molto, sa tutto delle regole di Hogwarts, è in grado di rispondere a ogni domanda, rispetta le famigerate regole. Sappiamo anche che inizialmente non suscita le simpatie di Harry e di Ron Weasley: ma, ciononostante, diventerà indispensabile a entrambi. Hermione corregge i loro compiti, risolve con la propria competenza le situazioni difficili e modera l'esuberanza e l'insofferenza all'ordine dei due compagni. Hermione, la lettrice, è una perfetta comprimaria. Ma i protagonisti sono altri.

Cosa sappiamo della letteratura per ragazzi? Che, da anni, e ancor più dopo l'exploit della saga di J.K. Rowling, gode di ottima salute. Esempio. Sempre secondo l'Istat, nel 2004 sono state pubblicate, fra prime edizioni e ristampe, 3605 opere per ragazzi. E nel rapporto del 2007, "L'altra faccia della digital generation", si scopre che nella fascia tra i 6 e i 24 anni, pari a 7 milioni e 700.000 lettori, si legge più che nella media della popolazione. I dati ci dicono parecchie cose interessanti, in effetti: specie su quell'81% di acquirenti di libri fra gli internauti abituali, segno, come vedremo, che la rete è tutt'altro che fomentatrice di perdita di concretezza e di responsabilizzazione, ma che aumenta semmai le competenze linguistiche e intellettuali. Ulteriore dato, a specchio del mondo adulto: leggono di più le bambine e le ragazze.

Sicuramente un merito. Forse anche un problema, se leghiamo la lettura alla necessità femminile di assuefarsi al modello diligente, più che sapiente, prefigurato in famiglia e scuola. E se ci chiediamo, anche in questo caso, cosa leggano le bambine. Perché, esattamente come è avvenuto nel mondo delle lettrici più grandi, anche una buona parte dell'editoria per ragazzi evidenzia e rafforza le distinzioni di genere, con prodotti differenziati per sesso.

Certo, le eroine sono aumentate. Oggi i modelli proposti, almeno apparentemente, sono più attivi rispetto al tempo in cui si limitavano a cercare un uomo o a contrastare quelle che lo cercavano. Ma c'è da chiedersi quanto sia stata superata quell'antica dicotomia che divideva i personaggi femminili in due: le buone (e sciocche) e le cattive. Per riformulare in altri termini la domanda: quante protagoniste fanno uso, invece che dei propri sentimenti e della gentilezza del proprio cuore, della propria intelligenza?

Non c'è madre che m'abbia dato la vita. Il mio favore va sempre alla parte maschile – purché non si tratti di nozze – dal fondo del cuore. Io sono figlia soltanto del padre.

(Eschilo, *Eumenidi*)

La gelida dea Atena, che non ha conosciuto il grembo materno ma è nata direttamente da Zeus, disconosce la figura della madre: e, con essa, il mondo delle donne. Atena, "la mente di Dio", protegge dunque la sapienza, che è virtù maschile. A coloro che appartengono al suo sesso accorda protezione soltanto quando si conformano al loro destino: il matrimonio.

Non è però ad Atena la saggia che si ispirano le eroine più autonome e coraggiose della letteratura per ragazzi e, in assoluto, dell'immaginario che a loro si rivolge (fumetti, cartoni animati, telefilm, videogiochi). Bensì all'altro suo volto: la casta e implacabile divinità guerriera. Perché il grande filone dei personaggi femminili positivi include oggi almeno due sottocategorie: le eroine tradizionali (generose, armoniose, accudenti) e le guerriere, che vestono spesso, com'è tradizione, indumenti maschili e si battono con ferocia (salvo, spesso, abbandonare per amore. O morire). Le une e le altre, specie negli ultimi tempi, hanno un legame strettissimo con il sacro: sono maghe, streghe, elfe, demoni. In numero così vistoso che è impossibile stupirsi se, di recente, le preadolescenti affollano con curiosità i siti della Wicca, il culto magico "bianco" dove la figura femminile è centrale.

La maghe e le streghe, ovviamente, possono fare a meno della sapienza: i loro poteri (incantesimi, bacchette, padronanza sugli elementi della natura) sono più che sufficienti. In moltissimi casi, intervengono per riparare a una disarmonia, per ricucire ferite, per curare danni inferti alla natura. Sono tramite fra il mondo degli uomini e l'universo. Il loro fascino, nota un'insegnante-scrittrice, Marilena Lucente, non si identifica con la loro potenza, quanto con il loro mistero: perché tutte custodiscono "qualcosa di non addomesticato". Le Witch, le Winx, le amiche guerriere del manga (poi *anime*) *Sailor Moon*, le piccole maghe musicali di *Do Re Mi*, prima di passare all'azione si trasformano e diventano più adulte, più temibili. Diventano Altro.

In molti romanzi per ragazzi, e in molto fantasy amato dalle ragazze, la protagonista riesce a vedere quel che agli altri sfugge, come la Peggy Sue creata da Serge Brussolo. Le elfe del ciclo di Shannara, di Terry Brooks, comunicano con le piante. Quelle di Tolkien sono in massima vicinanza con la natura tutta. Storia antichissima: dagli albori della civiltà la donna ascolta le voci dei morti e degli dèi, comprende il linguaggio del vento e degli animali, predice il futuro. È la donna selvaggia, che corre con i lupi, cara a molta simbologia contemporanea. La vestale new age. La sensitiva. È, infine, colei che si oppone alla conoscenza intellettuale con un sapere, ancora una volta, Altro.

La femmina come Altro è la prima questione che Simone de Beauvoir affronta scrivendo *Il secondo sesso*. Sa che la biologia non basta a fornire risposte sul perché la donna sia stata *al di fuori* del mondo maschile: e sa che è necessario capire, dunque, come la natura sia stata rielaborata – da altri – in lei nel corso dei secoli. Il più potente degli strumenti utilizzati in questa rielaborazione è stata la creazione – maschile – di un regno femminile dove trionfano la vita e l'immanenza, e dove le donne restano rinchiuse:

Essa è la regina del cielo, rappresentata da una colomba; è anche l'imperatrice degli inferi. Ne esce strisciando, e il serpente la simbolizza. Si manifesta nelle montagne, nei boschi, sul mare, nelle sorgenti. Dovunque essa crea la vita: se uccide, risuscita. Capricciosa, lussuriosa, crudele come la Natura, propizia e temibile a un tempo... Ha nome Ishtar a Babilonia, Astarte presso i popoli semitici, e presso i greci Gea, Rea o Cibele... Idolo supremo nelle lontane regioni del cielo e degli inferi, la donna è circondata in terra di tabù come tutti gli esseri sacri, è ella stessa tabù; i poteri che detiene la fanno considerare una maga, un'incantatrice.

Nel suo contenere mistero, nel suo essere Madre e Dea, la donna non è mai una *simile* dell'uomo, perché il suo potere si afferma "al di là del regno umano". E dal momento che sono stati comunque gli uomini a creare la Dea, gli uomini possono annientarla: "C'è sempre un tempo in cui vicino alla dea madre sorge un dio, figlio o amante, che la sostituirà nel culto".

Non è un caso che in molti libri, o fumetti, le antagoniste siano donne potenti, cui le giovani maghe si oppongono per riequilibrare i destini del mondo: avviene, per esempio, nelle storie delle Witch e delle Winx. Energie giovani, vitali, che allontanano il pericolo di una femminilità invecchiata, dunque svincolata dal destino della specie, dunque maggiormente temibile. Spesso, inoltre, le eroine legano la propria potenza magica alla verginità: avviene, per ovvi motivi, per fate e streghe bambine. Ma avviene anche in opere con personaggi adulti, e spessissimo nei manga: valga, per tutti, la pur temibile, coraggiosa, imbattibile sacerdotessa Kikyou della serie *Inuyasha* di Rumiko Takahashi, il cui potere è legato indissolubilmente alla rinuncia dell'amore e del matrimonio. La verginità è garanzia contro il male. Perché, spiegava Ida Magli, è una forma di chiusura, come il silenzio imposto spesso alle donne: "Della donna *aperta* si teme il sopraggiungere del male per eccellenza: la morte".

Se, insomma, la restituzione di potenza avviene percorrendo soprattutto la via sovrannaturale, le nuove eroine dell'immaginario non fanno che riproporre un ruolo ben noto. In apparenza allettante, è vero: ma si dia uno sguardo alla schiera maschile degli eroi elencati – per difetto – da Simone de Beauvoir: "Perseo, Ercole, Davide, Achille, Lancillotto... quanti uomini per una Giovanna d'Arco; e dietro di lei si profila la grande figura maschile di san Michele Arcangelo". Inoltre, fra le donne manca, ineluttabilmente, un Ulisse.

Se non sono votate alla castità, le magiche eroine sognano l'amore. Ancor prima della salvezza dell'universo. Quando, nel 1998, esplose il caso *Titanic*, ci si stupì dell'esercito di bambine delle scuole medie che tornavano a rivedere il film anche cinquanta volte pur di piangere, e a volte urlare, davanti al giovane eroe, bello, buono e protettivo, rappresentato da Leonardo Di Caprio, il principe azzurro pronto a sacrificarsi per amore. Tanta dolcezza colse gli adulti di sorpresa. Scriveva, allora, Natalia Aspesi: "*Titanic* è il film più femminile degli ultimi anni, quello che ha scavato sotto gli strati brillanti dell'autonomia e della carriera, della pseudoliberazione sessuale e della massima confusione attorno alle molestie sessuali. Tutte ci siamo guardate dentro, sia pure con qualche sbuffo di noia e impazienza. E abbiamo ripescato il sogno sepolto e un po' vile: un amore giovinetto e valzerino, tutto gioia e felicità, anche dopo la morte: dell'altro".

Era ed è, a quanto pare, il vecchio sogno delle principesse delle fiabe a spiegare successi apparentemente eterogenei, ma tutti caratterizzati da un idillio amoroso a tinte pastello: *Elisa di Rivombrosa*, *Tre metri sopra il cielo*, i libri di Stephenie Meyer, dove la giovane Belle si innamora, riamata, di un vampiro di squisita gentilezza. È sempre questa la necessità prima? Quella di incantare un cuore maschile, spesso con la sola virtù della bellezza? In altre parole, donne e bambine hanno, ancora, soprattutto l'esigenza di fantasticare, e non di agire?

Riprendo, ancora, un passo de *Il secondo sesso*, dove la ragazza, *aureola di poesia un universo che la rende timida, pone intorno al sesso maschile un nimbo fatto di chiari di luna, di nuvole rosa e di notti vellutate; fa del proprio corpo un tempio di marmo, di diaspro, di madreperla. Poiché non ha presa sul mondo, affonda nella stupidità; se dovesse agire, le sarebbe indispensabile vederci chiaro; ma invece può aspettare, immersa in una soffice nebbia. Anche il ragazzo sogna: immagina avventure in cui ha una parte attiva. La ragazza preferisce il meraviglioso all'avventura, diffonde su cose e persone un'incerta luce di magia. L'idea della magia ha il senso di una forza passiva: e, votata com'è alla passività, pur agognando il possesso, le è giocoforza credere alla magia. A quella del suo corpo, che sottoporrà gli uomini al suo giogo, a quella del destino in genere che la renderà felice senza che la sua volontà intervenga. Quanto al mondo reale, si sforza di dimenticarlo.*

Dunque, le nuove eroine non si discostano troppo da quelle di sempre. Controprova, per quel che vale. Nell'ottobre 2006, un professore di Medicina della Columbia University, Allan Lazar, un programmatore di computer del Mit di Boston, Dan Karlan, e un ingegnere, Jeremy Salter, compilano una lista di miti contemporanei e scrivono un libro, *I 101 personaggi che più hanno influenzato la storia senza essere mai esistiti*. Fra i primi cinquanta ci sono il principe azzurro, Sigfrido, James Bond, Marlboro Man, Babbo Natale, Edipo, Sherlock Holmes, Apollo.

I personaggi femminili, va da sé, sono in numero molto minore: ma è interessante capire quali siano le figure dell'immaginario che avrebbero lasciato traccia nel tempo. Eccole: Pandora, la sventata fanciulla creata da Efesto che scoperchiò il vaso fatale lasciando che il male si diffondesse nel mondo. Cenerentola, che solo grazie al matrimonio riscatta la propria miseria. Lady Chatterley, che celebra il piacere femminile (dal punto di vista maschile). Giulietta, l'innamorata (ma in compagnia di Romeo). Barbie. Hester Prynne, l'adultera della *Lettera scarlatta*. Uniche tre eccezioni alla prevedibilità: Rosie the Riveter, l'operaia-simbolo che durante la Seconda guerra mondiale sostituiva in fabbrica i maschi al fronte. Nora Helmer, che in *Casa di bambola* di Ibsen fugge da un destino segnato. E Buffy l'ammazzavampiri. La guerriera. Torniamoci.

Fu Bradamante quella che t'ha tolto/Quanto onor mai tu guadagnasti al mondo [...] Poi che gran pezzo al caso intervenuto/ebbe pensato invano, e finalmen-

te/si trovò da una femina abbattuto,/che pensandovi più, più dolor sente.

(Ludovico Ariosto, *Orlando furioso*)

Negli anni novanta uscì un libro di Antonia Fraser, *Boadicea's Chariot, The Warrior Queens*. Vi si raccontava delle regine guerriere di ogni tempo, e del pregiudizio maschile che le aveva messe in ombra nel corso dei secoli. Si parlava delle sovrane amazzoni, Pentesilea e Ippolita, di Caterina la Grande di Russia, della regina Vittoria, di Margaret Thatcher. Ma anche di regine sconosciute, come Jinga dell'Angola, che combatté contro i portoghesi nel diciassettesimo secolo: abilissima con la spada, con l'ascia, con l'arco, feroce nei sacrifici umani (sembra che decapitasse con le sue mani le vittime e ne bevesse il sangue a sorsate).

Le guerriere, anche senza corona, non sono dunque un fenomeno recente: semplicemente, negli ultimi anni, si sono moltiplicate, nei fumetti e nei libri. Per quanto riguarda l'immaginario delle bambine, troverebbero la loro capostipite in Lady Oscar, serie animata tratta dal manga *Versailles no Bara*, scritto nel 1972 da Riyoko Ikeda: dove la protagonista, allevata come un maschio dal padre per "poter dare alla famiglia una discendenza", è a capo della Guardia reale di Maria Antonietta. Secondo alcuni, con Oscar crollerebbe la contrapposizione frontale tra i sessi, insieme ai miti della virilità e della debolezza femminile. Ma Oscar è un'eccezione: deboli sono le donne che la circondano, per esempio, e forti gli uomini che la affiancano: dunque, è un'infiltrata. E, come tale, infine, muore.

L'identificazione delle eroine attive con le protagoniste dei manga e degli *anime*, peraltro, è un equivoco frequente quanto benevolo: nel senso che è da parte di coloro che – giustamente – sottolineano la raffinatezza della produzione giapponese contro il pregiudizio che la condanna "a prescindere", che si attribuisce agli autori (e alle moltissime autrici) delle serie una nuova figura di donna, che non solo non sarebbe più indifesa, ma andrebbe addirittura in aiuto dell'uomo. In realtà, le cose non stanno esattamente così.

Come per i libri, e come per il cinema e per i videogiochi, si compie un'identificazione secondo la quale il moltiplicarsi delle protagoniste corrisponderebbe a un totale svincolamento dallo stereotipo. Nei fatti, la creazione di figure femminili nuove nel mondo dell'immaginario è fenomeno alquanto raro. Sul piccolo e grande schermo, per esempio, donne che si comportano come persone, attraversando e accogliendo il maschile e il femminile, sono tuttora poche: Ellen Ripley, la protagonista di *Alien*, la Sposa di *Kill Bill*. Buffy, appunto.

Per quanto riguarda i manga, la semplificazione è doppiamente in agguato: primo, perché la differenziazione per generi e fasce d'età è ben presente e rigida nella produzione giapponese. Secondo, perché in moltissimi casi, anche in quelli in cui è la protagonista a dare il titolo alla serie, agli antichi ruoli non si sfugge. Un elenco di caratteristiche, scherzoso ma serissimo, che circola nei forum degli appassionati, recita così:

La più figa del gruppo si invaghirà di te non appena ti farai male per difenderla. I malvagi ridono sempre. Più sei ridotto male più hai possibilità di sconfiggere l'avversario. Hai un solo abito e lo usi in eterno. La più figa della classe è una maga o una campionessa, la più brutta la sua migliore amica.

(Donne) Se hai dei poteri magici devi avere un animaletto parlante rompicoglioni (è nel contratto). (Donne) A 20 anni sarete già sposate con un figlio. (Donne) Dovete piangere almeno una volta al giorno. (Donne) Arrossite per ogni minima cazzata. (Donne) A 5 anni sapete già cucire, cucinare, lavare, stirare e ordinare la casa. (Donne) Evitate di pilotare i robot: prima o poi farete una figura di merda e verrete salvate dal robot maschio.

Qualunque fedele spettatore o lettore sa che le cose vanno esattamente in questo modo. Certo, è vero che all'interno di una tipizzazione rigida si assiste, non di rado, a una fluidità di genere: nei manga ci sono personaggi che in virtù di una fonte magica possono alternativamente essere uomo e donna (*Ranma 1/2*), o trasformarsi consapevolmente nell'altro sesso (le guerriere Starlight, in *Sailor Moon*). Questo, però, non si deve tanto a una vocazione libertaria, transgender e postmodernista degli autori, quanto al fatto che in Giappone mascolinità e femminilità possono, tradizionalmente, sfumare e fondersi: nella cerimonia del *daijosai*, per esempio, l'Imperatore diviene l'incarnazione della dea Amaterasu. Inoltre, nell'antichità la posizione della donna giapponese non era disprezzata come altrove: al sesso femminile era consentito ereditare dai genitori e ricoprire cariche importanti. Fu con l'ascesa della classe militare al potere e la nascita di un nuovo modello culturale, quello del samurai, che la donna venne relegata al ruolo di madre e di moglie. Cui, ancora oggi, resta perlopiù costretta: in Giappone aumentano le donne che lavorano, ma sono sempre "il riflesso di quel che gli uomini vogliono". Dunque, le *office ladies* sistemano i fiori e servono il tè, e le studentesse in divisa da marinaretta si spogliano sulle riviste e, in parte, nella realtà.

Tutto questo è riscontrabile nelle due grandi famiglie dei manga: lo *shōnen* (per ragazzi) e lo *shōjo* (per ragazze), ognuno caratterizzato da canoni stilistici di genere molto precisi. Lo *shōjo*, in particolare, è quello che potremmo definire "rosa", pur con immense sfumature e diversificazioni: ovvero, storie d'amore complicate, travagliate, impossibili, fanciulle docili e uomini virili. Lo *shōnen* vede invece protagonisti maschi con ruolo dominante e femmine in ruolo gregario, come avviene nella maggior parte delle serie robotiche classiche. Con gli anni, naturalmente, i filoni si evolvono: e, negli *shōjo*, la protagonista di *Nana* è almeno apparentemente meno soave di *Lady Georgie*: anche se sempre di conquista dell'amore si tratta, e anche se, nella maggior parte dei casi, l'eroina ingenua trionfa su quella più autonoma, come ai tempi di Amy e Jo in *Piccole donne*. Viceversa, avviene che anche molti *shōnen* presentino figure femminili più forti e contemporaneamente accentuino la bellezza del personaggio maschile (il cosiddetto *bishōnen*, bel ragazzo) a uso e consumo delle lettrici.

Le cose, insomma, si sono andate mescolando dai tempi in cui *Goldrake* era riservato ai maschi e *Candy Candy* alle femmine (il merchandising italiano era, in questo senso, esemplare: in una rivista, negli anni ottanta, si trovava il robot transformer per i bambini e la bambola Candy Candy vestita da infermiera – "finalmente un vero aiuto e una cura amorosa" – per le bambine). Ma, sia pure nella generale fluidità, gli archetipi vengono in genere confermati: *Saiyuki, La leggenda del demone dell'illusione*, della bravissima Kazuya Minekura, ha solo protagonisti maschili (di splendido aspetto e dunque adorati dalle lettrici) mentre le donne hanno un ruolo subordinato (sorelle, madri, amanti del *villain*). In *Full Metal Alchemist*, della mangaka Hiromu Arakawa, si racconta una complessa e affascinante vicenda di alchimia: ma le donne, anche potenti, sono necessariamente caratterizzate da ruoli parentali (innamorate, madri, cugine) o, se antagoniste, sognano la bellezza eterna. In *Naruto* di Masashi Kishimoto ci sono molte, fortissime ninja. Ma i caratteri più importanti agiscono come supporto e cura dei personaggi maschili.

Sfoglio un catalogo di manga e *anime*. Si apre con *The ad-*

ventures of tweeny Witches: "...un universo parallelo, governato da una élite di potenti streghe, che usano la magia come strumento di potere, e certo non per rendere felici le persone". Le due apprendiste streghe Eva e Sheila riusciranno a restituire alle arti fatate "qualcosa di speciale che le streghe adulte sembravano aver dimenticato: la forza del cuore!". Vado avanti. *Princess Tutu*, la magica ballerina: "Tutto comincia da un desiderio espresso da una piccola papera, conquistata dal fascino di un principe sempre triste. Grazie a una pietra incantata, la piccola papera Ahiru si trasforma in un essere umano, per inseguire il suo sogno: restituire il sorriso al principe Myuto". Ancora. *Wild boy*, un ragazzo venuto dalla giungla di un'isola perduta. La protagonista, "la dolce ed energica Chino", se ne innamora. Questo è famoso: *Karin piccola dea* di Koge Donbo: "La protagonista è una sfortunata ragazzina di nome Karin, che dopo aver perso i genitori è costretta a dire addio anche al suo amato gattino. Un dolore così grande che il suo piccolo cuore non riesce a sopportarlo... e proprio mentre è sulla sua tomba, incontra un bellissimo ragazzo che sembra davvero il principe azzurro".

Insomma, le ragazze e persino le dee sono destinate nella maggior parte dei casi a supportare il maschio, a restituirgli coraggio, a destarlo alle emozioni se il suo animo è gelido. Difficilmente a conquistare qualcosa solo per sé. E quando questo avviene, spesso, muoiono. Nell'apoteosi di quell'antica narcisistica sofferenza delle donne, di quello che Simone de Beauvoir chiamava il sublime masochismo foriero di "supreme conquiste. Santa Blandina bianca e sanguinante fra le unghie dei leoni, Biancaneve nella bara di vetro, Atala svenuta. Tutta una schiera di tenere eroine battute, passive, ferite, inginocchiate, umiliate insegnano alla loro sorella più giovane l'incantevole prestigio della bellezza martirizzata, abbandonata, rassegnata".

Vediamo, allora, come l'editoria per ragazzi abbia in molti casi seguito, a volte senza avere piena coscienza di quel che aveva fra le mani, l'antica via.

> ***Lucy si trova in una brutta posizione: quella di single. Tutte le sue amiche hanno il ragazzo tranne lei, e visto che finora ha messo Tony "in attesa", lui si è trovato un'altra.***
>
> (Cathy Hopkins, *Perché tutte hanno il ragazzo e io no?*, età di lettura: dagli undici anni)

Per le strenne natalizie 2006, la casa editrice Corraini, che si occupa di arte contemporanea, pubblica due volumi, *Guarda e cucina* e *Guarda e cuci*. L'autrice è Tina Davis, designer "col pallino dei libri di cucina". Spiega la scheda di presentazione che le ricette sono tratte dalla sua biblioteca personale o da quelle "che la sua famiglia si tramanda generazione dopo generazione".

Spiega ancora la scheda che, sfogliando il libro, adulti e bambini impareranno cinquanta piatti tipici della cucina americana: "Un libro che trasmette ai bambini l'amore per il cibo e il piacere di prepararlo con le proprie mani". Fin qui, tutto benissimo.

Uno sguardo alla copertina e siamo in pieni anni sessanta, gli anni in cui *L'Enciclopedia della fanciulla,* che si collezionava a fascicoli settimanali, insegnava alle bambine il metodo infallibile per riordinare un guardaroba, i cinque modi per annodare un foulard, le regole per conversare con un'amichetta. L'immagine è quella di una bimba con i capelli alla Biancaneve, fiocco rosso incluso. Indossa un grembiulino immacolato per non inzaccherare il vestito (anni sessanta anche quello, con le maniche a palloncino). Ha gli occhi chiusi, concentrata com'è sull'impasto che sta rimescolando in una terrina, la bocca atteggiata a un sorriso angelico, l'espressione dolcemente fiera del proprio lavoro. Accanto a lei, due bambini più piccoli, due maschi, stanno attendendo di assaggiare il risultato. Senza dar cenno di volerla aiutare.

Ma l'infaticabile Tina Davis non si ferma qui, e neppure Corraini. Contemporaneamente, esce infatti anche *Guarda e cuci*, con il quale intende portare i bambini a "cucire con facilità. Prima il cestino con aghi, fili e tessuti, ditali, matite e gessetti, spilli... poi alcuni semplici punti di cucito e di ricamo... Alla fine del libro chiunque potrà preparare un puntaspilli a forma di rana, un bavaglino, o addirittura una bambola". Naturalmente, anche se non viene usata, per un sussulto di *politically correct*, la parola *bambine*, in copertina c'è una bimba con le treccine, di profilo, che coscienziosamente ricama un ritaglio di stoffa.

Certo, si tratta di un caso insignificante. Anche se tutt'altro che isolato. Nel 2007, infatti, esce per la Penguin *The Great Big Glorious Book for Girls* di Rosemary Davidson e Sarah Vine che suggerisce alle bambine l'arte del cucito, della cura del corpo, del sapersi presentare agli adulti. E, certo, le eccezioni ci sono. Le bambine di Bianca Pitzorno, capaci di coraggio senza bisogno di ali fatate. Nihal, ragazzina-cavaliere di *Cronache del mondo emerso* di Licia Troisi. La Nina alchimista di Moony Witcher. Ma, generalizzando, anche il pur notevole mondo della narrativa per i più giovani è schermato da un soffitto di cristallo: perché accanto ai libri d'autore, alle fiabe firmate dai grandi scrittori della letteratura adulta, ai volumi che introducono all'arte, alla musica, alla filosofia, alla religione, esistono quelli rivolti a un pubblico più vasto. E la produzione di massa è palesemente differenziata per generi.

Tutto comincia a metà degli anni novanta, quando attorno al dato certificato della maggioranza di lettrici-bambine, gli editori confezionano prodotti che ritengono appetibili per il pubblico femminile. È nel 1996 che in seno alla Mondadori nasce la collana Le ragazzine. Ovvero, "romanzi al femminile nuovi, irriverenti e spassosi tra rossetti, brufoli e amori sofferti. Per teenager che desiderano sognare, commuoversi, informarsi e ridere di se stesse e degli adulti". Qualche titolo: *Se Cupido mi desse una mano, lui mi amerebbe alla follia*; *Un fidanzato per mia sorella*; *Accidenti! Perché non mi guarda?*; *Boy watching*; *Volevo un principe, non un ranocchio*.

Sempre alla fine degli anni novanta, nei prestigiosi Superdelfini Bompiani esce un libro su Leonardo Di Caprio raccontato alle undicenni. Contemporaneamente, in quello stesso 1998, Fabbri inizia una vera e propria serie su *Le fate dei fiori* di Cicely Mary Barker, l'illustratrice specializzata nel ritrarre incantevoli bambine dotate di ali. Inoltre, nei libri che accompagnano l'uscita del film animato *Il principe d'Egitto,* si opera un'evidente differenziazione per genere. Nei cinque titoli dedicati alla storia, uno punta solo alle bambine: è *Il dono di Miriam,* dotato di copertina rosa e di vezzoso ciondolino con Mosè neonato, e narrato dal punto di vista della sorella di Mosè medesimo, Miriam: colei che per prima ha la percezione che il fratellino sia "speciale", che ne spia il viaggio sul Nilo, chiuso nella cesta di vimini, che, negli anni, segue la crescita di Mosè come quella del futuro liberatore degli ebrei. Sempre un passo indietro rispetto a lui.

Dopo Harry Potter, il mondo dei piccoli lettori si affolla nuovamente di principesse, di maghe e di streghe. Ma, a parte le considerazioni già fatte a proposito dell'insistenza sull'elemento sovrannaturale, nella maggior parte dei casi lo stereotipo femminile viene rafforzato anche sotto sembianze magiche. Per esempio. Apro *Milla&Sugar* di Prunella Bat (la quale, informa sollecita la biografia, vive in un villaggio inglese con una gatta che si chiama Peony, adora il rosa, colleziona uova e non ama apparire in pubblico). Milla ha dieci anni, "un milione di riccioli, lentiggini incalcolabili", è una strega da parte di padre. Sugar ha la stessa età, capelli lunghi e neri, occhi azzurri, "pelle color zucchero caramellato", è una fata. Entrambe prendono lezioni di magia per diventare esperte come le loro nonne Agatha ed Endora, nella miglior tradizione secondo la quale i saperi si tramandano nel cerchio incantato (e pericoloso) della femminilità. Ma la rappresentazione della femminilità medesima è tutt'altro che esaltante. Madri che mangiano tristi yogurt magri per perdere peso, anche se sono magiche. Giovani streghe che scappano di casa se non possono farsi un piercing, tatuarsi un iguana sulla schiena e comprare un cellulare viola con le iniziali in strass.

Ancora. Nella maggior parte dei libri per bambine, vengono presentati gruppi femminili chiusi: a protezione (ma anche a desiderio) del mondo maschile. Nella serie *Il club delle baby sitter* di Ann M. Martin, un gruppo di amiche fra gli 11 e i 13 anni offre i propri servigi a genitori in difficoltà. I desideri di Mallory sono: farsi bucare l'orecchio e avere un paio di fantastiche scarpe rosa. Kristy, la direttrice del club, veste in jeans e scarpe da ginnastica, ma sua madre ha sposato un milionario e vive in un castello. Mary Ann è timida e sensibile, piange per un nonnulla ed è una gran romantica. Dawn è biondissima e bellissima. Claudia è la ragazzina "più fantastica e alla moda" della scuola. Jessi vuole fare la ballerina classica e Mallory la scrittrice, una delle professioni evidentemente ammesse dai tempi di *Piccole donne*. Dove sono le piccole esploratrici, le aspiranti scienziate, le amanti della matematica? Dove le bambine non accudenti, che invece di mettere pace e armonia inventano regole nuove in luogo di conformarsi a quelle preesistenti?

E dove sono le bambine brutte? In *Trollz. Crea il tuo look*, destinato alle lettrici dai quattro anni e legato all'omonimo cartone, si trovano tutti i vezzi della seduzione adulta in scala ridotta. Alle piccole si propone infatti un "manuale di stile" per "essere trendy": "Sei romantica come Amethyst o grintosa come Ruby? Ami il nero come Onyx o lo stile chic di Sapphire? Scopri i segreti di bellezza e tutti i trucchi per essere sempre perfetta!".

Bene, scopriamoli. E apprendiamo che Amethyst è "l'essenza della femminilità". Infatti, il suo colore preferito è il rosa. Per assomigliarle, "ti basta fare incetta di accessori graziosi: fermagli per i capelli, gioielli luccicanti e, naturalmente, tanto rosa!". Topaz è la creativa: infatti "è sempre la prima a sperimentare una nuova moda". Per emularla, "sfoglia le riviste e scegli il look che più ti piace, poi prova a riprodurlo con gli abiti che già possiedi". Onyx è la *gothic*, debitamente borchiata, in omaggio al lato oscuro, e modaiolo, dell'adolescenza (ancora lontana, ma già ammirata). Tanto per esser chiari, "anche se il suo stile la fa sembrare una dura, in fondo è una ragazza dolcissima". Ruby è l'aspirante star, e il diktat per emularla è: "Visita tutti i tuoi negozi preferiti e fai scorta di capi essenziali, cioè jeans e T-shirt. Fatti accompagnare dalle tue amiche, sarà utile e divertente avere i loro consigli". Sapphire è la brava bambina: "Scegli capi semplici e tonalità delicate. Le calze al ginocchio sono d'obbligo e occhio al tono su tono: gli accessori devono sempre essere in tinta con gli abiti".

Dunque, le follettine invitano le lettrici a curare il proprio aspetto, a seguire la moda: e, perché no, a cercarsi un ragazzo. In uno dei test per scoprire il proprio look, le domande rivolte sono di questo tenore: "Che cosa fai dopo la scuola? Vado a fare shopping. Ascolto i miei cd preferiti. Mi faccio la manicure. Porto a spasso il mio cane". Ancora, per scoprire se sei "la reginetta della festa", viene chiesto alle bambine (dai quattro anni): "Sei romantica?". "Se incontro il tipo giusto... Perdutamente. Credo di sì, ma mi vergogno ad ammetterlo." Le alternative a "Chi è il tuo idolo?" sono "La grintosa Jennifer Lopez. La romantica Elisabetta Canalis. L'intramontabile Madonna". Ancora: "Che cosa non può mancare nella tua borsetta? Le gomme da masticare. Un lucidalabbra. Un fermaglio per i capelli". Dunque, alle bambine dell'asilo o delle elementari, si chiede di identificarsi con una ex velina, con un'attrice sexy, con una popstar, e si presume che abbiano il lucidalabbra e persino una borsetta.

Si va avanti valutando i diversi tipi di pelle, suggerendo come fare shopping, come truccarsi, dosare gli accessori, personalizzare gli abiti. Al capitolo "Sei pronta per essere magnifica?" si scoprirà che il lucidalabbra dona "subito un'aria glamour", che per avere "ciglia da cerbiatto" ci vuole il piegaciglia, che per labbra perfette il rossetto va picchiettato, che è bene scegliere tonalità opache di fard. Termini e contenuti sono copiati dalle riviste femminili per adulte: gli stessi che già da anni, come vedremo, si sono riversate nei periodici destinati alle bambine. Infine, solo infine, una paginetta che si chiama "Bella dentro". E che vale la pena di leggere: "Okay, adesso che sei arrivata alla fine del libro, ricorda che i segreti di bellezza più importanti sono la tua personalità e il tuo sorriso magnetico. Il nostro aspetto riflette sempre come ci sentiamo dentro, perciò oltre a curare l'acconciatura, il trucco e i vestiti prenditi cura di te stessa anche in altri modi. Dormi molto, mangia in modo sano, fai tanto sport e sorridi!

Le tue amiche Trollz sanno che per stare bene con se stesse non bastano tutta la magia e i cosmetici del mondo, ma bisogna volersi bene e avere tanti buoni amici. Ma quando hai tutto questo... un po' di lucidalabbra non guasta".

In sostanza, un capolavoro di ipocrisia: dopo aver impiegato pagine e pagine a invogliare la lettrice a vestirsi bene, a truccarsi, a rendersi bella, le si ricorda che la vera bellezza è quella interiore. Vecchia storia.

Perché molti secoli prima che Helena Rubinstein gridasse al mondo il suo celebre aforisma ("Non esistono donne brutte, ma solo donne pigre"), l'allegra compagnia dei favolisti aveva stabilito una volta per tutte che la nequizia dello spirito si riflette sul volto della peccatrice (convinzione fatta propria anche da più di un romanziere per adulti, dal momento che Choderlos de Laclos, ne *Le relazioni pericolose*, punisce la perfida Madame de Merteuil con il vaiolo che le sfigura il volto, divenuto brutto come la sua anima, appunto). Ma non bastavano gli antichi esegeti di fanciulle bellissime e buonissime dotate di sorellastre orrende e crudeli, che a forza di spasimare per l'invidia diventavano (previo maleficio) ancora più disgustose. Persino Roald Dahl, vessillo incontrastato della nuova letteratura per ragazzi, scivola in uno dei suoi libri più famosi, *Gli sporcelli*, nella frase seguente: "Se una persona ha brutti pensieri, dopo un po' glieli leggi in faccia. E quando i brutti pensieri li ha ogni giorno, ogni settimana, ogni anno, il suo viso diventa sempre più brutto, finché diviene talmente brutto che non sopporti quasi più di guardarlo".

Il problema è che quasi tutti (tutte) hanno brutti pensieri, bambine incluse. E sono poche le eroine che non associano etica ed estetica: basta guardare la boccuccia a cuore di Biancaneve, i polpacci torniti di Cenerentola, le chiome rigogliose di Aurora, e via precipitando verso il girovita di Ariel, il sedere sodo di Jasmine, l'abbinamento taglia 40 e quinta di reggiseno di Lara Croft, e le misure perfette di tutte le protagoniste dell'immaginario, mai un filo di pancia, mai un capello fuori posto, mai un tratto del viso che non sia impeccabile. Con un'eccezione: la Fiona di *Shrek*. Che per i tre quarti del film è quasi identica ai modelli di cui sopra: è bella, è intelligente, è forte. Ma infine, nella scelta finale, privilegia un corpo deforme alla perfezione (e alla regola).

Comunque, nelle letture destinate alle bambine di oggi c'è qualcosa di peggio rispetto al modello di virtuosa bellezza che da sempre è loro riservato: è l'identificazione del loro destino con lo scopo, ben misero, di *impegnarsi* per rendersi piacevoli. Il prima possibile.

Definiresti l'orgasmo: un attimo fuggente o una tappa irrinunciabile?

("Top girl", settembre 2006)

Il concetto di entry point, abbassare l'ingresso al consumo, si applica anche alle riviste. Rimbalza dai settimanali per adulte a quelli per adolescenti, fino ai magazine per bambine: in sostanza, alle dodici-quindicenni ci si riferisce come se fossero ventenni, e alle bambine di 5-10 anni come se fossero già alle medie. Con un messaggio identico per tutte. Sii bella, curati la pelle e i capelli, vestiti bene. Informati su quel che ti serve per essere alla moda, non perdere il libro o il film che ti rendono trendy, spia i vip, fai un test, ascolta i consigli della psicologa, del nutrizionista, fai sesso come si deve.

Faccio un esperimento. Prendo un numero di "Tu", settimanale femminile a largo consumo, per l'esattezza quello del 3 ottobre 2006, e comincio a sfogliarlo. Copertina. Capelli. Dai luce alla tua chioma. Cristina Chiabotto e Ilary Blasi insegnano come. Reportage: Sesso e dintorni. Vado a vedere, e scopro che l'inchiesta prende spunto da una notizia: sembra che Nicole Kidman, giunta in un albergo londinese con il fresco sposo, abbia fatto cambiare le lampadine della suite per ottenere la giusta penombra per l'intimità coniugale. Ogni gesto trova dunque giustificazione se compiuto da una star: mi chiedo se davvero ci saranno lettrici che sviteranno le lampadine per imitare Nicole. Il reportage, comunque, si estende a un preoccupante galateo del dopo-sesso: dove si evince che, comunque vada, la colpa è sempre delle donne.

Con l'ausilio di una psicologa, vengono infatti spiegate le "sei cose che non devi fare mai". Accarezzarlo ("Molti provano un senso di smarrimento e di vuoto che può essere contenuto solo se noi ci mostriamo disponibili ad accoglierli e rassicurarli"). Stare sulle tue ("Digli che accanto a lui stai bene, anche nel caso si tratti solo di un'avventura"). Ignorarlo ("Cerca di evitare tutti quegli atteggiamenti che provocano ansia e tensione"). Chiedergli i voti ("Non cominciare ad assillarlo con le tue insicurezze, domandandogli se gli piaci, se ti trova troppo grassa o troppo magra"). Spaventarlo ("È meglio evitare di parlare subito del prossimo incontro e di chiedergli un nuovo appuntamento, per non farlo sentire in trappola"). Pretendere troppo ("Se finisci col chiederti: 'Ma chi me l'ha fatto fare?', probabilmente è colpa delle aspettative che nutrivi"). Ovviamente, se dopo l'amplesso lui si dimostra affettuoso "significa che non hai sbagliato una mossa"; se si riveste e se ne va, "magari hai detto o fatto qualcosa che lo ha messo a disagio".

L'idea del sesso – e dell'amore – come strategia da perseguire e come obiettivo primario, tornerà anche nelle riviste destinate alle più giovani e addirittura alle piccole. Ancora una volta, l'idea di donna (e di ragazza, e di bambina) che viene proposta è quella che trova nella realizzazione di coppia la propria ragione di esistenza. Accanto, è la consumatrice che viene lusingata, con la copiosa offerta di gadget destinati alla bellezza: cosmetici o piccoli gioielli. In un forum, scopro che molte lettrici di "Tu" tralasciano gli argomenti trattati per concentrarsi solo su quel che viene allegato:

***Prima lettrice**: L'anno scorso ho preso per caso la terra... pensa che quella mattina ho preso la rivista perché mi interessava la scheda "trucco e occhiali"...*

***Seconda lettrice**: Io (ho preso) gloss rosino pallido, trio rossetti, buoni anche se forse il colore è troppo scuro per me, trio ombretti (bianco, rosa, marrone) buonissimo, soprattutto il rosa.*

***Terza lettrice**: Io presi: il set di correttori, abbastanza valido, il set di rossetti, di cui mi piaceva soprattutto quello più chiaro, che si adattava meglio alla mia pelle bianca, il set di pennelli.*

Un atteggiamento molto simile si riscontra nelle ragazzine, che vengono allettate all'acquisto del numero successivo della rivista presentando in anteprima i bikini, le fasce per i capelli, i braccialetti che vi saranno allegati. Ma questo è quasi il male minore.

Della pubblicistica destinata alle cosiddette *tweens* si cominciò a discutere già diversi anni fa. Per l'esattezza nel 1999, quando qualcuno prese coscienza del fatto che giornali come "Cioè", "Pop's", "Cioè girl", "Tv stelle" venivano riempiti di poster, collanine e smalti per attirare bambine di 9-12 anni fingendo di rivolgersi ad adolescenti di 16. C'era e c'è, insomma, una contraddizione evidente: mentre buona parte della pubblicità era destinata a lettrici under 12, si moltiplicavano contemporaneamente gli annunci degli allora servizi telefonici 166 (che offrivano risposte a domande di questo tipo: "Se lui ti tradisce?"; "Sposarsi o convivere?"; "Sai cuccare?"; "Il punto G?"). Ancora: le rubriche della posta accoglievano letterine di undicenni innamorate di Nek accanto a quelle delle sedicenni che raccontavano di un amplesso a tre (con due gemelli).

Nel 2003 fu Bob Geldof, dai microfoni della Bbc, a tuonare contro i magazine per teenager: "Questi giornali sono forse meno offensivi di un ventiduenne che spiega il sesso a una ragazzina di 11 anni e le dice come praticare sesso orale con gli uomini? Se avvenisse una conversazione del genere, non la considerereste sbagliata, probabilmente illegale, certamente predatoria?". All'epoca, la direttrice di "Top Girl", Maria Pacsos, respinse le accuse: "Voler pensare che le ragazzine di 14 anni ignorino certe cose e vivano ancora nel mondo delle Barbie è una beata illusione. Scene di sessualità esplicita si vedono anche nei film in prima serata. E tutte quelle ragazzine seminude che ballano ovunque non sono forse una spinta a fare le lolitine e a essere seduttive?... Ecco, nessuno filtra tutto questo. I genitori non ce la fanno. La scuola dà informazioni frammentarie, un'educazione sessuale che somiglia più a delle lezioni di anatomia. Non è il giornale che, detto fra virgolette, corrompe le ragazze. Il giornale fa semplicemente informazione. Gli stimoli sono ovunque, c'è molta curiosità e moltissima confusione e noi non possiamo fare black-out informativo".

Il concetto è semplicissimo: laddove esiste una tendenza che va consolidandosi in uno dei segmenti del network informativo, un altro lo riprende, nella maggior parte dei casi acriticamente. È una coazione a ripetere che infine diventa cieca, senza poter capire dove abbia avuto inizio: si sa soltanto che va avanti. E, in ogni caso, la responsabilità è sempre altrove: la famiglia. La scuola. La televisione.

Queste riviste, peraltro, si somigliano un po' tutte. "Young 18". "Pop's". "Kiss me". "Big". "Love". "Tweens". "Ragazza moderna". "Pink girl". C'è sempre una pubblicità con Jonathan-del-*Grande-fratello* che invita a mandare sms per partecipare a un casting, un portachiavi a forma di caramella, una storia d'amore raccontata come un video di Mtv, una foto di Bettarini in mutande. Quando c'è una rubrica di lavoro, capita di leggere "se sei creativa, fai la fotografa di moda o la consulente d'immagine". Le pubblicità sono spesso travestite da contenuti: per vendere un burro di cacao si propone una pagina con esempi di sms sentimentali, come un Cyrano de Bergerac più sintetico. Un test psicologico reclamizza le strisce depilatorie. I test, peraltro, sono innumerevoli. Flirti o ti innamori? Puoi fidarti di lui? Ci sono poster di star, foto rubate di divette che fanno la linguaccia o mostrano un capezzolo. Su "Pink girl" trovo la triste storia di una popstar scaricata da un'acqua minerale di cui era testimonial, perché è ingrassata. La didascalia sotto la foto della ragazza che mangia un panino dice: "C'era una volta... una biondina trendy con un fisico morbido ma perfetto che insieme alla voce ha fatto perdere la testa a tanti boy... ora che ha cambiato taglio e si è appesantita un po', se non cambia storia, la favola può non avere un lieto fine". Dimenticavo. Il colore predominante, ovunque, è il rosa.

Dalle pagine di "Pink girl" scivola un ritaglio che avevo conservato. Viene da un magazine femminile di target alto e racconta della linea di trucchi Sephora Girls: lipgloss, ombretti rosa, cipria, fard, destinati alle bambine: "Sono quelle che per le aziende cosmetiche rappresentano le future teenager, con una capacità di spesa in prodotti di bellezza tra i cinquanta e i settanta euro al mese. Per catturare l'attenzione delle baby consumatrici tra i 6 e i 10 anni Sephora Girls punta sulla golosità di profumi fruttati e su texture brillantate come quella del lipgloss a forma di lecca lecca o del balsamo labbra in astuccio di metallo rosa, entrambe al gusto di fragola". Penso a Lolita, banalmente.

Per ultimo, apro il numero di settembre 2006 di "Top girl". In copertina si notano due cose: Paris Hilton e lo strillo "Scopri quanto sei HOT con il SEX TEST". Il servizio su Hilton è in apparenza irridente verso le sue dichiarazioni che promettono un intero anno di castità. La pagina dedicata alle mode, "Trendsetter", è prevedibile: il cellulare-walkman della Sony che ha per testimonial Christina Aguileira. Man-Lo del *Grande fratello 6* che invita a fare festa e shopping sfrenato nei negozi Hello Kitty. Le Converse a uncinetto. E poi: personalizza i tuoi slip con i trasferelli "più cool" che trovi nel distributore automatico Girl&Co. La rubrica dedicata ai Vip, "Star Placet", mostra la ricrescita di Jennifer Lopez e un'attrice di *The O.C.* senza scarpe. Ci sono due pagine dedicate ai "Sexyboy": calciatori e attori al mare. C'è la storia di Elisa, che ha ventidue anni ed è nudista. Due pagine di opinioni: Riccardo Scamarcio e Silvio Muccino hanno fidanzate quarantenni, funziona quando lei è più grande di lui? Una pagina di "Technoshopping": le ultime novità per navigare e ascoltare musica? Non proprio: cuffie con i fiorellini e una piccola radio "funny design" con la Pucca (personaggio di un *anime* coreano: una bambina di dieci anni perdutamente innamorata di un ninja di dodici). Nel numero di novembre, per inciso, la stessa pagina pubblicizza il cellulare Sony Z610i, tutto rosa e "very cool", una fotocamera, rosa, di Panasonic, "tutta al femminile e fashion" che permette di fare foto sempre perfettamente a fuoco, un pc portatile a fiorellini, una console firmata da Pink – va da sé – rosa, con possibilità di scaricare il videodiario della rockstar.

Arrivo al "Sex test": sole, stella o luna? Chiedendomi se l'estensore abbia letto la fiaba di Pelle d'asino, provo a leggere le domande. "Il sesso è un mezzo o un fine? Quando è eccitato ti piace esasperarlo o appagarlo? Dopo averlo fatto ti viene più spontaneo dirgli: Mi vuoi bene, ti amo, coccolami? Sarebbe più terribile che un ragazzo ti dicesse: Ma guarda, hai un po' di cellulite. Niente ceretta questo mese? Ma oggi ti ha prestato gli slip tua nonna?"

Nella pagina dei libri si parla de *La tigre in vetrina* di Alki Zei, edito da Salani. È classificato come narrativa per bambini. Alla pagina immediatamente successiva, la dottoressa Rossella Nappi risponde a una lettera: "Quando si fa sesso orale bisogna ingoiare lo sperma del partner?". "Non necessariamente. Si può far in modo che fuoriesca all'esterno, o eventualmente sputarlo."

Tween, il termine che definisce le bambine fra i 9 e i 12 anni, viene da *Be-tween*, essere fra due cose. Resto anch'io sospesa, fra la tigre e la fellatio.

> ***Ricevi due volte a settimana i consigli dell'Oracolo (max 0,3098 euro Iva.I. per SMS ricevuto) per vivere in un mondo pieno di magia. Invia un SMS al 48439 con scritto ORACOLO ON.***
>
> (Sito Internet delle Witch)

> ***Set Principesse: La tua bambina adorerà giocare a fare mille mestieri grazie a questo allegro set delle principesse Disney composto da un grembiule, un paio di guanti e una serie di divertentissimi attrezzi!***
>
> (Pubblicità)

Di cosa hanno bisogno le bambine e i bambini? Mi arriva via mail una tabella utilizzata da un colosso dell'immaginario infantile. Che evidenza questo: le bambine, dai 2 ai 5 anni, necessitano di fantasia, di imitare la mamma, di abiti per sé e per le bambole. Dai 6 ai 9 anni hanno bisogno di amici. La sigla dice EQ VS IQ. Significa privilegiare l'intelligenza emozionale su quella astratta. Cosa che più volte si ripeterà nei confronti delle bambine, ragazze, donne. I maschi, invece: dai 2 ai 5 anni aspirano a sentirsi più grandi e necessitano di gioco, di schieramenti netti bene contro male. Amano gli eroi della televisione. Dai 6 agli 11, hanno bisogno di azione: e dunque, di competizione, di film e musica, di videogame e sport.

La distinzione così netta, così implacabile, per numero e qualità dei bisogni attribuiti, comincia ancora una volta a metà degli anni novanta. Il primo segnale di un ritorno alla differenza di genere nei prodotti destinati all'infanzia si chiama Minnie.

È il giugno 1993 quando in seno alla Disney, fino a quel momento attentissima a proporre giornali e prodotti unisex, nasce "Minnie & Company": un mensile che viene tirato in 250.000 copie, ha per protagonista l'antica fidanzata di Topolino ed è stato pensato, inizialmente, per le "bambine fra i 10 e 12 anni". Oggi, si legge nella scheda ufficiale, è destinato alle "ragazze dai 6 ai 9 anni". È interessante che in quattordici anni cambino i termini e il target: si abbassa il secondo, diventano "ragazze" quelle che un tempo erano piccole alunne delle elementari. Interessante anche la motivazione data ai tempi: "L'edicola offre ben poco alle bambine che hanno superato largamente l'età dei giornalini per piccolissimi e non sono ancora attratte dalle pubblicazioni per teenager". Eppure, fino a quel momento, le bambine avevano letto gli stessi giornali a fumetti dei loro compagni e fratelli. Cosa offre loro "Minnie" (oltre ai non molti fumetti rivisitati, dichiara il vicedirettore di "Topolino", Elisa Penna, "con un tocco di rosa")? "Pagine di attualità e rubriche dedicate agli argomenti più interessanti per le lettrici." Più una sorta di posta del cuore che riceve quasi immediatamente trecento lettere a settimana. Dunque, un prodotto che fa leva sull'emozione, sull'affettività, sull'amicizia. E sulla separazione dal gruppo dei maschi.

Certo, inizialmente si enfatizza il concetto "purché sia protagonista": nel senso che basta che al centro della narrazione ci sia una creatura femminile per darle il rango di pari grado. E dunque la scelta di intitolarle la rivista si deve all'evoluzione di Minnie da eroina indifesa dei primi fumetti e cartoni a ragazza "sportiva, coraggiosa, romantica e simpatica". Peccato che senza il suo partner non esista: e che le avventure che vive siano sempre e comunque finalizzate alla sua natura di metà di una coppia. Mentre Topolino ha vissuto migliaia, milioni di avventure senza altro partner che Pippo.

Nel settembre 2001 il titolo diventa "Minnie amica del cuore", si cambia formato e le rubriche diminuiscono. Anche perché le testate al femminile della Disney si sono, nel frattempo, moltiplicate. Tra il novembre 1998 e l'agosto 1999 viene tentato l'esperimento di "Storie col fiocco": un trimestrale, dove ogni numero viene dedicato a una protagonista femminile: Paperina, Clarabella, Nonna Papera, Minnie, appunto.

A oggi, oltre a "Minnie", Disney propone "Fairies – Il mondo segreto di Trilli", destinato a bambine tra i 6 e i 10 anni. Si ispira al romanzo *Trilli e l'Isola delle fate* di Gail Carson Levine (edito da Disney), a sua volta ispirato, femminilizzandola, alla vicenda di Peter Pan narrata da James Barrie. Stando alla scheda, veicola valori alti: quelli "dell'amicizia, della lealtà, della disponibilità all'ascolto e alla relazione, della tolleranza".

Poi c'è il citato "Principesse". È un mensile, e si rivolge alle bambine fra i 4 e i 7 anni. Le principesse sono quelle Disney, naturalmente, anche se non tutte sono dotate del titolo nobiliare: Biancaneve, Cenerentola, Aurora, Ariel, Belle, Jasmine, Mulan ed Esmeralda. Apro il numero di aprile.

Naturalmente c'è un gadget in omaggio: un'agenda a forma di coroncina regale, color rosa. Le storie, in accordo all'età, sono brevi. Nel caso, la sirenetta Ariel trova in un relitto una casa di bambole. E dal momento che le sue sorelle litigano per contendersela, mette tutte d'accordo proponendo di farsi esse stesse bambole e di giocare con i vestiti. Pubblicità (di un set di stoviglie di carta per il compleanno): una bambina vestita di rosa con una coroncina in testa davanti a una torta rosa con una candelina a forma di sei. "Sarà una festa da favola." Un gioco delle differenze con Ariel che "si fa bella", e le sorelle che la truccano e le mettono lo smalto. Ancora Ariel che invita a costruire un gioiello del mare, una coroncina di carta velina. Consiglio: aggiungi un tocco di glitter brillante. Una favola: Ariel e la principessa del galeone. La pubblicità delle figurine di Kim Possibile "la versatile eroina che sa fare qualsiasi cosa: la cheerleader, shopping, i compiti... e di tanto in tanto salvare il mondo". Dettagli. Altro gioco delle differenze. Ariel allo specchio. Test. Quale sorpresa vuoi trovare nell'uovo? Aurora vorrebbe un "dolce peluche". Esmeralda un gioiellino luccicante. Ariel una spazzola o un pettine dorato, un lucidalabbra fruttato o un profumo "per regalarti quel tocco di bellezza e di fascino in più". Bricolage: vuoi una cameretta romantica? Allora prepara questo cuore con Belle e appendilo in bella vista! Gioco. Jasmine chiede alla lampada magica di avverare il suo desiderio: un vestito nuovo ("Nella scena ci sono sette scarpe rosa. Dai, cercale tutte!"). Oroscopo. Toro. Il tuo vestito di primavera: con tante rose rosa.

Bilancia: chiudi un litigio con un bacio. Scorpione: la tua bellezza si fa notare. Sagittario. Un tenero affetto è ricambiato. Nel prossimo numero: la gonna di tulle e la borsetta per sentirti la più ammirata principessa di maggio.

Le principesse, in questo numero, fanno sostanzialmente una cosa: si occupano della propria bellezza.

Una storia a parte merita "W.i.t.c.h.". Sta per strega, ed è anche l'acronimo delle cinque protagoniste, Will, Irma, Taranee, Cornelia, Hai Lin. "W.i.t.c.h." è un mensile a fumetti, pensato dalla Disney Publishing italiana e inizialmente dedicato alle ragazzine fra i 9 e i 12 anni. Nasce nell'aprile 2001 e ha subito un grande successo. Oltre a presentare non pochi elementi di innovazione.

C'è una sola storia, lunga, che si collega alle altre numero dopo numero, esattamente come i manga: a cui, per la prima volta, si ispira anche il tratto dei disegnatori. Le protagoniste sono cinque preadolescenti che scoprono di avere poteri speciali, legati a un elemento (acqua, aria, terra, fuoco) o a una pietra magica (il cuore di Kandrakar). Inoltre possono trasformarsi e visitare una realtà parallela dove svolgono il ruolo di guardiane, agendo in accordo con l'Oracolo per mantenere l'equilibrio fra i mondi e, in assoluto, fra bene e male. Missione affidata, da secoli, a cinque creature di sesso femminile. L'avventura sovrannaturale si intreccia in ogni numero con le problematiche del quotidiano: la famiglia, le amicizie, gli amori.

Inizialmente "W.i.t.c.h." è un prodotto di notevole interesse: è vero, insiste ancora fortemente sul lato magico del femminile, sul suo destino di cura e di pacificazione, introduce l'elemento della discendenza matrilineare attraverso cui si tramanda il sapere (ma anche il potere, nella storia della giovane Elyon che deve regnare su Meridien). In più e in meglio, offre però una rappresentazione non stereotipata del mondo delle ragazze e dei loro familiari. Taranee, per esempio, è figlia di una donna giudice e di uno psicologo. La madre di Will è una donna separata e autonoma. La matrigna di Irma è giovane e affettuosa.

Di contro, il resto del giornale sarà quello che più di altri contribuirà a definire il modello di magazine per preadolescenti (e bambine) destinato ad affermarsi in pochi anni. Fin dai primi numeri, "W.i.t.c.h." reclamizza trucchi, gioielli, abbigliamento. Con una particolarità, come nota Amelia Capobianco, che ha dedicato alla serie uno studio articolato per l'Associazione MediaEducation di Bologna:

La questione importante è che non si tratta sempre di inserti ma di un tipo di pubblicità diversa che trasforma le protagoniste del fumetto in testimonial dei prodotti; sono pubblicati sul giornalino test e giochi di varia natura in cui le cinque Witch vengono associate a prodotti di marca più o meno famosi, innescando in questo modo un meccanismo doppio: da un lato sappiamo per esempio che Will, leader del gruppo, veste un certo paio di jeans di marca – e in questo modo il jeans si fa forte dell'affetto che le lettrici hanno per lei – ma, allo stesso tempo, nel caso di prodotti estremamente famosi, la marca fornisce a Will uno status preciso e riconosciuto anche se questo non compare nelle storie. L'associazione protagoniste-prodotti viene giocata in più modi: "Vuoi essere una vera Witch? Usa lo zaino che userebbe Taranee o gli occhiali da sole che userebbe Hay Lin. Che tipo di Witch sei?". La lettrice lo scopre rispondendo a domande correlate a prodotti di marca.

Le rubriche, infine, sono quelle classiche: lettere, consigli, moda. Sempre Capobianco sottolinea invece l'impostazione completamente diversa della redazione tedesca, che le suddivide in due grandi tematiche: "*Naturgeister*, con i miti e le leggende a cui si è fatto riferimento nel racconto, e *Kurzgeschichte* che raccoglie racconti alternativi alla storia".

Ma le Witch cambiano. E parecchio. Non soltanto si alternano i disegnatori, ma si trasformano le storie. Con sempre maggiore frequenza, il salvataggio del mondo diventa meno centrale, e acquistano importanza le feste, i ragazzi, il trucco (che diventa addirittura il tema principale di una storia, *Il trucco c'è... ma non si vede!*). Nel giro di pochi anni, sia il giornale sia il sito si adeguano alla concorrenza. Così, il test pubblicato on line propone, come alternative per trascorrere una bella giornata di sole: "Chiami le amiche e proponi un pomeriggio insieme in centro a guardare le vetrine dei negozi o chiami quel tuo compagno di classe che ti piace tanto e gli chiedi di passare il pomeriggio con te al parco". Ulteriori possibilità offerte alle naviganti, l'Astroamore, per calcolare l'affinità fra il tuo segno e quello di lui, la frase magica, l'oroscopo, la moda. Oltre ai "Servizi witchosi": consiglio dell'oracolo e responsi sentimentali via sms. A pagamento.

Aprendo il numero di "W.i.t.c.h." di maggio 2007, scopro che la grafica somiglia sempre più a "Top girl". Lo strillo di copertina è sul terzo film della serie *Pirati dei Caraibi* e sulla moda a esso ispirata, con Cornelia e Will in pose da modelle. C'è una foto del ballerino lanciato da Maria De Filippi, Kledi. Il rimando a un

"Supertest". All'interno, nella rubrica "Messaggi", la foto di due ragazzine che si contendono una borsa con l'effigie di Hai Lin. Didascalia: "Follie x la shopper!". Molta pubblicità di suonerie e immagini per il cellulare. I poster di Johnny Depp e Orlando Bloom. L'oroscopo. Quanto al fumetto: le vicende amorose sono privilegiate rispetto a tutto il resto. Will indossa top che scoprono l'ombelico. E prima di salvare l'universo, supplica piangendo la mamma per ottenere un nuovo telefonino.

> ***Con il magazine ti aspetta il fantastico kit Winxclub per il make up!! Il profumatissimo lucidalabbra glitterato e lo specchietto di Bloom!***
>
> (Dal sito delle Winx)

Il cartone animato *Winx Club* nasce nel 2004 in uno studio marchigiano, Rainbow Srl, da un'idea di Igino Straffi. Ha un successo imponente: è stato venduto all'americana Fox e in 130 paesi, ha share altissimi anche in Francia e Belgio. Le bambole Winx hanno conquistato il 40% del mercato italiano, superando Barbie e Bratz. Cinquanta milioni le figurine vendute, 10 milioni i dvd smerciati in 41 nazioni, 2 milioni i contatti unici mensili del sito. Cifra totale del merchandising: 1,5 miliardi di euro. Giro d'affari Rainbow previsto per il 2007: oltre 45 milioni di euro. Questo, a dispetto della semplicità della storia e dell'evidente vicinanza del concept a "W.i.t.c.h." e a Harry Potter: in poche parole, si parla della formazione scolastica di sei fate. Bloom, fata della fiamma del Drago, l'unica a essere una terrestre; Stella, fata del Sole e della Luna, nonché cultrice della forma fisica (e non della scuola); Flora, fata dei fiori e della natura (e dello studio); Musa, fata della musica (e dell'ambizione: vuole diventare famosa); Tecna, fata della tecnologia (che è brava in materie scientifiche, *dunque* appare un po' fredda); Aisha, figlia dei sovrani di Andros (ama ballare). Al loro fianco, gli Specialisti, alcuni dei quali sono principi e scudieri, fidanzati con le eroine, e le piccole fate Pixie. Antagoniste, streghe malvagie: spesso di orrido aspetto.

Perché anche l'immagine delle Winx è interessante, ed è forse la miglior esemplificazione di quella iperfemminilità intravista da Paolo Fabbri nel nostro contemporaneo. Oltre ai capelli fluenti e alle bocche carnose, hanno infatti vita strettissima e fianchi esageratamente ampi. Come le statue votive. Come la Femmina nella simbologia dei secoli.

Il Winx-mondo è altrettanto degno di attenzione: oltre all'abbigliamento, alle figurine, ai giocattoli, libri, telefonini, lenzuola, c'è un musical, il *Winx Power Show*, trasformato in piccolo evento. Ci sarà un film. E c'è la rivista.

Tenendo a mente che, stando al sito ufficiale della Rainbow, il target viene compreso fra i 5 e i 12 anni, vado in edicola e scopro che al numero di maggio è abbinato l'album di figurine del film *Ho voglia di te*, il seguito di *Tre metri sopra il cielo*, dai libri di Federico Moccia. Che si rivolge a ragazze decisamente più grandi: almeno in teoria. Sempre ricordando il target, e la pratica dell'abbassare l'entry point, apro il numero di aprile del magazine. La prima pubblicità conferma che, sì, ci si rivolge alle piccole: una bambina vestita di rosa, davanti a una torta rosa, con le candeline rosa, festeggia cinque anni. Con il set di piatti-bicchieri-tovaglioli delle Winx. Più avanti, però, un'altra pubblicità copia platealmente la terminologia delle adulte: "Ti aspetta un'estate *frizzante:* con l'intimo e i collant Winx diventerai una vera fatina". Foto: un gruppo di bambine in mutande si abbracciano all'interno del cerchio magico formato da un hula-hoop.

In un altro punto del giornale, penso di aver fatto confusione e di stare sfogliando una rivista per signore. Il servizio si intitola "C'era una volta Audrey" e riguarda la moda primavera-estate, ispirata a Audrey Hepburn: "Rocchettare maschiacci e supersportive rassegnatevi: la moda di questa primavera-estate è un trionfo di grazia e femminilità". Conseguentemente, bambine di cinque anni devono apprendere che la gonna a bustino è "raffinata ma un po' scomoda. Anche nella versione con le bretelle". Che va portata "con una cinta alta per evidenziare il puntovita" e che la pochette è un esempio di "femminilità retrò".

Abiti che non indosseranno mai e parole che forse non comprendono. Certamente, invece, capiranno che ballare fa bene e porta alla pace interiore, la quale "rende le ragazzine più carine (che è piacevole per noi e per gli altri)". Apprenderanno, inoltre, che è possibile scaricare le suonerie delle Winx sul cellulare e attaccare i loro ciondoli ai passanti della cintura; che le scarpette graziose sono "solo per vere Winx", che le biciclette Winx sono rosa, che "la pettinatura più adatta è quella che ci rappresenta e che sfrutta bene il nostro tipo di capello" ("Se il volto non è regolare, scegli una pettinatura asimmetrica, se hai capelli lunghi, scopri modi divertenti di tenerli raccolti e ordinati"). Che l'oroscopo fatato suggerisce che si può osare, e scrivere un bigliettino romantico. Che, niente di nuovo, una vera Winx è bella.

Scopro che l'editing della rivista è affidato a Laura Scarpa, una delle non molte protagoniste femminili del fumetto italiano, una che ha collaborato con "Linus" e "Alter", che insegna e scrive saggi (e ha recentemente convogliato parecchi colleghi per un libro che si chiama *Erotic Paper Dolls*). Una firma, insomma. Ripenso a tutto questo leggendo la storia vera e propria: che comincia con le fatine che guardano il ritratto di Flora fatto da Helia, il suo fidanzato. Stella dice: "Ti vergogni se un ragazzo è innamorato di te? Dovrebbe essere normale per noi ragazze. Ma guardiamoci. Siamo noi la parte più carina dell'umanità ed è bello che i ragazzi ci coccolino un po'". Musa, evidentemente ancora non corrisposta, risponde: "Magari fosse così! Mi pare che molti ragazzi non lo abbiano ancora capito!". E qui inizia uno dei più sbalorditivi addestramenti alla femminilità seduttiva che possa capitare di leggere:

***Stella**: Se non ci crediamo noi per prime, non saremo convincenti e i maschi guarderanno subito da un'altra parte.*

***Musa**: Forse non tutte sono belle come te, sai? Cosa dovrebbero fare per trovarsi un ragazzo?*

***Stella**: Andare dall'estetista, è chiaro!*

***Musa**: Unfh... quando fai così ti tirerei qualcosa in testa!*

***Bloom**: Musa ha ragione, Stella! Non può essere solo questione di creme e rossetti.*

***Stella**: Certo che no.*

(Volto la pagina: forse Stella dirà qualcosa sul fatto che la bellezza non è l'unica risorsa di una ragazza.)

***Stella**: Ma non scherzo se dico che è quasi sempre colpa nostra se non siamo belle come dovremmo. La bellezza è uno stato d'animo: ogni ragazza ha qualcosa di bello che i ragazzi potrebbero ammirare! Due occhi ridenti... una risata allegra... un modo di fare simpatico. Farsi belle vuol dire scoprire quello che abbiamo di meglio e mostrarsi agli altri nella luce migliore! È questo che volevo dire.*

("Non esistono donne brutte, ma solo donne pigre.")

***Stella**: (spiegando di aver avuto una brutta febbre sul labbro),* *aggiunge: Mi sono inventata una nuova pettinatura e Brandon non ha avuto occhi che per i miei capelli... semplice, no?*

Infine, sintetizza:

***Stella**: Conquistare un ragazzo è una battaglia, cara mia! Devi usare le armi che hai ma soprattutto devi voler vincere.*

***Musa**: Ho capito. Nessuno è perfetto. Devo solo trovare il mio lato più bello e valorizzarlo come si deve.*

La riprova della battaglia da combattere sarà nell'epilogo della vicenda. La crudele Zatura, seducente nel suo abito nero, viene sconfitta dalle fatine e dal gruppo dei ragazzi, e torna al suo aspetto originario.

"Guardate, non è più giovane e bella," dicono le Winx. Dunque, è da eliminare.

6. Being Maria De Filippi

Una sera, mi fermo a guardare: dalle scale scende Elisabetta Gregoraci, protagonista indiscussa di Vallettopoli e ciononostante, o meglio in virtù di questo, star assoluta della televisione.

Vallettopoli è il nome, prevedibile, dato a un'altra prevedibile vicenda: un gruppo di ragazze avrebbero fornito sesso a politici e dirigenti televisivi in cambio di un'apparizione, un piccolo ruolo, un breve ingaggio.

Altrettanto prevedibili furono le reazioni: scandalo, per un paio di giorni, e neanche troppo acceso. Tirando le somme, le ragazze, in quanto consapevoli, autosufficienti e nate in epoca post-femminista, sembrarono ai commentatori più condannabili di portaborse e funzionari che ne gestivano o sollecitavano i favori.

> ***F.: Cazzo vuoi... Mò te ne devo mandare qualcun'altra che non conosci, però...***
> ***S.: Le voglio vedere io. (ride)***
> ***F.: Poi, se conosci pure queste, devo dire che sei il più grande... trombatore di mignotte.***
> ***S.: Di tutto. No, aspetta, non offendere, non solo mignotte...***
> ***F.: No, mignotte nel senso tutte le donne, eh!***
> ***S.: ...Non solo le mignotte, eh. Io guarda, ne, ne conosco decine (ride) allora chi è, chi c'hai? (ride)***
> (Intercettazioni fra un politico e un ufficio stampa, 11 aprile 2005)

In fondo, la storia della televisione italiana è stata costruita in gran parte sui corpi femminili in offerta: certo, in passato la discrezione era maggiore, ma quel che ha sempre caratterizzato i nostri palinsesti è stata una svestita ragazza sorridente ("Quanti canali porno avete in Italia!" allibisce la mia amica neozelandese dopo una sera di zapping fra Rai e Mediaset). E muta, finché si può. Fin dagli albori delle vallette in minigonna: quelle che, ricorda Enzo Biagi, "prendevano le buste che il conduttore strappava e le portavano via. Avevano la funzione del cestino".

Certo, con la nascita e la fioritura dell'emittenza privata, e con gli sventati anni ottanta, la quantità della carne esibita era destinata ad aumentare. Prima delle ragazze di *Colpo grosso*, pronte a mostrare il seno a seconda delle risposte giuste o sbagliate dei concorrenti del quiz, c'erano state le statuarie creature di *Drive in*, che segnarono l'improvviso ritorno della maggiorata destinata a decorare ed eccitare. Del resto, ricordava il critico televisivo Antonio Dipollina su "Repubblica" del 25 giugno 2006, gli autori si erano esercitati a lungo prima dell'exploit:

Antonio Ricci era il capo nobile di una gang di malfattori che operavano nelle tv locali lombarde. Il regista Beppe Recchia, soprattutto, il quale aveva concepito il seguente programma: Il Pomofiore, *una sorta di* Corrida *più smandrappata, i concorrenti si esibivano, il pubblico votava lanciando sulla scena dei pomodori (o fiori) finti. A quel punto entravano in scena loro: una decina di ragazze in abitini succinti e con misure toraciche dalla quarta in su (sotto la quarta non può essere vero amore, recita un detto immortale). Le quali si chinavano a raccogliere mentre un volontario con la telecamera passava tra di loro inquadrando dall'alto: ogni operazione poteva durare anche un quarto d'ora. Quello "era" il programma, gli autori scrivevano e ideavano partendo da quello. Senza le tette, non ci sarebbe stato il resto.*

Da quel momento, difficilmente un programma di intrattenimento avrebbe resistito alla femmina da spogliare. Compreso il venerato, intelligente, apparentemente satirico Renzo Arbore con le sue Ragazze Coccodè (certo, in parodia delle altre). Da quel momento, la presenza femminile di contorno sarebbe tornata a essere irrinunciabile: spesso, anzi, il programma veniva costruito su di essa. Anche quando a ballare e cantare e dimenarsi erano, indimenticabili, le bambine di *Non è la Rai*.

Una mamma: Ero venuta ieri... m'ero sbagliata di giorno. C'erano le chiamate speciali, le raccomandate di ferro... l'ho visto proprio io co' gli occhi miei. C'era

una signora co' 'na ragazzina. Però non ha mica chiesto del regista... ha chiesto di quell'altro, quello brutto, quello grasso, quello che strilla sempre dentro la tromba: Glori. Appena la vede comincia a di' quant'è carina questa bambina, quant'è carina e intanto guarda la madre.
Maddalena: Saranno state apparenze, non bisogna esagera'.
Altra madre: Eh già, perché noi siamo tutte sceme qua, abbiamo capito benissimo cosa ha voluto dire quella signora là. Ma noi andremo dal produttore, andremo dal regista e ci faremo sentire un po', che questa è proprio una vergogna, perché ci sono delle preferenze qui, ci sono delle raccomandate, dobbiamo esse' invece tutte uguali.

(Suso Cecchi D'Amico, Francesco Rosi, Luchino Visconti, *Bellissima*)

Sì, perché erano proprio bambine, alcune addirittura fra gli 11 e i 13 anni. Pochi lo ricordano, ma nel 1994 ventisette madri di altrettante ragazzine, scritturate dall'allora Fininvest per il programma di Gianni Boncompagni, marciarono sull'Ispettorato del lavoro di Roma, reo di aver applicato una legge troppo "severa" che non consentiva alle figlie di superare un tetto giornaliero di impegno lavorativo. All'epoca, scesero in campo anche i sindacati.

Cerco nell'archivio e ritrovo le dichiarazioni dei genitori. Padre e madre intorno ai cinquant'anni. Lui: "Mia figlia si è strappata le ciglia per tutta la notte. Non dorme e non mangia più. Il comportamento dell'Ispettorato è stato sleale". Lei: "Siamo venuti qui per farci rispettare. Altro che legge! Io preferisco di gran lunga sapere che mia figlia è da Boncompagni. In quello studio è protetta. In giro per Roma non si sa mai che cosa può succedere". Altro padre: "Tania sta malissimo, ha avuto la febbre alta. Tutto per un impegno non mantenuto. Lasciamo perdere per un momento lo studio, questa è soltanto una fregatura. I compiti si possono fare lo stesso, anche in contemporanea a un'apparizione sul piccolo schermo". Una madre: "Valentina ha appena vomitato, abbiamo chiamato un medico ma non arriva nessuno. Il suo stomaco è in subbuglio. Noi abbiamo i nervi a fior di pelle". Ragazzina, di nome Katiuscia: "Se non mi fanno partecipare a *Non è la Rai* io non studio più. Non faccio la scuola dell'obbligo.

Voglio vedere come andrà a finire". Una zia: "Mi sono sentita morire quando ho visto, domenica scorsa, quelle bambine piangere dopo essere state 'licenziate' da Boncompagni. Loro erano tranquille, non avrebbero mai potuto pensare che sarebbe andata a finire così". Un'altra mamma: "Ma come, l'estate scorsa ce le hanno fatte tenere a stecchetto, a dieta, bianche come la luna, non potevano prendere un raggio di sole altrimenti si abbronzavano, non dovevano tagliarsi i capelli, insomma dovevano soprattutto sembrare naturali. Ora ce le rimandano a casa. Esiste soltanto Ambra in questo paese? Allora siamo pronte a mettere sotto accusa tutte le procedure".

Certo, era solo un gioco: le bambine si divertivano, imparavano a ballare, magari mettevano un piccolo piede nel mondo dello spettacolo. E lo spettacolo in questione era familiare, innocuo, appena appena ammiccante. Dettagli. Casualmente, in quello stesso 1994, da Salsomaggiore si ventilò la proposta di un concorso di bellezza parallelo, riservato soltanto alle bambine: Baby Miss Italia, doveva chiamarsi. Non lo fanno, del resto, anche in America? Non ci sono, come nel film *Little Miss Sunshine*, migliaia di piccole aspiranti-qualcosa, addestrate accuratamente al trucco, all'abito, al portamento, sulla scia di quello che i loro giornali e i loro giocattoli suggeriscono? Quell'anno, venne messa in vendita la bambola *Tanya Miss Italia*, con tanto di coroncina, scettro, mazzo di rose e fascia bianca. Slogan: "Vivi con lei questo emozionante momento, anche tu ti sentirai una miss". Alle critiche ricevute, il patron della più antica manifestazione di bellezza italiana, Enzo Mirigliani, brontolò: "L'avrei già fatto da un pezzo questo concorso per bambine – in fondo nient'altro che un gioco – ma ho paura che qualcuno mi dia addosso. Ora però le cose stanno cambiando. Quando due mesi fa Boncompagni fece i provini a Cinecittà per trovare la nuova Ambra, non gli si presentò forse una candidata di nove anni?".

In quello stesso anno, peraltro, la neoeletta Miss Wella dichiarò: "Ho il mito di Claudia Schiffer, perché somiglia a Barbie. E io adoro Barbie".

Fotomodelle glamour o per calendari. Un genere molto importante in Italia. È necessario essere disinvolte e sensuali senza timidezze. Fisicamente bisogna essere molto ben proporzionate, con un fisico preferibilmente formoso. Saper esprimere con il proprio corpo la propria femminilità è l'aspetto fondamentale

del glamour. Essendo di solito produzioni di una sola modella l'altezza conta meno. Si lavora per sponsor o anche direttamente per fotografi o fotoamatori.

(Dal sito dell'agenzia Fashion Up)

Ci fu un momento in cui tutto questo era piacevole, trasgressivo, giocoso. Intellettuale, persino. Nella Rai Due del colto Carlo Freccero, una fanciulla bionda che si chiamava Flavia Vento esordì non soltanto muta, ma chiusa in una struttura di plexiglass. Erano gli anni di *Libero*, programma di scherzi telefonici su Rai Due. Qualcuno, stavolta, protestò. Gli autori e il conduttore, Teo Mammuccari, si indignarono: "Lei è una scultura vivente, in gabbia ha pure i buchi per respirare". E Carlo Freccero, annunciando un nuovo programma dove Vento si sarebbe esibita sotto la doccia, enunciava: "Perfetta! Una splendida figurina del cinema anni sessanta, sembra uscita dal *Disprezzo* di Godard". Era solo il 2000. E davanti alle pur miti levate di scudi femministe, critici e giornalisti fecero spallucce. La colpa, in fondo, era di chi accettava. Delle veline e vallettine seminude che ribadivano la consapevolezza, l'accettazione e dunque la responsabilità piena del proprio destino. La variante, abbellita, del vecchio "in fondo ci stava": c'era stato il movimento di liberazione delle donne, e se qualcuna decideva di ignorarlo, era affar suo. Quanto a ideatori e autori, davano al pubblico quel che chiedeva.

Un ragionamento simile venne fatto per i calendari. Tanti, spaventosamente tanti. Pareti intere idealmente tappezzate con nudi femminili in location esotiche, cosce larghe infarinate di sabbia, labbra carnose semiaperte, palpebre semiabbassate. Qualcuno venne sequestrato (quello di Elenoire Casalegno: sembra che la fotografia relativa a un certo mese richiamasse un po' troppo esplicitamente la sodomia). Tutti vennero stravenduti: nel solo 1999 settimanali e mensili fatturarono, nel numero che allegava il calendario in questione, oltre venti miliardi di lire.

Curiosamente, molte delle ragazze da calendario (e molte veline, e concorrenti di reality) non sono "altro" rispetto alla femminilità diligente, studiosa, ambiziosa e determinata descritta dalle statistiche sulla scuola. Spesso, anzi, si tratta proprio delle stesse ex bambine che furono la gioia delle proprie maestre: che decidono di tornare a scegliere l'antichissima, e tuttora ribadita, via della seduzione. Esiste, in proposito, un'intervista esemplare. La rilasciò a "Max", nell'ottobre del 2006, l'ex paperetta (e schedina, nonché concorrente dell'*Isola dei famosi*) Sara Tommasi, in occasione del suo calendario. Il calendario di una superlaureata.

"Dopo quattro anni di studi alla Bocconi, ho imparato a essere la brava manager di una grande azienda di prodotti industriali o di servizi. In questo caso sono io il prodotto, un prodotto da vendere nel mercato dello show business. In più a qualsiasi bella donna fa piacere essere fotografata bene e valorizzata, sensuale, ma senza volgarità. E poi se la mamma mi ha fatto così è anche un omaggio a mia madre." La mamma, però, non è felice. "Sì, per lei una che fa il calendario non è seria. Mi dice sempre: 'A me sembra che ti sei fatta togliere le mutande da tutta Italia e basta' [sorride con un velo di tristezza, N.d.R.*]. Io le ho detto che per me, invece, è arte. Insomma, mamma: è un percorso della carriera e della mia vita. Devi capire."*

A considerarsi "prodotto", in opposizione a quanto la generazione delle madri aveva sostenuto, sono tante. Le letterine di *Passaparola*. Le letteronze della Gialappa's Band. Le paperette di *Paperissima*. Le veline, certo.

Il termine velina è ormai talmente in uso nel linguaggio comune, che è stato introdotto anche nei principali dizionari italiani. In senso lato, viene utilizzato in modo spregiativo anche per indicare un'agognata carriera nel mondo dello spettacolo che apre alle giovani le porte della notorietà e del benessere economico senza necessità di fare studi impegnativi o lunghe gavette.

(Wikipedia)

Gabriele Romagnoli racconta. Nell'estate del 2002 ha assistito al casting per il ruolo di velina in *Striscia la notizia*. A Napoli.

Quello che fanno nella vita lo fanno "nel frattempo", come fosse la lettura in una sala d'attesa prima della chiamata. "Nel frattempo", a decine frequentano la facoltà di Giurisprudenza di Napoli. "Nel frattempo", si laureano in Lettere, scrivono poesie, ma vogliono entrare "in quella bellissima scatola che è la televisione". "Nel frattempo", hanno imparato inglese e tedesco e vorrebbero conoscere "le lingue del mondo", ma ci rinuncerebbero per tacere all'arrivo dello spot. Dalle presentazioni emergono due gruppi: le aspiranti veline per vocazione e quelle per caso. Le prime riassumono giovani vite all'inseguimento dei riflettori. Parlano di madri premurose che le portavano a danza da piccole, di concorsi di bellezza minori con fasce di "Miss Wella", per via dei capelli e "Miss Culetto d'oro" per via che va da sé. Ricordano offerte di particine a pagamento, provini dove "non erano certo cortesi come qui". Poi ci sono le "aspiranti veline per caso", quelle la cui presenza rappresenta uno scarto, una decisione improvvisa. Hanno una laurea nel cassetto, un lavoro sicuro, ma sterzerebbero per quella direzione luminosa che ha acquisito un superiore riconoscimento sociale: l'apparizione in tv.

Nel 2004, le richieste di partecipazione per la selezione sono diecimila. C'è una trasmissione che manda in onda il casting: si chiama, naturalmente, *Veline*. Si scopre che partecipano laureate, farmaciste, esperte di marketing: spesso disposte a lasciare tutto, a dispetto degli anni di studi. Sul sito di *Striscia la notizia* c'è una sezione dedicata interamente alle veline di ieri e di oggi. Con molte fotografie, e qualche riga di biografia. Melissa, per esempio, "all'età di 16 anni inizia a lavorare nella moda e nello spettacolo. Nel 2003 è stata una delle finaliste del concorso di Miss Muretto. Nel 2004 consegue la maturità classica con un'ottima votazione. Attualmente frequenta presso lo Iulm di Milano il corso di Pubbliche relazioni. A livello agonistico ha praticato karate arrivando due volte sul podio nazionale e ha giocato a calcio in serie C". Mentre Thais "dopo aver partecipato per gioco a due concorsi di bellezza entra nel mondo della moda. Il tipico temperamento brasiliano fa di Thais una ragazza solare e con il ritmo nel sangue, grande appassionata di sport estremi come il paracadutismo e le immersioni. Adora viaggiare, ascoltare la musica e fra i suoi trofei annovera anche il titolo di campionessa di canottaggio del Brasile".

Ragazze sportive e preparate, dunque, fanno coincidere il proprio sogno con una stagione di nudo televisivo e, se va bene, con un matrimonio ricco. In omaggio, l'antico brivido di adorazione dei fan che si affollano nei siti dedicati: "sei straordinariamente bella... sei troppo per tuutti... che grande gnocca... che bella che sei sei bona sei figa... il tuo sedere è superbo...".

Se non si riesce a diventare velina, a proposito, la scelta è amplissima. Le laureate di Chiambretti. Le meteorine del *Tg4*. Le schedine di Simona Ventura. Le troniste di Maria De Filippi. Le surfiste di *Buona domenica*.

Le Imprese televisive ritengono opportuno non solo impegnarsi a uno scrupoloso rispetto della normativa

vigente a tutela dei minori, ma anche a dar vita a un codice di autoregolamentazione che possa assicurare contributi positivi allo sviluppo della loro personalità e comunque che eviti messaggi che possano danneggiarla. Ciò accogliendo il suggerimento della Convenzione Onu di sviluppare "appropriati codici di condotta affinché il bambino/a sia protetto da informazioni e materiali dannosi al suo benessere" (art. 17).

(Codice di autoregolamentazione Tv e minori, sottoscritto da Rai, Mediaset e dalle maggiori emittenti televisive il 29 novembre 2002)

Dunque, torniamo alla prima scena. Elisabetta Gregoraci scende dalle scale: la trasmissione è in prima serata, ore 21.10, Canale 5. Si chiama *E io pago!*, protagonista il gruppo del Bagaglino. Arrivata in proscenio, Elisabetta canta, e balla, attorniata dalle ragazze del cast. La canzone si chiama *La rumba del lecca lecca*. Per un momento, mi dico: "È troppo". Per l'allegro doppio senso della canzoncina. E per il fatto che la ragazza accetti di avvalorarlo a poche settimane dal ruolo, umiliante, avuto nello scandalo Vallettopoli. Eppure, come nelle centinaia di altre apparizioni televisive e pubblicitarie fatte subito dopo, sembra effettivamente radiosa.

Magari ho davvero preso un abbaglio, mi dico: nei giorni successivi non riesco a trovare traccia di quell'esibizione su Internet. Provo su YouTube. Nulla. In compenso trovo altro. Elisabetta Gregoraci stretta in un vestitino tutto d'oro, il seno quasi nudo grazie alla scollatura profondissima, il sedere evidenziato dall'aderenza dell'abito e dallo spacco: si tiene in equilibrio su un surf rosso fissato al pavimento, ondeggiando il bacino. Le immagini del seno e del sedere, a tutto schermo, si alternano ai primi piani degli uomini presenti, che guardano con evidente desiderio. La trasmissione è *Buona domenica*. Va in onda su Canale 5, nel primo pomeriggio del giorno di festa: orario tipicamente familiare. Gregoraci è nel cast, conduce con Sara Varone il "Tg rosa".

Continuo la ricerca. I video con il surf sono numerosi. In uno, Gregoraci ha un abito rosso: mette un piede sul surf, lasciando vedere distintamente le mutande. La regia, anzi, tarda a far partire la musica affinché Elisabetta resti con la gamba alzata e la visione duri di più. In un altro video, il vestito è bianco e nero, svolazzante: l'esibizione sul surf, a gambe larghe, mostra più volte le cosce e gli slip neri. In un primo piano, Gregoraci guarda verso la telecamera: magari è un'impressione, ma mi sembra proprio che si sia leccata le labbra.

> ***Le Imprese televisive, oltre al pieno rispetto delle leggi vigenti, si impegnano a darsi strumenti propri di valutazione circa l'ammissibilità in televisione dei film, telefilm, tv movie, fiction e spettacoli di intrattenimento vario, a tutela del benessere fisico e psichico dei bambini e dei ragazzi, attraverso un Comitato interno di autocontrollo, vigilanza e garanzia.***
>
> (Codice di autoregolamentazione Tv e minori)

In Rai esiste un software, non consultabile esternamente, che consente di verificare giorno per giorno la curva e la composizione degli ascolti televisivi. Sia per fasce orarie sia per fasce d'età. Permette, inoltre, di visualizzare i singoli momenti del programma di cui si desidera conoscere il pubblico. Grazie a un'amica, uso il software per qualche ora. Cerco *Buona domenica*. Che, a proposito, è un programma storico di Canale 5: nel 2006 ha festeggiato vent'anni. Lo hanno condotto Maurizio Costanzo, Gerry Scotti, Claudio Lippi, Platinette, Orietta Berti. Quell'anno al timone c'è una donna, Paola Perego, insieme a Stefano Bettarini, il calciatore.

Inserisco la fascia oraria desiderata: prima parte, dalle 14.05 alle 14.53. Modifico il pubblico dal generico "individui" a "bambini tra i 4 e i 14 anni" per capire chi fosse in quel momento (una qualsiasi domenica del 2007) davanti alla televisione. Prima sorpresa: su una platea generale che si attesta intorno al 25%, lo share dei soli bambini è addirittura più alto: 26,53%. Dunque c'è una più che considerevole platea di ragazzini di cui, ovviamente, gli autori sono consapevoli. Lo share minorenne sale e sale, fino a un picco del 37%.

Cosa andava in onda, in quel momento, per attirare tanti bambini? Accendo il piccolo televisore a fianco del grafico: appare il surf. Questa volta non c'è la Gregoraci, ma tre ragazze. Vallette, mi pare di capire. Una dopo l'altra, salgono, aprono le gambe, fanno oscillare il bacino. Attorno, alcuni ragazzi in jeans, a torso nudo, applaudono e ballano. Coinvolgendo una donna più anziana, che urla beata a ogni rotear di cosce della ragazza sul surf. Sulle mutande della terza concorrente, il picco supera il 38%.

Cerco *Buona domenica* su YouTube. Oltre quattrocento risultati. Molti commenti dicono "il punto più basso della televisione italiana". Primo video. Sgarbi litiga con Rocco Casalino, ex concorrente del *Grande fratello*. Sgarbi urla, meccanicamente: "Bugiardo! Bugiardo! Bugiardo!". Casalino, di contro: "Mercenario! Mercenario! Mercenario!". Sgarbi: "Venduto! Venduto! Venduto! Venduto!". Cesare Lanza, l'autore, fa la mossa di tagliar corto: "Ci sono tempi in relazione alla pubblicità". Ovviamente, la rissa va avanti. Sotto questa definizione, "rissa", associata al programma, si trovano decine di video. Li scarto, e guardo quello del 3 dicembre 2006, con Loredana Lecciso. La definizione è "Italian Tv". Lecciso ha un abito nero, molto scollato, trucco pesantissimo. Sfilano davanti a lei "persone comuni" per farle una domanda. "Davvero vuol farci credere di essere una giornalista?" "Come ti senti dopo che ti hanno soprannominata la regina del trash?" Uno dei commenti dice: "Grande la Lecciso, almeno rispecchia la vera donna italiana: inutile e troia del tutto".

Ripeto la ricerca sul software degli ascolti, centrandola su un altro programma. *Uomini e donne*.

> ***Le Imprese televisive si impegnano a evitare quegli spettacoli che per impostazione o per modelli proposti possano nuocere allo sviluppo dei minori e in particolare:***
> ***– a evitare trasmissioni che usino in modo gratuito i conflitti familiari come spettacolo creando turbativa in un bambino preoccupato per la stabilità affettiva delle relazioni con i suoi genitori;***
> ***– a evitare che nelle trasmissioni si faccia ricorso al turpiloquio, alla scurrilità e alla offesa verso le religioni.***
>
> (Codice di autoregolamentazione Tv e minori)

Uomini e donne va in onda su Canale 5 ed è un programma di Maria De Filippi. *È* Maria De Filippi, nei fatti: anche se apparentemente lei si defila, si accoccola sugli scalini, inserisce solo qualche frase breve, sapiente, mentre attorno a lei l'arena si accende. Che si tratti di persone che si scagliano l'una contro l'altra. Che si tratti di sentimenti privati da esibire nel modo più sconcio possibile. Maria ha cominciato con *Amici*: sostanzialmente, un gruppo di ragazzi che discutevano dei loro problemi, lei a fare da osservatrice. Poi *Amici* è diventato un'altra cosa, il programma pomeridiano ha cambiato titolo, ma è restata l'idea della discussione, sempre a sfondo emotivo, sempre con un pubblico pronto all'urlo, all'insulto, alla gogna, all'osceno. Anche questa, a sua volta, è una storia vecchia. Osceno è il campanaccio suonato dagli spettatori della *Corrida* quando il concorrente è improbabile, osceno è il piacere grasso, esibito, implacabile di chi lo agita. Ma tutto questo, appunto, diverte: e che male può fare?

Stagione dopo stagione, le storie di Maria centrate sulla ricerca dell'amore si sono moltiplicate. *All you need is love* era anche la sigla di un programma di grande successo di Mediaset, *Stranamore*. Stagione dopo stagione, si sono andati riaffermando antichi concetti: l'uomo è cacciatore, deve puzzare (caratteristica ribadita proprio in una storica puntata di *Uomini e donne*), la sua sposa deve essere una brava ragazza e ricevere l'approvazione della futura suocera. Sulla prassi faranno un intero reality, prima in Medio Oriente, poi in Italia. Ma l'idea si ritrova anche a casa De Filippi. Dal sito di *Uomini e donne*, recupero la storia di Christian.

Questo Christian è un ragazzo che ha molte avventure, soprattutto con le cubiste delle discoteche che frequenta. Ha una madre, Anna, definita come nelle novelle siciliane "Mamma Anna", che si preoccupa per lui: come si conviene, desidera per il figlio "una brava ragazza". Con la complicità di Maria De Filippi, si va dunque in cerca della fidanzata: vengono stampati volantini con la faccia di Christian, come se fosse un desaparecido di *Chi l'ha visto?*. I volantini vengono affissi sui muri di Roma, e si invitano "le interessate" a presentarsi in un hotel. "Tra queste," leggo, "Anna ne selezionerà quattro, le più idonee a far mettere la testa a posto a quel 'farfallone' di suo figlio..." Passano la selezione Veronica, Tiffany, Rosy e Arianna, "*belle e formose e portatrici di sani valori familiari* come richiesto da Anna", specifica il sito senza ombra di ironia. Le quattro ragazze arrivano dunque in studio per affrontare la prova finale, davanti "alla rassegnazione" del promesso sposo. Anna fa le domande: "Cosa faresti la prima notte di nozze?", "Sei vergine?" ("No, capricorno," è una delle risposte), "Come stuzzicheresti tuo marito quando torna a casa?", "Quali valori trasmetteresti ai vostri figli?" ("Rispetto per il prossimo, umiltà, educazione, sincerità...": buffo, questo elenco esibito in un contesto del genere). Infine, la prova pratica: le concorrenti, per dimostrare di essere veramente dei "*buoni angeli del focolare*", dovranno attaccare un bottone alla camicia in meno di un minuto. Rosy è la più veloce. La parola passa al pubblico, che ovviamente si spacca in due, criticando o appoggiando la madre. Maria è in mezzo (godendone, penso ogni tanto). Anna, infine, sceglie la ragazza del bottone, Rosy, che gli autori del sito definiscono "tipica bellezza mediterranea" e Anna gratifica degli aggettivi "docile e raffinata". Il pubblico urla: no o sì, in ugual parte. Il protagonista, sovrano di una platea che ha discusso per lui una privatissima scelta, conferma infine la preferenza della madre.

Da Christian ai "tronisti" il passo è stato breve. Da qualche anno a questa parte, *Uomini e donne* si è evoluto rendendo protagonisti del programma ragazzi e ragazze che si sottopongono al rito del corteggiamento e al giudizio del pubblico in studio. Costantino Vitagliano è stato l'esemplare più famoso della specie. Molti seguono il suo esempio cercando almeno uno spicchio del suo successo. Dal sito, leggo le preferenze dei tronisti 2007 in fatto di spasimanti. Giorgio, per esempio, cerca una ragazza molto sexy, educata e colta. Glauco vuole una donna semplice, femminile e non costruita, e per prima cosa le guarda le mani, i denti e le scarpe. Jola desidera "la versione mediterranea del principe azzurro". Nel cast, ci sono anche un consigliere, un ballerino (Kledi), un'opinionista, un musicista, un maggiordomo. E il pubblico, chiamato a dividersi, a giudicare, a insultare.

Nel software, cerco dunque una puntata qualsiasi del maggio 2007. Dalle 14.46 alle 16.16 *Uomini e donne* ottiene il 23,38% di share. Quanti sono i bambini che lo guardano? Controllo: gli spettatori fra i 4 e i 14 anni sono ben l'11,43%, e salgono fino al 18,43%. Accendo il televisorino per capire cosa stia accadendo nel momento del picco. Parla una donna del pubblico, giacca rosa, faccia cattiva, rivolta a un ragazzo che, se capisco bene, sta corteggiando la tronista di turno. "A me," scandisce la donna, "mi stai antipatico." Il ragazzo ride. La donna insiste: "Sì, fai una risata. Sai fare solo questo. Sai otto vocaboli in tutto". Il ragazzo continua a ridere.

Trovo un secondo picco del pubblico infantile, che tocca quasi il 20%. Vediamo perché. La tronista è in primo piano, ha gli occhi vitrei, si rivolge a un uomo del pubblico: "Ma da dove sei uscito?". Lui agita il braccio destro, in un gesto beffardo: "Sei ridicola!". La tronista è ferita, la voce le si fa acuta. "Sei ridicolo tu, e patetico. Ma vai a casa, vai." Il pubblico urla. Una donna grassa, seduta in prima fila, ride. Maria De Filippi è sempre accucciata sugli scalini che separano i due settori di pubblico. Volano insulti verso la tronista, che quasi piange. A quel punto la signora grassa si alza in piedi felice, rotea il bacino come una baccante, pesta i piedi per l'esultanza.

Cambio giornata. Share quasi identico: 23,48%. Il pubblico dei bambini è più numeroso, 12,31%. Sale fino al 20,28% nel mezzo di una seconda rissa. La lite, stavolta, è fra due donne del pubblico: la signora grassa che il giorno prima ballava si rivolge a un corteggiatore: "Il tuo quoziente di intelligenza non arriva al mio... Magari fosse un quarto del mio". La telecamera inquadra le cosce scoperte di un'altra ragazza, vicino alla tronista. La signora dietro la donna grassa interviene: "Lui si esprime meglio di te". La donna grassa: "Ma via! Ma che dici! Ma che stiamo dicendo?". Tutti, nuovamente, urlano.

Chi non urla in studio, lo fa su Internet, in uno dei forum dedicati al programma:

***Prima ragazza**: Sono sconvolta!! Ma avete visto oggi Paola come era indemoniata!! A un certo punto le si sono gonfiate le vene del collo, la voce è diventata affannosa come stesse per soffocare... mi sono quasi spaventata! Se l'è presa addirittura con il povero Alfonso che di solito la venera! È pur vero che parlava con quella sfigata sguaiata di Karina... però nn avevo mai visto in tutti questi anni scene simili!!!*

***Seconda ragazza**: Paola a pescivendolame se la gioca con Daniela.*

***Terza ragazza**: Daniela è un ippopotamo con la gonna e gli stivaletti neri anni settanta.*

Ricapitolando: programmi come *Uomini e donne* e *Buona domenica*, destinati agli adulti, vengono in realtà guardati in larghissima parte dai bambini. La stessa cosa avviene per *Striscia la notizia*. O *Amici*: i ragazzini che seguono il programma sono quasi cinque milioni e mezzo. *Amici*, da diversi anni, è apparentemente una gara di canto e ballo in onda su Italia 1, con una trasferta su Canale 5 per le serate finali. Prima la trasmissione si chiamava *Saranno famosi*, poi ci sono stati problemi di copyright con il serial televisivo: ha cambiato titolo e ne ha conservato superficialmente le atmosfere. In sostanza, si tratta di una scuola con una ventina di alunni che vogliono diventare, appunto, cantanti, ballerini, attori. Studiano mesi per arrivare alla finale: se vincono, otterranno centomila euro e un contratto di un anno con Mediaset. Le norme che regolamentano le varie prove si fanno più complesse edizione dopo edizione. In quella del 2007, la sesta, sono state introdotte le stelline, ossia i meriti che vengono conquistati dopo l'esito positivo di una prova. Sull'aspetto "educativo" della competizione insistono regolarmente la conduttrice e gli autori ogni volta che il programma viene attaccato per l'aggressività dei concorrenti. Che vengono ripresi nel backstage: quando gli alterchi sono particolarmente gustosi, vengono mandati in onda anche da altri programmi. *Striscia la notizia*, per esempio, ha realizzato un servizio dove un gruppo di ragazze ne aggrediva una, sembra eccessivamente permalosa, con molte risate dei conduttori per commento. Ma gli autori non cercano soltanto una rissa. Per esempio, in una puntata dell'aprile 2005 si è costruita una situazione come quella che la giornalista Anna Lupini racconta nel suo *Reality blog*.

C'era una sfida tra due ballerini: Francesco e Antonio.

Maria aveva un vestito sottoveste bianco di raso, tutto fiorito e fruttato, con coprispalle nero e tacco 9 sempre nero. Indosso a lei, praticamente un ossimoro.

Dei due ballerini era più bravo quello che ha vinto, cioè Francesco, questo si è capito sin dalla prima coreografia, quindi la gara non mi ha preso più di tanto.

La De Filippi, che non vedevo in azione da tempo, ha reso ancora più secco il suo stile.

"Come la vivi?" è la sua domanda più ricorrente.

Sempre distaccata, asciutta, però con la lama pronta ad affondare nel reality più zozzone.

Come quando Francesco ha ricevuto una lettera della mamma, che lo incitava alla sfida, ricordando incidentalmente del babbo perito in un incidente stradale quando lui era ancora bambino.

Il ragazzo si sforzava di sorridere, ma era evidente la commozione. Maria si è avvicinata, arrotando le R e mangiando le parole ha detto: "Se non ce la fai lo leggiamo a voce bassa insieme". Peggio mi sento. Alla fine il moretto s'è ribellato "Lo leggo dopo da solo, grazie".

Maria ha simulato un sorriso, poi ha assestato il colpo definitivo, mamma in studio e foto del babbo morto proiettate nel vidiwall con sottofondo musicale. Uno strazio.

La gara si è conclusa a favore dell'orfano, che, ripeto, era il ballerino più bravo, ma forse per farlo capire a gente che non si intende di danza occorreva sottolineare la sfiga familiare.

Bene, penso: ma esiste un Comitato tv e minori che vigila. Vado a controllare e trovo le ultime risoluzioni. Eccole: *Domenica in* (discussione Pappalardo-Zequila); spot telefonia su Umbria Tv; *Distraction* e servizio su *Distraction* di *Studio Aperto*; *Fuoco assassino*; intervista alle vallette di *Zelig* su *Le iene*; *Mai dire Grande fratello*; *Cold Case*, delitti irrisolti; Promo di *Lucignolo* su *Studio Aperto*; *Il Bivio*; *CSI*; Chat Line erotica su La9; *Nel centro del pericolo*; *Tg2* e *Tg3* per il servizio sull'accoltellamento di un adolescente in Gran Bretagna; il cartone animato *I Griffin*; *Dentro la notizia* su Teledonna per le immagini di iracheni torturati; *Bisturi*; *L'ultimo combattimento di Chen*; *The Mountain*; Lite Sgarbi-Mussolini a *Studio Aperto*; un servizio sul *Tg2* a proposito del partito dei pedofili; un altro servizio di *Studio Aperto* sul suicidio di una ragazza; *Wonderland* su Sky Cinema; la bestemmia di Ceccherini all'*Isola dei famosi*; una puntata del *Dr. House* dove si raccontava di una modella quindicenne che aveva sedotto il padre; *La figlia del generale*; *Dragon Ball*.

Non c'è *Uomini e donne*. *Buona domenica* viene richiamato solo per due interviste: una a Lorena Bobbit (divenuta star per aver evirato il marito) e una ad Anna Maria Franzoni. Il surf è, evidentemente, innocente.

Cerco di capire da quanto tempo duri l'equivoco secondo il quale si finge che bambini e bambine guardino soltanto i programmi ufficialmente destinati a loro. Chiedo a Paolo Taggi, autore televisivo (*Stranamore, Domenica in, La talpa*), da quanto tempo sia nota la presenza dei minorenni nella platea dei programmi di intrattenimento. Praticamente da sempre, mi risponde. "Da quando collaboravo a *L'araba fenice* di Antonio Ricci, nel 1988. Ancora: tra il 1997 e il 1998 lavorai per la Rai a un'analisi Auditel. Risultò che in prima serata i bambini erano molti, moltissimi. Un certo mercoledì sera il programma *Donne al bivio* fu visto da oltre un milione di ragazzini. E io mi sono chiesto: chi sono e perché sono davanti alla televisione?"

Bella domanda. Ma ce ne sono altre, altrettanto interessanti: ha ancora senso parlare di nicchie televisive protette per l'infanzia?

Nel 2002, un'inchiesta Doxa evidenziava che il programma quotidiano più visto dai bambini fra i 5 e i 13 anni era *Striscia la notizia*, a pari merito con *Tom&Jerry* su Rai Due (53%). Al quarto posto, dopo *Dragon Ball*, *Sarabanda*. Al sesto, con il 43%, *Saranno famosi*. Quest'ultimo prediletto dal 46% delle bambine contro il 36% dei maschi. Nelle trasmissioni settimanali, al primo posto c'era *Scherzi a parte*, col 71% delle preferenze. Al quinto e al sesto *La corrida* e *Stranamore*, seguito da *L'albero azzurro* e, subito dopo, da *C'è posta per te*. Sia nel pubblico di *Stra-*

namore sia in quello di *C'è posta per te* la maggioranza di bambine è schiacciante.

Piermarco Aroldi è vicedirettore di OssCom, un Centro di ricerca sui media presso l'Università Cattolica di Milano, dove insegna Media e processi sociali. In un lungo articolo apparso su "Famiglia oggi" scrive che non si può più parlare semplicemente di "bambini e televisione". Quella che oggi viene chiamata la post-tv, riflette, è costruita su una galassia: oltre a Rai e Mediaset, oltre al polo Telecom (La7 e Mtv), e alle emittenti locali, ci sono i quattordici canali di Sky, di cui quattro dedicati ai bambini in età prescolare (Jim Jam, Boomerang, RaiSat Yo Yo, Playhouse Disney) e sette alla fascia 5-14 anni (Disney Channel è la più seguita e, per i preadolescenti, c'è Cartoon Network), per un totale di più di 60.000 ore di programmazione. Inoltre c'è, al momento, il digitale terrestre di Mediaset, Boing. Non è finita: perché la televisione si estende ed è fruibile, e frammentabile, su altre piattaforme: il computer (download, streaming, podcasting, YouTube, MySpace), telefoni cellulari, iPod.

Benissimo. Il dato sconcertante è che, a fronte di una complessità destinata peraltro a crescere, "sopravvivono," dice Aroldi, "logiche di programmazione tradizionali e poco differenziate in quanto a destinatari, cui sembrano corrispondere abitudini di consumo consolidate e quasi rituali: il palinsesto del mattino presto occupato dai cartoni animati che accompagnano la colazione dei più piccoli prima dell'impegno scolastico; la fascia pomeridiana, ormai offerta solo da Italia 1 e, in misura molto minore, da Rai Tre; l'appuntamento preserale di Rai Due". Non solo, prosegue Aroldi: "Mentre il codice recinta la fascia pomeridiana (h 16-19) denominandola 'Tv per minori' e garantendone la 'protezione specifica', gli spettatori più piccoli la disertano e si affollano in altri luoghi del palinsesto generalista, privilegiando trasmissioni che si potrebbero definire 'per adulti', se questo non implicasse una visione degli stessi 'adulti' francamente un po' desolante: *Camera Café, Striscia la notizia, Un medico in famiglia, Il grande fratello, Amici, Le iene*. Anche in termini di fasce orarie, la seconda serata è talvolta più affollata di minori di quanto non sia la fascia protetta del pomeriggio".

Non avendo carattere narrativo, inoltre, questi programmi non solo non sono sottoposti a rating, ma sono anche meno decodificabili di un film, un cartone, un serial. Difficilmente, cioè, un giovanissimo spettatore può ribaltare una storia che non c'è, come avviene negli altri casi, e arricchirla con la propria invenzione: vero o falso che sia, il pubblico di *Uomini e donne* non rappresenta altro che un branco di adulti in lite. Lo scenario, prosegue Aroldi, è questo: "Da una parte, un sistema abbastanza rigido di controllo esercitato là dove i programmi per bambini e ragazzi sono pochi e dove il pubblico dei più piccoli non c'è più; dall'altra, un'offerta per nulla rispettosa della specificità del pubblico infantile o minorile e quasi priva di regole, ma in grado di raccogliere grandi fette di questo pubblico".

A questo va aggiunta un'ulteriore considerazione. Dallo scenario televisivo, aggiunge Aroldi, è scomparso l'adulto: "I modelli di comportamento proposti nei reality, con la loro iperemotività, così come la costruzione dei personaggi delle fiction, soprattutto i teen drama come *The O.C.* e *Una mamma per amica* o le sit-com giovanili come *Friends, Scrubs* o *Camera Café*, privilegiano, infatti, una formula sintetica che potremmo definire 'adulto-adolescente': [...] nel caso del teen drama siamo di fronte a psicologie adulte calate in panni e problematiche adolescenziali, che sembrerebbero richiedere una precoce maturazione dei personaggi ma che in realtà non fanno altro che rimandarla all'infinito, mentre nel caso delle sit-com (ma potremmo aggiungere la maggior parte dei volti delle tv per giovani come Italia 1 e Mtv) sono messi in scena trentenni che, di fatto, dimostrano strutture della personalità e comportamenti tipicamente e fissatamente adolescenziali, senza alcuna prospettiva possibile di crescita o maturazione (pena la fine stessa della serie)".

Striscia la notizia si rivolge ad adulti-bambini e coopta facilmente il pubblico dei veri minorenni. La pornostar Eva Henger che conduce *Paperissima Sprint* evidenzia l'ambiguità della prassi. Elisabetta Gregoraci sul surf *gioca*: attrae i piccoli con la curiosità di chi attende di sapere se riuscirà a restare in equilibrio e i grandi con la pornografia della messa in scena. L'equivoco è voluto quanto feroce. Dice ancora Aroldi: "L'adolescentizzazione precoce e prolungata ha di fatto contribuito a creare un target di 14-34enni per il quale consumare costituisce il metalinguaggio per eccellenza e spendere l'agire strumentale che garantisce i diritti di cittadinanza. Ma un tale target va coltivato fin da piccolo; non si diviene teen consumer senza essere stati kid consumer. Soprattutto, si diventa buoni kid consumer se il consumo stesso è percepito come lo strumento attraverso il quale si realizzano e si certificano la propria crescita, l'acquisizione dell'autonomia, la somiglianza ai fratelli e alle sorelle più grandi, l'adeguamento ai propri idoli, la realizzazione della propria identità sessuale".

E l'identità sessuale proposta ai bambini si va precisando, stagione televisiva dopo stagione.

Mia madre mi preoccupa molto ultimamente perché anche lei guarda le oche in mezzo alla strada e in televisione, tutte truccate, tutte pettinate alla moda, tutte vestite alla moda e dice che la normalità sono loro e io no e addirittura a volte le viene da piangere a pensare di avere una figlia sciatta come me; ma brava mamma, volevi una troia o un'oca come figlia? Non è leggermente più importante il carattere? Io non la capisco più quella donna! Se io mi sento bene solo con un po' di fondotinta, con i miei capelli lunghi "alla Maria Maddalena" come dice lei e vestita semplice con jeans e maglietta, che caspita ti frega?

(Ragazza su un forum)

Gennaio 2004. Il conduttore Amadeus protesta, basito, perché l'allora presidente della Rai Lucia Annunziata aveva chiesto di eliminare il balletto contenuto all'interno del programma *L'eredità*, dove la telecamera inquadrava il bacino oscillante di una giovane donna mentre si produceva nella così definita "scossa". L'agente di Amadeus, Lucio Presta, aggiunge: "È assurda questa cosa: se passa questo concetto allora nessuna donna potrà più andare in tv. È chiaro che in un certo tipo di programmi le donne non vanno a fare discorsi filosofici ma a ballare e cantare". Pochi giorni dopo (e poco prima delle dimissioni di Annunziata), Concita De Gregorio racconterà su "la Repubblica" del testa a testa feroce tra presidente e direttore Rai, Flavio Cattaneo: "Quei vestiti, quella fissazione per il rispetto delle donne. Mezz'ore, in consiglio, a discutere del balletto 'della scossa' che la ragazzina Giovanna mette in scena nello spettacolo di Amadeus, ripresa da una telecamera che la inquadra verso l'alto dal punto di vista dei talloni, se i talloni ne avessero uno. 'Non è in linea con la delibera che vieta di usare immagini offensive per le donne,' ha messo a verbale Annunziata. Per risposta Cattaneo ha voluto quel balletto anche nelle celebrazioni per i 50 anni della Rai".

L'iniziativa di Lucia Annunziata, del resto, aveva suscitato ironie sprezzanti quasi ovunque: la presenza femminile in televisione era ed è indissolubilmente legata all'idea di un intrattenimento che prevede l'esibizione del proprio corpo, il silenzio, o la rissa.

Certo, con eccezioni: ma non così rilevanti. Nel 2007, Monia

Azzolini cura per Osservatorio di Pavia Media Research la ricerca *Tv locale e rappresentazione di genere*, dove si studia la presenza femminile nei telegiornali di sei regioni italiane: Valle d'Aosta, Piemonte, Lombardia, Friuli-Venezia Giulia, Toscana, Sardegna. Il punto di partenza è la Piattaforma di Azione con cui, nel 1995, si è conclusa la IV Conferenza mondiale delle donne a Pechino, con questi obiettivi: "accrescere la partecipazione delle donne e permettere loro di esprimersi e accedere ai processi decisionali nei media" e "promuovere un'immagine equilibrata e non stereotipata delle donne nei mass media".

Quel che emerge è anzitutto un rispecchiamento della disparità generale nel mondo del lavoro: le donne che conducono un telegiornale sono il 36,4% contro il 63,3% degli uomini. Le corrispondenti e le reporter sono, invece, addirittura in maggioranza in non pochi casi. Ma quali sono le tematiche che affrontano? "Le donne," scrive Azzolini, "sono meno delegate degli uomini alla politica, si occupano prevalentemente di arte, cultura e spettacolo e di educazione." Quando l'indagine si sposta sulla visibilità femminile nelle notizie, la divergenza è ancora più forte: "Su 1308 soggetti classificati (persone di cui si parla o a cui si dà la parola), solo il 14,8% è di sesso femminile". Non solo: "La visibilità mediatica delle donne dipende dal loro coinvolgimento diretto in fatti che hanno superato la soglia della notiziabilità e sono entrati nell'agenda dell'informazione: nell'84,5% dei casi esse sono presenti nelle notizie come protagoniste. Gli uomini, invece, riescono ad avere una visibilità mediale, anche se non realmente coinvolti negli eventi notiziati". Infatti, gli esperti di sesso maschile sono il 15,8% dei casi contro il 6,7%. Mentre le donne sono rappresentate in funzioni "di scarso prestigio quali l'opinione popolare, la testimonianza e l'esperienza personale: ruoli che non richiedono né *status* né professionalità". Ancora. Le posizioni sociali e le professioni femminili visibili nei notiziari sono sostanzialmente tre: la politica, la casalinga/madre e la celebrità; al contrario, solo raramente gli uomini vengono rappresentati sulla base delle loro relazioni familiari, come padri, figli, fratelli (1,8%). Infine, a preciso riscontro dei dati sulla violenza, le donne sono protagoniste – in quanto vittime – delle notizie di "nera" (24,4% contro il 15,2% di uomini).

In sostanza, lo specchio quasi perfetto di quel che accade nel cosiddetto paese reale. Con un particolare sgradevole: quando la donna è protagonista, e, per esempio, si trova a essere conduttrice di un programma di intrattenimento, indulgerà volentieri a orchestrare corpi e alterchi delle altre donne: come fanno Simona Ventura, assai poco turbata dalle concorrenti dell'*Isola dei famosi* che si artigliano in bikini. Come le sue colleghe: Paola Perego, Maria De Filippi, Barbara D'Urso, Alessia Marcuzzi.

Si torna dunque al corpo. Il quale, peraltro, non resta confinato in televisione: diviene protagonista dei brevi filmati da scaricare nei telefonini o dei salvaschermo per il computer, viene utilizzato il più possibile in tutte le modalità previste dal network dei media. Diviene modello: viene riprodotto nelle riviste destinate ad altre donne in modo che cerchino di somigliargli. Le più piccole si adeguano: in un'apparente assenza di conflitto che sembra testimoniare la convinzione di una libertà inebriante. Per le preadolescenti e le adolescenti partecipare a un programma televisivo, spogliarsi, essere mute e stupide sembra un'affermazione di potere, e non un'ingiustizia. Sembra un rito di passaggio divertente, dopo anni di studio e di impegno: per una generazione di ragazzine mai così colte, mai così preparate, salire su un surf rosso o farsi riprendere sotto la doccia sembra essere, insomma, il modo migliore per dimostrarsi forti.

> **Vite spiate *sta'* [sic!] *tornando! Non temete, non ci siamo dimenticati di voi. Presto la Seconda Edizione del reality prenderà il via e state certi che sarà ricca di sorprese e novità a partire dal nuovo look del sito. Le telecamere della location rimarranno spente ancora per un po' è vero, ma la chat continua a rimanere attiva 24 ore su 24. Questo significa che potete ancora incontrarvi con i vostri chatters preferiti e condividere con loro questa trepidante attesa magari commentando i numerosi video che settimanalmente metteremo on line per farvi rivivere i momenti più belli della prima edizione e farvi rivedere i suoi indimenticabili protagonisti. Commozione e divertimento sono garantiti!***
>
> (Dal sito di *Vite spiate*)

Vite spiate è un reality che si svolge sul web anziché in televisione. Il meccanismo è quasi invariato rispetto ai format classici: sette ragazzi e ragazze devono vivere in un appartamento alle porte di Milano almeno quattordici ore al giorno osservati dalle web cam, che sono soprattutto nella doccia. Il pubblico interagisce con loro, in genere chiedendo che le ragazze si lavino.

Un reality tipo? Non proprio. Quando si discute di reality, e più in generale di format, abitualmente si tende a identificare con i medesimi la causa prima dell'imbarbarimento televisivo. In realtà le cose non sono così semplici, e il processo è molto simile a quello che riguarda il miscelarsi della platea adulta e bambina: in parole povere, chi si trova a riempire di contenuti un sistema di media che avrebbe possibilità notevolissime agisce seguendo vecchi schemi. In secondo luogo. Non è la sola televisione, e il format in particolare, ad aver innescato la riproposizione di archetipi che si pensavano scomparsi: sono quegli stessi modelli ad aver ripreso forza in luoghi diversi e a essersi riversati – *anche* – in televisione. La quale, similmente alla pubblicità, amplifica e restituisce. Detto in parole ancora più povere, è un gatto che si morde la coda.

Paolo Fabbri interviene sull'argomento nel maggio 2007, e sostiene esattamente questo: la televisione non è la causa del male, bensì una "spugna del mondo" che permette di "rendere visibili le evidenze" e di rivelare l'immaginario. Dunque, qualcosa di già esistente, e non creato in virtù della televisione stessa. Il successo e la diffusione dei reality (ma anche di programmi basati sulla ricerca di un partner, come *Uomini e donne*) sono dunque la prova di quanto, semmai, la televisione si volga all'"offerta di relazioni": "L'esibizionismo e la sua pretesa oscenità hanno quindi cambiato valore. Sono la schiuma di un'onda interattiva, un effetto di senso della inflazione contemporanea di soggettività, espressa e 'formattata' dai format". Insomma, "l'industria del divertimento ha cambiato tattica rappresentativa: ha rinunciato alla sola evasione e si è appropriata della retorica della comunicazione e dei metodi di laboratorio delle scienze sociali".

È una prassi molto simile a quella usata da parecchio marketing, del resto. Studiare il reale (e non anticiparlo), semplificarlo, riproporlo. In altri termini, come scrive Paolo Taggi nel libro *Morfologia dei format televisivi*, "per ottenere un esito finale garantito, i format riducono la complessità della vita in una serie di trappole emotive in grado di produrre effetti emozionalmente universali [...]. Il piccolo schermo è diventato la principale arena sacrificale nella quale si rappresenta la nuova forma dei miti e dalla quale parte la formattizzazione del mondo. Un fenomeno discutibile, del quale i format non sono i soli responsabili, ma che a loro si è ispirato. E che loro hanno sancito. Interpretato".

I format non sono il Male e i reality, in sé, sono addirittura un prodotto culturalmente raffinato. Come scrive Steven Johnson in *Tutto quello che fa male ti fa bene,* sono fortemente debitori, nella struttura, ai videogiochi. Disegnano un mondo complesso dotato di regole, ed esigono da protagonisti e spettatori un lavoro intellettuale notevole per trovare un modo di infrangerle senza perdere la partita. Richiedono, ancora, la costruzione e la rielaborazione di una rete di relazioni dove, per orientarsi, occorre un impegno cognitivo molto superiore a quello di chi assiste a un semplice quiz.

La questione, vale la pena ripetere, riguarda il contenuto che vi viene immesso, e l'idea di maschile e femminile, per esempio, che viene in essi riversata dall'esterno, e verso l'esterno potentemente rilanciata.

Fabrizio: Scusate signora, mi avevano detto che... Vi ho spaventata, scusate.
Elisa: No, non mi avete spaventata... Voi siete...
Fabrizio: Conte Fabrizio Ristori.
Elisa: Lo so.
Fabrizio: Ai vostri ordini.
Elisa: Onoratissima.
Fabrizio: Ci conosciamo?
Elisa: In un certo senso direi di sì... Ho visto il vostro ritratto, signore, nella camera della Contessa.

(*Elisa di Rivombrosa*)

Perché uno sceneggiato modesto come *Elisa di Rivombrosa* ha avuto un successo così impressionante? Perché un paese ha chiesto di cambiare il proprio nome vero con quello della fiction? Perché è stata creata una linea di gioielli identici a quelli della protagonista? Perché, sul web, sono nati forum di donne trentenni che postano fotografie e dialoghi con lo stesso entusiasmo di una dodicenne innamorata di Harry Potter?

La sinossi contiene qualche risposta: "L'amore sognato, quello che sfida le convenzioni e la morte stessa. È questo il perno su cui poggia la vicenda di Elisa Scalzi, una ragazza nata povera a cui la natura ha dato una grande nobiltà interiore che riscalda il cuore del conte Fabrizio Ristori. Come Cenerentola, Elisa si muove tra l'invidia della servitù e l'alterigia della famiglia blasonata, come una eroina moderna diventa la protagonista positiva di un intricatissimo complotto ai danni del re che proprio la sua fragile femminilità aiuterà a sventare".

Dunque, è ancora questo: la debolezza della "natura" femminile che addolcisce la brutalità virile conducendo la delicata eroina alla realizzazione del suo sogno. Il matrimonio. Come nelle fiabe. Come nei vecchi romanzi popolari. Come nella *chick lit.* Come, persino, in *Sex and the City.* Come in quei cieli di sogno dove le bambine raccontate da Simone de Beauvoir si auguravano di finire, sollevate dalle braccia forti di un amante. Quelle bambine (ed erano gli anni quaranta del secolo scorso) imparavano che per essere felici dovevano essere amate e che, per essere amate, dovevano "aspettare l'amore". La bambina anagrafica, oggi, siede accanto alla bambina che è sua madre: insieme, continuano a sognare un lieto fine. In un meccanismo nuovissimo, viene raccontata una storia vecchia: e secondo modalità immutate. È il paradosso, per esempio, dei reality show.

Io sono adottivo, ho proprio bisogno di un figlio che mi esca dai coglioni.

(Lucio, concorrente del *Grande fratello 6*)

True to life è il motto dei reality: la realtà per spiegare la vita. In molti reality, dunque, le donne si comportano come Elisa: aspettano il matrimonio e sgominano le rivali che si frappongono tra loro e il principe. Oppure, a nozze consumate e onorate dalla nascita di un erede, vengono mostrate così come sono: ansiose e inadeguate. Avviene, per esempio, nel format inglese *Honey, we're killing the kids*, dove una psicologa, con test medici e programmi grafici, mostra ai genitori di bambini "con cattive abitudini alimentari e relazionali" l'aspetto e le patologie che avranno i loro figli a quarant'anni. Segue radicale e terrorizzato cambio di vita. Oppure in *Supernanny*, visto anche su La7 con il titolo di *SOS Tata,* dove un'esperta aiuta genitori in crisi a causa dei terribili comportamenti dei loro figli, dettando nuove regole. Un'occhiata ai trailer è salutare: lo stesso doppiaggio dei documentari sugli animali feroci enuncia, in toni drammatici, storie di creature urlanti e capricciose, sottolineando "La mamma sembra girare a vuoto!" o "Un'intera famiglia sequestrata da una bambina di tre anni!".

La femminilità accudente, quella che trionfa nel chiuso di un ambiente domestico, è anche al centro di *Wife Swap, Cambio moglie*: in sostanza, due donne molto diverse per cultura, mentalità, provenienza, si scambiano marito e figli per alcuni giorni, sostituendosi completamente l'una all'altra. Per i primi giorni, in genere, si adeguano, poi si rimboccano le maniche e cominciano a far rigare dritto il resto della famiglia ospite. Spesso, con grande entusiasmo di chi accoglie in casa propria una matrona abile, organizzata e di buonumore. Tutto dipende da lei, in fondo.

Più numerosi sono i reality dove il marito va cercato e conquistato. In *Welcome to your wedding* (*Sposami subito*) la concorrente (gareggiano anche uomini, ma la maggioranza è femminile) tende una trappola al partner: dopo averlo trascinato con una scusa in uno studio televisivo, gli si presenta davanti in vaporoso abito bianco e gli chiede di sposarla. Subito. In *The bachelor*, uno scapolo bello e ricco cerca moglie, selezionandola man mano fra venticinque donne, che diventano quindici, poi dieci, poi una. Che, vivaddio, può anche dirgli di no. La non fortunatissima versione italiana si chiamava *L'uomo dei sogni*: all'epoca la conduttrice, Cristina Parodi, si affrettò a dichiarare che il programma rispettava "la dignità della donna", nonostante il principe azzurro e nonostante l'umiliante rito della consegna delle rose baccarat con cui il medesimo sceglieva le fortunate finaliste, fra gli sguardi lucidi e invidiosi delle scartate. Guardando le schede delle concorrenti, torna il controsenso: sono tutte ragazze diplomate e laureate. Ma "nella quasi totalità dei casi (92%) sognano un matrimonio in chiesa e dei figli". Leggo i profili: Barbara lavora come architetto. Ama leggere Calvino e guardare film d'autore. Krista studia Psicologia all'università. Tiziana è iscritta a Giurisprudenza, Paola a Ingegneria chimica. Claudia, addirittura, amministra l'azienda di famiglia. Cecilia è stilista. Maria Teresa, laureata in Scienze motorie, lavora come consulente per un'azienda di telecomunicazioni. Perché non riescono a sognare altro? O meglio: perché gli autori del programma devono far credere al pubblico che, a dispetto della loro preparazione, le ragazze non possano che desiderare di essere un'aspirante moglie? La sublimazione del concetto avviene in *La sposa perfetta*, tremendo reality di Rai Due dove cinque madri di altrettanti scapoli valutano diciotto possibili fidanzate, indagando sulle loro abilità casalinghe e reiterando, insieme, l'archetipo della suocera-gorgone tornato prepotentemente di moda.

Ma anche nei reality, per così dire, generalisti, la figura della donna oscilla fra lascivia e purezza materna: e guai a scollarsi da quest'ultima immagine. Esistono memorabili puntate de *La fattoria* (dal format norvegese *The farm*, dove i concorrenti devono trascorrere settimane senza elettricità e acqua corrente), dove

Katia Ricciarelli accusa Selvaggia Lucarelli di essere "donna in carriera e madre snaturata" perché aveva lasciato a casa il proprio bambino per partecipare al programma. O dialoghi del *Grande fratello* come quello riportato da Anna Lupini nel suo blog:

Patrizia e Rosario, candidati all'esclusione, sono stati immediatamente separati dal resto dei concorrenti. Marco Liorni ha raccolto ben quattro opinioni delle tifoserie esterne dando il via alla crocifissione della mamma. Sì, perché Patrizia è mamma. Non importa che abbia solo 39 anni. L'italiano la vuole con il bianco capino, sfatta e mansueta, dimentica di sé.

Se la mamma s'agghinda mamma non è. Tutti "vedono la mamma in maniera diversa". Filippo esemplifica: "La classica mamma co la parannanza, co le mani che sanno de ajo e de cipolla".

Silvio: "Donne al governo? Non troviamo donne disposte a lasciare marito e figli". Ah, no, scusate, questa era un'altra trasmissione...

Così mamma Patrizia, e scusate se la chiamo così, è sottoposta a un sommario processo, con Pier Renato nei panni del pubblico ministero.

Si preoccupa Alessia Marcuzzi. Non vorrebbe vedere i suoi calendari al rogo tra pochi anni, quando il figlioletto andrà alle medie. Spezza una lancia a favore di Patrizia, chiedendo: "Voi che figura di madre avete? Patrizia è molto giovane, la volevate con il burqa?".

Risposta di Fabiano, irremovibile: "Purtroppo per me è così".

Stesso processo viene celebrato per Rosario, con molta minor convinzione. Lui non è mamma, ha solo parlato male alle spalle di tutti i suoi compagni di avventura, che vuoi che sia...

Nella stanza delle sorprese, a questo punto, può compiersi il sacrifizio: Patrizia, si accomodi a casa, a cucinare la lasagna please.

E poi, certo, c'è l'altra faccia della medaglia. La bella e stupida. Da non sposare.

Io non sono una donna, sono una bambina.

(Silvia, concorrente de *La pupa e il secchione*)

La pupa e il secchione è il programma che ha suscitato più scandalo, e che ha rimestato con arte addirittura ammirevole nel comune sentire di ritorno. Originariamente, il format si chiamava *Beauty and the Geek* e contrapponeva bellezza e intelligenza senza affondare eccessivamente il coltello, ma cercando di limare, semmai, i rispettivi punti deboli. Gli autori italiani, capeggiati dall'implacabile Simona Ercolani, hanno affondato, eccome. Rendendo idiote le fanciulle e ridicoli i ragazzi. Ed enfatizzando soprattutto il ruolo femminile. Leggere la scheda, per credere: "Riusciranno le bellissime a trasformare i secchioni in giovanotti più attenti alla moda e alle grazie femminili? Potranno i cervelloni convertire le adorabili partner a interessi intellettualmente più impegnativi dello shopping?". Ma anche: "Tra le prove che mettono più in crisi le ragazze, c'è sempre quella di cultura generale, 'Sale in zucca'. La scorsa settimana Fausto Bertinotti è stato scambiato per un attore, Dante confuso per un guerriero indiano e Leonardo per Mago Merlino. Cosa potranno rispondere le pupe, vedendo un dipinto di Napoleone Bonaparte o un ritratto di Andy Warhol e Mao Tse-tung?".

Anche i dialoghi sono concepiti per diventare battuta, aneddoto, luogo comune:

Durante: *Chi ha il potere legislativo in Italia?*
Silvia: *Il Papa!?*
Silvia: *Ma gli Abruzzi è una regione italiana?!?*
Durante: *Sì!*
Silvia: *Mi vuoi dire che in Italia c'è una regione che si chiama Abruzzo?*

Nelle schede delle ragazze, si ripete la solita dicotomia e si propaga, sottilmente, lo stesso messaggio: tanto studio, bambine, serve a poco. Nora, grazie al cielo, lo ha capito subito e si è limitata alla licenza media, si è fatta tatuare sulla schiena la parola amore in giapponese, sogna un futuro nel mondo dello spettacolo, ma soprattutto "una famiglia tutta sua e dei figli". Però c'è Silvia che studia Comunicazione e Gestione dei mercati dell'arte e della cultura presso lo Iulm di Milano. Vorrebbe essere Paris Hilton. Mary è una modella, "vuole piacere agli uomini". Loredana è diplomata in Servizi sociali, dichiara di non amare lo studio né la lettura. Elisa annovera nella biografia le sospensioni scolastiche e trova difficoltoso leggere. Ilaria era furba a scuola: "Non stavo mai a casa a studiare, ma avevo una pagella piena di 8 e 9. Mi sono diplomata quasi con il massimo dei voti. Solo in matematica, dalle elementari, ho sempre avuto 4".

Anche i ragazzi sono interessanti. Ammettono candidamente di non avere abilità pratica, di non saper sbucciare una mela, o cambiare una gomma. Però sono astrofisici, matematici, medici. Giocano a scacchi, leggono romanzi dell'Ottocento, compulsano i classici latini e greci. Cercano ragazze romantiche, non appariscenti, tranquille, docili, comprensive.

Stereotipi perfetti, studiati a tavolino, certo: ma osservati nel mondo reale. *True to life*. Laddove è pur vero che le ragazze trovano nella via televisiva la scorciatoia che consentirà loro di "sistemarsi" purchessia. Anche se sono state dotate di tutti gli strumenti che avrebbero consentito loro di fare ben altro. E i ragazzi possono declinare, certi di trovare solidarietà, l'imperfezione fisica e il look sbagliato: sapendo che comunque tutto sarà loro perdonato se riusciranno a sedurre la bella oca di turno. Non succede così a scuola? Non succede così nei videoclip?

Ooooh, I need a dirty woman.
Ooooh, I need a dirty girl.

(Pink Floyd, *Young Lust*)

Nell'estate del 2005, un gruppo femminista americano contesta Mtv. Sorpresa. Mtv è il canale televisivo che ha rifondato la *pop culture* giovanile. Il colpo di genio che ha decretato il trionfo dell'immagine, l'icona dell'oralità di ritorno, il tramite per una ritrovata armonia fra occhio e orecchio. Quando sbocciò la videomusica, negli anni ottanta, gli studiosi più avvertiti tracciarono un parallelo con i medievali *exultet*, i rotoli che, durante le celebrazioni liturgiche, venivano svolti dalla parte dei fedeli per mostrar loro le immagini relative alle parole del sacerdote, affinché potessero capire.

Né, con il passare degli anni, Mtv era venuta meno al proprio impegno: attenta nel dare la parola ai giovani, nel cogliere le loro aspirazioni, nel divenire consapevole delle loro mode e rilanciarle. Nell'istruirli alla necessità di impegnarsi. Mtv è quella di *Choose or Lose*, la campagna iniziata nel 1992 per spingere gli americani a votare. Quella di *Fight For Your Rights*, contro la violenza. Quella che difende i diritti degli omosessuali, che si batte contro l'intolleranza. Quella degli *anime* giapponesi trasmessi il più filologicamente possibile, senza i tagli, le censure, i massacri compiuti da Italia 1. Eppure.

Eppure un gruppo di spettatrici si stancò. Una studentessa stava guardando un reality in onda su Mtv: un drappello di ragazze in bikini doveva sedersi su alcuni blocchi di ghiaccio, con i risolini e i doppi sensi che ne conseguivano. La studentessa ne ebbe abbastanza e diede vita alla protesta. Dove si chiedeva, in poche parole, una "nuova" Mtv: che non disumanizzasse le donne, non proponesse un numero sempre più alto di popstar svestite e ammiccanti, non ridicolizzasse le ragazze nei programmi di intrattenimento. La risposta di una delle dirigenti del canale, Jeannie Kedas, fu piccata: Kedas ricordò i premi vinti da Mtv per il suo impegno sociale, gli approfondimenti su temi importanti come l'immagine fisica, i disordini alimentari, il razzismo. Non è abbastanza, replicò il gruppo di ragazze, che nel frattempo si era costituito in comunità giovanile all'interno della National Organization for Women. Non si possono fare discorsi impegnati, aggiunsero, e poi idealizzare le celebrità enfatizzando la loro perfezione fisica, o insistendo con la telecamera, sempre e sempre, sulle parti del corpo femminile. Contemporaneamente, peraltro, glorificando l'ipermascolinità dei rapper. Mtv, dissero, ha un pubblico di bambine, a partire da otto anni: a forza di non porre troppa attenzione sull'immagine della donna nella *pop culture*, il rischio è quello di veder crescere una nuova generazione di adolescenti incapaci di pensarsi diversamente da un corpo. O da parti di un corpo.

I videoclip con rapper machissimo e bionda che gli si avvinghia intorno si vedono in tutto il mondo. Se non è un rapper, è Robbie Williams con coreografia di fan sadomaso. In Italia si vedono anche alcuni programmi, in lingua originale. *Date My Mom*, per esempio. L'idea è molto semplice. Un ragazzo ha tre appuntamenti separati con tre madri di altrettante ragazze. In base a quello che la madre dirà e farà, sceglierà con quale delle figlie uscire. La madre, che si consulta con la figlia e "combatte" per lei, deve superare alcune prove. Imparare a fare la cheerleader, lavare un'automobile, tatuarsi. Conta soprattutto, però, come "venderà" la ragazza: se porrà l'accento sul suo buon carattere, se non racconterà troppi episodi imbarazzanti della sua infanzia, se, insomma, si dimostrerà una brava ruffiana.

In *Room Raiders* il meccanismo è simile. Tre partecipanti vengono prelevati dalle proprie case e posti davanti a una telecamera a circuito chiuso, mentre il concorrente di sesso opposto si introduce nelle loro stanze per capire chi sono e decidere con chi uscire. Quando l'investigatore è un ragazzo – e avviene molto spesso – indulge sui particolari più intimi: quasi sempre, esamina le mutandine delle proprietarie delle camere, che ridacchiano allegramente durante la perquisizione eseguita con guanti e pinzette. Ridono e fingono un'ilare vergogna anche quando l'inquisitore apre i cassetti per estrarne reggiseni imbottiti, annusa pantofole consumate, solleva il letto in cerca di lenzuola sporche, alza la tavoletta del water.

Anche *My Super Sweet Sixteen* dovrebbe essere unisex, ma quasi sempre spetta alle ragazze la figura peggiore. Il programma mostra infatti organizzazione e realizzazione delle feste più sfarzose e impossibili offerte da trepidi genitori alle figlie, con la complicità di Mtv. Quasi sempre trionfa il color rosa, si confezionano abiti di abbagliante pacchianeria, si insiste sul trucco, sul desiderio ostinato per doni faraonici. Si mostra il solito branco femminile in lotta: questa volta, per boicottare la festa delle amiche, o per copiarla. E si mostrano le lacrime delle protagoniste, le urla, le isterie per ottenere la realizzazione dei propri sogni (un paio di automobili, magari). Ogni festa costa intorno ai duecentomila dollari. Piangi, bambina, e avrai quel che chiedi.

Ma più dei programmi, appunto, contano i videoclip. Dove, è vero, appaiono moltissime donne. Ma poche di quelle che un tempo si sarebbero definite rocker. E moltissime di quelle popstar tanto amate dalle più piccole.

Il target di Mtv è fra i 14 e i 24 anni. Già il rapporto Doxa del 2002, però, dimostrava che Mtv veniva gradita dall'11% del target 11-13 anni. Soprattutto dalle femmine. Nei dati Istat 2005, si scopre che nella fascia 4-14 anni, a sorpresa, decresce la percentuale di ascolto dei cartoni animati e, soprattutto tra le bambine, i programmi musicali salgono al quarto posto con il 48,9% delle preferenze, dopo film e telefilm (75,6%). Tendenza che va a confermarsi fra i 14 e i 17 anni: per i maschi le trasmissioni sportive (65,4%) si collocano al secondo posto dopo i film (81,3%) seguite dai programmi musicali (46,9%). Per le femmine, subito dopo i film (83,6%), si consolida ulteriormente la telemusica.

Passo indietro: il termine *girl power* nasce, nella musica pop, ancora una volta a metà degli anni novanta. Anticipando quelli che saranno i team vincenti di maghe e streghe rivolti alle bambine, trionfavano allora le Spice Girls. Cinque ragazze che, a tutt'oggi, vantano il primato di girlband con maggior numero di dischi venduti nel ventesimo secolo. Le cinque furono testimonial della Pepsi Cola, della Sony, della Polaroid (che creò in loro onore la Spice-Cam). Diventarono bambole. Rilanciarono gli zatteroni. Duettarono con Pavarotti. Poi, Victoria, Emma, Mel C., Geri e Mel B. si lasciarono. Oggi una di loro è moglie di un calciatore stramiliardario, madre di svariati bambini e in lotta perenne con l'anoressia. Poco importa: le Spice furono le prime pop star ad arrivare alle bambine di otto anni. "Le ragazze adorano i modelli vincenti," si scriveva all'epoca. "Anche perché consentono di crogiolarsi nell'idea che si possano scalare i vertici della popolarità rimanendo sempre le stesse: naturali, casinare e amiche per la pelle."

Sullo stesso, artefatto principio di giovane e trionfante naturalezza si costruirà molta dell'immagine femminile della musica leggera. Prima c'erano Sinéad O'Connor, e Alanis Morissette (quella che nei suoi testi imprecava contro gli sguardi dei produttori musicali che si posavano sul suo culo), e Tracy Chapman. Nonché la maledetta Courtney Love, fatalmente nel novero delle detestate vedove nere della musica (invise dai tempi di Constanze Mozart e Alma Mahler per finire a Yoko Ono). C'è ancora, è vero, Madonna, astuto monumento vivente a se stessa. C'è, ancora, per fortuna, Patti Smith.

Ma soprattutto ci sono le altre: le lolite come Britney Spears. Le finte trasgressive come Avril Lavigne. Le superfatali: Christina Aguilera, Gwen Stefani, Shakira, di cui persino Gabriel García Márquez loda "l'innocente sensualità". I loro video dicono una sola cosa: sesso.

Nel luglio 2007 un'altra pop star, Pink, denuncia il soffitto di cristallo del pop. Poche cantautrici, pochi talenti femminili: "Oggi i produttori tendono a puntare più sul nostro corpo che sul nostro talento o sulla nostra voce". "Usa Today" fa un'inchiesta. Dieci anni fa, le cantautrici dominavano la classifica di "Billboard". Oltre a Morissette e Chapman, c'erano Pj Harvey, Fiona Apple e Ani Di Franco. Nella stessa classifica, oggi, ci sono Rihanna, le Pussycat Dolls, Christina Aguilera. "Il femminismo si è scontrato contro un muro," commentava la star del country-rock, Linda Ronstadt.

Certo, ci sono le eccezioni. Nella primavera del 2007 anche i giornali italiani vanno in sollucchero per Beth Ditto, "cento chili di rock", leader del trio "The Gossip", punk convinta, lesbica, opinionista per il "Guardian". Quasi il corrispettivo musicale della pluriosannata Betty Suarez, protagonista del serial americano giunto anche su Italia 1, *Ugly Betty*. Parodia facile facile del mondo della moda, il telefilm viene spacciato come il trionfo delle bruttine: in realtà Betty, con il suo poncho arancione, l'apparecchio, i chili di troppo, gli occhiali da miope, è la versione aggiornata di Cenerentola. Destinata, con la sua bontà, a trionfare sulle bellissime, velenose, scheletriche sorellastre. Difficile uscirne, se si risponde all'inflazione delle *testosterone girls*, come vengono chiamate in America, con le sole armi del politicamente corretto.

Ce ne sono altre.

That's great, it starts with an earthquake, birds and snakes, an aeroplane – Lenny Bruce is not afraid.

(REM, *It's the end of the world as we know it*)

Hanno quattro, sei, dodici anni: l'età che preferite, purché consenta loro di chiamarsi bambini. Sono seduti sul divano, come milioni di loro coetanei in tutto il mondo, guardano la televisione. E come accade ai protagonisti delle favole quando eccedono nel consumo di dolci o in altre trasgressioni, ne guardano troppa: e per punizione vengono trasformati in patate. Questa, però, non è una favola, ma uno spot con cui l'Accademia americana di pediatria, apparentemente ignara della contraddizione, denunciava in televisione i danni derivanti dalla medesima: danni mentali e fisici, dal momento che la metamorfosi in tubero inflitta ai piccoli peccatori fa riferimento al nome di una telemalattia, la *couch potato lifestyle* (in poche parole: stare troppo seduti fa male. Ma solo se guardate la televisione: se leggete, probabilmente, non vi accadrà nulla).

Vecchia storia, comunque: lo spot è del 1987. In vent'anni, associazioni su associazioni in difesa dei minori si sono susseguite nel calcolare le ore di violenza che la televisione elargisce ai bambini prima dell'undicesimo anno di età. Insieme, i podologi hanno denunciato il pericolo dei piedi deformati e i dentisti si sono preoccupati per la "Tv jaw" (una cattiva occlusione della mascella), ambedue dovuti alle posizioni assunte davanti allo schermo. Quindi, gli oculisti hanno tuonato contro le malattie della vista, i nutrizionisti hanno evidenziato il legame fra obesità e videodipendenza, e qualche medico nostalgico della Guerra fredda ha accusato, non così tanti anni fa, la tv americana di far crescere bambini meno muscolosi di quelli sovietici.

La televisione è un bersaglio facile: prima a essere considerata l'uovo in cui cresce il male, prima nelle classifiche degli anatemi. Ma sul banco degli imputati è salita quasi sempre per i motivi sbagliati: film, cartoni, telefilm, spettacoli marcatamente basati sulla finzione come il wrestling. In misura molto minore, talk show o programmi di intrattenimento. Quasi mai, si è sottolineato che la televisione accoglie, ma non inventa un modello sociale.

Nel 1985, in uno dei suoi memorabili articoli sul piccolo schermo, Beniamino Placido chiamò in causa la *revenge tragedy* inglese (cui appartiene di diritto, per esempio, *Amleto*) per cercare di comprendere perché, nella *revenge comedy* italiana, la televisione ricoprisse invariabilmente il ruolo del *villain*, dell'antagonista cattivo.

Mi capita qualche volta di accettare un invito a parlare sulla televisione o (la dizione cambia, la sostanza è la stessa) sulle "comunicazioni di massa". Lo faccio volentieri, perché per molti insegnanti, per molti genitori, la televisione è un'ossessione. Se, parlandone insieme, ci si può chiarire qualche idea, non è male. Speranza vana, fatica sprecata. Dopo aver sciorinato tutto quello che so (o mi pare di sapere), tutto quello che ho capito (o mi pare di aver capito), mi trovo di fronte sempre alla stessa sorpresa. Chi mi ha invitato a parlare lo ha fatto perché vuol sentirsi dire una cosa sola: che la televisione fa male. E più precisamente che: a) fa male ai bambini, perché li incita alla violenza; b) fa male agli adulti, perché uccide la conversazione. Naturalmente, non sono d'accordo. Mi trovo di fronte a genitori che non sono in grado di fare ai figli nessun discorso serio sulla violenza: si vendicano dandone la colpa alla televisione. Mi trovo di fronte a coniugi che hanno il terrore di trovarsi soli a conversare. Hanno poco o niente da dirsi: si vendicano dandone la colpa alla televisione. Non sono d'accordo. Ma non ho nessuna possibilità di far valere le mie convinzioni. Sono implacabili. Se voglio tornare in albergo, se voglio riprendere il treno, devo ammettere – sia pure a denti stretti – che i loro bambini sarebbero degli angeli, ove non ci fosse la televisione; che mariti e mogli passerebbero tutta la serata a conversare (di cosa?) se non ci fosse la televisione (ma perché non la spengono e non si abbandonano alla conversazione, fino a notte alta? Chi lo sa).

In tempi molto più vicini Paolo Landi, direttore della comunicazione del Benetton Group, scrive un libro, *Volevo dirti che è lei che guarda te*. Beppe Grillo gli compila una prefazione entusiasta, scagliandosi contro i "ragazzini grassi e tronfi che smanettano tutto il giorno con tastiere, display, Game Boy e telefonini". La televisione è commerciale, avverte Landi. Fa cadere i bambini in trance. Peggio per chi vi associa l'uso della rete: "Il più grandioso palinsesto mai visto di violenze, manie, pornografia, truffe commerciali, agguati pubblicitari. Il passaggio del bambino dalla televisione al computer collabora a farlo diventare un adulto consenziente".

Il fatto è che è difficilissimo scalzare il pregiudizio, veicolare l'idea che, certo, molti programmi televisivi possono essere – e sono, come abbiamo visto – portatori di stereotipi pericolosi, ma che alla televisione si può reagire più prontamente rispetto a quanto scritto su un libro (magari un testo scolastico). Qualche controesempio. Nel 1992 un docente universitario francese, François Mariet, pubblica *Lasciateli guardare la tv*. Vi sostiene che il vero problema non è relativo ai famosi due bambini su tre che ogni giorno guardano il piccolo schermo, ma a quell'unico che non la guarda. Perché la televisione, in sé, non è affatto nociva: non più dei media che hanno accompagnato l'infanzia e l'adolescenza dei suoi detrattori, non più del fumetto che negli anni quaranta lo psicologo francese Henri Wallon accusava di far "disimparare al bambino la lettura e il linguaggio intelligente". Non più del cinema, che spingeva i genitori di Bruno Bettelheim a rimproverare il loro ragazzo perché passava troppo tempo a guardare film. Perché, allora, la si attacca con tanta frequenza? Perché gli adulti, dice Mariet, non sono in grado di essere multipli e simultanei come i loro figli: il loro modo di concentrarsi è diverso dal nostro, consente loro di fare più cose nello stesso momento, mangiare, studiare, guardare i cartoni proprio come i grandi giocatori di scacchi che giocano più partite contemporaneamente. E la televisione, lungi dall'essere la vecchia fetta di dolce, l'evento eccezionale cui assistere in silenzio sospendendo ogni altra attività, è un oggetto come un altro, precedente alla loro nascita come l'acqua corrente e l'elettricità.

Quattordici anni dopo Mariet, arriva Steven Johnson, autore del già citato *Tutto quello che fa male ti fa bene*: in poche parole, sostiene che da trent'anni in qua il QI medio dei bambini occidentali è aumentato. C'è un motivo, dice: quella che viene chiamata *popular culture* è divenuta più complessa e richiede a chi la fruisce un impegno intellettuale fino a oggi impensabile.

In un articolo apparso su "l'Unità", Wu Ming 1 e Wu Ming 2 lo sottolineano:

Un cinespettatore ibernato trent'anni fa e svegliato oggi sarebbe molto turbato non soltanto da pellicole come Syriana, The Prestige *o* Il ladro di orchidee, *ma anche da prodotti di penultima generazione come* Fight Club *o* I soliti sospetti. *Li troverebbe astrusi, ansiogeni, impossibili da seguire. E stiamo parlando di cinema narrativo, film "di cassetta", non di Godard. Un telespettatore di trent'anni fa, abituato a narrazioni lineari e dozzinali come* Chips, Le strade di San Francisco *o i cartoons di Hanna & Barbera, non capirebbe nulla non dico di* Lost *o* 24, *ma nem-*

meno di ER*: ritmo ipercinetico, vasta congerie di personaggi, intrichi di sottotrame, narrazione frammentata, episodi non autoconclusivi, rimandi di non immediata decifrazione ecc. All'inverso, una serie come* Ai confini della realtà, *negli anni sessanta ritenuta un gioiellino di complessità, profondità e tv intelligente, oggi ci appare come una raccolta di favolette: ogni elemento è sottolineato ad nauseam, il lettore è accompagnato scena dopo scena, tutto è congegnato per essere "a prova di stupido" e non richiedere alcuno sforzo interpretativo.*

Vediamo di capire. Tutta la cultura popolare sta dunque cambiando: profondamente e radicalmente, e gli spettatori televisivi con essa. Quella che veniva chiamata "la massa" sta, almeno in parte, afferrando il volante: prende brani musicali, li rimonta, e ne fa un'altra cosa. Modifica il senso narrativo di un film o di un romanzo. Si riappropria, insomma, dei prodotti studiati per quelli che sono i suoi presunti desideri: a volte cambiandone la destinazione, come ha fatto con l'iPod (nato per scaricare musica commerciale, e non certo per creare comunità unite dal podcasting).

Mando una mail a Henry Jenkins, il già citato direttore del Comparative Media Studies Program al Massachusetts Institute of Technology di Boston. Jenkins ha una convinzione: l'*autorship*, il predominio dell'autore, è finito. Infatti, mi racconta:

Da una parte moltissime persone sostengono il proprio diritto a contribuire al lavoro dell'autore inserendovi i contenuti della propria cultura. I film amatoriali venivano fatti anche nel ventesimo secolo: ma venivano definiti "casalinghi" proprio perché erano destinati a essere visti solo nella casa del proprio autore. Oggi, quegli stessi prodotti amatoriali possono essere visti nelle case di tutto il mondo. Non solo: assistiamo sempre più spesso a contenuti che dalla blogosfera passano di comunità in comunità su Internet per poi essere ripresi dai media mainstream. *L'ecosistema in cui viviamo è quello dove i media di base diversificano e i media di massa amplificano. Questi ultimi conservano il potere di spingere un prodotto a livello nazionale: ma lo usano sempre di più per pubblicizzare quel che viene realizzato dagli amatori. Contemporaneamente, i* media-makers *amatoriali rispondono al potere del broadcasting rielaborando materiali della cultura di massa. Ma questo non è che il venire alla luce di un'antica realtà: gli autori creano cultura nuova dalla rielaborazione di vecchi materiali culturali.* L'autorship, *oggi, non è semplicemente un'appropriazione: è trasformazione e riveicolazione.*

Benissimo. Gli spettatori stanno mutando pelle. Si è evoluto in complessità anche lo stile narrativo di telefilm e spettacoli televisivi. Drammaticamente, quello che non cambia è il contenuto della maggior parte di quei programmi: come se, inconsapevoli delle onde sismiche che attraversano mezzo pianeta, gli autori televisivi (ma anche moltissimi scrittori, sceneggiatori o fumettisti) pensassero di avere ancora davanti lo stesso pubblico di vent'anni fa, e immettessero in cornici magnifiche concetti, personaggi, idee enormemente arretrati.

E il fatto che esista, da parte dei fruitori bambini, la possibilità concreta di modificare un prodotto brutto, offensivo, volgare, non esime dalle proprie responsabilità chi quel prodotto ha realizzato. Il bersaglio dei difensori dell'infanzia è sbagliato: non è il mezzo, non è il pubblico. Sono quelli che hanno una visione scorretta di entrambi.

Non va tutto male, insomma. Ma non va neanche tutto bene. Insieme alla televisione, ai videogame, alla rete è cresciuto un pubblico più intelligente e consapevole. Ma all'interno di quel sistema si continuano a veicolare modelli inquietanti, conservatori e, sì, sessisti.

Dunque, non è il sistema che non funziona, è chi dovrebbe farlo funzionare. Per restare al piccolo schermo, gli autori televisivi "di punta", in Italia, sono ancora oggi incarnati in massima parte nel furbetto che si bea di far ascoltare agli astanti telefonate come questa: "Chi è che vuoi mandarmi? Ah, quella. Ma non sa fare niente. Vabbe'. Ma almeno ce la fa vedere?".

Io l'ho ascoltato, per esempio.

7. Lots of space

Il blog si chiama *Il favoloso mondo della filosofia*. Il post del 22 maggio si occupa del ragionamento induttivo in Aristotele. Gli autori sono un gruppo di ragazzi di Benevento. Un altro blog si chiama *The real west* e discetta di teoria delle stringhe e di astrofisica.

Cercando, si trova tutto quel che si desidera: il web funziona così. Nulla di strano, dunque, se i cacciatori di apocalisse escono ogni volta pienamente soddisfatti dal loro tour: perché, per quanto riguarda ragazzine e ragazzini, le chiavi di ricerca usate dagli osservatori adulti tentano di individuare soprattutto *lapdancers*. Bulli. Suicidi. Pedofili. Pornografi. Satanisti. In un territorio sterminato, quel che si vuole trovare viene incontro con rapida accondiscendenza al solerte visitatore.

Peccato. Perché l'insistenza sui pericoli di Internet costringe alla solita manovra di retromarcia, porta a difendere il tutto per la parte. E a ripetere ancora una volta che il sistema è innocente e anzi virtuoso (perché è proprio grazie alla rete che è possibile rielaborare e rovesciare contenuti mediocri e antichi stereotipi): e sono semmai coloro che vi inseriscono concetti e modelli molto simili a quelli reperibili off line, o reiterano comportamenti irridenti e offensivi, a confondere ancora una volta le acque. Sapendo che, nel web, è addirittura più facile.

> ***fuck off you boring slut... I hope someone slits your throat and cums down your gob.***
>
> (Commento al blog *Creating Passionate Users*)

Kathy Sierra è una cinquantenne californiana: lavora come programmatrice e sviluppatrice di giochi, ha scritto libri di informatica di successo, si occupa di scienza cognitiva. E ha un blog, seguitissimo, che si chiama *Creating Passionate Users*. Nel marzo 2007, all'improvviso, Sierra annulla la sua partecipazione all'O'Reilly ETech Conference di San Diego: per paura, e per rabbia. Troppi commenti sessisti e insultanti ai suoi post, troppe minacce, troppa violenza. Sul blog, Sierra scriverà: "Va fermata la cultura che offende le donne. Se volete fare qualcosa, non tollerate minacce o violenza, o gli insulti a sfondo sessuale. Non mettete questa gente su un piedistallo. Non lasciate che vadano avanti chiamandoli commentatori o critici". Robert Scoble, altro famoso blogger, aggiunge una vecchia verità: quando si pubblica in rete un video con un'intervista a una studiosa di tecnologia, giungono, invariabilmente, commenti che riguardano il suo corpo e il suo aspetto fisico. Cosa che non avviene quando il protagonista del video è un uomo.

Il caso Sierra rimbalza ovunque: anche sulla Bbc, anche sui quotidiani italiani. Dall'Università del Maryland arriva uno studio: le donne che scrivono sul web hanno più probabilità di attirare frasi denigratorie. Da un sito femminista, l'avvocato Jill Filipovic parla di sessualizzazione del linguaggio: "Se l'insulto tipico per un blogger maschio è *idiota*, per la donna si passa subito a *puttana*". Su "Salon", Joan Walsh scrive: "C'è qualche dubbio che le donne che scrivono sul web siano più esposte degli uomini semplicemente perché sono donne?". Certo, Walsh aggiunge subito dopo che su di lei, e sulle autrici "sane" che fanno il proprio lavoro, l'aggressione non ha un grande effetto. Che bisogna essere forti. Combattere e non piangere. Ignorare gli insulti. Certo, la misoginia, sottolinea, cresce selvaggia in rete. Ma non bisogna prendersela.

E se, invece, qualcuna se la prende? Se ne discute anche nella rete italiana. Giulia Blasi, di *Sai tenere un segreto?*, elenca in un post i commenti più frequenti che vengono indirizzati alle titolari di un blog:

Scopa di più, vedrai che ti passa l'acidità.
Questa è una caduta di stile.
Sei troppo femminista.
Sicuramente sei una cicciona che non tromba (reprise del commento 1).
Sei una cretina.
Suvvia, sciocchina, non occuparti di cose che non capisci (versione paternalistica del commento 5).

Sei un cesso (nelle sue molteplici declinazioni, dal precisissimo al generalissimo).

Né le eventuali reazioni, abitualmente, sono viste di buon occhio: "La bloggeuse ideale ironizza, non argomenta. Ironizza su tutto: su se stessa, in primis, e su qualsiasi altro argomento, in secundis. Ironizza, alleggerisce, ingentilisce, decora, non sporca e la fa dentro la sua vaschetta. Tentare un'altra strada equivale a indossare una minigonna per la strada dopo una certa ora: ci sarà sempre qualcuno che ti dirà che te la sei andata a cercare...".

Che a una donna sia più facile e immediato rivolgersi con epiteti che riguardano l'aspetto fisico è assolutamente vero. Nella blogosfera fioriscono i siti "satirici" che si fanno pregio di monitorare gli altri blogger: in moltissimi casi, le critiche rivolte alle donne riguardano le dimensioni del sedere e del seno, la pettinatura, le presunte abitudini sessuali. E dal bersaglio, effettivamente, si pretende la reazione lieve, il signorile distacco, la risposta arguta e divertita. Il troll – il molestatore che colpisce con commenti fuori tema o di puro insulto – non va nutrito, dice una vecchia regola del web. Vero. Ma fa male lo stesso.

Il fenomeno non è comunque sufficiente per definire la presenza femminile in rete e capire come si declini. Che aumenti, è vero. Come si configuri, cosa sia davvero, è impossibile dirlo; e forse non va neppure detto (il fatto che, anche per quanto riguarda Internet, esistano premi per donne, festival per le donne, concorsi per le donne è questione che suscita dubbi, e qualche brivido). Vale sempre la regola del "trovi quello che cerchi": e accanto al blog multiautore e femminista *Sorelle d'Italia* è possibile, per esempio, imbattersi in colei che si definisce *Imprenditrice* e firma post che contro il femminismo si scagliano: "Se un uomo ti invita a cena è giusto che paghi lui; è l'uomo che deve chiamarti per uscire; è lui che deve chiederti di sposarti, magari in ginocchio; non ce l'hai solo tu. Se sei indipendente, autonoma ed emancipata, ma non sei brava a letto, ti becchi le corna".

Però è possibile fare almeno alcune generalizzazioni. E constatare come molte ragazze, specie giovanissime, amino porsi nello status di prede. Subito.

Sera, vorrei avere informazioni più dettagliate circa il lavoro della escort e soprattutto sapere se è un'attività legale in Italia, o comunque in quali paesi è praticabile, grazie. Sono una ragazza italiana.

(Commento a un articolo on line su *Second Life*)

Dall'inizio del 2007 in poi, quando si parla di web si parla di *Second Life*. Ovvero, un gioco, e insieme una gigantesca comunità virtuale, che nasce nel 2003 dalla Linden Lab. Curiosamente, altri cosiddetti mondi simili, magari narrativamente più potenti (come *World of Warcraft*), non hanno usufruito della stessa attenzione. Eppure, a ben vedere, *Second Life* si limita ad amplificare possibilità già note: chi si iscrive allestisce un proprio avatar e lo usa per incontrare altri navigatori, visitare città, costruire e arredare una casa, ascoltare musica (eseguita da vere rockstar, che hanno creato un proprio doppio, come Suzanne Vega o gli U2, o rievocate da altri utenti, come nel caso dei Sex Pistols), entrare in biblioteca, assistere alla promozione di eventi, aprirsi un ufficio. Tutto quello, insomma, che si può fare off line e che si fa, da anni, in altri giochi di simulazione: con la particolarità che qui gli utenti possono mantenere i diritti d'autore sugli oggetti che creano attraverso un codice, e venderli agli altri. Vestiti. Automobili. Case. In *Second Life*, insomma, si spende. E si "fa sesso".

Il sospetto, a dire il vero, esiste: il clamore attorno alla vita artificiale del gioco non nasce solo dal consueto innesco mediatico. *SL* è davvero particolarmente succulento per i cacciatori di notizie: perché al suo interno si guadagna (veramente) e ci si accoppia (virtualmente). Molti degli estasiati commentatori off line, infatti, hanno sottolineato come esistano utenti che hanno incassato parecchi soldi reali con le imprese aperte in rete (e valutate con la moneta di *Second Life*, il Linden Dollar). E i primi reportage su carta sono stati dedicati alle prostitute: gli "inviati speciali" di quotidiani e riviste, muniti di avatar di ordinanza, sono subito andati a caccia di confessioni femminili. Qualcuno ha riferito che una prestazione dura dai trenta ai quaranta minuti. Altri hanno smentito: ne dura dieci, e consiste nel guardare il tuo doppio che geme e sospira (dopo aver acquistato i propri organi genitali, non in dotazione gratuita). Qualcun altro ha realizzato il proprio scoop, intervistando una *belle de nuit* che non esiste. Per esempio, tale Khannea Suntzu, che ha raccontato di guadagnare tra i 70 e i 140 dollari reali al mese, denunciando nel contempo lo strapotere dei proprietari dei sex-club (uno dei più noti è intitolato, non casualmente, a Barbie) che controllano uno staff di spogliarelliste (le loro acrobazie, racconta, sono "preprogrammate e basate sui cliché degli strip-club con lap dance americani. Ma la maggior parte di queste spogliarelliste sono anche escort").

Anche qualche blogger è andato in esplorazione: una di loro, collaboratrice del blog del femminile "Grazia", racconta così la sua prima volta su *Second Life*:

Nell'ordine mi è capitato di:
– Mandare al diavolo uno che mi è atterrato davanti per chiedermi: "Sorry, do you know where I can fuck?",
– Venir inchiappettata *prima ancora di capire le intenzioni di quello dietro di me,*
– Vedermi acchiappare la testa da uno sconosciuto ed essere messa in ginocchio per il consueto servizietto,
– Rifugiarmi dentro il primo palazzo che ho trovato per fuggire da quei personaggi dis-umani, per poi scoprire che si trattava di un cinema porno.

A seguire, un'onoratissima testata come "Wired" si interroga sugli abusi sessuali su *SL*, chiedendosi se gli approcci, decisamente pesanti, subiti da molte donne siano equiparabili a stupri. Non c'è risposta: in compenso, escono libri su libri dedicati all'argomento. Fino alla caduta d'interesse sancita ufficialmente nell'estate 2007 da riviste e quotidiani.

Forse, però, la questione dovrebbe riguardare la malintesa quanto frequentata equivalenza fra rete e sesso. Come se la prima rendesse automaticamente più semplice, accessibile, consumabile il secondo: e in parte, certo, è così. La rete, alimentando a dismisura la vocazione all'autoproduzione anche (e in primis) della pornografia, ormai influenza pesantemente i canali di produzione off line della medesima: i video pornografici, oggi, vengono pensati e realizzati "come se" fossero stati girati da persone qualsiasi e postati sul web. E fin qui, il sesso sarebbe semplicemente il punto attorno al quale si è focalizzata ed è cresciuta la vocazione popolare a farsi autori di se stessi.

La questione, ancora una volta, trascende però il funzionamento del mezzo e riguarda direttamente il tipo di contenuto: nel caso, l'ossessione per la donna virtuale che accompagna non da oggi lo sguardo maschile alla rete. Ossessione antica, peraltro: non era forse un gentile spettro la donna cantata nell'amor cortese? Non erano illusioni costruite dallo sguardo e dal talento maschile le creature di volta in volta perverse o angeliche, crudeli o salvatrici, che ci sono state consegnate in millenni di letteratura e di arte? Tutto questo trova in rete, semmai, un'articolazione più complessa: ma non nasce con la rete stessa, né, tantomeno, con *Second Life*.

Niente di più facile, dunque, che nel cosiddetto virtuale si riversino consuetudini come quella della carne femminile in mostra e in competizione: nei primi anni del Duemila si celebrò in Italia il primo concorso di bellezza riservato agli avatar, Miss Digital World, con concorrenti di impossibile seduttività e relativa sfilata in video, con tanto di flash e fiori finti per la vincitrice. L'idea venne agli organizzatori sulla base di un sondaggio effettuato su un campione di 658 maschi italiani, dove un numero non indifferente di intervistati dichiarava di sognare volentieri donne che non esistevano: magnifiche e, veniva ribadito, facilmente dominabili con un joystick. Come Lara Croft, certo. Ma anche come l'antica, nivea Galatea, la statua d'avorio di cui si innamorò il suo stesso artefice, Pigmalione: convinto che quell'inesistente bellezza fosse superiore a qualsiasi donna vivente.

Del resto, era di sesso femminile il primo Aidoru, l'*idol* virtuale creato nel 1996. Era una cantante. Si chiamava Kyoko Date, aveva sedici anni ed era, naturalmente, bellissima: aveva persino una storia familiare, degli hobby (pattinare sul ghiaccio, leggere manga) e dei ricordi. Come i replicanti di *Blade Runner*. Incise un disco, condusse un programma, recitò in alcuni spot pubblicitari, venne molto amata: ma non esisteva.

Poco prima che Kyoko Date vedesse la luce, lo scrittore William Gibson aveva raccontato la storia d'amore fra un essere umano e un'Aidoru nel romanzo omonimo. Ma la sua Aidoru era diversa: era, scrisse Gibson, pura "architettura dei desideri", summa di conoscenza perfetta più che sex simbol. All'epoca – il 1997 – ebbi uno scambio di mail con lui. Che mi raccontò di essere stato profondamente deluso da Kyoko: "Mia moglie mi ha fatto notare che le proporzioni fra le sue gambe e il suo busto sono idealizzate al limite dell'impossibile. Ha ragione: è come se Kyoko fosse non soltanto una creazione esclusiva degli uomini, ma di uomini che conoscono molto male le donne. È stata costruita pensando a quel tipo femminile che in America chiamano *bubblegum*. È feticismo del banale". Eppure, già allora, Gibson aveva capito che le potenzialità che avevano portato alla nascita di Kyoko dischiudevano prospettive impensabili fino a quel momento: "Sa qual è l'aspetto più interessante di tutto questo? È che le tecnologie relative al personal computer, al web e alla realtà virtuale riescono a esternare i sogni dell'individuale. E dunque sono portatrici di una nuova, radicale potenzialità per la democratizzazione del ruolo dell'artista. Voglio dire che offrono a tutti noi non soltanto i mezzi di produzione (in senso marxista), ma anche i mezzi di realizzazione artistica. Ogni immagine, letteralmente, ha bisogno soltanto di un certo numero di clic del mouse per esistere".

Adesso sembra scontato. E in modo scontato, in ossequio al "feticismo del banale" che Gibson aveva colto in Kyoko, sono state immaginate e realizzate le sue sorelle. La web giornalista Ananova, la cantante T-Babe, la top model Webbie Tookai. E Vivienne, la "fidanzata virtuale" creata a Hong Kong nel 2004 secondo il vecchio sogno dell'angelica idiota: "A Vivienne piace essere portata al cinema o nei locali. Ama ricevere fiori e cioccolatini virtuali. Non si spoglia mai, anche se ha qualche completino aderente per la palestra, ed è una che provoca, ma non fa mai niente di più erotico che mandarti un bacio". L'Artificial Life la metteva a disposizione: per meno di cinque euro mensili era possibile ammirarla sul proprio cellulare, "capricciosa e volubile come una donna vera. Con un vantaggio: all'occorrenza si può spegnere". Pochi mesi dopo sarebbero arrivate le conigliette di "Playboy" da scaricare sull'iPod, per venti dollari al mese.

Gli architetti dei desideri maschili, dunque, hanno utilizzato quel che avevano a disposizione nel modo più spiccio possibile: hanno creato donne formose, accessibili, stupide, remissive, dando corpo (virtuale) a sogni piccoli. Come bere sciroppo alla fragola in una coppa di cristallo tempestata di diamanti, avrebbe detto l'Alex di *Arancia meccanica*.

Ma le donne?

But girls they want to have fun.

(Cindy Lauper)

Angel Brammer, Catherine Kunt e *Toolieboolie* hanno in comune le stesse dieci righe di notorietà: intorno al 2005, le tre ragazze decisero di offrire il proprio seno su eBay, come spazio disponibile per inserzioni pubblicitarie.

L'aneddoto lascerebbe il tempo che trova: se non fosse che moltissime navigatrici mettono a disposizione ogni giorno qualche pezzo di carne, e hanno utilizzato e utilizzano il web come scorciatoia per lo stesso genere di successo inseguito dalle aspiranti letterine. Il prodotto è identico: può essere declinato visivamente, nei tanti autoritratti di artiste nude disponibili su *Flickr*, la comunità che riunisce gli appassionati di fotografie. O verbalmente, nei blog soft o hard-core che, come si è visto, approdano spesso e trionfalmente su carta.

Esattamente quel che è accaduto a Stephanie Klein, una delle pioniere del genere: Klein ha aperto il suo blog il 20 gennaio 2004. Prima faceva l'art director, e in rete ha cominciato a tenere quello che è alla lettera un diario intimo: gusti alimentari, umori, sedute di psicoanalisi. E sesso. Dopo il divorzio, Klein ripropose sul web la prassi e l'estetica di *Sex and the City*: raccontando, semplicemente e dettagliatamente, i suoi amplessi. Il blog, che si chiama *Greek Tragedy*, diventa in poco tempo popolarissimo, ne nasce un libro (tradotto anche in Italia con il titolo di *Nuda e cruda*), Klein è famosa e felice.

A seguire viene Bruna Surfisthinha, al secolo Raquel Pacheco, prostituta dai 17 ai 20 anni, quindi blogger, quindi autrice del libro *Il dolce veleno dello Scorpione*. Best seller. Dalla scheda di presentazione: "Nulla che possa solleticare la più sfrenata delle fantasie manca in questo diario: emozioni e sensazioni nei dettagli, incontri – fino a sei al giorno – con uomini e donne, prestazioni creative e persino le 'fantasie proibite di Bruna'. Il tutto raccontato con spontaneità e leggerezza dalla voce di una ragazza coraggiosa che ora vive con il fidanzato (un ex cliente) e che si è rimessa a studiare per intraprendere una nuova strada". Quindi, celeberrima, Belle De Jour, sedicente call girl londinese. Quindi, tutte le altre. Tante.

Anche italiane. Oltre a Pornoromantica, esiste una galassia sterminata di blogger erotiche: amiche che parlano di sesso perché è *divertente*, o sedicenti adescatrici. Che si giustificano così, per fare un esempio fra i molti:

La gente entra qui per distrarsi e non per sentirsi propinare le solite "rotture" della vita di tutti i giorni. Se avessi voluto parlare di attualità o politica, avrei aperto un blog qualunque, come ce ne sono a migliaia in rete. Penso che i miei lettori non vengano qui a cercare la mia opinione sul fatto del giorno e che sia anche di importanza irrilevante che io vada a votare o meno. I miei amici e coloro che mi seguono da molto tempo entrano qui per vedere qual è l'ultimo capo di lingerie che ho acquistato o per leggere quali sono le mie tecniche di seduzione. Riduttivo? Assolutamente no.

Inelencabili nella totalità; simili nel contenuto. Fellatio, leccate, posizioni, umori e sudori, cosa dice lui, cosa pensa lei. Apparentemente, la celebrazione della femmina "sessuovora": trionfante nell'approcciare e nell'esigere il maschio, irridente nel giudicarlo e nel riportare ad altri i risultati della caccia. Nei fatti, una donna identificata e accettata in virtù dell'antica funzione di dispensatrice di piacere: perché sotto la patina brillante e umoristica dell'emancipata predatrice si nasconde la variante aggiornata di Sherazade che intrattiene con i suoi racconti, facendo del suo corpo narrato il solo protagonista della storia.

Peraltro, non sono poche le blogger che, pur occupandosi di tutt'altro, inseriscono nella home page una figurina femminile con tette o sedere scoperti: tanto per aumentare gli accessi, va da sé.

Altri provocano. Lo ha fatto Saradisperata, che ha usufruito di una pur impalpabile attenzione mediatica aprendo un blog al solo scopo di scambiare una notte di sesso con un contratto di lavoro a tempo indeterminato. Lo ha fatto il giornalista Filippo Facci rivendicando di aver inventato Lexi Amberson, diciannovenne blogger californiana che "parla di tette, culi, fighe e pompini facendotela sembrare la cosa più naturale del mondo".

Altre, semplicemente, usano il blog nel modo più diretto. Parlano di sé.

> ***Amo tutte le faccine d msn k fanno sklerare gli altri, amo anne geddes e tutti i fotografi di bambini, amo i paesaggi che mi rilassano, amo i carillon che colleziono, amo Barbie cn cui giokerei ancora ora se solo ne avessi l'opportunità, amo fare le coccole e qnd me le fanno, amo sentirmi amata, amo le giornate di pioggia, amo l'arcobaleno dopo la pioggia, amo leggere, amo ki riesce a sopportarmi, amo scrivere i miei pensieri in un blog tutto privato.***
>
> (Blogger, 16 anni)

Per quanto i blog siano una rivoluzione. Per quanto abbiano insidiato e insidino i giornali su carta. Per quanto stiano modificando la via tradizionale con cui si fa critica letteraria e si cercano autori.

Per quanto tutto questo sia straordinariamente vero, esiste una grandissima parte della blogosfera che viene utilizzata esclusivamente come variante del diario su carta. In genere, le bambine e le preadolescenti accedono al web con questa finalità: per poi, magari, entrare in comunità finalizzate ai propri interessi più specifici (MySpace per la musica, DeviantART per la grafica, YouTube per i video: e, spesso, tutto questo contemporaneamente).

Quante sono, a proposito? In una ricerca relativa al 2006,

l'Istat dice che usa il personal computer il 41,4% delle persone di 3 anni e più e il 34,1% naviga su Internet (nel 2003 erano rispettivamente il 39,2% e il 30,3%). Il picco di utilizzo si ha tra gli 11 e i 19 anni (oltre il 75%) e, per quanto riguarda Internet, tra i 15 e i 24 anni (oltre il 67%) per poi decrescere rapidamente all'aumentare dell'età.

Per quanto riguarda bambine e bambini, il 15,4% della fascia compresa tra i 6 e i 10 anni naviga. Sale al 48,1% tra gli 11 e i 14 e al 67,2 fra i 15 e i 17. In genere i maschi sono in numero maggiore delle femmine: tranne che nella fascia giovanile. Per esempio, usano Internet il 70,4% delle ragazze di 18-19 anni rispetto al 66,8% dei coetanei maschi, mentre tra i 20 e i 24 anni l'utilizzo di Internet è paritario tra uomini e donne. Dopo i 35 anni le differenze di genere si evidenziano a favore del sesso maschile, raggiungendo il massimo tra le persone di 45-59 anni.

Il *gender digital divide* resta invece forte nel tipo di utilizzo: per esempio, il 56,4% dei maschi sa inviare messaggi a chat o newsgroup (contro il 48,6% delle donne); il 28,1% sa telefonare tramite Internet (contro il 16,7%); il 32,8% sa usare file sharing e il 22% sa creare una pagina web (tra le donne le quote scendono rispettivamente al 18,1% e al 13,5%).

In assenza di statistiche che riguardano i contenuti, ci si deve affidare alla propria buonafede di surfer. E dunque, a seconda delle ricerche effettuate, sostenere una preponderanza di questo o quel fenomeno. Le donne e ragazze (e bambine, sì) che si fanno preda sessuale sono certificate dall'attenzione mediatica che ricevono, dalla visibilità che ostinatamente ricercano, ma non sono quantificabili. E non si può sostenere con certezza scientifica che siano numericamente rilevanti.

Stessa problematica per quanto riguarda i diari veri e propri. Anche se nel surfing se ne incontreranno tanti, inevitabilmente in color rosa, dove dodici, tredici, quattordicenni raccontano del loro amore per la spiaggia sotto le stelle, le bambole e *Notte prima degli esami*, e l'odio per le verdure, gli occhiali da vista e i ragazzi traditori. Nulla di più che un'autoconfessione, resa pubblica e spesso abbandonata dopo un breve periodo.

Ma se si va su Technorati, il motore di ricerca dedicato al mondo dei blog, e si fa una richiesta specifica, si ottiene qualcosa di più preciso. Gli oltre quattrocentomila risultati che ho davanti, per esempio, corrispondono a una parola di tre lettere: Ana.

Too weak to fuss, too weak to die/Choice is skeletal in everybody's life.

(Manic Street Preachers, *4st 7lb*)

L'allarme comincia, in Italia, ancora una volta a metà degli anni novanta. È il 1997 quando la voce "Anoressia" viene inserita per la prima volta nel Piano sanitario nazionale. All'epoca, la stima delle adolescenti colpite da disordini alimentari si attesta attorno ai 400.000 casi. La preoccupazione del presidente della commissione ministeriale, il gastroenterologo Mario Mazzetti, riguarda soprattutto l'abbassarsi dell'età: le bambine cominciano ad ammalarsi attorno ai dieci anni.

Un anno dopo, una ricerca condotta dall'Aba (Associazione per lo studio e la ricerca sull'anoressia, la bulimia e i disturbi alimentari fondata da Fabiola De Clercq, scrittrice ed ex anoressica) rivela che la cifra è salita fino a comprendere 1.300.000 bulimiche e 700.000 anoressiche. Secondo Michele Campanelli, direttore del Centro italiano disturbi alimentari psicogeni (Cidap) di Roma, 500 sono destinate a morire, ogni anno: per insufficienza cardiaca, cirrosi epatica, embolia polmonare, suicidio.

Nel 1999, la psicoanalista Simona Argentieri e la giornalista dell'"Espresso" Stefania Rossini scrivono un libro, *La fatica di crescere*, dove si avanza un dubbio importante. Riguarda la pressione che i media esercitano, amplificando il fenomeno, sulle madri e sulle figlie. Dice Rossini: "Vedo spesso madri annichilite dall'angoscia se una figlia – che magari ha appena 12-13 anni – ha cominciato a guardarsi nello specchio, a notare un po' di grasso in più e vorrebbe mangiare meno pasta, vorrebbe essere snella come i modelli che la tv le propone. Il più delle volte vedo queste bambine trascinate dallo psicoterapeuta più a portata di mano perché si adoperi a non farle diventare 'anoressiche'... Ma di chi è la responsabilità di questa deriva di massa verso la cura a tutti i costi? Chi ha detto a queste mamme disperate che la colpa è loro, chi le ha convinte che se la bambina comincia a non mangiare è perché non è stata amata nel modo giusto? Chi ha spiegato loro che le adolescenti in crisi stanno negando il modello materno o invidiando la sua sessualità? Chi ha creato questa situazione per cui il primo allarme è: 'Sono stato un genitore inadeguato, oddio che faccio?'. Con chi prendersela se la cura presso qualche esperto appare come la riparazione dei propri veri o presunti errori?".

Le madri sono inadeguate, certo. Hanno dimenticato il proprio compito primario, prese da altri ruoli, dal lavoro, dall'ansia di un inserimento sociale che resta comunque frustrante. Hanno portato la femminilità sull'orlo del baratro, viene loro detto. Nulla di più facile – si sostiene dunque – che siano queste madri incapaci e angosciate a condurre le figlie alla malattia: questo è il doppio colpo che si innesca con il fenomeno anoressia. Il quale, ancora una volta, non ha una sola, riconoscibile causa: ma questo, al solito, è un dettaglio.

La rincorsa continua. Nel 2001 le ragazze che soffrono di disturbi alimentari sono una su dieci. Nel 2003, Laura Della Ragione – responsabile del Centro per la riabilitazione dei disturbi alimentari di Todi, la prima struttura pubblica che accoglie le bambine sotto i quattordici anni – racconta che in due anni "la proporzione delle giovanissime è molto aumentata e continua ancora a crescere". I malati, in Italia, sono arrivati a due milioni: 55.000 nuovi casi l'anno di anoressia e 70.000 di bulimia, con esiti di mortalità del 10-15%.

Nel 2006, infine, il ministro per le Politiche giovanili, Giovanna Melandri, lancia un appello al mondo della moda perché smetta di esibire corpi magrissimi nelle sfilate, e lavori per proporre un diverso modello femminile. Grandi adesioni. Ma anche grandi rimpalli. Come quello della stilista Raffaella Curiel: "Le malattie come l'anoressia sono legate a ben altri conflitti interni alla famiglia, alla mancanza di punti di riferimento stabili. Gli stilisti non hanno colpa. Inseguono semplicemente immagini di bellezza e perfezione". Al solito, la responsabilità è sempre altrove. Intanto, Fabiola De Clercq traccia un parallelo fra anoressia e quel che rappresentò l'eroina negli anni settanta. I malati arrivano ormai a tre milioni.

Naturalmente (e per ammissione dello stesso ministro) le cause del fenomeno sono complesse e distribuite in più fasi dell'educazione alla femminilità. Soprattutto quando quella femminilità viene costruita secondo il malinteso ideale della perfezione. Mauro Grimoldi e Francesca Urciuoli sono due psicologi, fondatori dell'Associazione Alice, che svolge servizi di prevenzione sui disturbi alimentari. Hanno scritto un libro, *Prima del digiuno*, dove prendono in esame tutto quel che accade negli anni precedenti al manifestarsi della malattia. Il problema principale, scrivono, è la "difficoltà di separarsi da una famiglia che gratifica e soddisfa ogni loro esigenza e nutre di protezione e coccole anche oltre le necessità affettive".

Sono le paure dei genitori a riversarsi sulle figlie e sui figli. Quelle paure che sono state instillate loro in anni di consigli e ammonimenti: "I valori dell'accudimento hanno preso il sopravvento su quelli di tipo normativo e sulla richiesta di prestazioni, che in passato li spingeva in maniera più decisa verso l'indipendenza". Le bambine perfette, sognate da madri rese ansiose dalla nuova e implacabile spinta verso l'antico destino di specie (senza che abbiano potuto sperimentare altro fino in fondo), si ribellano.

Anche i bambini, certo. Solo che, ricordano Grimoldi e Urciuoli, i maschi tendono ad agire e a spostare all'esterno il proprio disagio; le femmine sono più portate a indirizzarlo verso l'interno e a focalizzarlo sul proprio corpo. Come è stato suggerito loro da quando sono nate.

In più, il corpo femminile è diventato centrale nella nostra società, e sulle bambine pesa "un atteggiamento di giudizio che automaticamente lega il corpo al valore della persona: le ragazze belle sono quelle che hanno successo". In sostanza, quello che viene agitato davanti alle preadolescenti è un modello triplice: le donne magre ed efebiche della moda, quelle formose e pornografiche della televisione e la spinta, in famiglia e scuola, a conciliare le future implacabili esigenze generative con il successo sociale. Innescando quest'ultimo, peraltro, sui "tradizionali valori di condiscendenza e remissività, sulle aspettative di dolcezza e tenerezza e comprensione: e in definitiva con la posizione femminile passiva-recettiva tipica della tradizione del galateo amoroso".

Tutto questo è semplicemente *troppo*. I nuovi adolescenti, scrivono i due psicologi, non hanno più paura di sbagliare nei comportamenti, bensì di non essere all'altezza di quel che viene loro chiesto da quando ricevono in dono la prima palestrina multisensoriale: "La cosa fondamentale per i giovani adulti di oggi è essere in grado di affrontare brillantemente ogni situazione, offrire sempre un'ottima prestazione e soprattutto concluderla con successo".

E dal momento che sin dall'infanzia sono soprattutto le bambine a essere ingabbiate nell'imperativo della capacità e della diligenza, molte di loro, drammaticamente, si rifiutano. Usando gli antichi metodi: tagli sulle braccia, sigarette spente sul corpo. O il digiuno. In modo più evidente di prima: "Le attuali adolescenti soffrono in modo superiore a chi le ha precedute per la distanza dal loro ideale di perfezione e per il bisogno imperioso di rispondere a questioni sulla propria identità. Essere un'anoressica è una risposta completa alla domanda su cosa si vuole diventare".

È il primo no, dopo anni di sì. Le bambine obbedienti, dicono gli studiosi, sono quelle che più facilmente sviluppano un disturbo alimentare, facendo del proprio corpo un campo di battaglia. Il fine ultimo della lotta non è la bellezza: è "la distruzione della corporeità e della realtà in generale". Spesso, la lotta caparbia, determinata, dell'anoressica, fa di lei un'eroina. E innesca il contagio. Soprattutto, è vero, in rete.

Sono ancora un work in progress.

(Blogger, bulimica)

Esiste un piacere perverso anche fra molti navigatori. Il tour del dolore: così simile a quello che porta le famigliole in gita a Cogne, a vedere da vicino la casa dove è stato ucciso un bambino. Quello che fa rallentare gli automobilisti in prossimità di un incidente stradale. Specie se sull'asfalto c'è del sangue. Quello che inchioda gli spettatori televisivi davanti alle lacrime di un familiare colpito da un lutto. Quello, antichissimo, che Lucrezio descriveva nel *De rerum natura*: "Suave, mari magno turbantibus aequora ventis,/e terra magnum alterius spectare laborem".

Ed è proprio in questo guardare da terra, al sicuro, il naufragio lontano, in questo sottile piacere della catastrofe, che il web può fungere da strada maestra. Andiamo a vedere i forum delle cubiste bambine. Andiamo a vedere i video dei bulli su YouTube. Andiamo a leggere i blog delle anoressiche. Questi ultimi ci sono. E sono tanti. E forse, per una volta, vanno letti.

Ana sta per Anoressia. Anorexia, anzi, perché il fenomeno ha preso il via in America. Ana è la dea bianca attorno a cui si riunisce una comunità on line vastissima, che ha le dimensioni e spesso le regole di un movimento sociale. Chi si dichiara pro-Ana è, nella stragrande maggioranza dei casi, una ragazzina (o una giovane donna) affetta da disturbi dell'alimentazione. Più raramente, è una simpatizzante che difende la scelta anoressica come decisione individuale, che va rispettata da parte dei medici e dei familiari. I blog hanno quasi sempre la funzione di gruppo di sostegno: ci si scambiano consigli, ci si motiva reciprocamente a continuare il digiuno. A volte, ci si spinge anche a uscire dalla spirale. Più raramente, però.

Nel dicembre 2006, "Newsweek" riporta i risultati di uno studio della Stanford University, dove si sostiene che le utenti dei siti pro-Ana o pro-Mia (bulimia) impiegano più tempo a guarire. Inoltre, il 96% delle pazienti riferisce di aver appreso dal web nuovi modi per perdere peso o purgarsi, e il 69% dichiara di averli usati. Di contro, secondo "Newsweek", nei siti si tende a glissare sulle cattive notizie. Come la morte per anoressia della modella brasiliana Ana Carolina Reston. O la ricerca che dimostra come le persone anoressiche tentino il suicidio 56 volte più degli altri. Ma sull'impedire o meno la diffusione dei blog pro-Ana è difficile esprimere un giudizio: tra l'altro, è inutile. Nel 2001 un'associazione contro i disordini alimentari chiese a Yahoo di rimuovere i siti a favore dell'anoressia dal server. I siti vennero oscurati, in effetti (almeno, 21 su 115), ma non servì. Riaprirono come gruppi chiusi o blog protetti. E a poco servirebbe l'idea del warning, del "nuoce gravemente alla salute", da apporre in home page, come propose nel novembre 2006 l'Academy for Eating Disorders. Serve, forse, studiarli.

Qualche anno fa, la scrittrice Teresa Ciabatti trasse un piccolo racconto dalla sua esplorazione: scoprendo, per esempio, che i blog pro-Ana si somigliano moltissimo:

Obiettivo comune: 38/36 chili. Il cammino per arrivarci prevede degli step precisi: 1) sparizione seno 2) scomparsa mestruazioni 3) caduta peli/poca ricrescita.

Questi momenti rappresentano delle vittorie. Il segnale che sei sulla strada giusta.

Le ragazze si scambiano consigli e trucchi (lassativi, succo di limone a stomaco vuoto, aceto a stomaco vuoto e altro). Quello che poi si ricordano di continuo è non mangiare e fare tantissimo movimento per bruciare le calorie.

Su trenta che ho letto, cinque fanno danza classica.

Somiglianze impressionanti fra loro ci sono anche nei rapporti col mondo esterno.

Tutte parlano della mamma. La mamma che le vuole far mangiare. La mamma che le vuole far diventare brutte.

Il rapporto con la madre è il più conflittuale. Quello con i maschi è evitato. Perché significa sesso e sesso significa corpo.

Se fanno sesso, si sentono subito sporche. Disprezzano profondamente chi prova attrazione fisica per loro. Loro sono brutte. Sono grasse. Goffe. Storte. Asimmetriche. Curve. Vomitevoli. Schifose. Enormi. Minuscole. Stanche. Nulle. Loro sono niente.

E gli altri lo devono capire.

Sesso significa anche futuro. Significa essere grandi e va con-

tro quella loro pulsione, più istintiva che razionale, di tornare all'infanzia. Tutte ricordano l'infanzia come il momento più felice della loro vita. ("Vorrei svegliarmi e trovarmi dentro un corpo piccolissimo. Tornare indietro e avere di nuovo 5 anni," dice Leggera, 18 anni, 1,73 cm, 39 chili.)

Questo desiderio di tornare indietro è mostruosamente espresso dal nuovo "test" in voga fra le amiche Ana (mi rivela Sara): shopping alla 012. Se ti entrano magliette e pantaloni per bambini da 0 a 6 anni, sei ok. Hai raggiunto il peso perfetto.

Decido di ripetere l'esperienza. Cominciare la navigazione non è difficile: basta individuare il primo blog e seguire i suoi link. Nella stragrande maggioranza dei casi, portano a siti gemelli, quantomeno nelle intenzioni.

Il primo che apro è color rosa e ha tre icone nel template: Kate Moss, Victoria Beckham, Paris Hilton. Altre immagini mostrano un ventre femminile magrissimo, coperto da mutandine nere molto caste. Niente testa. La scritta è "Anorexia makes girls pretty". Un'altra foto esibisce un ulteriore corpo scheletrico, con il solito bikini nero e sempre decapitato. In sovrimpressione, c'è scritto "I can do it". Posso farlo.

Kate, Victoria, Paris sono *thinspirational*. Quasi ogni blogger ne ha più di uno: sono foto, o video, di modelle e attrici da imitare, che servono da ispirazione e proposito per continuare a perdere peso. Il traguardo è diventare come colei che si è eletta a Musa del proprio digiuno. Di contro, vengono pubblicate anche immagini di donne sovrappeso o addirittura obese: l'intenzione è quella di provocare disgusto in se stesse e nelle lettrici.

In moltissime, la rivendicazione del proprio status è orgogliosa e occupa l'home page. Scrive una delle blogger: "La gente non ha ancora capito quale sia la differenza tra anoressia, la malattia, e tenere uno stile di vita pro-Ana. Si può vivere benissimo con 500 calorie al dì. Un'anoressica non arriva manco alle 100 quindi penso che ci sia una netta differenza". E aggiunge: "'Finché non senti un disagio, non sei malata, puoi continuare per la tua strada in fondo hai un tuo equilibrio': queste sono state le parole dello psicologo per cui... NON SONO MALATA!".

I blog hanno delle liste: le cose che si amano, quelle che si odiano. Sono categorie offerte da molte piattaforme, che è possibile anche non compilare. La prima blogger pro-Ana che visito le riempie. Dunque, ama il ballo, il ragazzo, il cane, le amicizie. Cosa odia? "Il mio corpo, le sue curve, vorrei che passasse inosservato... voglio diventare piccola piccola, non essere notata... essere leggera."

La blogger numero due non compila liste, ma inserisce il suo Diet Plan, il suo minimo progetto alimentare, in home page. Accanto a una foto di una modella di Victoria's Secret: "Mi sono rincretinita con le foto del Victoria Secret's Fashion Show... è come quando avevi 7 anni e giocavi con le Barbie".

Il blog numero tre è nero come la notte, le scritte sono rosso sangue. La bambina odia l'egoismo, la socievolezza, il grasso, quelli che si accontentano. Ama la perfezione, le ossa, l'arte. La sua *wishlist*, la lista dei desideri, include: volare, essere pura, trovare la perfezione, amarsi.

La quarta al primo posto degli amori mette direttamente Ana.

La quinta elegge a modello Kate Moss: "1,73 per 48 kg... la perfezione". E aggiunge: "Sapete che ho scoperto il minestrone Orogel? Solo 16 kcal per 100 ml praticamente una favola!! Lo consiglio a tutte... e poi il minestrone sazia tantissimo!".

La sesta, home page con teschietti rosa su sfondo nero, come idolo Marissa di *The O.C.*, desidera " perdere almeno 5 chili; cambiare la mia mentalità in modo che nella lista dei miei propositi non ci sia nulla che riguardi il peso; fidanzarmi con tanto di anello; finire tutti gli esami universitari; andare in palestra regolarmente; andare d'accordo con mia madre; mangiare decentemente; diventare più intelligente". E aggiunge: "Da quando ho cominciato a scrivere questo post ho mangiato: – 1 grappolo d'uva – 3 wafer – circa tre biscotti – 1 dolcetto sardo – 1 brioche con la marmellata – una banana – 1 ghiacciolo. Mica male per una che ha appena cenato e dopo cena si è fatta pure una fetta di torta di compleanno... prevedo di concludere con uno yogurt. Figurati se potevo non *bulimeggiare* il giorno del mio compleanno... sarebbe stato l'unico regalo sensato che mi potevo fare".

Anche la settima blogger adora Marissa: "Non so cosa darei per essere come lei... la vera tragedia è che nemmeno Ana può aiutarmi, perché può far scendere l'ago della bilancia ma non può darmi quei 12 o 13 cm in più... Speriamo che stasera riesca a non mangiare come una schifosa, il mio ragazzo mi ha detto che finalmente sono ritornata normale... che mi vede in formissima, che non ho più le braccia invisibili... mi ha praticamente ucciso all'istante!!!!! 'Tornerò filiforme non ti preoccupare,' diceva la mia vocina interiore...".

Quindi, i numeri. Le blogger pro-Ana sono ossessionate dalle cifre e dalle tabelle caloriche, compilano programmi giornalieri riducendo al niente quantità e qualità dei cibi, progettano i tempi in cui perdere peso.

La prima pesa 49 chili: "Sì, lo so, faccio schifo non dovrei nemmeno nominare quel nove: mi fa orrore... deve tornare a essere capovolto così da tornare a essere un bel 6... poi un 5 poi un 4 poi un 3 e poi eventualmente un 2. Anche un 1...". Così, comincia a calcolare i tempi in cui perdere 7 chili, in un conto alla rovescia implacabile che prevede 400 calorie giornaliere. "Durante la giornata mi posso concedere uno yogurt e un kiwi SOLO se ho davvero fame! Mi voglio comportare bene oggi. Tanta acqua e tè verde, devo purificarmi. Nel mio corpo girano tossine, grasso, roba schifosa che deve buttar fuori... Sono impura, faccio davvero schifo!... non bisogna essere deboli e tu lo sai... guardati... fai schifo... guardati come sei grassa... guarda cosa sei diventata... te lo fanno capire tutti che sei una vacca obesa! Vuoi vivere così per sempre??? Chiudi quella bocca vacca grassa!!!".

La seconda racconta, entusiasta: "Con Ana oggi è stato stupendo! Colazione: due bicchieri d'acqua. Pranzo, 200 ml di yogurt magro (90 kcal) + 2 cucchiai di cereali. Cena: 2 fette di bresaola!".

La terza annota: "Un ghiacciolo al limone per colazione (53 kcal), per pranzo, 40g di fiocchi di latte, un pomodoro e una prugna. Per merenda, un gelato (aaaaaargh!!! Non dovevo non dovevo!). Per cena, due merendine (no comment che schifo... ma mi sono fermata a 2 non ci posso credere! Vittoria, mi sono fermata prima di abbuffarmi!!) E lo sport: un'ora di cardio latino, un'ora di step coreography".

La maggior parte dei post hanno come argomento il cibo. E restituiscono l'idea di un cerchio chiuso: anche se permeabile a chiunque denunci o provi le stesse sensazioni. Questo sembra il mondo delle vestali di Ana. Un luogo dove comprendersi a vicenda, come nessuno, al di fuori, può fare.

Fuori, c'è la paura che qualcuno capisca che la bambina perfetta non è come sembra.

È questo che teme la prima blogger: "Ho paura che qualcuno sappia, che qualcuno scopra... piangerei dalla vergogna perché in certi momenti non sono io o non sono ciò che gli altri credono... la ragazza perfetta dai voti alti, la ragazza che ha già fatto da mamma così piccola, la ragazza con la casa pulita e perfetta, gentile, educata, bella, perfetta, curata, alla moda, elegante... Il mio ragazzo pensava che fossi perfetta, quando gli parlai dei miei disturbi ai tempi di Mia, mi disse che era un po' deluso perché non si aspettava ciò da me, io così perfetta, un modello, non capiva... tutti si aspettano grandi cose da me, cose che io non potrò mai dare... solo delusione posso dare... non sono più quella ragazza perfetta... Anzi non lo sono mai stata... tutta finzione, una maschera, una maschera di protezione che non ho il coraggio di togliere perché non sarei più io...".

La seconda blogger inframmezza le parole con cuoricini rosa lampeggianti:

Io voglio essere semplicemente perfetta.

Non c'è molto da aggiungere. Voglio essere la numero uno in tutti i campi... In università, in piscina, con gli amici, con i ragazzi... E voglio essere invidiata da tutti. Voglio che la gente si volti a guardarmi. Voglio che in università in biblioteca i ragazzi mi fermino. E voglio sentire le ragazze chiedermi come ho fatto. Per non parlare della famiglia. Voglio che mio padre sia orgoglioso della sua figlia maggiore. E voglio essere un ottimo esempio per la mia sorellina. Una figlia modello.

Non ne posso più di sentirmi sempre inferiore a qualcuno, dovunque mi trovi. Non ne posso più di invidiare certe ragazze che conosco. Non ne posso più di sentirmi sempre inadeguata in ogni situazione!

L'unico momento in cui la sensazione di inadeguatezza si affievolisce è quando ci si ritrova fra simili.

Per esempio, la prima blogger scopre, per caso, che la cugina è bulimica. "Mi sono sentita meno sola. L'ho vista abbuffarsi davanti ai miei occhi e sono stata costretta a toglierle il cibo davanti a sé prima che corresse a vomitare nel mio bagno... Non potevo sopportare che mischiasse la torta al cioccolato con la salsa agrodolce". E ammette, subito dopo: "Mi spiace, ma non posso fare a meno di sentirmi consolata e meno sola e in un modo perverso felice di conoscere qualcuno come me, di poter parlare faccia a faccia con chi capisce questi problemi, con chi sa che la cosa più bella è svegliarsi la mattina e vedere 100/200 o più grammi in meno sulla bilancia, con chi capisce l'ossessione di allenarsi una-due ore al giorno pur di bruciare le calorie. Con chi sa condividere il dolore di vomitare finché non ti salgono gli acidi e chi piange davanti al suo corpo troppo rotondo e grasso per poter essere accettato".

C'è una disperata esigenza di felicità, in queste storie. C'è il miraggio di un destino finalmente positivo che si identifica, nella maggior parte dei casi, in una famiglia "da film": con bambini, cani, gatti. Quando le ragazzine sognano di avere nuovamente le mestruazioni, o di tornare a fare l'amore, prefigurano un mondo bellissimo, ricco di baci e carezze, "un mondo dove tutto intorno a te è PERFETTO". Quando quella perfezione fantasticata si allontana, e quella perseguita nella realtà si incrina, la disperazione è inevitabile. E terribile.

Uno.

È tutto così dannatamente familiare, dannatamente uguale a tutte le altre volte. Il tragitto per il super. I soliti cibi megacalorici. Il sorriso alla cassiera, gentilissima come sempre. A proposito, chissà se lo sa che quello che compro lo faccio fuori in un'ora neanche: biscotti con il latte (non mancano proprio mai), cereali, cioccolato, merendine, piadina, grissini con la maionese... Chissà se lo sa che questa non è altro che l'ennesima abbuffata... Dio mio che schifo. Sono terribilmente grassa. Mi guardo nello specchio dell'ascensore: strano, i pantaloni che stamattina trovavo mi stessero bene, adesso mi fanno ENORME. *Tutto il mio corpo è così schifosamente enorme, così spaventosamente troppo grande per me!!! Sono prigioniera del mio corpo! Aiuto. Vorrei tanto piangere, ma non ci riesco più. Questa è una delle cose più terribili che mi siano mai capitate: avere un'immensa voglia di piangere e non riuscire a tirar fuori una lacrima.*

Due.

48!!! Non è possibile!! Risalgo... di nuovo... ma com'è possibile mi dico io??? Ma perché mai?? Non mollo: è impossibile ingrassare con un regime alimentare così... Forse merito di essere grassa non merito un bel corpo da magra, non merito quelle gonne... Sii forte... Alzati, asciugati le lacrime raccogli i tuoi stracci e cammina con le gambe doloranti. Amica mia stammi vicina, non lasciarmi sola in questo duro cammino, aiutami a trovare la strada verso la felicità... Ti prego portami nel tuo regno fatto di sole magre dove tutto è luce, dove tutto splende... Aiutami... Ti prego... Stammi accanto... Non lasciarmi... Perdona questa peccatrice...

Tre.

Ci voleva una domenica come questa per tornare in ginocchio davanti al water. Una domenica di solitudine in cui anche le uniche persone che mi considerano ancora, la mia famiglia e il mio fidanzato, hanno trovato altro da fare piuttosto che stare con me. Oggi è stato veramente troppo. Non ce l'ho fatta a sopportare a essere forte. Ingurgitare un chilo di gelato guardando Domenica in *mi è sembrata l'unica cosa da fare. Vomitarlo ancora freddo mi ha risparmiato la depressione più totale.*

Quattro.

Una bulimica nella sua fase ON, *nella fattispecie* io, *non fa nulla. Non fa shopping, non mette la crema idratante dopo aver fatto la doccia, non esce con le sue amiche, non tampina il suo fidanzato per fare sesso sfrenato, non cura il suo look, non legge, non riordina le sue cose, non va in palestra, non aggiorna il suo blog. I motivi sono semplici. L'energia che spenderebbe per fare una qualsivoglia azione non è sufficiente per compensare l'enorme mole di cibo appena ingerita. È così depressa per l'ennesimo fallimento che manco ci pensa a spostarsi dal divano.*

Una bulimica in fase ON *si sveglia la mattina sperando che la divina provvidenza abbia deciso di porre fine alle sue sofferenze potendo così riprendere la sua vita...*

...capisce che non sarà così dopo aver mandato giù il primo boccone della colazione...

Una bulimica in fase ON *va a letto la sera e riassume la sua giornata in*

MI SONO ABBUFFATA

Una bulimica in fase ON *non si butta giù dall'ultimo piano del palazzo più alto che trova perché sa che prima o poi qualcosa o qualcuno spingerà il tasto* OFF.

Non ho contato quante volte le parole "perfetta" e "perfezione" appaiano nei post. Ma i numeri, stavolta, non sono necessari. Perché le ex bambine o le ancora bambine accennano regolarmente a quell'impossibile ideale che ha sostituito, negli anni recenti, l'imposizione della docilità. E che, a pensarci bene, ribadisce lo stesso concetto: si richiede la perfezione a chi si considera imperfetto. Alcune reagiscono usando il proprio corpo come un prodotto, come raccontava l'ex paperetta del calendario. Altre lo distruggono. La rete, in questo caso, è specchio e confessionale: è un momento del percorso. Non uccide. Ma non guarisce. Nel blog di Babsi Jones, sotto un post dedicato all'anoressia, trovo un commento che non appartiene a una ragazzina. Ma alla madre di una ragazzina:

Invidio mia figlia, ma sono felice per lei perché è alta e snella; invidio mia figlia, specie quando mio marito la solleva, leggerissima, in aria, e se la stringe al cuore. Mi sento così ingombrante, mi sento di troppo, come sempre. Vorrei tornare in braccio a papà, pic-

cola piccola. Vorrei tornare indietro, quando ancora non avevo deluso nessuno, nemmeno me stessa. Dicono che da piccola ero cicciottella. Già allora ne soffrivo, già allora tutti controllavano la mia alimentazione, a partire da mia madre, perché non diventassi come lei, perché come lei non dovessi soffrire. A vent'anni ero 45 chili. Sono rimasta una bulimica di merda, vorrei di nuovo essere anoressica, se lo sono mai stata. Stamane ho guardato la bilancia. Il mio umore quotidiano dipende da quello vi leggo. Ho litigato con mio marito. Ho avuto una crisi di pianto tuttora in corso. Ho dovuto scrivere. Da anni mangio di notte, per non vedere, perché gli altri non sappiano. Durante il giorno trangugio bevande e integratori. Sono stazionaria. L'eroina mi piaceva perché vomitavo sempre, dopo. Ho smesso da sola. Ho una famiglia e un lavoro di un certo livello. Sono un'intellettuale. Poliglotta. Perdente. Perduta. PESO...

Vorrei qualcosa che non avesse bisogno di espressione e di forma.

(Gustave Flaubert, *Memorie di un pazzo*)

Qualcuno chiamerebbe tutto questo il lato oscuro della rete (ma è davvero oscuro? Non è forse, semplicemente, un luogo dove lasciare le proprie parole? Non sono forse le parole stesse, come ha fatto giustamente notare una blogger che è stata anoressica, l'ultimo aspetto della malattia, e non la causa?). Ma contrapporre luce e ombra, nel web, è insensato.

Quello su cui vale la pena indagare, semmai, sono i meccanismi che consentono l'incontro e la formazione di comunità. Che non si uniscono soltanto nell'adorazione di una dea esangue e feroce: ma, a volte, trovano il proprio collante nella passione, nel gioco, e in un piccolo e forse inconsapevole desiderio di rivolta. Questo, per esempio, è il mondo delle fan.

Le appassionate e gli appassionati sono tra i frequentatori più assidui e produttivi del web. Qualunque sia l'oggetto del desiderio: cucina, allevamento di pappagalli, moto. Libri. Musica. Film. Fanatismo e adolescenza – oggi, infanzia – sono spesso indissolubilmente legati. Ma per la prima volta, nei nostri anni, le fan riescono ad appropriarsi dell'oggetto della propria passione e piegarlo alle proprie, personalissime esigenze.

Passo indietro. Fino a metà degli anni novanta, in Italia, una fan media leggeva riviste, guardava la televisione, ritagliava immagini, collezionava poster, adesivi, articoli. Telefonava. Organizzava incontri. Redigeva fanzine, giornaletti che si inviano per posta. Oggi si parla non casualmente di *fandom*: il regno dei fan. E se ne parla come di una cultura.

La parola fandom è antica: appare probabilmente negli anni trenta nel mondo degli appassionati di fantascienza, e in particolare dei lettori di riviste come "Amazing Stories" e "Astounding Stories", che avevano la consuetudine di pubblicare l'indirizzo dei lettori che inviavano le loro osservazioni in redazione. Grazie alla possibilità di contattarsi l'uno con l'altro, i fan cominciarono a pubblicare riviste amatoriali (le fanzine, appunto), fondarono club, organizzarono convention (la prima, sempre dedicata alla fantascienza, si chiamava WorldCon e si svolse nel 1953).

Poi, nel mezzo degli ormai fatidici novanta, Internet cambiò le regole del gioco: le comunità virtuali riuscirono a entrare in contatto con velocità e ampiezza prima impensabili. Comunicarono attraverso newsgroup, mailing list, forum, webzine e, in seguito, attraverso i blog. Il fandom si divise in gruppi e sottogruppi, ugualmente di proporzioni impressionanti. Oggi, esiste il fandom di Harry Potter, di Tolkien, degli *anime*, di *Star Trek*, di quel che si vuole.

Tutti continuano a discutere dell'oggetto della propria passione e a organizzare, anche, convention dal vivo. Ma fanno qualcosa di più. Accanto alla regola del Canon, la storia originale a cui si riferisce il gruppo di appassionati, viene lentamente a fondarsi quella del Fanon. Ovvero, la regola degli appassionati stessi. Perché la reinvenzione dei contenuti passa ormai per le loro mani. I fan, dunque, non si limitano a guardare un film, a leggere un libro o un manga, ad ascoltare un brano musicale. Se ne riappropriano, inventano, rielaborano, trasformano, si confrontano sul risultato. Perché della loro passione fanno altro: un disegno, che pubblicheranno su DeviantART (il sito che riunisce gli appassionati di arti grafiche); un video, che posteranno su YouTube; un racconto, che metteranno a disposizione su uno degli innumerevoli siti di fan fiction sparsi sul web. Ogni opera è aperta a commenti, suggerimenti, critiche, richieste di modifica, confronto. Diviene, in poche parole, una storia di tutti. E in quanto tale, i tentativi di intrusione di chi detiene i diritti dell'opera originale vengono respinti (o aggirati).

Certo, i personaggi non appartengono al fanwriter, bensì allo scrittore, alla mangaka, allo sceneggiatore che li ha creati. In ogni disclaimer che apre o chiude una fan fiction questo viene accuratamente precisato. Ma le storie non sono imprigionabili. E azioni, atmosfera, luoghi vengono ricreati, aggiungendosi a quello che è un complesso lavoro di preparazione dei fanwriter stessi sulla psicologia dei caratteri di partenza, affinché risultino plausibili, e riconoscibili, a chi segue il prodotto originale.

Perché un fan, soprattutto un fan scrivente, fa suo il non detto: interviene sulla *missing scene*, la scena mancante, riempiendo la pagina lasciata bianca dall'autore. E dunque, non tanto e non solo s'impegna a dotare di finale lieto *Romeo e Giulietta*, ma approfondisce il passato dei personaggi o ne immagina il futuro, segue i sentieri laterali, forma coppie, corregge destini. I fan, oggi, hanno il potere di raccontare. Soprattutto *le* fan: perché la stragrande maggioranza dei fanwriter e dei fanartist sono ragazze. Spessissimo, ragazzine. È un modo, apparentemente sommesso, gratuito, appassionato per perseguire la possibile estinzione dei consumatori passivi. Accanto alle bambine che consumano il giornalino delle Winx, insomma, ci sono quelle che le reinventano. E che, dunque, le studiano. E che, dunque, non saranno mai delle semplici acquirenti di gadget.

Perché da spettatrici si fanno partecipanti: "Si diventa fan perché si trasforma il guardare in una forma di attività culturale condivisa," scrive Veruska Sabucco, autrice di quello che è forse l'unico saggio italiano sul fandom, *Shonen Ai. Il nuovo immaginario erotico femminile tra Oriente e Occidente*. In altre parole, i fan smettono di accogliere passivamente un testo, ma partecipano alla sua costruzione, ne incrementano e a volte ne modificano il significato.

Non è semplicemente un gioco o un'occupazione oziosa. Né, di contro, questa incessante attività autorale ambisce alla pubblicazione: a differenza di quanto avviene, per esempio, nei blog letterari, i fanwriter sono apertissimi ai consigli altrui. Accettano consigli e correzioni. A volte, se una fiction non è stata apprezzata, la tolgono da uno dei siti collettivi (o personali) su cui è stata pubblicata per riscriverla. Perché a commentare non sono soltanto appassionati dello stesso oggetto cui è stata dedicata la storia, ma persone che, in assoluto, comunicano attraverso la scrittura. Che la amano per quel che è, e non per quel che potrebbe portare. Il sogno degli umanisti: se solo lo sapessero.

Nella lunga mail che scambio con Henry Jenkins, parliamo anche di fan fiction. Alle medesime, Jenkins ha dedicato molti dei suoi libri. In Italia sono praticamente ignorate dai media tradizionali. Credo di aver parlato di fan fiction, dal Duemila a oggi, con critici letterari, editori, massmediologi. Trovando, fino a pochi mesi fa, soltanto facce stupite, o cortesemente annoiate.

Eppure, questa la mia domanda, potrebbero essere una chiave importante per capire come il sistema dei media, oggi, offra possibilità che vengono tralasciate in favore dei vecchi contenuti. Jenkins mi risponde:

Le fan fiction rappresentano un potentissimo esempio dell'impulso partecipativo che modella tutti i tipi di comunità di base al tempo presente. Esiste anche nel blogging, *nel* podcasting *(un sistema che permette di scaricare e condividere file audio e video), nel* mashup *(un prodotto – brano musicale, video, sito – costituito da parti di altri prodotti simili), nel* game mudding *(partecipare a un gioco di ruolo in rete insieme ad altri utenti) e in molte altre pratiche con cui i consumatori rispondono ai potenti miti prodotti e messi in circolazione dall'industria dell'immaginario. Fra queste pratiche, le fan fiction hanno forse la storia più lunga, dal momento che quelle che riguardano i prodotti televisivi datano al 1960, le fan fiction nate all'interno della comunità di fantascienza risalgono al 1920, le pubblicazioni amatoriali al 1850, e la riscrittura popolare di storie familiari percorre tutta la storia dell'umanità. La fan fiction è semplicemente un processo di cultura popolare applicato ai contenuti della cultura di massa. Gli scrittori di fan fiction fanno quello che gli storyteller hanno sempre fatto: prendono gli eroi espressi dalla società ed espandono le loro avventure in una nuova direzione.*

Certo, occorre fare attenzione a non cadere nella trappola del malinteso McLuhan. Non è utilizzando un nuovo mezzo che automaticamente si crea un nuovo contenuto. In altre parole, moltissime fanwriter riportano nelle loro rielaborazioni i modelli delle proprie letture: le fan fiction romantiche, dove l'eroina gentile viene salvata dal coraggioso protagonista, sono in numero notevole (anche se altrettanto numerose sono quelle in cui l'eroina, magari subordinata e tremante nella storia originale, acquista una forza e un'indipendenza impreviste).

Oltretutto, quasi ogni lettrice è ogni volta autrice: e accanto alle prove tipicamente adolescenziali, naïf, ingenue, ci sono numerosissimi esempi di storie letterariamente notevoli. Il solo fatto di dover scegliere un genere, osservare delle regole psicologiche nella creazione dei personaggi, assegnare un rating e soprattutto riflettere insieme alle altre sul testo è un esercizio intellettuale e un elemento di coesione del gruppo. È come un laboratorio di scrittura permanente, sottoposto a un complesso sistema normativo.

In primo luogo, infatti, si richiede agli autori di non stravolgere completamente la psicologia dei personaggi, e di non renderli Out of character (OOC). È possibile inserire nella vicenda un personaggio completamente nuovo (OC, Original character). In questo caso, però, occorrerà porre particolare attenzione a non farne una *Mary Sue* o, se maschio, un *Gary Stu* (ovvero, semplici proiezioni dell'autrice: talmente perfetti, superiori, infallibili, da diventare noiosi e scarsamente credibili).

È consentito, dichiarandolo, trasferire la vicenda in un'altra ambientazione o in un altro tempo rispetto a quelli originali: in questo caso si parla di AU, Alternative universe. Se si fanno incontrare i personaggi che provengono da altre storie (da una serie di manga dello stesso autore o di altri, per esempio), si scrive un Crossover. Se si inseriscono scene sessualmente esplicite, la definizione è Lemon.

Ci sono i Rating, con la precisazione delle fasce d'età cui è destinata la lettura. Ci sono fan fiction lunghe sessanta capitoli e quelle che occupano una sola schermata del video. Infine, ci sono i generi: Romance, Angst (storie cupe e rabbiose), Horror, Tragedy, Epic, Parody, Fantasy, Spiritual, Humour, Poetry, Action, Sci-Fi, Supernatural, Mystery. E, infine, c'è un genere sovversivo, che dilaga esclusivamente fra le ragazze, e che ha tutte le sembianze di una ribellione agli stereotipi sessuali e al loro ritornante rigore. Si chiama *yaoi*.

It's like burning your bra. It's declaring your sexuality.

(Fanwriter alla sesta convention yaoi)

Yaoi è l'acronimo di tre parole giapponesi: *YAmanashi, Ochinashi, Iminashi,* "niente climax, niente risvolti, nessun significato". Ovvero, storie finalizzate al sesso. Ma non è del tutto vero. Inizialmente riferito soltanto a vicende quasi o apertamente pornografiche, il termine yaoi va oggi designando un insieme di narrazioni amatoriali (scritte, disegnate e lette solo da ragazze) che raccontano l'amore fra due personaggi maschili, originariamente eterosessuali nel film, libro, romanzo, fumetto a cui si ispirano. Teoricamente, le yaoi si riferiscono solo a manga e *anime* giapponesi. Mentre si chiamano *slash* i prodotti dello stesso genere tratti da film e telefilm americani. Nei fatti, si tende sempre più a utilizzare soltanto il primo termine.

Definirle storie omosessuali è comunque improprio. Perché questi racconti disegnano un rapporto in apparenza impossibile, dove fra i due amanti non esiste disparità. Anche a dispetto di quella che, nelle yaoi classiche, è una precisa codificazione dei ruoli dei personaggi amanti: laddove a uno dei due (il più alto, controllato e consapevole) spetta quello del *seme*, il dominante, e all'altro (il più irruente, impulsivo, recalcitrante) quello dell'*uke*, il dominato. Nella prassi, però, il dominio si riduce molto spesso al fatto che è il *seme* a svelare al partner la verità amorosa che si cela dentro di lui.

A riprova del fatto che il mondo amatoriale è tutt'altro che selvaggio e incontrollato, anche in questo caso generi e sottogeneri sono complessi e ramificati. Per esser corretti, per quanto riguarda il Giappone esistono almeno tre grandi filoni: *shōnen ai, june* e *yaoi* propriamente detto. Lo *shōnen ai* racconta l'amore fra due bellissimi ragazzi (i famigerati *bishōnen*), in un contesto estetizzante e decadente e con abbondanza di sentimento. Il *june*, scrive Veruska Sabucco, narra storie tra "giovani uomini, solitamente universitari, lavoratori o più raramente sbandati, portatori di un tipo di bellezza matura, più virile. Rimane l'enfasi sul rapporto sentimentale, anche se la componente sessuale è abbastanza esplicita". *Shonen ai* e *june* sono prodotti in modo professionale e distribuiti ufficialmente. Invece il filone *yaoi* nasce e cresce nel mondo delle *doujinshi* (storie a fumetti amatoriali) e delle fan fiction, e si ispira inizialmente a manga e *anime*, o a videogiochi. Dice ancora Sabucco: "Le yaoi sono un'interpretazione particolare di un dato testo da parte di alcune fan. Vengono parodiati soprattutto manga e *anime* destinati a un pubblico di ragazzi che hanno cominciato a essere seguiti anche da un pubblico femminile, parte del quale ha preso l'iniziativa di rileggerli in chiave omoerotica".

Le yaoi giapponesi nascono a metà degli anni ottanta: tra le prime serie di cui le fan si appropriano c'è *Captain Tsubasa* (*Holly e Benji* per gli occidentali). Ma tutte le vicende dove appare un gruppo maschile di eroi, spesso chiuso all'intervento femminile, risultano perfette per essere rielaborate: *I cavalieri dello Zodiaco, Gundam Wing, Naruto, Saiyuki* sono fra le più saccheggiate. Ma si scrivono yaoi anche su *Pokémon, Bey-Blade, Yu-Gi-Oh!, Digimon, Inuyasha, Full Metal Alchemist*.

In America, dieci anni prima, le fan scrivevano *slash*, ispirandosi a serie televisive popolarissime come *Star Trek*, e immaginando, per esempio, l'amore disperato tra il Capitano Kirk e il Dottor Spock. Oggi il genere ingloba tutto: *Harry Potter* è una delle saghe più rivisitate (e la coppia Harry-Draco Malfoy è fra le più popolari) insieme a *Il Signore degli Anelli*. E, a volte, a dèi ed eroi della mitologia greca si restituisce l'attrazione maschio-per-maschio censurata a scuola.

Con Internet, e la diffusione delle scanlation (il trasferimento su file delle immagini, eseguito gratuitamente dalle fan), il fenomeno cresce a dismisura. Scrittrici e disegnatrici si cimentano con il genere in numero sempre maggiore. Una delle autrici intervistate da Sabucco dichiara: "Mi piace disegnare ragazzi carini, e i ragazzi innamorati sono ancora più carini".

Il 2 novembre 2006 la giornalista Eliza Strickland di "The Village Voice" si reca a una convention yaoi, la sesta Yaoi-Con. E resta stupefatta dall'entusiasmo delle migliaia di fan "che scrivono storie di bellissimi uomini che si innamorano appassionatamente gli uni degli altri". Strickland si chiede prima se si tratti di un fenomeno di voyeurismo collettivo. O se questa sia la risposta femminile a secoli di pornografia scritta dagli uomini. In dieci anni, racconta, il fenomeno è cresciuto fino a incrementare, negli Stati Uniti, l'importazione dei manga yaoi originali. E dal 2003 almeno cinque editori hanno cominciato a proporre yaoi in lingua inglese alle fan. I libri, continua con malcelata incredulità, sono incredibilmente popolari fra le ragazzine a partire dai dieci anni. Che non si avvicinano ai volumetti più espliciti, che vengono venduti avvolti nel cellophane, ma divorano quelli sentimentali. Perché questo successo?

In Giappone, prosegue Strickland, dove i generi dei manga sono estremamente rigidi, le yaoi sono una via di fuga dai ristretti confini delle storie per ragazzine, le *shōjo*, "dove il maschio è il protagonista e la femmina, dopo essersene innamorata, diventa una stupida chiacchierona". In più, le yaoi rispondono a un'antica esigenza delle adolescenti: ammirare i corpi e i volti di splendidi ragazzi immaginari. Ma non è tanto il paventatissimo atto sessuale (che ha portato alla chiusura di siti e blog yaoi, in America) ad attirare le lettrici. Anche le bambine italiane di 12-13 anni che scrivono storie o cercano immagini di fanart yaoi nei vari forum sembrano, semmai, essere interessate alla pura bellezza dei corpi maschili, e soprattutto alla passione che questi ragazzi impossibili provano l'uno per l'altro.

C'è molto altro. Per esempio, nota Strickland, autrici e lettrici non sono costrette a paragonarsi con qualche idealizzata protagonista. Anzi, la eliminano dalla storia. Spesso, anche fisicamente. Ma questa non è una rinuncia alla natura femminile, come qualche rimpiangente della differenza potrebbe pensare: è, semmai, la negazione di una cultura *del* femminile in cui non si riconoscono. Come racconta alla giornalista un lettore gay, "le yaoi non parlano di coppie omosessuali: ma della relazione idealizzata fra uomo e donna *come dovrebbe essere*". Aggiunge Sabucco che "una storia yaoi è un *Bildungstext*", un testo di formazione, "dove il desiderio principale che spinge autrici e lettrici è quello di venire alle prese con il tema dell'esplorazione di sé tramite la rappresentazione (spesso in chiave utopica) della relazione fra i due personaggi maschili".

Ma è anche una sperimentazione di generi: un crossover del gender, dove l'atto sessuale, infine, è meno rilevante dei ruoli. È uno sbuffo collettivo di insofferenza, anche. Il fenomeno delle *slash* nacque, secondo alcuni studiosi, proprio in reazione ai personaggi femminili emarginati e stereotipati dei telefilm americani. "Nella serie *Magnum P.I.*, ad esempio, possiamo trovare, così come in *Star Trek*, la Insposable Woman, la donna con il quale il protagonista ha un'avventura romantica per un solo episodio della serie. Ma che sia un personaggio fisso (come il Tenente Uhura in *Star Trek*) o una Insposable Woman, [...] quello che viene proposto alle fan è un modello di donna debole, insicura, bisognosa di una guida maschile, a cui è spesso affidato un ruolo di assistente, aiutante, in secondo piano rispetto alla coppia di eroi che salva il mondo una volta alla settimana, come in *Star Trek*. Quindi la spettatrice non si identifica nel personaggio femminile, che è uno stereotipo piatto, privo di spessore, non interessante [...] di donne meno competenti e meno degne di fiducia degli uomini: più sentimentali, timorose e facilmente ingannabili; più spesso spinte dai loro sentimenti e meschini desideri personali."

I protagonisti delle storie yaoi sono dunque il risultato di una commistione: sono creature ideali e immaginarie che combinano il meglio degli uomini e delle donne. Gli eroi diventano belli e gentili, forti e vulnerabili. Nessuno desidera sacrificare la propria personalità: né vuole che il partner faccia altrettanto. Si legge ancora nel libro di Sabucco:

Le fan creano uomini la cui androginia è il mezzo tramite il quale si raggiunge un rapporto paritetico, perché le avventure sono condivise. Non ci sono mogli. Nessuno resta a casa a preoccuparsi o a fare il bucato. L'androginia è vista come portato di una forma mentis di personaggi che non tentano di ristabilire, all'interno di una coppia omosessuale, le dinamiche di una coppia tradizionale in cui uno dei due sacrifica se stesso sull'altare della fa-

miglia... È quello che Penley chiama un processo di retooling, *ristrutturazione, della mascolinità stessa.*

Di più: scrivendo e raccontando, ragazze e bambine ridisegnano soprattutto se stesse. Prefigurano un mondo apparentemente androgino, ma, nei fatti, sognano un mondo di *persone*. Di cui conta l'intelligenza, il sentire, il condividere *prima* e *invece* dello scindersi in generi. "Un mondo," riflette Henry Jenkins, "dove le identità sessuali sono ridefinite in un modo più fluido e meno gerarchico."

È una piccola rivoluzione: anche se molto meno visibile dei cortei e delle proteste delle loro madri e zie. Anche, e soprattutto, se passa attraverso un gioco.

> ***Presto fu tardi nella mia vita. A diciott'anni era già troppo tardi.***
>
> (Marguerite Duras, *L'amante*)

Giovanna Cosenza insegna Semiotica a Bologna e mi invia un testo dove nota qualcosa di apparentemente trascurabile. L'ultimo dettaglio di questa storia:

L'acronimo ASL *indica le primissime domande con cui di solito si comincia una chat:* Age, Sex and Location, *età, sesso e luogo di provenienza. Su Internet dunque, paradossalmente anche più che nel mondo reale, si tende a partire dalle coordinate minime di Age, Sex and Location, e lo si fa anche quando si inventano identità fittizie e si mente spudoratamente. In altre parole, l'importanza nella nostra cultura di età, sesso e luogo per identificare le persone è talmente scontata che la si ribadisce anche negli ambienti – quelli dei cosiddetti incontri virtuali – in cui se ne potrebbe fare a meno.*

L'intelligenza è distribuita dovunque c'è umanità, ragionava nel già lontano 1996 il filosofo Pierre Lévy, prefigurando la rete come spazio di scambio di informazioni e dunque di sapere, e non di merci. All'epoca, osò la definizione di "intelligenze angeliche", parlando delle comunità virtuali. Non è esattamente così: anche se il web offre (offrirebbe) la possibilità di far incontrare persone prescindendo dal genere (e anche dalla loro appartenenza ambientale, e dalla loro età). Ma un solo tassello, per quanto potente, non è sufficiente a ribaltare il pregiudizio. Che, come spesso avviene, colpisce soprattutto i due momenti più fragili dell'esistenza: l'infanzia e la vecchiaia.

In quello stesso testo, Giovanna Cosenza racconta la storia di Celia Cruz, la regina della musica cubana e latina. Che fu una donna senza età: "Si sa che nacque il 21 ottobre, ma non esattamente in che anno: alcuni dicono 1924, altri 1926 o 1929, altri ancora spostano più indietro la sua data di nascita, collocandola nel 1916. Quando Celia muore, il 16 luglio 2003, poteva avere 75, 78, 79 anni, ma anche 87 o più, non si sa di preciso".

Per Cosenza, Celia Cruz è il simbolo di quel che chiama Trans-Age. Che non ha nulla a che vedere con gli accanimenti chirurgici, con la disperazione del corpo eterno che ossessiona le donne di ogni età (e che, semplicemente, dice Cosenza, adegua il corpo medesimo a standard mediatici). Celia, dice, "fa mistero della sua età anagrafica solo perché ritiene che *non sia pertinente né importante* per la persona che è". Come lei, Omara Portuondo, altra regina dei ritmi cubani. Ma anche le bambine-sagge e le vecchie-bambine di García Márquez e Isabel Allende. Una trasgressione che non trova riscontri in Occidente. Credo, scrive Giovanna, che "nei paesi ricchi e avanzati del mondo le barriere d'età siano ancora fra le più difficili da abbattere, assieme alle barriere legate alla provenienza geografica e al genere sessuale".

Tutti elementi che non andrebbero messi in conto, "perché delle persone contano più la storia che hanno, le cose che pensano e fanno, ma soprattutto ciò che di volta in volta sono loro a decidere che conti".

Questo è quel che si pensava sarebbe avvenuto. Questo, prima che il movimento delle donne, in Italia, diventasse un campo di battaglia, era l'argomento centrale.

All'epoca, come ricordava Luisa Muraro sul "Manifesto" del 5 maggio 2006, "l'essenziale ci veniva incontro".

Forse, penso – sentendomi inevitabilmente ingenua, impreparata, in una parola abusiva rispetto a quelle che dovrebbero essere le buone, giuste, sagge, legittime discussioni sul genere – è tempo che torni a esserci un essenziale. Che ci riporti, tutti, a osservare realtà concrete. Che ci costringa a non scambiare i nostri piccoli mondi per l'intero globo terrestre: quello che appare nella schermata iniziale di *Google Earth*, appunto.

Forse, in qualche imperscrutabile modo, e proprio grazie alle bambine, tutto questo sta già avvenendo.

Bibliografia molto essenziale

1. Falso movimento

Elisabeth Badinter, *La strada degli errori*, Feltrinelli, Milano 2004
Francesca Bellafronte, *Bambine (maleducate)*, Palomar, Bari 2003
Elena Gianini Belotti, *Dalla parte delle bambine*, Feltrinelli, Milano 1973
Pascal Bruckner, *La tirannia della penitenza. Saggio sul masochismo occidentale*, Guanda, Milano 2007
Simone de Beauvoir, *Il secondo sesso*, il Saggiatore, Milano 1961
Philippe Di Folco, *Dizionario della pornografia*, Centro Scientifico Editore, Torino 2006
Barbara Ehrenreich, Arlie Russell Hochschild, *Donne globali. Tate, colf e badanti*, Feltrinelli, Milano 2004
Henry Jenkins, *Convergence Culture: Where Old and New Media Collide*, New York University Press, New York 2006
Ariel Levy, *Sporche femmine scioviniste*, Castelvecchi, Roma 2006
Mario Perniola, *La seduzione e i suoi nemici*, in "Agalma" 12, n. 11, Meltemi, Roma 2006
Maria Letizia Pruna, *Donne al lavoro*, il Mulino, Bologna 2007
Roberto Volpi, *La fine della famiglia*, Mondadori, Milano 2007

2. Le madri

Annie Ashworth, Meg Sanders, *The Madness of Modern Families*, Hodder & Stoughton, Londra 2006
Eve Ensler, *Il corpo giusto*, Tropea, Milano 2005
Sylvia Ann Hewlett, *Creating a Life: Professional Women and the Quest for Children*, Hyperion, New York 2002
Hervé Juvin, *Il trionfo del corpo*, Egea, Milano 2006

Enzo Kermol, *Cinema moda pubblicità. Psicosociologia dell'estetica quotidiana*, Franco Angeli, Milano 2001
Sophie Kinsella, *I love shopping per il baby*, Mondadori, Milano 2007
Adriana Pannitteri, *Madri assassine, diario da Castiglione delle Stiviere*, Alberto Gaffi editore, Roma 2006
Judith Warner, *Perfect Madness. Motherhood in the Age of Anxiety*, Penguin, New York 2005

3. Inizio: Alice allo specchio

Justine Cassell, Henry Jenkins, *From Barbie to Mortal Kombat: Gender and Computer Games*, MIT Press, Boston 1998
D. Nathan e M. Snedeker, *Satan's Silence. Ritual Abuse and the Making of a Modern American Witch Hunt*, Basic Books, New York 1995
Francesca Romana Puggelli, *Spot generation*, Franco Angeli, Milano 2002
Juliet B. Schor, *Nati per comprare*, Apogeo, Milano 2005

4. Dateci qualche cosa da distruggere

AA.VV. (Alma Sabatini), *Il sessismo nella lingua italiana*, Istituto Poligrafico e Zecca dello Stato, Roma 1987
Irene Biemmi, *Sessi e sessismo nei testi scolastici. La rappresentazione dei generi nei libri di lettura delle elementari*, Quaderno n. 29, Consiglio regionale della Toscana, Commissione regionale pari opportunità donna-uomo, Firenze 2006
Elena Gianini Belotti, *Sessismo nei libri per bambini*, Edizioni dalla parte delle bambine, Milano 1978
Roberto Maragliano, *La scuola dei tre no*, Laterza, Bari 2003
Alma Sabatini, *Raccomandazioni per un uso non sessista della lingua italiana*, Istituto Poligrafico e Zecca dello Stato, Roma 1986

5. Contro Hermione Granger

AA.VV., *La grande enciclopedia della donna*, Rizzoli, Milano 2006
Prunella Bat, *Milla&Sugar*, Piemme, Milano 2005

Amelia Capobianco, *Witch*, Associazione MediaEducation.bo, Bologna 2005
Caterina Cutolo, *Pornoromantica*, Fazi, Roma 2007
Tina Davis, *Guarda e cucina*, Corraini, Mantova 2006
– *Guarda e cuci*, Corraini, Mantova 2006
Virginie Despentes, *King Kong Girl*, Einaudi, Torino 2007
Helen Fielding, *Il diario di Bridget Jones*, Sonzogno, Milano 2005
Antonia Fraser, *Boadicea's Chariot, The Warrior Queens*, Knopf, Londra 1988
Alix Girod de L'Ain, *Come portarlo all'altare*, Morellini, Milano 2007
Patricia Highsmith, *Piccoli racconti di misoginia*, Bompiani, Milano 1974
Marilena Lucente, *Graffiti animati*, Vallecchi, Firenze 2007
Ann M. Martin, *Dawn e il primo appuntamento*, Mondadori, Milano 2003
Maria Neuman, *Trollz. Crea il tuo look*, Piemme, Milano 2006
Chiara Palazzolo, *Non mi uccidere*, Piemme, Milano 2005
Marco Pellitteri, *Mazinga nostalgia*, Castelvecchi, Roma 2000
Tracy Quan, *Diario (vero) di una squillo di lusso sposata*, Sonzogno, Milano 2006
Joanne K. Rowling, *Harry Potter e la pietra filosofale*, Salani, Milano 1998
Gabriele Rossetti, *Japan Underground*, Castelvecchi, Roma 2006
Hanna S., *Farfalla*, Mursia, Milano 2005
Virginia Woolf, *Una stanza tutta per sé*, Einaudi, Torino 2006

6. Being Maria De Filippi

Piermarco Aroldi, *Da Baby Sitter a Personal Shopper*, in "Famiglia oggi", maggio-giugno 2007
Monia Azzolini, *Tv locale e rappresentazione di genere*, Osservatorio di Pavia Media Research, Pavia 2007
Steven Johnson, *Tutto quello che fa male ti fa bene*, Mondadori, Milano 2006
Paolo Landi, *Volevo dirti che è lei che guarda te*, Bompiani, Milano 2006
François Mariet, *Lasciateli guardare la tv*, Anicia, Roma 1992
Paolo Taggi, *Morfologia dei format televisivi*, Rai-Eri, Roma 2007

7. Lots of space

Simona Argentieri, Stefania Rossini, *La fatica di crescere*, Frassinelli, Milano 1999
Mauro Grimoldi, Francesca Urciuoli, *Prima del digiuno*, Franco Angeli, Milano 2000
Veruska Sabucco, *Shonen Ai. Il nuovo immaginario erotico femminile tra Oriente e Occidente*, Castelvecchi, Roma 2000

Sono inoltre stati consultati gli archivi di: "la Repubblica", "L'Espresso", "Il Corriere della Sera", "La Stampa". Nonché i magazine "Insieme", "Tu", "Pink Girl", "Top Girl", "W.i.t.c.h.", "Winx", "Principesse".

E, fra gli altri, i seguenti siti e blog:

http://www.winxclub.com
http://www.msnbc.msn.com/id/3032542/site/newsweek/
http://win.leftwing.it/
http://www.eures.it/
http://www.guardian.co.uk/
http://www.prenatal.it/
http://www.istat.it/
http://veethemonsoon.wordpress.com/
http://www.imediaconnection.com/
http://www.salon.com/
http://www.mediawatch.org/
http://slmpds.net/babsi/
http://www.purple-moon.com
http://www.giulemanidaibambini.org/
http://www.fondazioneiard.org/
http://www.mariadefilippi.mediaset.it/uominiedonne/index_ued.shtml
http://annalupini.blog.kataweb.it/
http://headrush.typepad.com/
http://www.saitenereunsegreto.com/
http://www.sorelleditalia.net/
http://grazia.blog.it/
http://lexiamberson.blogspot.com/
http://secondlife.com/
http://stephanieklein.blogs.com/
http://www.fanfiction.net/

Indice

Stampa Grafica Sipiel
Milano, ottobre 2007